晨昏线

詹东新 _ 著

The skyline of morning and duske

Shanghai literature and Art Publishing House
上海文艺出版社

谨以此书
献给浪迹天涯、晨昏相接的航空人和旅人

目录

一、学员时光 / 1

二、苏式飞机 / 26

三、桃花人面 / 48

四、跨太平洋 / 71

五、巴林之夏 / 96

六、人生大事 / 126

七、千里有眼 / 150

八、天上人间 / 175

九、去趟阿里 / 197

十、极地之旅 / 218

十一、梅开二度 / 244

十二、非洲之北 / 271

十三、中外合璧 / 301

十四、擂台场上 / 324

十五、孤岛之中 / 346

十六、岸在此处 / 379

后记 / 414

一、学员时光

1

一束刺眼的阳光从窗帷缝隙透进，照上他的脸。他浑然中觉得脸颊渐渐发烫，像挨着了火，瞬即如弹簧一般从床上蹦起，一边套衣服，一边呼叫："啊，今天周五吗？啊，几点啦？"

他使劲揉了揉眼角旁的眵，红着眼眶往外一瞧，还早，从山顶射过来的光束只是晨曦刚啄开了天幕，离太阳彻底露头还有好一会儿。

这种情况连续了几天，已连续几天没睡好觉了。安建军今年十五岁，高二。在当时两年初中、两年高中的年代，已经是毕业班。这些天，他的夜不能寐，夜夜梦魇，源于空军十四航校忽然来他所在的中学招飞。

一周前，他在课间的走道口听到风声，令人膜拜的第十四航校要来本高中招生。开始不信，以为是学生间逗趣闹着玩的。在这离外部世界漂得远的半山区，毕业班的坊间传言满天飞，啥样的消息都有，一阵风来一阵风过，以讹传讹的多了去，这种无边无根的新闻，谁会信呢？但第二天上课时，语文老师满怀深情地宣布了一件事：空军十四航校的确要来招生。这一课堂宣布，等于将传闻坐实。真的，是真的了。这是上苍赐给这个偏僻山区小镇的大礼，航校竟然破天荒地选中这个乡村中学来招生！

两千人的小镇沸腾了，人们奔走相告，比过年还亢奋，谁不想自己的家乡饰脸呢,尽管大部分家庭并没有孩子上高中。高二的学生们乐开了锅,有人笑歪了嘴,有人激动得哭泣。安建军也被炸翻了。

他还是无法相信,以为是在做梦,是梦里发生的事,但一个人的梦不可能从黑夜做到白昼,从今天做到明天,从曙光射上额头还在延续。是真的,同学们说了,老师说了,校长也说了,班级里已在组织男同学报名。生逢如此大事,怎么能睡着觉,怎能不失眠?白天思,晚上忖,人激动得不得了,几天没睡着觉仍精神抖擞,似乎浑身注满了鸡血。

打听细了,这所航校,大名鼎鼎,属空军序列,主要培养开运输飞机的飞行员、机务员、报务员、领航员。当时,民航隶属于空军,为空军民航部队,运输飞机主体是载客飞机,客机大部分从国外进口。当然,也有运输货物的,也有灭火灭虫、抢险救灾的。飞行是高档人的营生,学生们在传,老师在传,小镇上的长舌妇和大嘴男统统在这么说。

对于农村娃,九年义务教育,五年小学、两年初中两年高中,初中以下想读书的可以延续,但高中招生名额不足,差不多只有一半的初中生能蹦上高中,而高中毕业就成为有学问的人了,哪家出了个高中生,那是要杀猪宰羊庆贺的。不过,高中毕业,也顶上了天花板,在当时没有高考的背景下,这些"知识分子"就得和他们的祖祖辈辈一样,奔向黄土地,奔向庄稼,从事"修理地球"的行当,一年忙到头,还有可能填不饱肚皮。这个,谁都没有怨言,父亲辈、爷爷辈都这么过来了,他们又能怎样呢?

然而,可能改变命运的机会来了,怎么睡得着觉呢,应该睡不着。晚上躺下,二三点就醒,脑袋瓜里一直盘旋着招飞的事,已经好几天了。今儿晚上也是如此,十点多上床,辗转反侧,到次日三、四点才迷迷糊糊进入梦乡,不多久就被天边透进来的光束刺在脸上,倏地惊醒。嘿,想不到一个人的精力在关键时刻会如此成倍地爆发、放大。今天凌晨惊醒,估计也就四点半光景。见父母没起身,他也就和衣再躺了会,继续他满脑子的遐思杂想。屈着指头算算,今天才周三,到周五,还有两天两夜,熬到周五才能轮到他们的面试和初检。

2

身着上绿下蓝空军制服的高教官不停地踱着步。面对黑压压的人阵,他显得有些心烦气躁,蹬着坚实的军制牛皮鞋不停地踱步。蓦地,他停下脚步,瞥了眼排着长队的学生,将指背嗒嗒嗒地敲敲桌面,用食指指向队伍,不耐烦地说:"这个,五排以后的同学可以回去了。"怕底下不明白,他又提高音量吆喝一遍,"队伍五排以前的留下,五排往后的同学散了!"

大半天下来,高教官似乎有些倦怠,连喘气都粗重了,鼻子里仿佛冒着烟。哎,人太多,太踊跃了。来这么多学生,需要逐个面测。先是初步的检测,身高、体重、视力、有无色盲及沙眼……初选合格,往下再做进一步的体检。如果前几项都通不过,尽早打发了回家。在这个县的几所中学,计划招收十名空勤人员,却来了五、六百学生,招收的后备对象已绰绰有余。这是最后一所中学了,地方有点偏,但计划中的安排又不能不来,经过几天玩命般的折腾,负责招生的工作人员都有些疲态,心里已在准备收摊了。领队的高教官这么说,自有他的道理,也代表了招生组大部分人的心迹:这所中学的学生偏小偏瘦,也许地瓜、玉米填不饱肠胃,许多孩子连发育都未成熟,而队伍五排往后的同学更是矮矬,有的身高怕不足1.60米,上来也是淘汰,不如趁早下了逐客令,省得做无用功,何况,他们招生的储备人员已经足够,队伍后面那些"小个子"可以提早撤了。

安建军当场泪涌。不知怎的,男儿从不轻弹的泪水如泛滥的洪水,哗

3

哗直下,忍也忍不住。如果就这样被打发回去,好不容易熬来的机会等于蒸发了,这时不弹泪啥时弹呢?像长颈鹿一样伸了大半天脖子的同学们开始恹恹地往回走,许多人无限向往地瞥一眼前五排没被喝退的同学,瞥一眼跑前跑后的招考人员,瞥一眼威风凛凛的高教官,满脸灰败地向后退去。

学生们都走散了,招生组已在收拾东西,准备捆包装箱。

"咦,你怎么还没走,找谁?"高教官问。

"报告、报告高教官,我身高够高。"安建军红着双眼圈说,尽量不让泪水涌出。

高教官端详着这位瘦小的同学,揣着警惕:"你怎么知道我姓高?"

"听别人这么叫,我也跟着这么称呼。"

高教官用手轻轻捶了捶自己的酸胀的后背:"啥子事?"

"报告高教官,我身高够高。"他感觉头顶的气压很低,眼眶更红了。

高教官觑了觑他:"刚才没测量?"

"我在五排以后,应该回去的,但我够高度,符合条件,所以留了下来。"他觍着脸说,心脏怦怦地响。

"别人都散了,你专门留下来?"高教官又对他上下瞅了瞅,"你身高应该不够。"

"我够。"他心头紧缩,一手捂住腮帮子,又欲坠泪,"不量一下,怎么……知道我不够?"

"嘿嘿,你在怀疑我的眼力?"

"不是,有的人看起来高,量起来不高……我是看着不高,量着够高。"他的声音粘稠带涩,哆嗦着说。

"哈哈,有意思。"高教官目光慵懒地瞄了眼工作人员,"可是,我已发过话,后面的同学都散了,为你一个人开小灶是不是不现实?"

"没关系,高教官。"他鼓起了勇气说,"同班级男学生里,我身高第三,大家都晓得,明里暗里也经常在一块比试。今天招生,第二高的被你们初取,最高的同学视力不合格,已遭淘汰,同学们知道了也不会说啥。"

高教官笑了。突然之间,高教官被他清纯的外表吸引,被他又黑又亮的眼睛打动,被他有些肿胀的红眼圈感动,打动和感动一拥而上。他侧身对正在收拾东西的工作人员说:"诸位可不可以破一次例,为这位'顽固'的同学测一下身高?"

年龄稍大的男医生正拾掇着挎包和资料,绷着脸说:"其他人都解散了,为个别人破规矩,不大好吧。"

"看样子,他不像是演苦情戏的。"高教官说。

旁边的一位年轻女医生,瞧安建军眉宇清朗,一双眼睛聪颖执著,又瞧着他穿在身上有三块小补丁却被洗得又白又净的的确良衬衫,动了恻隐地说:"可以,我来。"

安建军听见这句重磅级的话,仿佛听到了人世间最动人的天籁神曲,双膝一曲,就要跪下去。女医生忙上前,双手扶住:"不可,起来!男儿膝下有黄金,可不能随意屈膝。过来,我帮你量身高。"

她请他站到墙边划着的那条身高线上,让他脱去鞋子贴上去。她瞧了瞧他的双脚是否踮起来,没有。再用一把铁尺从他的头顶往下压,直到压不下去了,一量,正好够线,又不放心地瞧了瞧他的脚跟脚掌,确实没有丝毫踮起来的动作,噗地呼出一口气:"1.65米,正好。"

他撸了撸被铁尺压迫过的头发,说:"我才十五岁,还会长个。"

那位男医生说:"废话,哪个同学十五岁就不会长个?说的是目前、当下、现在,懂吗?"

高教官伸着脖子问女医生:"没有水分吧?"

女医生咬了咬唇,铿锵地说:"百分之百够格,不照顾。"

接下来,她帮他量血压、测视力,都过关。女医生眨眨杏眼说:"算你小子走运。"安建军脸上发着烫,还是为自己临时溢起的江湖智慧暗暗喝彩。

一周以后,他和一些初检合格的同学去县城复检,走外科走内科,抽血验尿,一路绿灯。接下来还有政审,到学校调阅档案。政审是明的,他家出身贫农,父亲1926年出生,母亲1930年出生,父亲母亲都识字,有小学四、五年级水平,在农村,也算"读书人家"了。档案上看,他学习成绩年年优级,作不得假。

3

从家乡开往青岛的公共汽车开动了。到了青岛,他将乘绿皮火车向西,去四川广汉的空军十四航校报到。

这天天没亮,头鸡刚亮开嗓门,全家人就霍地从床上爬起,帮他最后料理一遍行箧,衣服、水杯、牙具、烙饼、酱菜……路上得好几天,东西可得带足。晨光微晞,走得近的亲友、几位要好的同学陆续过来,一定要送他到八里外古道旁的汽车站。送的东西多又杂,装了差不多两只大箱子,上车下车的提着吃力,用了根小扁担,两头挑着,虽然难看点,但管用,挑着比提着拎着省劲多了。

自收到录取通知书,安家已前后忙碌了一大阵子,差不多到出发前都在忙。家中出了个"状元",自然要祭祖,要告别亲友。父亲割了几斤肉,又宰了头羊,连续摆了几天流水席,该请的长辈、亲戚请一遍,安建军要好的同学也请一遍。接着亲戚朋友、同学回请他,今天张家,明天余家,后天池家,轮流坐庄。家里也不断有人来串门子,连二十几年不走动的远在百里开外的远房都来探亲、道贺。父母和他就不停地冲茶、递烟、整饭,比过年还闹忙。前后闹腾了两个多礼拜,开始觉得开心、热闹,后来觉得倦乏、闹心,父母累了,他也累了,巴不得出发日子早点到,他早一步离开,还父母一个静谧。

今天,他挑着行囊,和送行的父母亲友走了八九里地,来到公路旁的一座小车站,等候每天一趟过往的公共汽车。乘上了车子,他要先去青岛,再从汽车站挑着行李赶到火车站,搭乘西去的火车。在火车站,碰见同被十四航校录取的几位本县出来的学生,他们也乘这趟车。因在体检时碰见过面,又去同一所学校学飞,显得十分激动,又握手又捶胸的,喉咙都在颤动。话未说完,火车进站了,他们又急急挑起行李,争先恐后挤上车门,对着车票,在自己的位置上坐定。几个同学来自不同的地方、不同的中学,预售的车票也不一起,分在不同的车厢,相互挥几下手,约好了下车见。

安建军头一回乘火车。当然在电影里见过,《铁道卫士》,火车轰隆隆地开,开过鸭绿江,开往炮火连天的朝鲜战场。现在,终于自己乘了上来,想想都要笑,恍如做梦。他们得先乘坐严重超员的列车到郑州,再从那儿中转去四川广汉。

往蜀中方向的火车更加拥挤不堪。他的座位靠过道,旁边是胖子两口子,拖着个四、五岁的孩子。胖子一家两张票却坐了三个人,还将一些小东西搁长条座椅上。挨着他的胖子欺他瘦小,不断地将身子向他这边蹭,他几乎只坐半只屁股的位,而且随时有被挤下去的危险。正当他头皮蹿火,欲出声抱怨时,抬眼望去,还有大量的旅客没有位,横七竖八地塞在过道里。有的老人拿出事先准备好的旧报纸垫在地上,坐下打瞌睡;有人知道买不到座,随身带着小板凳,一挤上车就抽出凳子,安心地坐下;也有人早有打算,将装有衣物啥的旅行袋扣在地上,直接当凳子用。一节车厢,倒有数十人无座,连车厢和车厢之间的连接处都站满了人。要去续杯水,起码得和过道中几十个旅客打招呼,喊几十声"对不起";去趟洗手间,要打扰到过道中一连串人。

见这么多人站着,安建军心中又想:毕竟俺有位置,别人连位置都没,还有啥不平衡的呢。原本也有让座的冲动,但一瞧见这么多人站着,让给谁都不合适,让给谁都解决不了问题。

但坐着半个屁股总归不舒服。胖子还在一寸一寸地往他这边侵挪,最好将他蚕食,这排位置统统腾给他们一家三口。当他越坐越局促时,就和许多买站票的旅客一样立了起来。毕竟第一次乘火车,一切感到新奇,便不觉得累。

列车员满头大汗地跑来跑去,帮人冲水,打扫卫生,同样得和过道上不同的旅客打招呼。当那位小列车员再次经过他面前时,他叫住了她:"你好。"

列车员打量着他:"小同志,有事吗?"

他嗫嚅着说:"想帮你做点事,请问有需要帮忙吗?"

"哇,学雷锋吧。"她两眼放着闪光,"你,几年级啦?"

"已经中学毕业了。"

"哦,看不出,以为是初中生。"女列车员指指满车厢的人,"事情不要太多呵,冲水、拖地、打扫厕所……哎,正好,前面也有两个学雷锋的,哎,小同志,跟我来。"

他紧随着列车员,从过道中的人缝里或肆无忌惮地伸在地上的大腿间跨过去,艰难地穿过几节车厢,来到列车员工作间。列车员用袖子抹一把额上的汗珠,对他说:"小同志,你负责这两节车厢的拖地和冲洗厕所吧,辛苦了。"

领受任务后,他就开始忙碌起来。首先是拖地,但这门工作一点也不好干,过道里尽是人和行李。当他拎着拖把擦地时,迎来的全是旅客们的白眼。有旅客说:"地就不用擦了!人这么挤,怎么擦?不如拾捡地上的垃圾。"想想也对,只有这样了。他一遍一遍地来回走,将过道上丢弃的废纸、瓜子壳、香烟纸、果皮等一袋一袋清理出来,送进垃圾桶。他来回巡了几遍,有人记住了他,趁机将吃剩的饭食和果渣留在脚前,等他过来时塞给他:"哎,小鬼,将这些统统收走!"

厕所里脏得不行,臭气熏天,他进去时差点搅肠翻肚。最要命的是,洗手间里根本无水可冲,他只得用小棍子将无法冲走的粪便拨下去,落在铁轨和枕木之间。车厢拥挤不堪,厕所门口从早到晚都有人排队,他只好在极小的空隙里进去清扫一阵。清空了厕所清过道,清空了过道再清厕所。到晚间十点,他的小腿肚微微打颤,眼前冒起金星,想回座位休息下,但想起邻座那不友好的胖子一家,又打了退堂鼓。接着又干了两个半小时。

夜深了,座位上的乘客和过道中疲惫不堪的人群都合起眼皮打瞌睡,不希望再有人跨过他们的大腿和行李。他也实在累虚了,悄悄溜回座位,硬挤了小半个屁股上去。胖子早在响亮地打呼,睡梦中睁开半只眼,不满地睨他一下,又阖起眼继续强势地打鼾。

落下小半个屁股总比没有好,小半个屁股也是坐着,也是个支点。他困极了,双手扒在餐桌的边沿上,迷迷糊糊了一两个小时,还不断被到站、停站、车上的广播声吵醒。

天蒙蒙发亮了,到达一个小站,上来位抱婴孩的中年妇女,拼着洪荒之力挤到他的身旁,再也难以往前一步了,喘着粗气停住。安建军见状,连忙站起:"大姐,这座让你。"

"呵……"中年妇女红着脸,扭头对手上的婴儿说,"孩子,快谢谢这位小叔叔。"

"不谢不谢,我已睡过了。"

9

说着,他帮中年妇女后背上的大旅行筐拎下来,顺手往里推了推胖子,请她在自己的位上坐下。对她说:"我的东西放上面,帮我照看下,你的行李没地方摆,只好搁地上了。"

安顿好了中年妇女和孩子,他又去帮列车员干活。一觉醒来的旅客,顺便扔出来不少垃圾,厕所门口又排起了长队。

快到中午了,安建军想要洗把脸,傍晚到站,可不能这样去见学校领导。厕所人满为患,即使挤了进去,也开不出水来。连跑几节车厢,都找不见水源。忽然间发觉列车员不见了,一上午都没见着。他拖着两条倦腿,寻到他曾经来过的列车员工作间,见她在里面闭目养神。她张开眼,略尴尬地笑:"腰有点酸,刚歇会。怎么,有事吗?""想找点水,洗把脸,傍晚要到站了。"

列车员懒洋洋地立起来:"跟我来。"领他往前走,来到卧铺车厢门口,指了指里面说:"那儿可能还有水,抓紧洗一把。"他闪身而入,终于把两天多的汗水和污渍清理了一遍。

夕阳衔山时,安建军乘坐的火车到站了。下了车,站上有军车来接,将青岛及山东其他地方来的十几名学生装上卡车货厢,呼呼开往学校。

半个多小时,卡车到达学校营门。着空军制服的士兵绿旗一挥,放他们的车辆进入。卡车左拐右拐,开到一座马蹄形的二层楼停下,司机将后盖车厢打开,安建军和十几个学生从上面跳落下来,好奇地瞅着周遭。

上来一位戴眼镜、年约四十来岁的军官,用带湖北口音的普通话说了几句欢迎词。瞧着这群身着老百姓服装、手扛肩挑行李的学生娃,军官兴趣不大,不愿多说,简单的三五句话就算欢迎词了。

戴眼镜的干部离开后,过来个自称是中队长的人,他扯大了嗓门重复了几句和戴眼镜军官差不多的套话,就对刚进校的"小朋友"们提了"一切行动听指挥"等三点要求。接着开始分配宿舍,按预先排定的房间,将安

10

建军和其他地方招来的学员混合搭配,住下。

安建军的学员生涯由此开始。

4

"嗒嘀嘀——嗒——嘀嘀嗒——"

早上六点半,嘹亮雄美的军号旋律响彻每个楼道。说是军号,也是预先录制的唱片,到时间播放,通过扩音喇叭送达角角落落。这里是学校,是部队院校,也是军营,起床、出操、上课下课、吃饭、就寝,全以军号令。早晨军号一响,开始一天的工作;熄灯号一吹,全体钻进蚊帐,谁也不许说话。这就是军校。

安建军的宿舍为一个大统间,住了十五个人,两张床并在一起,隔个小过道,又是两张床挨一起。年轻小伙,晚上鼾声如雷,一阵紧逼一阵,似在比赛。也好在年轻,相互不觉扰,比谁先睡着,先睡着先打呼,后睡着吃呼噜,渐渐地,人人学会了在别人的鼾声中沉睡过去。这就是集体生活。

半个月后,发军装了,空军制服,上绿下蓝,比起陆军上下一色绿更漂亮。军装一穿,军帽戴上,领章帽徽佩上,腰带扎紧,安建军立马长高了两公分。神气啊,按捺不住去照相馆拍了张照寄回去。呵,空军,多威风。

当了军人,就得从军人的规矩,每天打扫卫生、整理内务。

"内务"这个词听上去抽象,又比较具体,主课是叠被子,以老带新,反复操习,愣是将一床晚上用来保暖的棉被叠得方方正正,四边有棱角,摸上去软,看上去硬,比豆腐干还挺括。一个班的被子在同一条直线上。以叠被子为中心的个人内务卫生,班里要检查,区队要督促,中队要评比,遇到月末,大队也要交叉检查。安建军曾经在电影上见过,战士们的被子折叠得方正,像艺术品,以为摆的噱头,现在自己就成了其中的一个角色,做天天要交的功课，那是真的，半点不夸张。

每天听到军号声，他总是鲤鱼打挺头一个起床，下地，三分钟穿衣，三分钟排除大小便，跑步出操。回来洗涮，整理内务，将被子叠了又叠。上面检查内务卫生的重点也看被子，谁的被子叠得出彩，各个班抽出来的内务卫生检查代表会驻足观摩，指指点点，其中不乏溢美之词。哪个班的内务卫生整齐划一，得分高，就将这一周的流动红旗留下来。每个班将流动红旗的荣誉看得极重。夏天的中午，人倦，想午休会，但为了维持被子的棱角不变，宁可趴在床沿打个盹，也不愿将被子摊开。许多人的被子叠得顶真，叠得漂亮，线是线，条是条，角是角，生动得会说话，不舍得轻易打扰，最好晚上也保持着，不睡觉。

军校的食堂不赖，畅供、畅吃，管饱、管足，只要不浪费。主食有米饭，有馒头，还有大箱笼的包子，副食除了蔬菜，定期有肉、鱼。军队院校，实行供给制，学员每人每月7元津贴费，服装、吃、住统统由国家供给。这样的生活，比七十年代的农村实在是好得上了几个台阶。

集体生活了一段时间，十几个人编个班，从中选班长。安建军勤快、勤勉、勤恳，不计较，王区队长提名，大家同意，稀里糊涂就干起了学员班长。这是个光干活没有权的最底层的"头"，是多做事多吃苦不多拿一分钱的活。他也想不到会选他。好在他在初中高中都做过班长，好像班长这差事跟他挺有缘。

前三个月都是军训，队列训练。"这里是十四航校，中国人民解放军空军第十四航校，是学校，更是军校，军校学员首先得是军人，要成为军人，首先得军训。"中队长说了，王区队长也说了，说了就开训，雷厉风行。

基本功为"三步走"：齐步走、正步走、跑步走。重点是前两项。难点是第二项——开正步，那是天安门阅兵方队经过检阅台时的步伐，皮鞋敲在水泥地上发出"咔—咔—咔"的震动声。当然，他们穿的是胶鞋，不是皮鞋，但踩出来的声音照样哐哐响。

正步难，难在动作标准，不仅单个人要做准，而且需要一行人踢出的步子在一个高度，同一角度。要达到相应标准，不脱几层皮根本无法修成。

分解动作开始：左脚向正前方踢出约75公分，腿要绷直，脚尖下压，脚掌与地面平行，离地25公分，上体保持正直；右手指轻轻握拢，拇指伸直贴于食指第二节，向前摆臂时，肘部弯曲，小臂略成水平，手心向内稍向下，手腕下沿摆到高于最下方衣扣约10公分处；左手向后摆臂，手心向右，手腕前侧距裤缝约30公分……行进速度每分钟115步。

难就难在整齐划一，脚抬起25公分，一排人的脚挂在一条直线上，教员用尺子量，抬起落下的时刻要一致。练完了分解动作走连贯动作，"一、二、一"整整走了两个月。齐步走、跑步走、正步走，尤其是踢正步，踢掉了几斤肉，踢掉了几百斤汗，踢得随性了，踢出了感觉，姿势也差不多练出点形。

那次晚点名后，安建军解下腰带，问王区队长："啥时开飞机呀？"王区队长翻翻白眼："开飞机？想开飞机了？""是，特想，咱是招的飞行员班。""嘿嘿，没踢好正步，就想上天开飞机？"

安建军诧异地问："这，两者有关系吗？"

"忒有关系了。"王区队长严肃起来，"队列训练，军姿军规，步调一致，这些都是基础课，只有基本功过硬了，才可以考虑开飞机。"

"啊？可是，这都军训三个月了。"安建军窘急地说。

"长吗？这是军校，航空学校，首先是空军、军人，不是民兵，更不是百姓，要尽快完成从老百姓到军人的转变。军人，当然要把军训训实了，这几个月的军训，说不定对你们一生都有重大影响。"

"那，还要多长时间？"

"还早,先准备汇操吧。"王区队长瞅着远方说。

汇操的意思,是比操,竞操,个人与个人比,团体与团体比,看谁的分数高。首先是班里自练,看谁的动作标准,谁的动作走形。班里练好了,区队(相当于排)汇操,以班级为单位齐步走、正步走、跑步走,上面来人打分,排座次。其次是中队(连)汇操,以区队为单位走齐步、踢正步、赛跑步。再往上是大队(营)汇操,一个区队一个区队小赛,一个中队一个方阵比试。最后是学校层面的大汇操,这类似于检阅,设有主席台,校领导在台上检阅,以中队为单位的方阵逐一通过。先是齐步走,经过主席台时,领队发出"向右看"口令,全体队员目光向右,脚下变齐步为正步,开着正步通过主席台,再换成齐步走。炎热的阳光下,一场一场的队列比赛,一次一次的汇操,一遍一遍的齐步走、正步走、跑步走,走得你惨雾愁云,晕头转向。几个月的军训,先后有六人虚脱,送往医院挂水。

军校也有娱乐,一周或两周放场电影。晚上七点半,夜幕彻底罩住了城市和乡村,学校的大操场上支起一大块白色的幕布,那就是露天电影的银幕。各学员队人人挎个小方凳,迈着整齐的步伐,嘴里喊着"一、二、三、四"的口号进入操场,按预先划好的位置整齐坐下。队伍到齐后,先有个拉歌环节,以中队为单位比齐整、比中气、比嗓门。歌曲为清一色的队列歌曲或进行曲,像《打靶归来》《解放军进行曲》《学习雷锋好榜样》《没有共产党就没有新中国》等。半小时的拉歌结束,电影才正式开场。看电影也是集体活动,不能随便请假,如遇特殊情况迟到,再挤进队伍会显得非常麻烦,因为按划好的座块,中间是穿军装的教员和学员,两旁边是家属和勤杂人员。

一次,放映《大浪淘沙》。安建军临时闹肚子,请假上厕所,来回拉了好几次,赶到操场,电影已开映。他不好意思从外三层里三层的家属和学员队挤进去,就识趣地溜到银幕的背面观看。这个电影他在中学时看过两遍，印象深，有的台词几乎能背下来。和他一样，在背面看电影的也有几十号人，多数是学校的勤杂人员。从背面看也挺清爽，声音一样，人影一样，就是左右是反的，幕布上演员右脚是左脚，右手是左手，右手开枪，背面看是左手持枪开火。

走完了队列，还有强化训练，各种器件挨着做。体能训练，穿着短裤短袖跑步，一万米。这一大轮下来，学员中被"枪毙"了百分之十五，留下的更为金贵。

5

集中军训告一段落，开始上基础理论课。

基础课之后为专业课，发动机原理、飞机原理、无线电、航空气象……这像学校了，学校就应该上课。讲课、听课是学校的根本。政治课比例不低，党史、军史，政治经济学、科学社会主义、哲学、时事政治。后来，专业课越拆越细，飞机原理中又分机翼、机身、机头、起落架、发动机等等。航校兼军校，早上出操，白天上课，晚上点名，做作业，天天排得老满老满，全负荷转动。

上着上着，安建军又按捺不住了，问王区队长："啥时上飞机？"

"不该问的别瞎问。"王区队长黑着脸说，"理论学好了再说。你以为骑自行车，不学力学就能上手？这是飞机，天上飞的，不是地上走，也不是水中游，是天上飞，不学好理论怎么上天？"

"是不是可以边学边飞？"

"放臭屁！我看你脑子进水，思路打结。"王区队骂了他一通。

他哑火，乖乖回到教室做功课。凭良心，安建军求知若渴，门门功课在前五，是全中队数一数二的拼命儿郎。这一学，又学了大半年理论。这一轮,又有少数人惨遭淘汰,黯然出局。

这天,他的老毛病又犯了,实在忍不住地问:"区队长,到底啥时开飞?"

这次,王区队摸了摸鼻子:"啊,快了,小子,这回真快了。"

他听了,原地蹦起三尺高。他早想在空中打开世界。

上飞机前,先分专业。飞行,也有专业区分。在志愿上,谁都填一笔:"服从分配。"具体分到做什么,要碰"运气"。同在天上,同在一架飞机上工作,分工也不同,至少有驾驶、报务、机务、领航等工种。严格地讲,主要有飞行驾驶、飞行领航、飞行通讯专业,三大专业都属飞行,而内容完全不同。

除了训练、读书和接下来的飞行,日子还要过。飞行学员期间,相当于空军义务兵,每月7元津贴费。安建军是来自农村的孩子,每月只是买点牙膏啥的,花费不会超过2元。钱多呀,实在花不掉,存进银行2元,剩余3元寄回家孝敬父母。多么乖的孩子,父母看见汇款单就想掉眼泪。

6

安建军终于要离开校区,下去学飞行。

真要离开了,眼角莫名其妙地湿润起来。在这里,他完成了军训,系统学习了基础理论课、专业理论课,更重要的是和教员、中队及区队领导、学员们朝夕相处,完成了从一个中学生到军人的嬗变。这两年多时间,他生理发育成熟,个头长了十公分,心理上从一个翩翩少年过渡到了愣头青年。告别那天,他和带过他的教员、王区队、中队长,和在一个宿舍里睡了两年的同学抱头痛哭,弄得跟生离死别似的。最后,中队长大喝一声:"都是革命军人,别哭哭啼啼像个婆娘!他奶奶的,谁再嚎丧我抽谁!准备出发!"大家方擦干泪花,敬礼告别。

安建军被分到遂宁飞行员团学习飞行。

到达当晚,安建军和几个学员憋不住想去"摸飞机"。

吃过晚饭,点完名,八点半左右,安建军和甘同学等三名学员前往跑道"散步"过去。四周岑寂,远方有黑黝黝的山影,星空下,不长的跑道上,孤零零地停着几架初教-6型飞机。飞机个头不大,看上去有些单薄,像一阵风就能刮跑似的,但毕竟是飞机,他们朝思暮想升上天空的真飞机。在广汉航校期间,学习那么多飞机原理,见得多的是飞机模具。在那里,也有供教学用的真飞机,但主要是"展览",仅供观赏和教学,并不能亲密接触,更没有动手操纵的机会。现在不同了,到了飞行团,就是来开飞机的。尽管面前的飞机又矮又小,但这是将带他们飞翔蓝天的真机,心里还是憋不住澎湃起来。

他们轻轻地靠前,小心翼翼地贴上去。近到跟前,心脏不由自主地咚咚狂跳。"啊,飞机。"安建军暗吁一口气,伸出双手忍不住地抚摸了上去。

"不许动!你们是谁!"

惊天动地的一声暴喝,吓得他们蹲下身去,举起双手。听声音,是从背面传来,转而一想:自己又不来搞破坏,只是出于对飞机的热爱,来近距离感受一下,怕个啥?想到这,安建军心中稍定,垂下手,向后转头望去。跑道上,大踏步走来一名军官。他们当即站起身来,向来人敬了军礼。军官见是穿制服的几名学生,脸上的肌肉刹那松弛,也放下了警惕的眼光,"你们……偷偷摸摸干啥子?"

安建军抖抖豁豁地说:"过来,瞧瞧飞机。"

甘同学说:"对,点完名,没事了,一块过来瞅瞅飞机。"

"你们没见过飞机?"

"见是见过。"安建军勾了勾嘴角,"我们是刚分来的飞行学员,好奇,没忍住当天就来瞧飞机。"

"学员,也不能乱动飞机!"军官严肃地说。

听声音,似曾相识。安建军心中纳闷:听这人的口音怎么有几分熟络呢。对方走近了,月光下,那个中年军人中等个子,浓浓的眉毛,高高的鼻子,笔挺的腰板,即使在月光下也是精光毕现的眼神……原来是他,这个人的印象实在太深刻了。

"高教官,您是高……教官。"安建军睁大眼瞅了瞅对方,脑袋几乎缺氧,嘟囔着说。

"你是谁?知道我?"

"我叫安建军,是两年前您去我们中学招生时招来的。"他仍像泥塑木雕似的。

"哪里人?哪所中学?我招来的学生多了。"高教官狐疑地说。

安建军欠了欠身说:"山东溪下中学,不知您还有没有印象?"

高教官拍拍脑门:"哦,好像想起来了,想起来了,当时情况有些特殊,你是那个刚够高的学生,1.65米,是不是?"

"对,对,您的记性真好。"安建军欣喜开怀。

"完全记起来了,安建军,名字也好记。哎,长个了啊,怕有1.7米朝上了吧?"

"1.74米。"他乡遇故人,安建军激动之情溢于言表,"到广汉后,我打听过您,听人说您在飞行团当教官带学员,而且调来调去,工作地不太确定,想不到……"

"想不到,重逢在黑灯瞎火的旷野是不是?"

"不不,原本想打听清楚您在哪儿,专门去拜访高教官的。"

"更正一下,这是空军,中国空军,人民空军,称教员,不兴称教官,明白吗?"高教官一字一顿地说,"飞行教员和你们在学校的理论课老师一样,都称教员,记下了。"

"这个……是！高教员。"

安建军说着,将甘同学、吕同学等介绍给他。

高教员分别和另外两位学员握握手,使劲抖几抖:"哈哈,也算有缘,我来带你们上天。"

安建军差点滚下一行热泪。高教员是他生命中意外遇见的一道光,于他有知遇之恩,如果招生那天没有高教员的"法外开恩",他或许至今仍在老家干那面朝农田背朝天的营生。

7

到飞行团,当然是来开飞机。明天就要开飞。

日盼夜盼,从溪下中学盼到十四航校,从军训盼到理论课,从理论课盼到专业课,从广汉盼到遂宁,终于盼来了登机飞天的那一刻。而这一天一旦正式来临,激动之余,又睡不着觉。是悚惧还是不安？似乎都搭点边。离地三尺,心有点悬。平地都起波澜,何况在空中。这几天在飞行团,听前辈们说,飞机上天,摔死人的事还真有发生的,而且不止一回。教练机一师一徒,像蜻蜓,轻飘飘的,钢铁架子没几斤重,在空中也有故障,也有坠机,听说有一次,飞机撞山,师徒二人无一生还。

突然想打个电话到家里,跟爸妈絮叨上几句。出来两年多,没听见父母的声音了,一直都是写信,每月一封或两封,家书抵万金。忽然间想听听妈妈的声音,还想亲口告诉他们,明天正式开着飞机上天了。主意打定,下午匆匆赶往邮局。邮电局的门敞开,挂号打长途电话的人真不少。许多人在柜台上填单子,单子上得写明打往何地、电话号码是多少,单子填毕,晾在一旁等着叫号。填好的单子都交给柜台,由柜台工作人员将单子交给总机房,总机室按每个单子登记的情况,像接力赛跑一样,将电话接转到要到达的邮电局,当地邮局再转到相应的单位或分机。但这种需要经过多个邮电局中转的电话往往卡壳,或没讲几句话就断了线,更可恨的是,许多人排了一上午队也通不上话,只得申请销号。

安建军到了邮局才发觉自己脑子被子弹打过,他在农村的家中根本没有电话机,只有公社一级行政单位才有电话,即使邮电局费了老鼻子劲帮你接通了,钱花出去不算,公社邮局的人绝不可能跑到他家里请他父亲或母亲来听电话。这一想,也就不用填单子和挂号排队了,省得等老半天也白搭,便迈着晦涩的脚步打道回营。

左思右忖,还是写封信,平常不也通过写信沟通吗?当晚,他伏案奋笔,给父母写封家书。尽管三天前刚寄出一封,但这一封意义非凡,必定得写,因为明天就要飞了。这一写,竟收不住笔。他详细回顾了在广汉几年的峥嵘岁月,回顾了到飞行团不多的时日,谈到了几年中对父母及家乡的思念,谈到了在家乡的中学时代,谈到了小学时代,甚至连童年时光的点点滴滴都浮涌上心头,流露在笔端。写毕一瞧,这封信比以往的任何信都长。平时的家信平淡无奇,格式和套路类同,前面谈点近期的工作、学习与生活,后面写下一阶段的计划,尽管这些计划不是他说了算,每信一页纸,有时半页,顶多一页半,有点像工作汇报,基本是完成差事的路数。这封信不同,洋洋洒洒写了八九页,是至今历史上最长的一封信札,写到后来,真情流露,文笔也比以前顺溜得多。

写完后自己默读一遍,有些不对,感觉像遗书似的,是怕明天上天有啥不测,就事先写了这么一封"万言家书"?想想不对。但写好了,满纸的情感,不愿作废,难得有这么泉涌的文思,难得有这么耐心的笔墨。晚上邮局关门无法寄出,先锁进抽屉,明天一早经收发室投递。他耐心地粘起信封,贴上邮票,熄灯的军号已经吹响,他迅速扯去外套,双脚带身体吱溜一下滑进被窝,顺手拉下蚊帐,等待明天升起的太阳。

8

安建军坐上初教-6学员位,心旌摇动,脸上不由自主地青一阵白一阵,好不容易才将呼吸调匀。

带教师傅是高教员。高教员气定神闲,目光随和,坐上飞机像骑上了自行车那样轻松。他也心定了不少。"第一次上飞机,紧张?悚惧?"高教员扬了扬眉头,朝着远方说。他扭捏地点点头:"有点。如果说不紧张,那是假。"

高教员清虚的目光骨碌碌扫了他一遍:"马上要起飞了,如果害怕,可以先闭下眼,等上了天,再睁开。"

"不,不用,高教员,我始终睁大眼。"安建军原想闭眼,待教员驾机升空后再张开,不料心事被对方说破,横竖横也得做出勇敢的壮举了。

教练机滑跑时,安建军的心砰砰狂跳,双眼还是不听使唤地闭了闭,待他再睁开眼时,飞机的轮子已经离地,感觉人和飞机像羽毛一样轻轻飘了起来,一颗心却扑通扑通地直往下坠。他咬咬牙,噗地吐出一口气,将目光放远,村落田畴已在脚下,炊烟袅袅,远山绀碧,阳光斜来,出现了一幅从未见过的图景。随着飞机的升腾,他的心也升腾了起来:"不恐,高教员,我不恐了。"

"不恐就好。看着我,今天主要带你体验人在空中的感觉。"高教员轻松地驾驶着,表情平和自然,似在摆弄一个小小玩具,"以后会一点点教你们飞行。嘿,飞机有什么了不起,不过是比蜻蜓大一点的玩具而已,不就是被我们坐着,载着我们到处逛吗?"说着,高教员驾机在空中转了一圈又

21

一圈,拉出一条条漂亮的弧线。

安建军马上被逗得发笑。他挺了挺背脊骨,心脏也从嗓子根回归原处,目光开始四处游荡。忽然发现他俩的这架飞机老在这高度飞来飞去,不禁问:"高教员,能不能再飞高点,往上面飞?"

"哈哈,刚才还恐着,才一会儿就不满足了?这是目视飞行,仪器仪表有限,飞高点可以,太高了不行。"

"为什么?"安建军抬头望天,苍穹深邃,那儿还很远很蓝,飞它个十万八千里都摸不着边。

高教员不马上搭理他,轻轻压杆,机头上翘,飞机载着他们往上飘去,上到三千多米,就在这一层兜圈。

"你以为是SR-71侦察机,还是U-2,能上几万米高空?初教机,只能飞到三、四千米。"高教员说。

"嗯。"他嘴上应答着,心中有些不爽。怎么才几千米呢。

落地后,安建军免不了激动,终于上过天了。见着人就说:"我开飞机,上天了。"

许多"老人"讪笑笑,望着他的背影摇头:新司机,没见过世面。

当晚,他又写一封信,写出他第一次上天的感受,将随高教员一块上天的情况仔细描述一遍,足足写了三页纸。他写道:虽然开的是螺旋桨小飞机,才几千米高,但总归是飞机,关键是飞上了天。信中,他还得意地引了句诗作比喻:"苔花如米小,也学牡丹开。"第二天一早投出去。

9

飞完了初教-6,飞运-5。运-5是教练机,也是运输机,更接近实战了,或者说就是实战机,许多民航管理局,运-5就是用来载客飞行的。

安建军脑子鬼精,上手快,动手能力强,初教机飞下来顺风顺水,运-5飞上去也波澜不惊,是飞得最好的三学员之一。天份,加上勤勉,开飞机也真不是啥难事。一路有高教员带着,显得沉着,显得有依靠,有底气。

运-5这款机,仿制苏联的,设计为后三点式。这种飞机上了天,平飞也还正常,但它有致命弱点——落在跑道上时,头高尻子低,驾驶人员的视线正好被机头遮挡,看不见前面的跑道,只能从两侧看,弄不好,就横到草地上去了。不过在安建军眼里,也不算个险事,驾驭起来,照样得心应手。

三年多的学员生涯像风一样吹过,结束了。第一年尤其慢,似乎旅程无比遥远,度日如年,一天一天熬,一个星期一个星期砌。第二年稍快,墙上的挂钟都仿佛走得急一些了。第三年,越发快了,飞了初教飞运-5,一年多时光刷一下从指缝里溜走。毕业了,面临着分配,分到全国民航六大管理局的某一个地方。

安建军实诚、工作勤,理论课和飞行技术将同学甩出几条街,毕业前就入了党。是党员就得响应党号召,带头写申请,去那"三个最":到最偏远的边疆去,到最艰苦的地方去,到祖国最需要的地方去。这是上面倡导的。他是农村出来的孩子,能吃苦,能硬撑,到哪儿去都无所谓,到哪儿都能扛,他已做好了去新(疆)、西(藏)、兰(州)的预备,新、西、兰将三个"最"都囊括了。

申请书交了上去,私下也找人打听过,今年分配,飞行专业,没有去西藏和青海的,最远的乌鲁木齐,其次就是兰州、成都。他找机关的熟人问了问,成都条件优越,大后方,养尊处优之地,有人抢着去,自然轮不到他。北、上、广等热门地更是想也甭想。那最大的可能就是西北方向的兰州和乌鲁木齐。他已暗暗做好了去大西北的心理准备,并煞有其事地背了几首边塞诗来壮壮胆气,如:"忽如一夜春风来,千树万树梨花开。""明月出天山,苍茫云海间。""羌管悠悠霜满地,人不寐,将军白发征夫泪。"

他将自己可能的去向写信告诉了父母,同时表示,即使去了兰州或乌鲁木齐,远是远点,毕竟开民航机,也在市区,不会像很多军校毕业生那样,说是分到某某军区,实际上是在某座山头的梢端,或在大雪满弓刀的边境线上。他们写申请要求去"三最"的事迹被航校的通讯员写了篇报道《春晖寸草心》,投到《解放军报》和《空军报》,在头版二、三条进行了刊发。

最后一二周,大家都没心相了,主要是告别、告别、告别。向领导告别,向教员告别,向同学们告别。这一别,天各一方,不知啥时还能见面,有些人,也许一别就是一生。他专门去拜访高教员,高教员拍拍他的肩,说了许多期许的话。离开时,他竟然哽咽得说不出话。

事关分配,传来传去的小道消息尤其多。除了传言,也有流言:某某去太原,某某去成都,某某送了中队长两盒点心安排去了广州,某某送了教导员一台红灯牌小收音机被内定了去北京……个个煞有其事。安建军的内心笃定,也给自己抓了几次阄。六张纸写上六大管理局的名字,团成团,揉了又揉,洗了又洗,然后抽出一张打开。试了三次,一次兰州,一次成都,一次太原,竟没有乌鲁木齐。他自嘲地说:迷信,不作数的。

那天下午,中队开会。宣布分配结果。教导员清清嗓子,运足中气,先讲了粉碎"四人帮"后空军的大好形势,对毕业学员致以最美好祝愿。话锋一转,开始朗读学员分配名单。

安建军坐在人群的中间。按规定,矮个坐前面,个高的依次往后。这几年,部队大灶伙食好,营养丰富,他长个长肌肉,毕业时身高达到1.75米,体重73公斤,成了一位真正的"大人"了。

教导员宣读人员去向时,语速加快了不少,巴不得一气读完,走人,安建军没注意听就已经结束了。他真没听清自己分去哪里,心里一直惦记着兰州、太原甚至乌鲁木齐的事。中队干部晓得每遇分配容易出现思想波动，更怕有人在会上当场发难，一念完名单立马宣布会议结束，解散。

安建军跟着人群往外涌。旁边的甘同学说："安建军你可以啊，分到了上海管理局，进大上海了。"

"啊，你说什么？"安建军错愕地问。

"你小子还装懵，装吧，装得跟没听见似的。"甘同学吱溜一下从旁边溜开了。

安建军当时思想开小差，的确没注意听这么一长串名字，满脑子想着西北的雪有多厚，气温有多低，还在"秦时明月汉时关"的思维中打转，直到有另外两名同学恭喜他，才将信将疑地问："你们说笑话吧？"

分到北京的吕同学说："你脑子在走啥神？宣布了，刚才，当众宣布，哪能有假？"

"啊，我去上海？怎么会去上海？"

蔡同学一脸茫然："怎么，最大最牛的城市，不喜欢？"

"民航上海管理局，真的吗？"

"你不信，跟我换，我是江南人。"分去成都局的蔡同学说。

"组织分配，就是命令，怎么能换来换去！"他一跺脚，较真地说。

二、苏式飞机

1

从广汉空军十四航校毕业，安建军穿上了"四个兜"。

在那个容易热血沸腾的年代，"四个兜"是多么的令人艳羡。穿着军装的军人吃香，四个兜的军人更吃香了。六七十年代，当战士、当学员穿两个兜的军装，衣服只有上面两个口袋，纽扣扣在袋子外面，这两个"兜"可以用来插钢笔、放钱包，下面光秃秃的没有口袋。一旦从学员提了干，下面增加两个兜，变成四个兜，而且上下两个兜的纽扣在内侧，是隐扣，外面看不出。有了四个兜，可以在兜里存放更多的东西，尤其是下面两个兜宽大，能塞进小笔记本之类的物件。这还不是关键，关键是多了两个兜，身份发生了质变——从兵变成了官，以前称军官，外军也称军官，中国军队称干部——军队干部，其实都一样。

穿上干部装走在街上，引来路人注目。这些内心羡慕的人群，有老人，有孩子，有年轻男女，也有外国人。那时，来国内的外国人属于"稀缺品种"，一次，安建军身着军装走在空旷处，一对来华旅游的日本夫妇靠上来，向他鞠了个躬，请他合影。他吓得往后猛跳，一个劲地摆手："不，我们军人不能随便和外国人合影。"

安建军是搞飞行的，除了普通的制式军装，还发飞行礼服，戴大盖帽，比一般军人的软盖帽神气得多。大盖帽上嵌国徽,下镶民航徽(空军民航部队的徽章)。飞行时,还有工作服,加起来的服装足够装一箱子。

提了干,从供给制转为薪金制,每月工资52元。吃饭、穿衣还是国家的。当了军官,突然"富"起来。啊,52元,怎么花得完?寄回家50元,自己留2元。爸爸妈妈笑死了,笑得肚皮痛,笑出眼泪水,这么多钱啊,每月收50元,一年600元,三年就够盖幢房子了。在乡下盖幢二层的小楼,不就几千块钞票么。

分到民航(空军)上海管理局后,入驻虹桥机场,当副驾驶。当时,运输客机以苏联造为主,上海管理局辖内,就有里-2、伊尔-14等十多架客机,清一色的苏式机。按上级指令,安建军首先飞里-2。

2

隆冬,虹桥机场袒露在旷野中。草地上,结着白白的浓霜,仿佛一层薄纱轻披在上面。

安建军第一个到场,早早做航前准备。登上满身钢铁疙瘩的里-2,一股寒气从脚底窜起。他冷不丁打了个寒噤,往上拉了拉皮衣的领子。

机舱里黑乎乎,阴森森,冒着寒光。他脱下手套,伸出手去摸摸前面的仪表,冰一样的感觉。"啊,这么冰,比天气还冷。"他自语道。着手做些准备。一会,机长和其他机组成员鱼贯登上飞机,互相打着招呼,开始航前的系列程序。他们执行的是上海至广州的航线。

"别小看这里-2,蒋介石也坐过的。"鱼旺机长笑呵呵地说。

安建军说:"瞧虹桥机场内,几乎全是苏联机。"

"美国的麦道、波音机还到不了这儿,当然是苏式的。"鱼机长不以为然地说,"嘿嘿,苏联造,并不落后,结实、大气。"鱼机长活动活动手脚关节,"今天多少客人?"

"五名乘客。"安建军说。

齐燕子蹦蹦跳跳地奔入机舱。她是本次航班的唯一空乘。她的进入,寒冷的机舱似乎立马提升了温度。

"才五名客人。"安建军勾了勾唇角,"飞不飞?"

鱼机长嘿嘿笑道:"废话,班机,一个人也得飞。"

安建军埋下头去工作,不再言语。当时,购买机票需出具县、团级以上单位的证明,乘飞机的基本都是各条战线的干部,有多"壕"气,一般的工人农民连证明都开不出,怎么可能乘飞机?里-2飞机小,共十二座,也坐不满,常常才七八名旅客。

上海飞广州,里-2航程不够,得在南昌或其他地方降下来加次油,再往前飞。即便如此,也比乘火车、坐轮船快了许多,水上交通、轮轨交通,没个几天几夜熬不到广州。

里-2也是后三点式飞机,和运-5差不多,起落架主轮在前面,落地滑行时飞行人员正面看不见跑道,非得从侧面看,屁股指挥脑袋。机组由一名机长、一名副驾、一名报务、一名领航、一名机务五人组成,外加一名乘务员,六名工作人员载着五名乘客,轰隆隆地飞往广州。

发动机开始旋转,声音震天响,方圆几里的人听见都捂起耳朵。乘客全是男的,衣装笔挺,头发光亮,个个有身份,飞去广州公干。多了个年轻漂亮的女乘务员,机舱里显得暖和,显得明艳。齐燕子是北京城里人,身材苗条、脸蛋清丽、笑容迷人,是千万人中挑出来的。那时,民航空乘又是女兵,没几个地方的女孩有这个荣幸,只有北京、上海、天津三大直辖市的个别高中才有招女空乘兵的名额,自然是千里选、万里挑,挑得人眼花缭乱的殊荣。

上了巡航高度,齐燕子就拎着热水瓶替客人注水,那时都是热水瓶盛开水冲水。她刚打开水瓶盖头,飞机就颠簸,热水洒在一位客人的皮鞋上。她脸色刷地变绿,赶忙道歉。客人瞥了她一眼,很有身份地抖了抖脚:"不怪你,颠簸弄的,你自己也小心站稳。"

"对不起。"齐燕子想替对方擦水渍,又一阵颠簸袭来,她只能先坐下。里-2飞得低,在三千米空中,气流冲撞剧烈,强颠频次高,常惹乘务员呕吐。

好在航班稀,乘客少,飞行和空乘人员一个月飞30小时差不多了,不用天天飞。尽管飞机小,噪音大,速度小,飞行员又冻又累,但飞行时间稀少,不用加班,休息时间宽松,相比现在飞行人员的没日没夜,也算天堂般的日子。

飞在天上,没有地面雷达监控,全靠飞行员的一双眼睛。三四千米高度层,为雨雪雷暴的频发区,遇见积雨云,就要规避,经常绕来绕去。冬天季节,雨多、云多,靠目视飞行的基本是绕路走。

"嗨,鸟天气,今天又得多飞两小时。"鱼机长一边驾机,一边对着天边的乌云咋咋呼呼。

安建军目不转睛地盯着前方,看见有的地方白亮,有的地方灰暗。鱼机长驾机拼命往光亮的地方钻。翼下的云层被他犁开了一道口子。

"如果眼前云多,就要比亮度,看亮色,哪个地方亮堂,说明那边的云薄、透,就往那儿飞,准没错。"鱼机长说。

"嗯,寻找云端里的祥光,哪有祥光就往哪里飞。"安建军由衷地说,"这是鱼机长的秘籍之谈,多谢慷慨解囊。"

"也是我的师傅传下来的。"鱼机长撇了撇嘴说,"以后你飞得多了,也能发现许多云中的门道。"

他俩飞一段,机上的报务员适时将飞机的位置报告给地面的管制员(空管指挥员,也称调度员)。一般情况下,机上报务员根据预先的计划,飞到某个点,就向地面报:"某某点已到,现在往某某方向去。"地面指挥员收到空中报务员的方位信息,在航图中找出对应的点位,用铅笔标一下。程序管制(指挥)时期,缺少地面航管雷达,管制员看不见天上飞机的实时飞行轨迹,只能从飞机报告的位置中了解情况,是一定意义时段的"摸瞎指挥。"

空中报务员,按理应该是发报员,"嘀嘀嗒,嗒嗒嘀……"永不消逝的电波,但事实上,他们更多的时候是话务员,用语言和地面对话,协助机长沟通空地联系。到了某些山区,或者离得远了,语音信号弱,甚至消失了,话务员就变成了真正的报务员,用手指敲着键盘,向地面发报,报告自己的位置及其他信息。地面管制部门也有报务员,同样用电报和飞机取得联系。

里-2螺旋桨机一路摇摇晃晃抵达了广州。鱼机长关闭发动机,和安建军等机组成员下机。一程飞下来,跟翻跟斗似的,还真有点累,下去好好歇一歇。

齐燕子闪闪她的媚眼说:"安哥,晚上去珠江边吃小吃?"

安建军扭扭腰瞧瞧周边,点了点自己的额头:"喊我吗?"

众人哄地一声齐笑。鱼机长说:"你是新人,燕子想敲你竹杠呢。"

"哦。"他转身正面对着齐燕子,"晚上去珠江边吃东西?"

齐燕子笑得胸脯直颤,差点岔气:"你是四个兜,干部,每月52块,吃顿饭,等于拔撮毛;咱义务兵,同样飞,每月才7元,可怜吧。"

"可是,我在天上一个月,和地面工作人员一样,都是52元,一个子不多拿。"安建军差点结巴地说,"我请,我请还不行吗?请你和鱼机长。这个,大伙一块。"他在众人面前可不能失了男人的气度,豪壮地说。

鱼机长摇摇头:"我有战友请吃饭,就不凑热闹了,你们去吧。"

报务员吸了吸鼻子,说:"我有朋友聚会,上周来时约好的,不能爽约。"

安建军指了指领航员小王:"可不能都找借口,少于三个人,俺不去了。"

齐燕子胀红了小脸说:"你可不能小气,这是我当着众人面头一次开口。"侧身对小王说,"你咋说?"小王瞧了瞧二人:"我也有点事,你们自己去,不更省点钱么?"

安建军将头摇得像拨浪鼓:"我不认识地,两个人不热闹。"齐燕子将目光对准小王:"安哥说到这份上,你可不能逃。"小王斜了他俩一眼,上牙咬了咬下牙,仗义地说:"为了二位,咱两肋插锥子,谁叫咱仗义呢!我推了那头,加入你俩。"齐燕子当即雀跃,擂了他一粉拳:"这才像领航员,领着咱们直奔珠江。"

两个男人带着个女的,来到珠江边,齐燕子像常客,熟门熟路地领他们进入一家小店,点起了小菜。都是海里捞上来的宝贝疙瘩,外加蔬菜。三人点了一打当地啤酒,你来我往地叙些闲话。安建军头一回来珠江边,左看右看倒也新鲜,吃吃聊聊,挺欢心,直闹腾到十点钟。安建军起身去前台结账,一算,三个人吃去六元多,从四个兜里摸呀摸,大票小票终于凑足了数,付了账。倘若今天兜里凑不够一顿饭钱,洋相可出大了,传出去不知背后被人贬损成啥样。

珠江边的几碗啤酒喝下去,被斩去了六块大洋。安建军心疼了三天,暗暗发誓,以后再也不来了,再来是小狗。

3

安建军接到通知,改飞伊尔-14。这也是苏制多用途活塞式短程运输机,时速320公里,航程1700公里。伊尔-14比里-2大,能坐24人,客容量比后者增一倍。这伊尔-14采用前三点式起落架,起飞降落不会挡住飞行员视线,更接近现代飞机。

乘务员配比随之增加,由一人变成两人。

执飞新机的第一天,安建军照例头一个到现场,提早上飞机。他前脚刚踏进机门,后脚便有两名空乘上来。"您好,我叫宋伊伊。"一空姐说。后面那名空姐接着说:"我叫林燕燕,北京人。"

他瞅了她俩一眼,将目光定格在那位叫林燕燕的北京姑娘身上:"你是北京人?"

林燕燕上下地瞧了瞧自己的装饰,发现没有什么邋遢之处,笑道:"怎么,有疑问吗?"

他仰头瞥了眼窗外的银蓝,不经意地问:"有一位叫齐燕子的乘务姑娘,也是北京人,怎么长时间没见了?"

"哦,你说她呀。"林燕燕诡笑道,"提前复员了。"

"啊,复员了,这么快?"他诧异地说。

"很正常啊,铁打的营盘流水的兵。明年,我也要复员了。"宋伊伊抢着说。

啊,铁打的飞机流水的人,不知不觉,飞了两年了,有人都复员了,回北京了。忽然间,他觉得一阵寂冷,心不由自主地往下坠去。

半晌,机长、领航员、机务员、报务员陆续登机,开始航前检查。又过了一会,地面车辆突突地开到机前,将十几名穿着大衣的乘客送到舷梯下。旅客们下车,提着箱子或其他行李登机。宋伊伊和林燕燕对着旅客名单核实人员。乘客到齐,布机长请示塔台,塔台管制员同意开车。当时一天也没多少班次,空域资源远没有现在紧缺,管制员压力也小,只要机组准备好了,马上放飞。

伊尔-14能直飞广州,不用在南昌或其他地方降落加油了。但还是冷,没有增压舱,冷得不行。安建军等飞行员穿上皮衣皮裤,脚蹬皮靴,戴上皮帽,从上到下一身皮裹着,只露出两颗黑溜溜的眼珠子。还是冷,上了飞机,冷,待会飞到空中,更冷,一个字冷,冷,冷得发抖,冷你没商量。

布机长发动飞机,却打不着火,连试三次都不成。原本该先试车再上客的,但这伊尔机噪音巨响,引擎声排山倒海。布机长艺高胆大,想等上完客关上舱门再发动,这样乘客受噪声影响会小些。前几次也这般做过,乘客反响顶呱呱。殊不料这一次伊尔不争气,当众趴窝。布机长深为后悔:蛮好别安这样的好心,想照顾别人,可飞机不照顾咱!

必定是天地太寒,发动机没经过预热,罢工不干了。没法子,电动不行,就手动。布机长的眼色一溜过,安建军已开始行动。他拿起备用工具,来到螺旋桨发动机的摇动处,将套筒合进去,使出吃奶的力气转动手柄。冷发动机可不是轻轻一摇就能轰轰响的,当他从冻手指到满身热汗,狂摇到第十九次的时候,发动机像被刺了一刀,突然从睡梦中惊醒过来,发出一声巨响,螺旋叶片随之开始旋转。旋出的风力震得他全身晃了几晃。

引擎发动,机上冻得瑟瑟打抖的十几名旅客齐声欢呼。安建军擦把汗,归坐副驾驶位,布机长迅即驾机穿上滑行道,又转上跑道头。跑道上没有异物,只他们一架飞机。布机长深吸一口气,加大油门,飞机速度提起,快速滑行,当整机越过跑道中心线时,翅膀一闪,离地而去。

飞到空中,天上的冷气通过机壳不断渗进机舱。安建军手摇发动机迸发出的一身汗水瞬间挥发,代之而起的是一阵阵的寒冷,天寒,地寒,人寒,仿佛整个宇宙都寒冷无比。

降落广州,下完客,安建军问林燕燕:"那个齐燕子复员去北京,现在干嘛呢?"

宋伊伊抢着回答:"刚收到她的来信,准备高考呢。"

"啊,高考?"安建军如受了重重一击,整个人朝后一挫。

林燕燕说:"对,已经恢复高考了,她复员后也不急着找工作,破釜……那个沉了船也要进大学,进那个航空航天大学。听说她现在一门不出二门不迈,在家恶补数理化呢。"

"学好数理化,打遍天下都不怕。你是说她破釜沉舟考大学吧?"

林燕燕说:"嗯,燕子信上就这么写的。"

广州的地面暖和多了。安建军脱下皮衣,说:"这里真暖和,哎,冬天也快过去了。"

晚上闲着,他写了封信给在老家的同学,说读中学时,做梦都想当飞者,现在当上了又怎样? 天冷,飞得更冷;颠,上下颠,颠得苦呕。不过,比当农民强多了。飞行,是多少人的向往和梦想啊。写了足足两页,读一遍,觉得意思和逻辑都有些混乱,一气之下揉成团,扔进了废纸篓。

4

对于50后、60后的人来说,高考制度的恢复是影响命运的里程碑事件,是比天还大的事情。从城市到乡村,从工厂到军营,都在议论这件关乎个人、家庭、社会与国家的事。符合高考条件的年轻人、中年人无不躁动着跃跃欲试的冲动。一边是粉碎"四人帮"的欢歌笑语,一边是万千学子复习备考的刷刷翻书声。

最早带安建军飞里-2的鱼旺机长已升任了中队长,他也在关心高考方面的消息,还私下托地方的朋友买了几本高考复习资料,趁办公室没人时偷偷细看,翻着翻着就蔫了——不是凭愿望就能考上的。一些年轻人周末请假上街,去书店买一摞高考方面的书籍,晚上躲在被窝里翻看,尤其是服义务兵役的战士们,中学读书成绩好点的都怀着一颗颗狂躁脉动的心,四处打听能不能提前复员,参加中学的复习班,千万得赶上明年的高考。

安建军的心早在躁动。这天,他专门去找鱼旺中队长,他们有师徒之情。听完来意,鱼旺唔叹了口气说:"你已经是干部了,军队干部,国家干部,拿薪资的,跟那些嚷嚷着要复员的战士不同,你还想干嘛?"

"不想干嘛,就是想去试试高考那口井的深浅。"

"我也想去考试呢。"鱼中队长又叹口气,"可惜年龄有点大,而且航校已经发了大专文凭,考上了又怎么样?考上了,读出来也还是干部,也还是四个兜,难道你想八个兜,不想干飞行了?"

"嘿嘿,当然还飞行。不过,这么个滔天的浪潮涌来,如果不去体验一下,对不起人生呀。"

"嘿,先给你泼盆冷水,原则上现役军人不能参加地方的高考。"

听了这句话,安建军从头冰到了脚。

第二天,收发室递给他一封信,打开,是那位前空乘齐燕子姑娘的。信上首先表达了歉意,说提前复员,走得急,感觉像逃兵似的,没脸和大伙聚聚,喝顿大酒,一一作别,主要是想急着回去准备高复,目前在北京参加原中学的高复班,上轨道了,心定了,写封信来汇报一下,毕竟在一块飞过那么多趟,吃过海鲜,老朋友了。

读完信,他又受到了触动,一石激起万重浪,还是为了高考。隔了几天,他再去鱼旺办公室,聊着聊着,话题又拐到了高考。眼下,"高考"二字的热度这么高,谁又能绕得过去呢。前几日,《人民日报》发了徐迟的报告文学《哥德巴赫猜想》,大力渲染科学救国、读书强国,高考无疑中成了十亿人心中关注度第一位的大事。

鱼中队长环抱着双手,在房间内来回踱了几次方步,忽然说:"原则上现役军人不能参加地方高考。如果你非要试试,报考和飞行有关的专业,打打擦边球,以这个名义向上申请,或许可以试一试。"

听到鱼中队这句话,安建军如得了圣旨,立马付诸行动。他是个工作狂,学习狂,一旦展开,全身心扑入。虽然没有当年苏秦头悬梁、锥刺股的故事发生,但破壁偷光的事他还真干了。飞行员宿舍是两人合住,为不影响另一位老同志的正常作息,他在晚上十点后溜到大队值班室门口的灯光下看书,只要第二天不飞,在那"偷光"复习功课至十二点。他尽管在高中读过数、理、化及语文、政治,在航校也学习过数学、物理等方面的知识,但和高考的路子不同,既然要应考,就按高考复习大纲来,按高考复习资料上的套路来。

大队值班由大队干部及各中队长组成,每天一名,轮流值班,参加值班的干部二十四小时蹲守,因而大名鼎鼎的飞行大队值班室夜夜灯光通明。一天,轮到安建军所在中队的鱼队长值班,一眼就发现了这名借光者。

鱼旺在他的后肩轻轻一拍:"几天了?"

安建军回眸一望,当即胀成了猪肝脸:"才来。"

"蒙谁呢?"鱼中队瞧了瞧远处黑漆漆的四周,"进来吧,值班室晚上没其他人,灯泡亮着也是浪费,进来,来里头看书。"

他跟着中队长进到值班室。这是一个小套间,外面是值班室,两张桌子,上有电话机;里面是休息室,一张单人床,供值班干部晚间躺会。鱼中队指指面前的桌子说:"你就在这儿看书,走时把门带上,我去里面歇会。"那时晚上基本停航,值班干部只是象征性地装装样子,在这儿睡个囫囵觉。

鱼旺推开另一扇小门,进他的休息室。

安建军依言坐下看书,今天他带了本数学书,重点复习几何学。一会,休息室的小门开了,鱼中队端了杯热水给他,说:"以后想来,就在值班室里复习,用不着在外面偷偷摸摸的,我跟值班的几位领导打个招呼,晚上九点半熄灯后放你进来。"

安建军受宠若惊,一个劲地点头称:"谢谢,谢谢师傅。"

几十年后,安建军对自己的孩子回忆说:那时的高考才叫高考,四十分之一哪。首先,不是每个孩子都能上高中,上了高中,中学高考录取率为四十分之一,也就是说,四十多名学子参加高考,才能录取一个大学生。现在的高考也叫高考?录取率达70%,只要努把力的,都能考上——一本二本三本。

安建军考上了。分数在大学录取线之上。周围人都传他要转业,脱下军装去深造,既然考上了,谁不想好好读把书过过瘾呢。这一点也不奇怪。

但他明确表示了,不想扔下这套军装,也扔不下。在没有高考之前,军队要了他,十四航校收了他,飞行造就了他,现在他不能不义地离开。这个时代并没有抛弃他,他更不能抛弃这个行当。

"具体情况具体照顾,你可以改成边工边读,不参加全日制学习,但参加全日制同样的考试。"学校方面网开一面,对他说,"还是航空专业,边学边飞,哈哈,飞机专业,这下开心了吧。"

他如愿以偿。经过和学校协商,他不用脱产学习,也就是不离开单位,不飞的时候去听课,其他主要利用晚上、周末的业余时间学习。

5

安建军走进安-24机舱,眼睛锃亮。这安-24可比里-2、伊尔-14宽敞多了,好像从一室户搬进了两室户。

安-24名字从乌克兰语翻译过来,由苏联安东诺夫设计局研发,挂两台涡桨发动机,能坐四十多名客人,时速达到450公里。比起他以前飞过的里-2和伊尔-14,已算中型客机了。

安-24的性能也先进许多,使用了增压舱,将发动机的热量吹进机舱,舱内暖和多了。机组人员再也不用着厚重的皮衣皮裤,只露出两颗眼珠,乘客也不用大衣皮帽了。有了增压座舱,飞机可以升到8000米以上。

飞机安装了自动驾驶仪,进入巡航高度,可以交由仪器来操控飞机。机上配了气象雷达,装在机头的雷达天线,不间断地扫描空中的云雨天象,引导驾驶人员避开危险气象。

安建军开了半年的安-24后,破格升上了机长。安-24有个"安",他的名字里也有个安,他飞了不久就当上了机长,是同批飞行员中第一个当机长的悍将。鱼旺在人前并不讳言这件事,说:"安建军似有与生俱来的飞行禀赋,他这样的'天才'不提前当机长,谁当呢。"

刚开始还不习惯。原来坐右位,现在坐到了左位,而他原先坐的右位坐上了一位副驾驶。不知咋的,当上了机长,头有点轻飘飘,手和脚轻飘飘,整个人也轻飘飘。

他驾着安-24飞广州,右边是比他大两岁的刘副驾驶。也没什么不适,只不过和原来换了下位置而已。当副驾驶时,A599航路(沪广线)跑了不知多少遍,翻过几座山,跨过几条河,脑子里都有数,一杆两舵的驾驶系统,机长能操作,副驾驶也能上手。

说话间,飞机已到达南浔上空,他请报务员将飞机的方位报给地面管制部门。报务员拿起话筒叫了几遍,地面指挥中心没有回答。"叫不到,安机长。"报务员说。听人叫他"安机长",他瞬间一愣,差点起鸡皮疙瘩。可人家叫得没错,他已经是机长了,今天执行的就是机长的任务。他吞了吞喉管说:"能不能发报?"

"当然可以,叫不到就发报文,告诉我们在天上的位置。"

报务员俯下头去,屈起右手的大拇指、食指、中指,"滴滴嗒"了几下,将信息传给了地面,地面确认收到了他们的报文。年过四十的报务员说:"安机长,有话就吩咐,别那样客气,你是机长,是这架飞机的总指挥了。"

"呵,不,不,机组成员,都是同事,只是分工不同,有事大家协商着做。"安建军侧头对报务员说,"您是前辈,多指导。"

"千万别这么说。工作场所,不论年龄大小,只论岗位职责,你是总负责,一切听你指挥。"

啊,机长,当了机长,真的指挥别人了?包括机务、报务、领航、乘务员。呵,机长。

巡航高度,飞向广州。他将驾驶置于自动模式,眼光望着远处的悠悠白云。今年刚入伍的空乘送饮料进来,笑容迷人。

6

一天傍晚,他没有飞行任务,正准备去食堂吃晚饭。上次和他搭机飞广州的刘副驾慌慌张张地跑来,脸色蜡黄地说:"不好,又摔、摔飞机了。刚才,南方局的一架安-24,飞行途中磕山了。"

"啊,磕山?"他大惊失色地说。去年,其他管理局的安-24失事,有机组和乘客罹难的。

"南边天气不行,飞机在雾中不慎撞在山上。机组……和乘客……无一幸存。"刘副驾仿佛亲眼所历,喉管颤动,悲伤难忍。

"啊,这么严重?"

"已确认了。这次的机组成员中,有您同期毕业的、十四航校的一名同学,姓……"

"知道了,那个人姓甘,甘甜的甘。真……不幸。"安建军顿时哽咽,在学校,甘同学常和他同桌吃饭,毕业后,甘同学先分配到兰州,一年前才调到南方,他飞去广州,只要甘同学不在执飞,两人也时常碰个面,想不到转了个身,已成为背影。

安-24在华东也出过事,而且就在他们身边。那时没有安检系统,上下飞机随意,内部人员搭乘飞机更是便当。某次,一位做机务的同事去广州办事,由于迟到,客机已经滑出。那个机务到了,拎着小提箱在飞机后面追着狂叫:"等一下,等等我——"

机长认识他,看见有同事在后面赶,将滑行的飞机在跑道上刹车停住,打开舱门,将他捎上。飞机重新滑动,加速,起飞。就是那架飞机,半途失事,那名在跑道上追机的机务员再也没有回来。

当晚,他恓惶得喘不过气,晚饭也没了胃口。回到宿舍,心中莫名其妙地开始孤寂,从未有过的孤寂,一个人在外的孤寂,悬在茫茫宇宙间的孤寂。他打开台灯,抽出信纸,给父母写信。这一写,写了七页。好久没写这么长的信了。那次在飞行团上飞机前写过一封长信,一晃多年了。家信代表他的心,信中倾诉了对父母的思念,流露了单个游子在外的孤独,字里行间只字未提安-24摔机的事,但他的孤独与悲凉的笔调都和事件有关。

安-24是客机,也做军用运输机。这款上单翼飞机,翅膀挂在上面,设计上可能有缺陷。当时东西方对峙,北约华约互掐,斗得你死我活,北约的将军们给安-24取了个名字:焦炭(coke),烧焦成炭的意思。这个名字似乎不太吉利,摔机事件频繁发生。该机引入中国后,民航界也常出事,空中故障,甚至机毁人亡的事冒出了好几档。更诡异的是,时间选择也特别,经常在民航开年度会议时出事。发生了几次,害得民航局领导战战兢兢,每当年底开总结会了,有关领导一边在台上念稿子,一边悬着心:别念到一半,传来个坏消息。但历史往往重复,今天,当年的年会开到第二天,一架安-24撞山、翻身,死了二十多人,包括机组和乘客。年终会黯淡收场,官员和职能部门火急赶往现场,调查原因,处理善后。

也有有惊无险的。一名叫段早的机长驾驶安-24,在右发熄火、左发故障的情况下,愣是奇迹般地迫降成功,救了一飞机的人命。但由于那些年安-24事故频发,业界弥漫着悚惧不安的情绪,这种惊魂的事迹不便过分宣传,也就低调处理,只在内部发了个通报。

人说安建军是幸运的,大的事故似乎离他很远。他是飞行的宠儿,同样的航校培训,同样的飞机,到了他和段早等几名飞行尖子手上,就飞得顺畅,飞得手稳,偶然出了故障,也能履险如夷。后来他晓得,段早也是个鬼才,除了人有点傲,在飞行方面和他有惊人的相似,化为万众瞩目下的又一道风景。他们不觉得这是幸运,这和飞行人员的心思缜密分不开。他们说过几乎同样的话:开飞机不仅是体力活,需要手劲、脚劲扳动驾杆,通过钢索撬动方向舵和升降舵,操控飞机的飞行姿态;飞行更是脑力和技术活,通过手上和脚上的功夫,巧妙地调控飞机的上升、下降、盘旋等动作,调节飞机的飞行变化,确保安全与平稳。哎,生命中一切都不是巧合,你得到什么,在于你的付出。

从副驾到机长,他已开过多种飞机,也和不同的飞行人员搭过班,觉得部分飞行人员动作粗糙,不按章程操作,有不少蛮干的成分在。当时的管理比较随性,对飞行人员的违章检查、监督不足,远没有到精细化的程度。飞行操作的粗放、管理的松弛、章程的缺失,都是事故的推手。上面的事情管不了,但他完全可以管好自己,将自己的活做得细、练得熟,手上的活做得精做得熟了,他就成了庖丁,一枝独秀。开飞机和庖丁解牛大道相通,手艺全在自己手上,规章也在那儿摆着,看你怎么做。有的人就是没有按章做,所以……

开飞机首先要了解飞机,对飞机的本性理解不透,怎么可能驾驭飞

41

机?除了飞行,他将大量精力用在大学本科飞机专业的学习上。他经常带着问题问老师。

他这个专业的大部分人以后从事飞机设计和制造,而他不是。问的问题多了,专业课的老师问:"请问安同学是做什么的?"

"驾飞机的。"他如实回答。

"以后是想设计飞机还是从事?"

"当然是继续开飞机。"

"按你的学习能力和成绩,以后搞飞机设计和制造皆不成问题。"

"不,开飞机必须要清楚其原理,对飞机的结构、各个部位的工作原理必须学懂弄通,不通原理是开不好飞机的。"

老师哼哈一声,不知如何回答。

他这么说,更是这么做,安-24的几次失事,给他很大刺激,自此日夜苦读。

边飞行边读书的日子过得紧张、紧凑,晃眼间,他的读书生涯快结束了,回眸一望,如白驹过隙,几乎不留痕迹。在机上共事两年的空乘宋伊伊、林燕燕先后复员,她们和前几年走的齐燕子一样回到出生的城市,安心学习,安心从事新的职业。齐燕子脱下军装后参加当年的高考,没能进航空航天大学,却考进了外语学院,毕业后在一家大公司当英语翻译。这三个人分别后再也没见过面。

7

他也脱下军装,成了地地道道的民航人。

1979年,随着一个老人的食指在南海边划下一个圈,民航正式从空军序列脱离,成为单独的民用单位,从此空军少了一个兵种,地方多了一个行业。

当了几年兵,虽然是民航兵,开的也是民航机,但毕竟是军人,穿着军装,遵从军规,早上出操,晚上点名。不飞行的话,培训、政治学习,每天安排满满的,现在成了老百姓,身上的"紧箍咒"解除了,许多每天必备的早出操、晚点名取消了,人哗地松懈下来。

领导反复强调:虽然从军人变成了百姓,但民航仍然是半军事化行业,军队长期形成的优良作风不能丢,长年养成的良好习惯不能弃。但上面说归说,下面做归做,一旦脱下军装,立即众生喧哗,生病请假的人多了,开会迟到的人多了。单位想组织一场大型业余活动,有人想参加,有人不愿参加,也不能太强制,许多方面显得松松垮垮。安建军内心失落了一阵子。空下来的时候显得百无聊赖,时不时怀念军事化的岁月,统一的领章帽徽,统一的鞋子袜子,统一的军容风纪,统一的队伍,走出的步子都是哗嚓哗嚓般响亮。现在不同了,飞行之余,自我的时间多了,自由的程度增加了,但他却没有一点自由的快意,心中反而时时出现空寂。他暗自纳闷,人真是奇怪的动物,紧张时向往轻松,轻松时怀念紧张,有时的心态不合逻辑。

那天中午,又一个坏消息传来,北方局的一架安-24空中故障,处置不当,最后失事。他一个学长当机长,目前生死不明。听到噩耗,他一整天丧魂落魄,跑来跑去打听消息。中饭和晚饭只扒了两口就扔下筷子。

管理层在反思,他这个既飞行过又读过飞机专业的"知识分子"也在反思。苏式飞机,伊尔系、安系列,包括后来的图-154系,制造工艺相对粗糙,不够精良,安全性反而不如国产的运-5、运-7。但国产运-5、运-7系列螺旋桨引擎噪音巨大,桨叶旋转时,搅得周遭空气剧烈翻滚,气流引出的声波震耳欲聋,不是音爆,却也不比音爆的噪音小多少。而这时,飞机已进入喷气时代,运-5、运-7面临淘汰,反观欧美的飞机性能好,噪音也低,转而向西,几条腿走路,可能是将来的优先选项。

几乎在同时,一个喜讯从天而降:十年前上马的国产运-10喷气大飞机首飞在即了!

8

运-10的首飞秀将在虹桥北部的大场机场举行。

试飞的三天前,他找到鱼中队长请假。鱼旺近期工作忙,可能几天没睡好觉了,面目黧黑,听了他的请假理由,说:"那天不是你要飞早晨的航班吗?"

"已和同事调换了班头。"他早有对词。

"我们都是开飞机的。"鱼中队不以为然地说,"不就是试飞么?又不是你去飞。"

"不一样,毕竟是国产喷气大飞机首飞。"他激动地说,"试飞机长是比我高九届的校友。"

"也是我的学弟,这有啥稀奇的!"鱼中队瞅了瞅窗外飘动的树叶,"早着呢,试飞,只是万里长征迈出了第一步。"

"是的是的,这个,反正,师傅,我特想去。"他哀求着说。

鱼旺来回踱了几方步,灰着脸说:"本来,那天你飞航班回来,来得及的话还想开个研讨会,需要你们几个技术能手参加,既然你非要去凑热闹,只好改期了。"

"不好意思。"他厚着脸皮说,"想玩一次心跳。"

鱼旺说:"试飞在大场机场,交通不便,单位是不会给你派车的。"

见队长应允,他赶忙说谢,打躬作揖道:"不用管不用管,交通自己想办法,我骑自行车去。"

"骑死你。"说完，鱼中队长朝他挥挥手，低下头去看文件。

运-10试飞的前一天。他从同事中借了辆最结实的自行车，把轮胎充满气，将车检查了又检查，以免上场掉链子。第二天天没亮就起身，做出发前的准备。东方泛出鱼肚白，他双脚跨上那辆"轻型坦克"，朝大场方向骑去。道路不好，坑坑洼洼，路过不少农田和菜园，自行车还争气，途中没有发生掉链爆胎的事，经过近三小时的跋涉，浑身臭汗地到达大场机场。一看手表才七点半。

现场已聚满激动的人群。和飞机设计、制造相关的工作人员，组织的、自发的，闻讯远道而来的大飞机关注者、爱好者，附近轧闹猛的群众，比肩接踵，人山人海。为安全起见，门口加强了警卫，控制人数总量。他吓得热汗变成了冷汗：这么早就门难进了。不行！专门舍了飞航班、蹬了几小时的脚踏车，来到跟前，绝不能被挡在局外，非得进去，再难也得进去。

他弯了弯嘴巴，将自行车朝路边一丢，和门卫理论。门卫已说得口干舌燥，说话尽量简约："人太多，不能放。""可是，我从虹桥赶过来，骑了三小时自行车。"他火急火燎地说。

"这和我无关、无关。娘的，还有人从南京、西安赶过来呢。嘿，有证件吗？有观摩权限的那种。"门卫说着又和其他人说话去了，想进的人太多。

"没有。"他的手伸进口袋，"但有工作证。"

"那不行，人太爆了，不能放，必须要有首飞办发放的证件。"

他急了，一把掏出飞行机长的证件，觍着脸哀求道："这次试飞的机长是我师兄，我们约好的。"

"约好的？"门卫不信，正反瞧了瞧他盖有民航公章的证件，又瞧瞧他英俊的脸，不像坏人，犹豫了半响说，"嘿，真是民航的，机长，照顾你下，

45

进,快进去。"

"谢兄弟。"他敬了个礼,一闪身从边门溜了进去。

里里外外满是人。前面是有座位的,各级领导、嘉宾坐前面,单位组织的坐次前面,一般人群站最后,坐着的站着的全是人,几乎水泄不通。挤是挤进来了,挤进来也是脑袋瞧脑袋,看不清跑道上运-10啥模样。往后一瞄,连房顶上都爬满了人。他即使能爬上楼顶,估计也是在那个楼顶平台的最后面,瞅人家的后脑勺。又往两旁边瞥过去,围墙,啊,正有人往围墙上爬,那上面虽然远点,但人不多,只要爬上去占有一席之地,位置总比地面的人群高。飞机一旦离地,较地面看得更真切些。"上围墙"的主意打定,他双脚打滑,立刻像电影里的轻功那样,朝那边飘了过去。

围墙不算高,踮踮脚爬上去没困难。他贴在一小伙子身后往上爬。爬到一半,手边抓住的一块红砖发生松动,从围墙上沿滑落,他的手和身体也随之滚了下来。滑落时左脚先接地,重心不稳,整个身体的重量压在脚上,单肢承受不住,全身摔倒在地。一阵钻心的疼痛从脚踝上传出。他不是纸糊的,哪顾得了这许多,摸了摸屁股,拼命站起。旁边不时有人往上爬。一位高个子见他摔了跤,表情非常痛苦的样子,扶他一把:"还想上去?"他咬牙点点头:"来这么早,人就这么多。"高个说:"哈,有人昨晚就在排队。准备好,托你。"

高个子箍住他的腰,硬是将他举了上去。他骑上围墙,谢过高个子,一边搓脚,一边等着。这一等等了近两小时,中间尿急,也不敢下去,憋着,怕下去了上不来。他一门心思全在运-10离地起飞的呼啸声上,脚踝也不觉得疼了。

万众瞩目的运-10终于起飞了。他跨在围墙上,只看到一架四引擎的喷气机腾空而起。垂直方向舵上印有鲜红的国旗图案,机身上则有"中国民航"四个大字。飞机爬到一定的高度,开始转弯、平飞,平飞了一段时间又开始转弯,飞了一段再转弯,基本是绕场一周。飞着飞着又绕了一圈。安建军凭着专业的目光,估算出运-10首飞的高度主要在1000至1500米之间,肯定超不过2000米。

运-10处女秀后,人群中爆出春雷般的掌声。许多人老泪纵横,他也止不住泪流满面。这是大客机,国产大客机,喷气式大客机,比他飞过的和正在飞的里-2、伊尔-14、安-24大多了,先进多了。中国,真的有大飞机了,有了这青萍一飞,说不定就撬动了国际风云。

观摩结束,他在旁人的搀助下下了围墙,才觉得左脚死疼,疼得流泪,几乎不能站直。稠人广众,正好看见一位在机场工作的熟人从人群中过来,他请求帮助。那人看他的状况,说自行车肯定是不能骑了,先扔在这儿,想法子送你回去吧。

回到中队,鱼旺愠怒道:"很可能骨折!哼,叫你别去非要犟,玩心跳,这下好了,骨头断了,鼓点乱了。哎,现在说这些鸟话屁话晚了,快去医院拍片!"

他干笑笑:"别说那么可怕,也许只是伤了点筋,没到骨头呢。"

鱼旺睃了他一眼:"让你嘴巴老,赶紧滚蛋去医院!"

飞行大队派车送他去医院。一查,真骨折。住院,伤筋折骨一百天,起来上洗手间都要用拐杖。但一想到他亲眼观摩到了运-10首飞,断根脚骨、住趟院也不冤。

47

三、桃 花 人 面

1

安建军骨折的左脚渐渐痊愈，走路已可丢掉拐杖。在医院病房待得腻透了的他，缠着医生要求提前出院，在自己宿舍休养——在医院是养，在宿舍也是养，哪个不是养？反而后者更自在些。虽然不用拐杖走路了，但离上天飞行的标准还有距离，只好先歇着。

歇着歇着也难受、难熬，别人都去飞行，去上班，他一个人留在宿舍，空落落的房间，空溜溜的楼道，空荡荡的小楼，忒缺乏人气。枯坐终日，不如出去走走。他上午看书，午休起来，就去周边遛达，一个人随处走走，权当散步锻炼。

机场周边，尽是田野河汊。田园旁，有农舍，有炊烟，有鸡犬。没有脚踝受伤，他真想不到附近还有这么些小桃花源。

这天，他踟蹰在乡间小路上，被一只大公鸡的嘹亮啼声吸引，循声信步晃至一座农家院落旁。门虚掩着，留下一条缝。也说不出啥原因，他被院内的神秘吸引，竟鬼使神差地推了门进去。院子内，一位苗条的女孩身穿花格子上衣，下着黑色长裤，背对着门口，正在一口自家的水井内摇水。她的身旁，一株山茶花含笑怒放着花朵。安建军听见啼声的那头公鸡竖着高高的红冠，在一旁走来走去。

他用力揉了揉眼睛,忽然觉得一幅古代诗文里描写的景象浮现眼前。这时,拎水的女孩仿佛感应到了什么,回转身来,朝他羞赧一笑,她的羞涩中含着柔媚,也不觉陌生,好像早在等待某人似的。她的脸颊升起两坨粉色的红霞,轻喃一声:"咦,门没关吗?"

他使劲眨巴眼睛,不相信地问自己:岂非穿越到了唐朝?崔护的诗里就写过这样的情景。莫非时光倒转,莫非是在做梦?又不像,阳光那么艳,面前的人影这么清晰,梦里的景象不可能这么逼真。他也红到了脖子,歉疚地说:"门开着的,我恰巧路过,冒昧进来,打扰了。"

女孩也不生气,不生分,眯眼上下端详他一番。须臾,顽皮一笑,顺手从打上来的井水里舀了一勺,递给他:"刚打的新水,喝一口。"

"新水?"他伸手接过木勺,见勺中的水清澈透明,还在往外冒着<u>丝丝</u>热气。尽管是冬天,但他走了好一会,嘴巴正干,就咕噜咕噜喝了几口,甜<u>丝丝</u>的,"真好喝,带甜的。"他指了指面前的水井。

"自家的水井,有四十米深呢。"

女孩说着,递了条木凳过来,请他坐着,依稀他原先来过多次似的。他也不客气,仿佛到熟人家里一样坐了下去,腿确实也走得酸了。

女孩二十来岁的模样,一张江南少女水滴滴的脸,五官端巧,脸上微微泛着红晕。她溜了他一眼,说:"你是?"他说:"我在机场工作,就在你们边边上不远。""哦,晓得,我去过你们单位。""你来过我们那儿?"他不解地问。

"有时你们放露天电影,我们进去看过,村里有朋友在里头做事,领我们进去的。今年去看过两场电影,《泪痕》,还有《小花》,唐国强、刘晓庆、陈冲演的。两个电影的插曲都是李谷一唱,前面一首《心中的玫瑰》,《小花》的插曲是《妹妹找哥泪花流》。"

"哦,现在李谷一最红了,靠这几首歌红翻了半爿天。"他点点头,"是的,我们有时放露天电影。下次来玩,我们那儿还有电视机,在中队俱乐部,现在正映《加里森敢死队》,蛮好看的。"

"不去了,那是电视剧,太长。"她谈笑间,露出上下两排细瓷般的牙齿,"也不能老去呀。电视剧不比电影,每天都演,哪跟得上?反倒电影一场是一场,看过就散的。"

"不碍的,想看就来,大家福利,人多人少一样演,又不用买票。"

她歪了脖子微笑:"嘿嘿,还喝井水吗?"

他拍拍肚子:"鼓了,不了。"

她随手捋了捋垂下来的秀发,捂嘴轻笑。

两人说着,聊着,那只大公鸡不停地在茶花树下转悠,走来晃去,嘴巴不时往草丛中啄着。安建军瞥一眼手上腕表,不知不觉已过去一个多钟头。他瞧了瞧西走的斜阳,留恋地起身,往那扇半开的木门外走去。女孩望着他远去的背影,眼波含酸,似有不舍地合上院门。

他从原路返回,感觉脚上的伤比来时轻了许多,一路沉浸在刚才诗一般的回味中。难道一勺井水可治脚伤?到了宿舍,才想起,竟不知道对方姓什么、唤什么。

2

过了两周,晚上又放电影《等到满山红叶时》。电影开始之前,上海女高音歌唱家朱逢博唱的主题曲《满山红叶似彩霞》早在年轻人中传唱,但难度似乎比《泪痕》《小花》里的插曲高。电影没开演,先到会场占位置的男女嘴巴已在哼唧着里面的插曲。

安建军也老早来到会场,前前后后转了几圈,带着某种甜滋滋的渴望。但他的脖子伸得再长,直到电影开场,也没见到请他喝过四十米深井水的姑娘。电影放到一半,他的双目还在银幕外巡睃,希望能瞄到一位穿着细红花格子上衣的姑娘缓缓走来。但是没有,他眼中流露的便是莫名其妙的颓丧。

他摔伤的左脚已痊愈,开始恢复天上的工作。

家中养伤三月,世上已千年。民航局购买飞机开始换东家,已相继更换了英国三叉戟客机和美国飞机。这和他的想法不谋而合。三叉戟也不是新飞机,早就引进了,周恩来总理就乘过,林彪坠机也是这款机型,只不过刚从其他地方调拨过来。但三叉戟是喷气机,比伊尔-14、安-24先进多了,能坐八十多人。比较噱头的是,它于1966年底在浓雾笼罩的希思罗机场,在零能见度天气下完成了首次全自动着陆。但是,这款来自英伦三岛的喷气机没轮上他安建军飞。

这对于长期飞螺旋桨飞机的他来说,心里不好受。心里一旦憋屈,就去找领导。领导说了,你是高手,小天才,不让你飞三叉戟,那是有更好的菜在等你! 英国人算什么? 那不过是美国人的小跟班,美国人才是正式的主,等着吧,等着飞美机。

过了一段时间,他接到通知,准备飞MD-82,麦克唐纳·道格拉斯公司生产的飞机,双发喷气机,比三叉戟三个发动机的飞机先进,领导没哄他。飞上了MD-82,他又思念自己的运-10。为了观摩那个运-10首飞,他摔折了一条腿。后来有空,他专程跑到运-10的制造地,通过一个熟人打听情况。那熟人说,运-10现在是验证机,正在试飞,已经飞过七趟拉萨了,性能还不赖。他揪心,要求带他去制造工厂瞧瞧。熟人被拗不过,只得藏头露尾地把他夹带进去。

厂里冷冷清清,离他想象中大干快上、只争朝夕的火热场景相去甚远。他问里面值班的技术人员咋回事? 技术人员几乎连眼皮都不想抬:"呃,问我吗? 我还想哭呢。"

安建军浑身打个寒噤,问那熟人到底咋啦? 对方说:"上面意见,既然用美机了,咱们自己的,可能要缓一缓了。"

"缓一缓?啥意思,缓几天,还是缓一年?缓到啥时候?"

对方双手一摊:"我不是头,只是干活的,咋晓得?只是听内部这么传。本不想说,你这么挖根刨底,只好告诉你,但这是内部传说,正式文件谁也没见着。"

不祥的预感涌上心头,他气不打一处来:"好不容易整出个运-10,咋会这样呢!"

安建军在十四航校拿出的文凭是大专,重新高考入学,毕业后,就多了张本科毕业证。从此,他拥有了一个飞机专业的科班文凭,这在当时是了不得的稀有资源。拨乱反正,百废待兴。有同学问他,是继续飞行,还是去专门搞技术开发?他说飞行不也是技术活,有区别吗?

鱼旺正儿八经找他谈话:"毕业的许多同学去搞研发,你小子就没啥想法?"

他也正儿八经地说:"打离开溪下中学跨入十四航校大门,我就发愿,无论如何,我都离不开飞行了。"他停顿了一下,补充道,"再说,连运-10都要下马,咱们学飞机的,去哪儿搞研发?"

鱼中队长说:"不是还有军机吗?军机、民机路子差不多。"

"唉,飞到现在都是玩运输机,军机要求更高,咱玩不了。"他咂了咂嘴说。

他想到运-10被冻入冷宫,不知猴年马月有出头之日,许多设计人员、制造人员悲惨流失,不得不去找新的工作,不禁酸从中来,差点泪目。

3

每当想起运-10将锁进冷宫的命运,安建军就有些心灰意冷。心情悒郁,一个人就到处去闲逛。恢复飞行后,忙得连轴转,好久没去闲步了,散着散着,漫无目地走着,忽然间又来到了上次经过的院落。怎么又来到了这里?

忆起舀水给他喝的女孩的背影,脚心忽地腾上一股热气。抬头仰望,春雨初霁,天宇澄碧。不同的是,那次是冬日,现在已开春,路边盛开着栀子花,白兰花也在远处眺首。那扇门还在——当然还在,但没留一条缝,掩着。他走上前,不知哪来的勇气,笃笃笃地敲几下,停了停,又笃笃笃地敲三下。

门开了,真还是那位姑娘。上回花格子的上装换成了白衬衫,下身一条黑裤子,头发随意往后一盘,映出一张白里透点微红的生嫩的脸蛋。见到他,一眼就认出了:"是你?"他也惊讶,左右张望:"家里没人?""大人都出去做活了。""我可以进去吗?"她侧身闪开:"你说呢? 请。"

进了门,他四周望望:"那头大公鸡呢?"

"还记得?"她一脸缤纷,莞尔道,"在屋后寻食呢,要不要过去瞅瞅?"

他忙摇手:"不用不用,只是问问,去年冬天,因为它啼得响,被引过来的。"

他第二次进这个小院子,感觉像昨天来过似的。她端出一条木凳,他坐了上去。她坐在另一条短板凳上,和他面对。他走了大段路,嗓子有点干涩,忆起上次的经历,暗笑,用手指了指那口深井:"有水吗?"

"想喝水?"她眼睛一亮,"家里有新烧的开水,给你泡一杯鲜热茶?"

"不,就想喝你这儿的井水。"他掀动下鼻翼。

"为啥?"她也回想起上次的事,脸颊不由自主地飞上一道霞光。

"甜滋滋的。"他顽皮地说。

"深井水,不甜才怪哩。"她含喜轻笑,窃视流眄。

和他相对,脸上的红晕忽地扩展了。花季少女,农家少女,吃的农家菜,喝的深井水,不用画眉描眼,不用涂脂抹粉,本身就清艳若桃李,脸上的皮肤,清嫩得能捏出水来。

"想喝,就过来。"话说出口,她觉得不妥,又补上一句,"自家的井,打上来就是,花点力气,不花钞票。"

说话间,她立起身来,朝井口走去。

他也起身,跟上去:"我来打,男的,筋骨强。"

她回眸一笑:"这个,不光靠力气,还有巧劲,你先在旁边看着。"

她熟练地拎起绳子将水桶投下去,手在绳上不知怎么一扭,井中的水桶突然跳了个身,桶口朝下,桶底朝上,她的手又抖了几抖,木桶在水里灵活地又翻了个身,沿口朝上,桶底在下,已盛了满满一桶井水。她呼呼几下将桶晃了上来,右手轻轻一提,将满桶井水搁在地上,拿上次那个木勺,在水面轻拨几下,舀了半勺递给他:"喝,新鲜的地下水。"

"天热了,这回不冒热气了。"

他双手捧过,张开嘴巴,直接在勺子里咕咕喝了起来,几乎将半勺井水一气喝干。还是那个味,甜丝丝。

"真好喝,甜,香。"他发自肺腑地说。

"爱喝就多喝点。"瞧他无拘无束的大男孩样,她笑靥如花。

他拍拍肚子:"喝了有半勺,饱了。"

"喝水也能饱?"

"当然,人不吃饭,光喝水,也能活个把月。"他记得哪本书上这么写着。

"你试过?"她不信地问。

"我是没试过,但肯定有人试过。"

这时,那头大公鸡从屋后踅了出来,围着他走了一圈,边走边啄着脚下的小草和虫子。须臾,仰起脖颈,"喔喔喔——"高啼了几声,似在欢迎某人。

"你家的公鸡高大,可爱。"

"养了三年了,天天叫早,舍不得宰杀。"

"留着,留着,应该留着。我家也养鸡的。"

"你是北方人?"她不经意地问。

"山东青岛附近人。我们那边人体格健,眼力好,体检干飞行的可不少,飞民机,也飞军机。"

"哦。"她弯着头,轻幽幽地说,"我叫——吴琼花。"

"哦,这个名字响,这个名字熟,好像和电影上的一个名字近。"

"和《红色娘子军》里一个人的名字差不多。"她赧颜道,"爸妈起的,不能改。"

"这名字挺好,何必改?现在重名的不要太多啊。"他也如实相告,"我叫安建军。"

"你的名字好记,安全的安,建设军队的意思。"

他哈哈一笑:"名字只是一个代号,无所谓的。"

"有所谓的,名字也有好有坏。"她不同意地说。

他无语。在他出生的那个年代,建军、建国、新华、新龙的名字,全国没有一百万也有九十万,重名的何止十万八万?有的一个班级就有几个建国、建军,碰巧的,连姓氏都相同。老师叫名时,私下编个号:大建国、小建国。

一架飞机从房子的边上飞过,引擎发出巨大的音波噪声。大公鸡掉转屁股,去了屋后。

"一直住这儿?"他问。

"祖祖辈辈在这儿。"她幽邃地说,"也可以往外搬,但父亲眷恋故土,不想挪窝。"

55

他抬头望着远去的客机说:"飞机飞过时,声音有点闹。"

"没事,也没多少飞机。有飞机需要转弯时,才经过这儿,晚上没有。"她说。

吴琼花说得不错,那个时候航班稀少,尤其晚上基本停航了,不像如今,半夜十二点,照样有大型机进出,引擎轰鸣,晨昏相接。

"总归有噪音,受些影响。"他坚持说。

"习惯了。我蛮喜欢听飞机声,一出生就听,听着热闹,听着有现代感。如果一天听不见这声音,反倒不习惯了。"她执拗地说。

"我,就是开飞机的。"他突然说。

"嗯,我也感觉到了。"

"你能感觉到?"

"奇不奇怪?"她不以为然地说,而眼神闪出羡慕的光波。

"也不怪。我既然在机场工作,不是做地面,就是开飞机了。"

他说着,认真打量起这个院子。吴家两间二层的小楼,是郊区平常的屋舍,里面砖头,外面石灰,屋顶是人字形的南北斜坡,没有徽派建筑美观,但简洁明快。院子不大不小,差不多一百平方的样子,两棵树——一株茶树、一棵香樟,枝叶葳蕤,一口井,只在贴近屋舍的两公尺处灌有水泥,其他地方是自然的泥草地。他最有兴趣的是那口井。这口井的意义是将她家的领地立体化了,从地上延伸到地下四十米深处。喝深井水的女人细嫩甜润,就像眼前的吴琼花。

"有个院子真好。"他说。

"喜欢的话,以后多来坐坐。"她顿了顿,含羞地发着邀约。

"都是不请自来。"他缓缓立起身来,"你爸妈快回来了吧?"

"他们去城隍庙了,估计得一整天才回得来。"她也跟着起身,"吃了饭走?我去做点。"

"不不,回去了,下午还有事。已经坐太久了,主要是喝了深井水,甜腻腻的。"

她也不留,送他到门口,依偎在门边,望着他渐渐远去,消逝在视野中。

过了两周,南方的油菜花开了,开得金黄,开得灿烂。满眼的菜花一绽放,整个大地无比欢艳,无比动人。油菜花铺天盖地盛开,吴琼花家的院子被金黄包围。

又到周末。他踏着一路青葱,奔向那扇吴家院门,第三次来了。这一次,他是做足了功课的,估计会碰到她的父母,如果碰见了,怎么说话,怎么回答,昨天晚上就打了多次的腹稿。两次路过进屋,她父母都出去,今天专程来,说不定就碰上了,不会有那么好的运气,每次只有她一个人在家。一周前来的那次,终于知道了她的名字,也告诉了她自己的名字。他喜欢这个院子,世外桃源般的一个小小院落,院子里有一位打深井水的恬静温婉的女孩。但两次来,见了她和那只大公鸡,没遇见过她家的其他人。这回他几天前就绸缪了,飞航班回来,凑个周末,再到她这儿来玩。他也想过了,如果遇上她父母,就坦诚相见,说自己在民航工作,驾飞机的,曾经路过来此讨水喝,和吴琼花偶识,喝井水,聊闲天,今天休息,又过来了,估计以后还会常来,云云。

走近那扇熟悉的院门,他挺起胸膛,咚咚咚地敲了三声,没动静。他深吸口气,又咚咚咚地擂三下,力气用得更大些,还是没动静。不可能呀,院子不大,如果有人,即使在屋里,也能听见敲门声。或许在楼里,正好赶着蹲坑什么的,听见声音起不来。那就再等等,倘若蹲坑,差不多要十五分钟光景。但这一等就等了二十分钟。他握起空心拳,又重重地擂了几拳,还是没回应。肯定是出门了,也许一家人出去市里买东西了。

正当他丧气地想转身离去时,背后传来一个清亮的女声:"安大哥吗?

57

我回来了。"不是那吴琼花又是谁?

"等了会了?"她走得急,脸上沁出一层细汗,被周围的油菜花一映,整张脸透着成熟水蜜桃般的水灵,"刚出去办点事,心里总记惦着啥,赶紧回来,正好碰见你。"

"我也刚来,在门口站会,欣赏遍地的菜花,挺有看意。"他往她后面望望,"就你一个人?"

她也朝身后望望,略为腼腆地问:"希望我爸妈一块?"

"不是那意思。"他憋红了脖子说。

"巧,亲戚家有人结婚,他俩一早赶去帮忙了。"

"你咋不去呢?"

"我晚点去,赶上晚饭就行。"她忽然含娇含笑地说,"如果我早去,你不就吃闭门羹了吗?"

进了院门,她说:"是聊会,还是先喝勺井水?"

"不,今天我来打水,想喝杯井水烧开的茶。"

"这个太小问题了,莫笑农家院子小,小女待客有鲜茶。"她双手一揖,做了个捧的动作。

他被逗笑了,刚才在门外干等了半小时的小怨气被冲得无影无踪。他坐在那条似乎专为他留的板凳上。她一溜烟进屋,一溜烟出屋,端上一杯热腾腾的茶水:"喝杯热茶,井水烧的。"他接过,在口沿轻轻吹了几吹,啜下一小口,果然清香扑鼻,直抵肺腑。"好水,好茶。"他颔首道。

她站在他身旁,细声说:"需不需要去屋里瞅瞅?来了几次,还没进过屋。"

"太不需要了。院子里好,我就喜欢这小院,坐在院子里,比在屋里轻松敞亮。哎,家庭家庭,关键是这个'庭'字,意思是住家,应该有个庭院才好。"

安建军孤身在外,内心常有种流浪的感觉,如一朵漂移的浮萍,无根,始终漂着。一个偶然闯进这个小院,遇上了院里一个女孩,如同一艘船锚到了港湾,过河的人遇上了座小桥。今后很长一段时间,这个小院成了他心中的甜蜜,成了他温暖和幸福的源泉,院里的这口井是他内心的牵挂,这里的少女是他心头的驰念。

4

青涩之恋的种子不知不觉地在两人的心间开播,而且随着春夏天温暖的季节迅速发育、催熟,一切是那么的清新自然,那么的纯真无瑕。他将与吴琼花交往以及对脸的消息告诉了家里。

山东老家迅速炸锅,搅翻了一大家子,反对的声浪通过纸张一页又一页地传过来。安建军家五个姐妹,他上面四个姐姐,只有他是男丁,垫底,一脉单传。姐姐们都已在老家结婚生娃,听到他的消息,不管他说的对脸不对脸、合榫不合榫,齐刷刷地反对,说吴琼花即使漂亮如仙女,也是农村人,他安建军好不容易跳出"农门",进了天下人朝思暮想的大城市,怎么又去找个农村娃?爸爸妈妈和四个姐姐一鼻孔出气,站在同一条战壕。他说破了嘴,说穿了天,家里那边死活不同意。

他当然据理怼驳,说这里的农村和老家的农村不一样,这里的农民和老家的农民也不一样,老家的农村在山坡上,这里的农村在城边上,在国际机场的旁边,和城市紧挨着;这里的农村人和城市人没多大区别,男的穿西装,女的穿裙子,能一样吗?

父母的信马上回过来,说农村总归是农村,农民总归是农民,性质就是一个样——修地球。他又反诘回去,说你们就住在农村,本身也是农民,怎么自己瞧不起自己?父母说,正因为咱在农村,是农村人,深知农村跟城市的差别,深知走出农村的不易,死活也得守住城乡那条分界红线,为啥那么多人想跳离"农门"?就是想更体面地生活,更昂扬地做人……说一千道一万,核心只有一句:不同意!

将家里的一沓来信叠在一起读,读到后来,心像被铅堵住了一般,越想越气,越想越堵,怒气之下,从二楼阳台纵身跳了下来,落在灌木丛中。同事发现了,赶忙抱住他,说他寻死,送去医院检查,竟然没受伤,离"死"更是遥遥无期。

鱼旺拍案而起:"你这是干吗?作死?是要威胁家人还是威胁我们?你家人离得远,根本看不见,我们倒是看见了,但看不下去。勇敢吗?懦弱!遇见问题跳楼,一点也不让人佩服!为了一个姑娘?成也好,散也好,家里同意也好,反对也好,怎么能和自己的生命过不去?生命只有一次,没有几次,你又不是猫!好在二楼,层高不高,是运动员都能跳下来。要是三楼四楼呢?奋身一跳,说不定就过去了,到阴曹地府去后悔吧。"

其实,自双脚向前弹出,他就后悔了,所以就拼命往灌木丛中跃。被同事发现送进医院,更是悔青了肠子,怎么就那么冲动呢?跟自己的小命开玩笑,这是开玩笑吗?

鱼中队长还在骂骂咧咧:"去跳,再去跳,我才不拦你!哼,不就一个女人吗?两条腿的田鸡少,两条腿的女人满世界跑。当然,我不是这个意思,而是提醒你要处理好其中的关系。你们年轻人,生命之火刚升起不久,是早晨八九点钟的太阳,特别要认真对待的一件事,就是控制住冲动的情绪,工作中,包括生活中。这个,冲动是魔鬼,是戆肚!"

鱼旺队长的一番话,如同一记记响亮的耳光,捆在他左右两颊,他在内心不得不臣服。他真想自己扇自己一顿。他的心境平复下来,左右为难,只得将吴琼花那件事裹包起来,先搁一边。

5

这天,他刚从外地飞回。飞机在停机位上停住。下完客,从驾驶室出来。一个滚雷般的声音响起:"建军——"

"嗯。"安建军回头瞧去,见是塔台调度室的管制员(指挥员)那三只,"三只,今天休息?"

那三只是塔台的管制员,指挥飞机的。今天他背着贝克机,像电影《英雄儿女》里王成背上的那台机器一样。那三只人如其名,像有三只眼睛,指挥飞机技艺高强。这时,他指了指背上的贝克机说:"值班,两百公里外就听见你的声音,见你兄弟降落了,还不过来就地慰问?""多谢兄弟关心。"安建军抱拳道。

那时都属民航上海管理局,航空公司、机场、指挥调度同属一大家子,在一个屋檐下生活、工作,人又不多,平时学习、开会都能撞见,飞行员、管制员彼此都熟悉,说话也敞开随意。后来,航空业成长进入黄金期,空前繁荣,航空公司、机场、管理局、空管渐渐剥离,家家自成体系,这是后话。当时的调度室面对的航班不多,塔台和进近一体化运行,塔台不仅指挥飞机的起飞和降落,连一二百公里内的飞机上升与下降、五边排队,都收入囊中,塔、近连体,一盘棋。

"有事吗?"见到那三只过来,安建军忘记了飞行的疲劳,顿时兴奋起来。

那三只的眼珠往客舱里不停扫描着,说:"还有没有'货'?"

安建军拍拍脑袋:"哦,你是说饮料?有,可口可乐,美国货。"

安建军让乘务员将多下来的可乐、啤酒收了一二十罐,统统塞给那三只:"剩下的都给你了。"

"哇,好东西呀。"那三只乐不可支,用塑料袋兜着客舱中余下的饮料,满满一大袋,嘴上客气道,"不用那么多,弄几瓶解解馋就得了。"

"没事,别给我发嗲。航班上发剩的,都拿着。"

"多少钞票?"那三只数了数易拉罐装的舶来货。

"嗨,一谈到钱就俗了,咱空地一家人,谈这个干球?机上有的,尽管提去。"

"哇,老板呐。"那三只说,"钞票还是要给的,已经免税了啊。"

"说钱的话,放下。咱是机组,不做生意。"

他背上的贝克机忽然嗤嗤地响了起来。一架航班报告:"已到达南浔上空。"那三只拿起无线话筒,娴熟地说:"知道了。"

安建军指指天上,对他说:"厉害,你在这儿照样指挥天上?"

"可不。"那三只拎了饮料,准备离开,"不是吹的,俺胸中自有雄兵八万。"

"可是,离开了塔台,在这儿指挥,万一……"

"没有万一。咱技术结棍,一天有几个航班,哪个时间有哪个航班,哪架飞机哪个点落地,全在脑子里,留足了余量。刚才呼叫的,是离机场最近的一架飞机,到导航台了,报告下方位,实际离落地还有二十多分钟呢,足够。"那三只往舱门外走,"那架机是北方局的,机长段早,你们同行,和我在一次会议中认识,那家伙和你一样,功夫了得,没人指挥,照样落地。"

"那也还是要小心点,毕竟在岗上。"

"有数,心中有数,遇事不慌。"他扬了扬手,"走了,兄弟,谢啦。"

安建军目送他朝塔台方向而去,大声说:"下次有东西多出来叫你,或者帮你捎过去。"

那三只洒脱地朝后挥挥手:"OK,再联络。"

6

安建军将吴琼花的事搁下,暂时不去那个小院了,一门心思扑在飞行上。但当他驾机向北腾空而起时,难免往西边瞥上几眼,那座温馨的农家小院是否在目力之内,那个给他舀水喝的灵聪姑娘可在院内?而飞机速度快,几十秒的时间就升空远去,难以瞥清翼下的那个点是不是那座小院。有时,飞机上升后右转弯,和他心中的小院反向而行,连空中匆匆鸟瞰的机会都失去。吴家小院在跑道北头的西侧,如果起的南风或东南风,飞机由北向南起飞,那和吴家小院背道而驰,也只有在心里暗叨一句:桃花依旧笑春风。她的家里可没有桃花,只有一株茶花,可比桃花开得久,开得坚强,冬天也不谢。

最后一次去她家,两人并排坐在那张坐了无数次的木条凳上。她说:"每当飞机转弯经过我家屋顶上方,我就会问,这是不是你的飞机,是你在驾驶吗?"

"傻瓜,现在飞机多了,有螺旋桨,有喷气式,那么多飞机起起落落的,怎么分得出哪架是我?"他笑道。

"那你开的飞机有什么特征,帮我能分别开来?"她天真地问。

"这个很难,你们又不是干这一行的。"他皱了皱眉,"不过,仔细分辨,还是有不同。我现在开麦道飞机,美国造,喷气机,前面没有旋转的螺旋桨,喷气发动机向后方喷着燃烧后的气焰。同为喷气机,麦道机的发动机和波音的又不一样,它的两台发动机不在机翼下,而是安在机身后部,机尾的两侧,如果仔细看,还是能分开的。"

"那我看机尾巴,如果两侧有两个圆东西,就是你的飞机了。"

"也不一定,同样的飞机有好几架,还有其他公司飞进飞出的,即使是同一公司的,驾驶员又不止我一个,哪能确定就是我在上面?"

"我不管,只要是你说的麦道机,就有你在上面的可能,我都会抬头,都会招手。"

"傻吧,飞机速度那么快,又飞得高,怎么能看见有人在招手?"

"我不管……"

昔日的场景历历在目。今天,他驾驶的班机自南向北起飞,向西转弯,正好"路过"她家的上方,她可在观望,还会招手么? 当飞机收起起落架,向左转方向时,他滚圆了双眼,在茫茫的田野中寻觅那座渺小的院落。不巧,前方有几块薄薄的云轻飘飘地躲着,等他的班机飘越到云层之上,离地远了,一个个小村庄成了模糊中的影子,啥也看不清了。

他在心里叹惋一声,加下油门,离她越行越远。

闹心的事还有。前几天,接到父母来信,说父亲最近要到上海来几天,看看他这个儿子。原先都是他每年一次的探亲假,回去探望父亲母亲,父母从未来过。但这一次,父亲突然要来单位,说是出来走走,看看儿子,看看儿子上班的地方,看看上海,但他猜想必和吴琼花的事有关。想想也没啥,该说的话在信上已说了,说也说过,吵也吵过,他现在和她已冷却下来。父亲要来,说不定现在条件改善了,想通了,花点钱,出来活活经络,顺带便看看儿子,旅游旅游,挺好。父亲要来,而且是头一次来。他得接他,陪他,事挺多。

不久前,在老家的父亲,不知从哪只耳朵听到安建军"跳楼"的消息,下决心来一趟上海,来一趟虹桥。在农村,为了恋爱、结婚,年轻人还有上吊、投江、喝农药的,老头子放心不下,必须得当面来疏导一下。

虽说民航脱开了部队,但许多领导都穿过军装,安建军他们也穿过军装,从上至下还保留了几分部队的传统。听说建军父亲要来探亲,中队上下真当作个事来对待,鱼中队长帮他调了班头,留出数天时间让他陪陪老爸到各处转转。来的那天,鱼旺还专门申请一辆吉普车,去火车站接安家父亲,这使他感动了两晚上。

安建军的父亲从上海火车站走出,坐上那辆民航局派来的北京202吉普车时,着实激动到了——他竟然坐上专车了,说话时喉咙都在发颤。专车从上海火车站一路载他到虹桥飞机场。安建军安排他住自己的宿舍。第二天,他按计划陪父亲去了外滩,那是上海最有名的景点,安父也想去。父子俩沿外滩走一圈,跨过外白渡桥,在百老汇大厦(上海大厦)前留下合影。下午逛逛城隍庙,在里面的小店品了小笼包子。一天走下来挺累,晚上父子俩在宿舍早早打起了呼噜。

第二天,安建军拿出最新版的上海市区地图,指着上面,说今天去兜兜南京路、人民广场什么的,国际饭店——旧上海远东最高的建筑,最繁华的地方,都在那一带。这是他预先思谋过的方案。

安父虽然是农村人,但在旧社会上过五年学,从小通点诗文,经常坐在乡下的石头堆上给人讲三国、列国的故事,也算农村里的读书人,在本乡本土有一定威望。听了儿子的介绍,安父说:"听说上海有个大世界,有哈哈镜啥的,在哪里?"

安建军一拍脑袋:"哦,想去看这个?方便,原来的大世界,现在叫工人文化宫,离南京路和国际饭店不远,在延安路和西藏路的岔口上,上午逛完了南京路,直接走过去。"说着,他在地图上点了点文化宫的位置。

安父说:"上海这么大,这么远,这么偏,出来趟不容易,既然来了,大世界还是要走一走,我在书上看到过的。"

"是,今天咱们就去。"

安建军听了父亲说上海"这么远、这么偏",心里就偷笑。上海偏远,那新疆、西藏就到月球了。那是父亲的诙谐。

其实,父亲对南京路商业街没啥兴趣,来到第一百货公司门口,看进进出出这么多人，根本就不想迈腿，安建军硬是拽着他逛了一圈。他上至第二层再也不肯往上去了，说我又不买东西，上去也浪费。但总算见识过大上海的大店堂了。

人民公园更是不愿进，安父说，公园里不就是树和草么？树和草哪比得上农村那边？俺农村的花草树木天生，漫山遍野，这里的树和草是从农村移栽过来的，有啥看头？想想也是，安建军就带他在人民广场周边转了转。从这里，也能望见那幢深咖啡色的国际饭店。

从虹桥赶往市区的路程比较远，公交得一个多小时，他们上午在南京路、人民广场转了转，差不多已到饭点。安建军斟酌已久，准备狠狠心在国际饭店请老爸嘬一顿，但父亲打死也不肯，他没辙，只得在西藏路附近找了家小面馆，每人来碗辣酱面，却也吃得热乎乎的。用餐毕，安父用手绢抹抹嘴角，说："在家干活不觉累，在这里走着倒累，大世界就在旁边，其他地方不去了，就到大世界里转转吧。"

他俩走进工人文化宫。里面还保留着哈哈镜等传统的物件。二人上下兜了一遍，安父指指点点，反而跟儿子介绍这里的一些东西，必定是他事先从哪本书上读过、记牢的。最后，他们来到"西洋镜"前立住。面前分别有凸镜和凹镜，人走过，每个角度，映在里面的形状各不同。安父像老顽童一样分别在几面镜前走来走去，来回晃荡了几遍，还做出几个怪异的动作，对着镜中的自己哈哈大笑。

"哎，建军，你怎么不来试试？个个形状不一样呢。"

安建军摇摇头。这种小儿科的玩意儿有什么好玩的，中学物理书上就写着，这是凸镜凹镜原理形成的图形变异。

父亲在他跟前伫定，指着前面的哈哈镜说："人站立的位置不同，角度不同，映在镜子里的形状就不一样，凸镜有凸镜的形状，凹镜有凹镜的形状。这就是人间百态，万千世界。"

安建军恍有所悟。父亲坚持要来这里的目的,并不是真想看几面哈哈镜,而是借题发挥有话要说。这不,老爸话锋一转,拐到了正题。

"知道你忙,我在家也忙,一年到头穷忙。本来不该出来打搅你的,但我还是来了。来旅游吗?不是,《红楼梦》上说过,'白发已非赏花人',我年过半百,对游玩已没多大兴趣,既然来了,就有话要说。"安父说话冗慢悠长,一副农民学者的派头,"你的婚姻问题,做父母、做姐姐的,本不该干涉,婚姻自主么,但是你姐姐他们说的,也有一定道理,所以容我再说几句,权作参考。"

安建军低头不语,耐心地听他说,毕竟是父亲么,跨过的溪比自己走过的路多。尽管父亲生活在乡下,但他从小对父亲有敬畏之心,农村老人的学问可一点也不比城里人逊。

安父说:"娶个农村媳妇,不是不好,而是有许多实际问题,最大的麻烦是户口,往后你们生出的孩子,户口随女方,也是农村户口,吃不到商品粮,这个后果很严重,你想过没有?"

"想是想过,没想得那么重。"

"真心说,你愿意自己的孩子还脱不出农门?"

"倒不大愿意。"

"把眼放宽,城里头鲜嫩的姑娘一大把。"安父拍了拍他的肩头,"有句老话,叫'百孝不如一顺',啊?"

安建军佩服父亲,来这里后只字不提他跳楼的事,但拿人七寸,从日后孩子的户口切入,一剑封喉,话虽诛心,却封住了他的命门。安建军咀嚼半天,似有千万条理由反击,却无言以对。父亲就是父亲。

安父说:"我明天准备回去了。"

"不多住几天?"他有些吃惊。

"已经玩了两天了。坐了两天火车,又在大上海耍了两天,在我一辈子里都是件及其奢侈的事。我在这里,影响你工作,还是快点回去。你妈、你爷爷奶奶、你姐姐那头,都需要人,现在去买票,明天就走。"

"啊,现在就去买票?不一定买得到票,火车票紧张,需要提前预订,还是缓一二天吧?"安建军说。

"不,没有座位就买站票,咱农村人,能坚持,上了车,拿报纸往脚下一铺,就是座。"他深情地对儿子说,"出来在外面立脚不容易,千万要珍惜啊。"

7

"安机长,明天下午两点在大礼堂开会,正装出席。"中队文书大声嚷着说,"通知到你了,别耽误啊。"

"啥,开啥会?"安建军嗓门比对方还大,"我明天要送我父亲回老家。"

"克服一下,克服困难,上面说了,会议重要,体制改革,宣布结果,国务院领导、市里领导都要来,人员要整齐,不能缺席,晓得吗?"

"体制改革大事?跟我有毛关系?开飞机的还是开飞机的,难道去开轮船?这种会都是领导参加,机关工作人员参加,哪轮得着我们参加!"

"不懂了吧,领导当然要参加,基层各个层面的代表也要参加,这是政治任务,不能推。"

"可是……"他不知从何说起,体制改革动员大会,也要他们飞行人员参加。

文书急着赶路,对他挥挥手:"我还要通知其他人,没时间了,记牢,明天下午两点,着正装。"

文书只是个传话筒,有事还得找领导。鱼旺快升副大队长了,是他的师父兼领导,说话随便。

鱼旺的办公室里有人在宏声说话。见他进去,鱼旺为他们介绍:"都是十四航校结下的桃李。这位是段机长,年轻的飞行健将,从北方调来这边,加强咱飞行部的力量,已经办妥手续了。这位是安建军安机长。"

"是我要求到老家附近工作的。"被称为段机长的人伸手和他握了握,"段早,江苏人。"

安建军一愣:"你好。咦……段早?"脑子里对这个名字有印象,"哦,记起来了,听那三只说起过。"

鱼旺说:"就是他,上次驾驶安-24创造神奇的,就是这个段早。"

"久仰久仰。"安建军肃敬道。

"都是翻过去的事了。"段早忽然问,"你在十四航校谁的门下?"

"遂宁团高教官的学员。"

段早拍拍他的肩膀,说:"噢,太巧了,我也是,同门兄弟。"

安建军高兴地说:"论届,你是我师兄。"

"彼此彼此。哦,你们忙,我还去其他地方串个门。"段早朝他拱拱手,告辞离去。

瞧着他的背影,安建军发了半分钟的呆。段早一双小眼睛,人高马大,像北方汉;而自己长得眉清目秀,倒像个南方人。

他回过神来,说到来意:"老领导,我一个飞行员,为什么又要参加开会?"他先不说送父亲的事。

"就是需要一线的飞行员、乘务员、管制员参会,代表的广泛性,要横向到边,纵向到底。"鱼旺喝了口水,"即便是一名飞行员,也是一名党员,要有政治意识,站位要高,不能光顾着开飞机不看航向。"

"可是,我的确有事……"他嗫嚅着说。师傅的政治觉悟越来越高了。

"你爸提前要走是不是?"鱼旺左手一挥,"这点事已给安排了,还是队里派车送站,省得大包小包的乘公交。你为了工作,开会,你爸能理解。"

69

听说有车送,安建军无话可说了。想不到老爸来趟单位,惊得领导两次派车。队长师傅的确关心人。

"谢谢师傅了。那明天下午开会,不用发言吧?"他搓了搓双手问。

"我都轮不到发嗓,还挨上你?你以为你是谁?都是上面人讲,咱们只要带耳朵。"

安建军平时不喜欢开会,坐进会场就头疼。他凑近鱼旺的耳畔说:"那不是陪会、听会吗?这个好像浪费人头、浪费时间,不太合理呢。"

"天下不合理的事情多了。"鱼队长黑下脸说,"别啰唆了,我忙着呢。"

安建军翻了翻眼皮,溜出了队长办公室。路上,心里还在嘀嘀咕咕。不就改革吗?这些年民航年年喊改革,改来改去,无非是分分合合、合合分分。方案早传开了,现在的民航局一劈为三,天下三分,分为航空公司、机场、管理局三大块,三个地理方向各管一块。下面有人编了句顺口溜:想当官,往南走;想发财,往北去;保险点,留中间。这是按三大单位的工作地点而定。体制改革后,航空公司在工作区的北端,管理局在南头,机场夹在中间。按有些人的话说,管理局是政府衙门,航空公司是财主,机场是地主,当官发财各取所需。体改方案一宣布,许多人,尤其是机关工作人员,为自己的去向苦恼,选择哪家都有道理,似乎又没有道理,有好处,又没有好处。

体改后,安建军所在的公司改为B航空公司,这跟他似乎没多大关系,他是开飞机的,一线的一线,最基层的劳动生产者,靠手上的活吃饭。他眼下开麦道飞机,麦道-82、麦道-90,这一飞,差不多飞越了整个八十年代。

四、跨太平洋

1

美式客机呼呼地飞在中国的天空。

这和安建军的预期吻合,人家毕竟是飞行的鼻祖。1903年,美国人起了个大早,赶了个早集,莱特兄弟驾着那架4缸12马力的"飞行者一号",冲上吉蒂霍克海边那片乌云密布的天空后,开启了人类动力飞行的先河。关键是人家没有步中国发明火药、指南针技术,反让欧洲人摘了桃子的后尘,而是将这种优势不遗余力地维持至今。上世纪八九十年代,波音、麦道联手将运-10拍死在沙滩上,又联合空客将安系列、伊尔系列以及图系列等苏式飞机几脚踢出中国,从此美式、欧式机一统天下,啸傲中国长天。

洲际飞行的MD-11越过太平洋,来到中国。许多航空公司的机长、副驾以开上这现代化的重型客机为荣。说实话,MD-11英武潇洒,身材修长,两个发动机挂机尾下方,一个装尾巴上,样子比两边平衡的四发、二发机冷酷、流畅,被业界誉为空中美男子。既然当上了美男子,不但女人喜欢,男人也欢喜,许多飞行人员、乘务人员纷纷要求加入机上工作。但安建军一副无关痛痒的德性,嘴角无任何异样。

鱼旺已升为副大队长(当年只有一个飞行大队),分管飞行摊子,替他着急:"你小子皇帝不急,咱太监替你急,别人都在争、在抢,你怎么一副死皮烂娃,无动于衷的样子?"

"老领导,我真的无所谓,飞哪款机还不一样?"

"安机长高义!"鱼大队冷笑道,"可我们要求优秀飞行员上MD-11,你是天才——这样说怕你要傲,怎么的,你还想扭扭捏捏?嘿,开卡车和开轿车一样吗?"

"真的别把我当回事,我不挑食,让我飞图-154也不推。"他大大咧咧地说。

"本公司没有图-154,图系机只有新疆航空或其他公司剩有少量的。"鱼旺虎着脸说。

"如果组织需要,我上MD-11好了。"

"他奶奶的,反倒我求你似的。"鱼旺没好气地说,"别婆娘腔,就这么定了,加紧改装,转机型。"

安建军暗中做了个鬼脸。嘿,俺婆娘腔?全公司,要说雷厉风行,俺算第一个。

形势的海浪把他冲上了MD-11机长的座椅。MD-11准备开洲际的,他得为国际航线做准备。为此,他专门去大洋彼岸进行新机型培训,取得执飞机长的执照。

订购的新机没到,试航开航却在眼前,需要熟悉太平洋航路。这可是B航司开通的首条国际航线,而且是中美跨太平洋航线,上下如临大考。安建军对开啥机型不在乎,而一旦被遴选上首航洛杉矶的机长之一,不得不摩拳擦掌进入角色,开始临场备考。

2

公司开的第一条国际航线不是一般的航线,不是去非洲、去澳洲,而是去美利坚,去当今世界第一霸主,航空第一强国,意义之大不言而喻。

公司派出五虎大将之首的王机长为第一机长,安建军为第二机长,外配两名精锐副驾。派安机长为第二机长,坊间传言颇多,有人说他是鱼大队长的得意门生,这类美差得靠点关系。也有人说,安建军手艺了得,属于新生代中的佼佼者,技术超硬,自然轮到他。更有江湖传闻,这次选上首条国际航线的机长必须是五虎将,这五虎将的前四位早已定论,都是有二十年以上飞龄、超级成熟的机长,单这"老五"属于年轻人,一旦挤进五虎将序列,以后必为重点培养对象。眼下有好几个青年才俊红着眼、飚着劲在争夺这个位置。有人掰着手指头算过来,各方面过得硬的年轻机长至少有七八人,像前几年从北方局过来的段早,他安建军,都是响当当的小字辈。这次他既然被选上了,说明他更多地被看好。

王机长以老大哥的身份拍拍他的肩头:"小安,这次首航一去,这五'虎'中的第五把交椅,你差不多已蹲了上去。"

"王机长,我无所谓,人家想去,我可以让。"

"哈哈,你那叫高风亮节吧,人家巴不得呢。"

"我真不为这个,人要顺其自然。从这点上讲,我喜欢老庄的道法自然。"

王机长睨他一眼,狐疑地说:"你小子说的真话还是假话?"

"我知道,师兄段早到处找人,想首航美西。让他去好了。"

"你想好了,人家就等你这句话。"

安建军晓得那个段早争得厉害,连他带的两个徒弟都四处煽风点火,为他们脾气有点倔的师傅摇旗助威。

段早虽有脾气,但手上有绝活,飞行技术和他在伯仲之间,尤其擅长化解起飞和落地关键阶段的危机。那一年,驾驶安-24迫降成功的事在业内颇有些影响。半年前,段早驾麦道-90降虹桥,突遭百年不遇的超强低空风切变,旋风刮过,航站楼屋顶被揭开,最大侧风达到每秒39米,相当于13级台风。那时,段早驾驶的飞机已在贴地的位置,他临奇险不惊,几乎在飞机失控的情况下强势拉升,顺利复飞通场。当时,他手上的飞机抬升的最大坡度为12.5度,机尾离地1.5米,在绝境下沉着地突围成功,创造了个不小的奇迹。事后专家复盘,电脑模拟,其结果都是坠机,但段早硬是凭手上和脚上的功力没有让那种情况发生。段早一战成名,事迹被媒体渲染。

段早也是十四航校的毕业生,也是高教官的高足,比他高几届,年长四岁,理所当然是他的师兄。

鱼旺啪地将一张报纸掼在桌上:"这次偏让你去,不让他去。别再动摇我的决心,这事就这么铁定了。"见他一副黄狗晒太阳的懒洋洋神态,鱼旺少不了敲打,"晓得为啥选中你,而不是其他人?"

"莫不是我是你徒弟?"他嬉皮笑脸地打哈哈。

"少油腔滑调!我徒弟不止你一个,五虎将里除了王机长几个老同志,也有我徒弟。"鱼旺咂了咂舌,"选你,还是因为你爱动脑子,有一双巧手,手上的感觉比人家好,天份的因素比别人多那么一点,当然段早的天赋也很好,——记住,这是你的优势,但绝不是你以后用来掼榔头的资本!咱们开飞机的,可不是简单的机师,更多的要靠手和脚,这好比泥瓦工,也好比烧瓷工,大师傅和小师傅弄出来的东西就是不一样。"

"这个我承认,您早说过,同样是木工,鲁班只有一个,同样耍钢刀,关羽就是关羽。"

"那怎么还不赶快紧张起来?"

"是,我马上严肃紧张起来。"表情还是有些不以为然。

公司决定,开航前,要对航路实地走一遍。由首航机长及一些备用工作人员组成试航团队。

就在他们规划出试航的日子后,麦道公司假惺惺地表示歉意,说遇到暂时困难,履行不了合同,以技术原因提出延期交付 MD-11 飞机。这一延宕就宕了半年多。左等右等不来,首航的日子越来越迫近,试航已等无可等。远程宽体的麦道机下不来,只得用公司已有的空客机代替。

试航那天,替代机空客 A310-200 型双发客机从虹桥出发,沿拟定的北太平洋航路飞往美西洛杉矶。A310 航程不足,途中在阿拉斯加的安格雷奇加油,经停后再起飞,向东穿破晨昏线,抵达洛杉矶时,太阳刚跳出地平线,释放出媚人的光芒。

安建军没有空客的执照,只有待在机上做一名"观察员"。在当时,双发客机过洋是一件冒险的事,所以飞行线路尽量沿太平洋北侧靠近大陆架的边缘,离备降场近,万一有个好歹能就近降落。

安建军这个观察员当得一点也不马虎。他在"观察"中发现,北太航路有三分之二在北半球的中高纬度飞行,这一区域盛行咆哮的西风。向东飞行时顺风,自西往东刮的大风能助一臂之力,畅行抵达洛杉矶。回程则吃着顶风,全程剧烈的顶风,会遇到平均高达 40 节、瞬时 150 节的强大逆风,耗油、耗时。当他们回飞中途到达安格雷奇时,他瞅着腕表,对王机长说:"来回差别极大。"

"你指的西风带?"王机长的感觉也很明显。

"航前反复查过气象资料,心理上也有所准备,但实际飞过,感受还是大不一样。"

"这就是为什么要试航探路的原因,航图只是航图,上面只是点和线,实际走一遭,理解又不同。"王机长说。

"光风向的影响,来回程相差两小时。"安建军若有所思地说。

3

麦道公司无需赔付延后了半年的MD-11终于交付了。人家的飞机,远程宽体客机,没得选,说延期就延期,可以冠冕堂皇地举出许多难以反诘的理由,好像延期交付比正常交付还有理似的。

涂抹得亮晶晶的MD-11停在机坪上。瞧外表,MD-11的确符合空中美男子的标准,颀长的身姿,流线型的机体,两台发动机后置下挂,一台吊装在机尾的上部,熠熠生辉,神采逸扬。

首飞日确定,不用宣传,传得比风都快,毕竟是首开国际航线,且是中美跨太平洋的国际线,无需打广告,机票早已售罄,中美直飞么。

首航前的准备紧锣密鼓。新飞机的航电设备、驾驶系统,各种设施都在地面熟悉。新机的适应性也在地面、空中试了好几回,驾驶人员对此不再陌生。

飞机是新的,人也需要焕然一新,至少身上的制服是新的,新的飞行服,新的乘务服。空乘的化妆、礼节礼仪都进行了航前培训。参与首航秀的机组乘务员既怡悦又焦虑。安建军尽管对参不参与首飞抱不在乎的态度,而一旦正式参与其中,马上像打了鸡血,血脉贲张,比谁都勤,早早来到现场,进行航前各种检查、预热,这离旅客登机还早着呢。

乘务员们也极早到岗,来机上熟悉情况。首飞的乘务员,都是精挑细选的,装饰上也有统一要求:统一的服装,统一的发型,统一的口红,统一的耳饰……

有一名空乘来得最早,几乎和他前后脚进入机舱。这名空乘约莫二十多岁,细长身材,精巧的鹅蛋脸,肌肤嫩白,五官精致,尽管穿着和别人同样的衣服,但她天生的衣服架子,看上去还是和其他空乘不一样。安建军朝她多瞅了两眼,她也款款走近来,礼貌地说:"安机长好。"

"你好。"他仔细端详她一眼。

"我叫叶夜,树叶的叶,夜里的夜,请多关照。"

"哦,叶夜,名字很别致,好记。"他不经意地说,"以前好像没见过。"

"是。以前我在成都局工作,前段时间刚调过来,忙着适应性培训。哎,终于轮到家门口上班了。"

"家门口,你是上海人?"

"正宗本地土著,从爷爷的爷爷开始,就是地道的弄堂里人。"

他俩随口聊了一会,才有其他空乘陆续登机。她们相互打着"Hi",咯咯轻笑,脸上都是满满的激动。莺莺燕燕聚齐,机舱就成了芬芳之地。大多数人是头一次去美国,也许昨晚都没睡好,既是精力充沛的年轻人,少睡点觉不算个啥。今天同机的乘务员们都了解,叶夜从成都调过来,在西南时就是名优秀乘务员,主飞成都至拉萨航线,在乘务圈内小有名气。但其中的苦衷只有她本人清楚。

乘务员们见到叶夜都挺开心,有两个空乘还好奇地问这问那,问她飞成拉线的情况。时间还早,叶夜就讲起了成都至拉萨的经历。安建军见七八个美人扎堆,香气溢鼻,也忍不住遛达过来侧听。

叶夜晓得机上的姐妹们都没去过拉萨。因为当时上海管理局的航班没有飞拉萨的航线,最多飞到成都,再换成都的飞机去西藏,类似于火车的中途转车。见大家饶有兴趣的样子,她就不紧不慢地讲起了"成拉"线。

叶夜在成都飞了两年多的成拉线,执行是伊尔-18。对伊尔机,安建军有切身的体验,在华东区已基本淘汰,西南区还保留了两架,而且经过改装专飞拉萨。叶夜说,飞拉萨,有许多怪异处。众乘务员一惊,问怪在何处?叶夜竖起柳眉,说最大的怪异是早,早得偷偷摸摸的像去做贼,真叫一个披星戴月。叶夜说,每次半夜起床,四周漆黑,登上飞机,做航前准备。旅客们也摸黑到机场,上满了客马上起飞,途中两小时四十分,到达拉萨,太阳刚冒头。下完客,拉上人,立马回飞,一分钟也不耽误,中午抵成都。听得乘务员们眼皮穷跳。

听叶夜说早得像贼,安建军忍俊不禁。问这么早的班次,有旅客吗?怕不满三分之一吧?她兰花指轻轻一扬,说第二怪是满,大半夜的航班,班班爆满,一票难求。她说,成都至拉萨不通铁路,川藏公路又经常塌方中断,航空人气旺极,旺得一塌糊涂,旺得都不好意思。

有人思忖一下问,为什么非要那么早呢?成拉线荒芜之地,鸟不生蛋,一天就那么几个破航班,时刻上不能机动一些吗?这么起早摸黑,机组累,乘务员累,旅客也累。叶夜说,不是没有试过,怪就怪在天气,假如不是天不亮出发,中午回到成都,而是按常规路子,上午出发下午返回,回来的路上颠得不行,颠得你将早上吃进去的饭都吐出来,这就是成拉航线的第三怪:颠。

空乘小菊吐了吐舌尖,说叶姐讲笑话吗?叶夜敛起笑容,讲笑话?不信你去试试,成拉线现在照旧,你想调过去,分分秒秒的事。小菊诡笑笑,往后退了半步,说也许,不敢。

叶夜说,拉萨机场位于雅鲁藏布江的河床上,两边全是山,倘若遇到机械故障等情况,拖到下午回飞,机组会选择不飞,宁可第二天上午再回程。她在那条线上飞了近三年,基本未在拉萨过夜。个别机组过夜的,那是飞机严重故障,或发生极端天气,走不了。空姐们颔首道,这航线真有点邪门,叶夜在那飞了近三年,真了不起。又有人说,下次喷气机飞,比如MD-11,可能会不一样。叶夜说,下次的事下次说,眼下,咱先飞太平洋吧。安建军突然插话说,王机长他们上来了,咱们抓紧准备。众人齐声说是,分头散开。

4

首航美国,旅客满舱。许多人初次出国,将门面看得重,男的西装革履,皮鞋锃亮,连流氓痞三也打上了领带。女的穿红戴绿,着装冬裘夏葛不同,大多浓抹艳妆,憧憬着去美利坚秀一把。

安建军望了眼满舱的锦衣华服,倒不如空乘的制服顺眼。尤其是那个叶夜,穿着公司定制的空乘服,那么的得体,那么的自然清雅,胜过许多美女的锦罗玉衣。站着的时候,不禁多瞄了她几眼。叶夜的背后似有眼睛,霍地转过身,朝他走近,细声问:"安机长有什么指示?""没有,我只是随便瞅一眼客舱。""要是没事,我去照顾客人了。"她双眸含水。他也转身朝驾驶室方向去:"请便。"

旅客们早在位置上坐定,没人迟到,只有早到。管制部门也准备完毕,等开航时刻一到,立马发出可以开车的指令。须臾,"许可起飞"的指令下达,年富力强的王机长驾机滑出,经滑行道到跑道头,然后加大油门,提速,抬前轮,起后轮,上扬,收起落架,一气呵成,MD-11呼啸着刺向无边的苍穹。

经验丰富的五虎将之首王机长为第一机长,后起之秀安建军为第二机长,二位机长和二位副驾轮流驾机向东而去。北太(太平洋)线是中美、日美、韩美等航线的主要通道。安建军明白,人类生活的是一个圆球,并非一个平面,一般百姓家中悬挂、单位办公室张贴的世界地图为平面图,等于将"西瓜"剖开、拉平,视觉上比较直观,实际却是两码事。从地图上比较,上海至洛杉矶,从太平洋平切过去最近,呼地一条直线就穿过去了。事实上,地球是椭圆形的球体,靠近南北两极半径最小,越近赤道,肚皮越大,路程越远。北太航线,从图上标示为一个向上的弧度,并非直线,实际球面距离并不长。另外,北太航线沿太平洋北端、大陆架附近,有相应的地面导航设施,有较近的备降场,飞着放心。

客机起飞。起程由王机长掌舵,约定到阿拉斯加的安克雷奇后,由安建军执后一棒。进入巡航高度后,两名机长和两名副驾都挤在驾驶舱显得拥挤。王机长朝后努努嘴,说:"建军,你先去后面歇会,过了白令海峡再换班。"瞧着王机长精神焕发的模样,安建军应声"是"。起身开了驾驶舱门,步入客舱。

偌大的机舱,爆满了旅客,几乎没人睡觉,人人沉浸在出国飞行的亢奋中。去天堂般的美国了,而且是首飞。客舱乘务工作也热火朝天。安建军瞅见一个瘦条的身影匆匆忙忙,细一瞧,是叶夜。今天,她是在乘务长之下类似于带班组长的一个角色,她不停地穿梭在左右两条通道中,脸上时而微笑,时而严肃。

一名孩子向乘务员小菊要热水。小菊端了热水送过去,叶夜喊住她,轻声说:"给孩子送热水,不能太烫,也不能太满。"小菊恍然,"哦"了一声。叶夜说:"给我。"她端了这杯烫手的热水,回到厨房间,倒出五分之一,兑了点矿泉水进去,觉得温热了,才交给小菊:"可以送过去了。"

接下来发主食。烤箱加热的热食和饮料送至旅客的小餐桌上。凡是有小孩的旅客,叶夜除了交代孩子本身,会对家长说一句:"这是烫的。"

一名小孩在走道里跑来跑去,她走过去,牵住小孩的手带至家长跟前,对家长重复一遍:"大洋上空,会颠的。"这话,她已对众家长说过多次。话音刚落,长风掠过,气流翻滚,飞机刹那间上升200米,又忽地下降100米,许多杯子、餐盒甩离小餐桌,机舱瞬间狼藉。几位初次乘飞机的旅客吓得脸色铁青,心脏怦怦狂跳,不停地念叨:阿弥陀佛,阿弥陀佛……几乎同时,机上广播响起王机长的声音:"各位旅客,飞机受到太平洋上空强气流的冲击,出现剧烈颠簸,请大家不要惊慌,在座位上坐好,扣紧安全带。"叶夜和乘务员们安抚旅客后,也回到乘务席上坐定。

大洋气流翻江倒海,发过一阵脾气后,渐渐恢复平静。叶夜头一个从位上立起,忙着收拾过道上打翻的餐盒和水杯。她在成拉线上,经常翻江倒海,对此不觉大惊小怪。乘船在水面还颠上颠下,何况在空中。飞在云上的飞机技术含量比水面船只更高,那是制造业上的皇冠,再疯狂的折腾也经受得住。风口既已掠过,一切照常。

一位行动不太利索的老人,尚未从剧颠中回过神来,脸上肌肉紧绷,不时朝前后张望。叶夜像受到了感应,走近他说:"老人家是不是想用厕?"经验告诉他,这位老人可能第一次乘飞机,而且一乘就是出国的长途机,脸上和心中满是惊恐与不安。

见叶夜问,老人木然地点点头。叶夜柔声说:"大伯请跟我来。"

老人瞅了瞅周边,从叶夜的目光中获得了信任,"嗯"了一声,咬了咬牙解开保险带,慢腾腾地从位上站起,跟着她挪步,蹑手蹑脚地从过道往洗手间方向走去。

途中,叶夜帮一位埋头看《中国民航》杂志的大妈打开阅读灯,不忘叮咛一声:"大妈,灯在这儿,打开的话,亮度能保护眼睛。"

她将老人领至厕所间,帮他开门,请他入内,指着那个蓝色按钮说:"这是冲水钮,用完按一下,就会出水。"又指着旁边几个按钮,一一说明,直到老人的目光不再疑虑,才退出门口,并对他说:"将门锁推至'关门'键,表示门锁上了,外面没人会来打扰到您。"

叶夜尽管不是乘务长,但在不同的航线上飞过,尤其在高原线上待过几年,积累的经验比一般乘务员丰富,对一些小乘务员也不吝传教。看到安建军在客舱,向他莞尔一笑,吩咐旁边较新的一名乘务员:"注意一下,客舱温度一般在 $22℃$ 至 $25℃$ 之间,咱们乘务员的感觉是鼻翼上凉凉的,

81

不能热也不能冷,更不能闷,鼻尖上稍微凉飕飕正好,否则有心血管疾病的人会不舒服。"

安建军觉着好奇,也不移动,站着观察,发觉她身上的许多东西跟别的乘务员有异样。

转眼已到收餐盒的时间了,乘务员们从旅客递出的手中接过用过的盒子,弯腰塞进餐车。空乘小菊不停地收盒,不停地将食盒塞进餐车的空格内。可能是弯腰次数多了,腰有些酸麻,用她的空心小拳轻轻捶了捶小蛮腰。

叶夜走上前,指导小菊,说一部餐车的空间能装 42 份食盒,共分 3 排,一排 14 份,先发后收。她传授道,做法上还是有些窍门好寻的,比如,收饭盒时先放一排,从下往上放,放满一排,再放第二排,留出一排空位,旅客用餐有快有慢,最后收回来的盒子放在剩余空位内,这样能减少弯腰次数。

小菊开始不信,这样的事难道其他乘务员不晓得?她抿了抿嘴瓣,静下心来琢磨确是这么回事,感激地点了点头。

叶夜回眸一望,见安建军定神地凝视她,便说:"看啥呢?"

安建军敛回神思:"看你做事很细。"

"细?"她故意不解地问,"啥意思,是不足吗?"

"不,细巧的意思。"他赞许道。

"多谢夸奖,当补品吃了。"她落落大方地说,"被成拉线逼的。被中美线再逼一逼,又会上台阶。"

他瞧着她忙得红扑扑的脸蛋,忽然说:"我怎么觉得你穿制服蛮好看呢。"

她溜了眼自己裙子的下摆,说:"是吗?"

5

飞机在进近下降途中,窗外出现零零落落的高楼,却也没几幢高建,似乎不如上海繁华。但千千万万的人喜欢这儿。在全世界人的眼中,这就是美国了,是天堂了,洛杉矶是美国第二大城市,这里也是天堂了。

安建军试飞时来过,许多空乘没来过。到了天堂的地面上,哪能不去逛个街呢。

几个空姐蹦蹦跳跳,想拉几位机长一块上街,彼此有个照应,毕竟机长们比她们有见识。安建军不喜爱逛街,一听逛街就头晕,而小菊等几名空乘非要拽上她。叶夜趁机上前说:"一块去瞧瞧么。"

"逛街,没兴趣。"他摇着头。

小菊噘着嘴巴说:"安机长架子够大,小仙请你都不去。"

"谁是小仙?"他惊奇地问。

"刚请你的人。"小菊朝叶夜指了指,"就是她呀,叶夜可是大伙中的仙人呀。"

"啥时给我封的绰号?仙人,还妖孽呢。"叶夜横了小菊一眼,微笑着对安建军说,"你不爱上街?"

"我逛不来街,一直如此。"他躲闪着别人的眼光。

"就不能破一次例?"她语气缓慢,"这里黑人多,又高又壮,全身墨黑,只有牙齿白,光女孩子去不安全,你就当一次护花使者,帮咱几个做顶保护伞么,是不是辛苦一趟?"

另一位空乘从旁煽风:"安机长身份高,不愿跟咱扎堆呢。"

叶夜抿了抿唇说:"看,有人提意见了。"

小菊嘿嘿笑道:"难道需要咱们的空乘名花、叶小姐搀一下才肯移步?"

他摸摸下巴,无奈地说:"这下入套了,要是不去,显得咱摆身段似的。"

叶夜挤了挤柳眉,借势做了个上去搀扶的夸张动作,安建军往后缩了半步,举起双手:"别,千万别,我去还不行吗?"

叶夜收起伸出去的手:"调过来之前,就晓得你安机长的大名,年轻的飞行名将,又懂飞机原理。你是墙边开花,内外飘香。"

"有人瞎掰扯。"他吸了吸鼻腔。

"瞎掰?"叶夜笑盈盈地说,"年纪轻轻,资历浅,怎么会派你来首航?参加国际长航线首航的机长,可得精挑细选,满足多项条件,论年龄和资历你都不够,只能说明你在技术方面非常厉害。"

"说不定是哪个领导脑子一热,把我排上去了。"

"你是埋汰领导,不怕有人告状?"

"不怕,谁想告就告去。"

小菊说:"安机长仗着自己是最年轻的五虎上将,手上功夫不得了,谁也不怕。"

安建军往左右张望一眼:"我怕领导的,别瞎扯了。五虎将呀啥的,更是瞎传!走,快走,我陪你们上街就是了。"

几名空乘狂喜。安建军飞技超群,斗嘴却不是几个联手女孩的对手,她们软硬兼施,他只有乖乖屈服的份。

四五个年轻人漫无目的地徜徉在洛杉矶的大街上。印象最深的是汽车,满街都是开来开去的小汽车,路边停的也满是汽车。几个女孩从未见过这么多这么密麻的汽车,这儿树叶一样的小汽车和上海街头的自行车差不多。安建军开飞机,当然也喜欢汽车,都是机械的玩意儿,真想买一辆。但即使买了车,怎么带回去,去哪上牌?

女人们不一样,喜欢逛商店,服装店、化妆品店、电器店、百货店,遇见一家进去一家。走到第五家店门口,他再也不想迈腿了,就蹲在门口等。叶夜笑盈盈地说:"我们主要买衣服,一块进去么,有男士帮咱参考参考,心中有底。"

安建军耸耸肩头:"我是个浅人,对此两眼抹黑,一无所知。"

小菊活泛地上前,欲拽他衣角,叶夜拦住说:"算了,他是个大男人,只晓得飞机,干大事的,咱们这些小事体,就别难为他了。"

超级大国城市的街上走过各式各样的人,白人、黑人、黄种人,分不出哪国人。五大三粗的黑人叼着香烟三三两两从路边走过,朝他瞪一眼,眼睛黑黑,牙齿白白。

安建军陪着几位空乘压了大半天马路,除了满马路的汽车,也不知道哪儿是市中心,哪儿是城郊接合部,一切是那么的杂乱无章,乱七八糟,脑子一片浆糊,跟想象中的天堂实在忒有差距。

叶夜等几个姑娘,扛了许多衣服和化妆品,有自己的,也有帮人捎的,满载而归,满脸喜色。

接下来的几天,叶夜和年轻的空乘们几乎天天外出,纵情逛街,出没在洛杉矶的大街小巷,不买东西,瞧瞧也过瘾。那时候机组和乘务员的空勤补贴不能和当下同日而语,根本经不起在美国的商店里穷折腾,她们只有去便宜的小店淘廉价货。也找当地的华人打听,哪家的东西既好又便宜?这次不买下次可以去集体围剿么。

任凭空乘们千娇百媚地动员,安建军拒绝再出门,窝在住处休息,看看书,准备返飞的工作。但不忘提醒她们:咱是来工作的,不是来扫街的,夹带的东西可不能比旅客还沉。空乘们扮个鬼脸,咯咯娇笑:"晓得。"又一头扎向大街。

6

回来的飞机,照样满飞机的人,探亲的、做生意的、旅游的、大小官员坐满了头等舱和经济舱,热热闹闹飞往中国。

MD-11的三台发动机猛烈地向后喷射气流,推动着这架宽体客机顶风西飞。过了安格雷奇,机舱里有人喊冷,要毛毯。一个要了,众人受了传染,纷纷说要。毛毯告罄,还有人说冷。一位年长的大伯对乘务长说:"能不能将空调调高点,怎么觉得越来越冷了。"

乘务长对一旁的叶夜说:"是不是冷?"叶夜摸了摸手臂:"是有点。一直在动,不觉得,一停下来,觉得冷飕飕的。""去调一下,将温度开高点。""我这就去。"叶夜说。

叶夜在空调调节盒上反复试了几次,不顶用,风口吹出的风还是冷冰冰的。乘务长也过来了,两人按平时训练的方法调上调下,还是老样子。乘务长窘急地说:"空调故障了,去,你进下驾舱,问问机长怎么处理?"叶夜问:"我去吗?""对,你比她们经验丰富,进去当面咨询一下。"

叶夜轻轻叩开了驾驶舱门,见两个机长都在里面。她轻声说:"外面的空调好像出了毛病,打不上温度,旅客们直说冷。我和乘务长试了几次,调不上去。"

安建军冷嘲道:"怎么可能出毛病?堂堂的MD-11,双通道宽体客机,崭新飞机,老美的高科技,才飞了几天,怎么会出问题呢?"

王机长摸了摸鼻子:"说不准,新机器也有出毛病的。建军,你去后面瞅一眼。"

安建军瞧瞧王机长,又瞥了眼叶夜,从座位上站起,对她说:"走,去瞧瞧。"

路上，叶夜嘟囔着说："是不是制冷液或制热液什么的没加注到位？"

"外行。"安建军摆手道，"有情况也不是空调的问题，是发动机的问题。"

"怎么会是发动机的问题？发动机不飞得好好的吗？"叶夜狐疑地问。

"机上的空调不是工厂及家用空调，原理也不是普通的制冷或制热。"他瞧了瞧后舱满满的旅客，轻声说，"这个问题很复杂，哎，简单地说，喷气式飞机和一般螺旋桨飞机不同，用的是增压座舱，不管飞机飞多高，机舱里客人的体感永远是海拔2400米的高度。这些都是通过发动机来解决的。机舱里的温度，是发动机喷出的热气和外面吹进的冷风合流，混成合适的温度后送入机舱的，我们调节舱内温度，也是调节发动机吹出的热风和冷风的比例，这也是增压舱的气压来源……"

"啊？这个……"叶夜似懂非懂地点点头，又奇怪地问，"你怎么了解这么深？"

"我开飞机，后来又专门学习飞机，当然了解。"他紧了紧领口，"是有点冷。"

说话间，二人来到空调调节器前。他对着几个按钮，东摸摸西摸摸，来回摆弄几下，送风口喷出的气流温度上去了。"好了，机器本身没毛病，调节的问题。""真好啦？""骗你干嘛，不信用手去出风口试试。"

叶夜转身进入通道，在行李架下方的通风口试了试，温度果然上来了。她回到安建军身边说："刚才我们调了几次，都不对，同样这几个按钮，你一来，随便拨弄几下，怎么就好了呢？"

"这一点也不奇怪。"他笑道，"同样是一杆两舵，为什么王机长开得那么平稳，有的机长开得抖抖豁豁，坐在后面的旅客想吐？"

他俩站着，明显感觉机舱里的温度适宜多了。叶夜不禁脱口而出："还是你来塞，结棍。"

他微微一怔:"来塞？结棍？"

她嗤嗤地笑笑:"上海话,方言,厉害的意思。"

他若有所思地说:"在上海,来上海工作这么长时间了,是该学点方言。"

"好啊,现成的老师在。"她微弯着头,脖根上不由泛出一抹猩红,"回去后,有空请你来家里玩,顺便学学上海话,这个,上海方言,应该可以申请人类非物质文化遗产的。"

他拔腿往驾驶舱方向去:"嗯,这个,再说,再说。"

7

安建军在中美航线上跑得熟络,对北太航线上的风向、气温,摸出了底。对哪几个区域容易遇到高空风,在什么纬度上西风明显已然铭记于心。

中国的改革开放,主要是对美国为首的西方开放。因为在建国之初,中国也是开放的,那是向苏联及东欧等国开放。美国对咱实行封锁,想开放人家也不许你开放,如铁桶一般将你围遏起来。这样的态势,直到七十年代末才发生改变。九十年代中美航线开通后,客源充分,热度爆表,常常为机票打架。安建军他们飞得顺畅,飞得得心应手。

公司的业务剧增,快速扩张,继向东开通美西航线后,又向西新辟了欧洲航线,开始两线作战,用的还是MD-11宽体机。公司开始调整机组工作,准备挑选部分实力强的机长和空乘充实欧线。飞行大队领导的眼光在五虎将的脸上扫来扫去,最好有人主动提出改飞欧线。飞行高手们面面相觑,埋头哑火。按理,从飞国际长航线的机长里挑选,最为理想,但这些经验机长飞美线好好的,为什么要改飞相对困难、需要经停的欧线呢？

既然大家不够主动,就由组织决定。大队部经过研究,决定从美西航线里抽出年轻的飞行少帅安建军改飞欧线。开辟新战场,总得调几员虎将上去,安建军虽然年轻,也是虎将之一,就派他去。此前,段早一直为没能首航美西牵头皮,现在美线飞得欢,这次先不动他了。在上级的决定面前,安建军即使心中有一百个不愿意,还是服从了组织安排,转入西线。向东飞美国是飞,向西飞欧洲也是飞,飞哪还不一样?安建军不是不愿改飞西线,只是对北太线刚有了初步了解,还想深入研究,如果再有五六个月下来,他心中的"课题"便可大功告成。眼下,既然上级明确点将让他向西,他哪能讲价钱,立马转入西线的准备。

飞了几次欧洲,确实比美国繁琐、堵心堵脑。飞美国爽气,直来直去,最多回程在安格雷奇经停加油。飞欧洲折腾,航程不够,客源稀少,非得在中东停下来中转。比如,从上海或北京飞布鲁塞尔,不是直接向西,先要从乌鲁木齐折向南,经巴基斯坦至中东,再转而向西,走的是一个"傻大三角"。机需中转,人要"中歇"——航班到达中东的巴林或沙迦后,机组和乘务员下机,在此"傻呆"一周甚至两周,换别的机组接手班机飞往欧洲。一周后,另外一个航班从国内过来,在中东干等了一个礼拜的机组和乘务员们接过飞机,开往欧洲,到了那头,又下机休息,让别的机组将这架班机飞回去,他们在那又歇一周,等着接盘下一个航班。这样接力赛跑似的飞行,同样一拨人马跑一次欧洲来回至少十四天,长的二十多天,想想都晕脑。刚开始时,机组和乘务员们觉得新奇轻松,中间可以在中东和欧洲各国转七至十天,逛逛马路打打麻将,但三趟以后就觉得厌倦了,腻烦了,尤其在那个穆斯林的国家反复傻呆,想想真是浪费青春、浪费生命。

一次,安建军好不容易熬到从中东"中转"回国,在公司碰见叶夜。叶夜瞧了瞧周围，将他巧妙地引至一旁，说："我想申请去欧线，和你们一块看夕阳。"

"嘿，发什么神经，美线飞得好好的，飞什么欧线！去的乘务员中有后悔的，想找后门调回美线呢。你既然在那儿，情况又熟了，何必瞎折腾！"

"你不懂，我有西部情结，前些年跑拉萨，对西边有情。"

"但这是飞的欧洲，不是去西藏。"他说，"欧洲航线又长又臭，一个来回半个月，时间长了憋死你。"

她撇着小嘴说："也没啥区别，反正要经过那一片，飞过西藏那一段，从空中瞅几眼也过瘾。"

"我看不合适。"他转变话题说，"你在成都那边就是先进，这段时间飞下来，快放乘务长了吧？"

"这个不重要。"她将话匣又甩回到前面，"我已经提交了正式申请，准备移往西线。"

他蹙眉道："是不是再考虑一下？"

"考虑清楚了，铁定去西线，西藏高原、帕米尔高原、中东、欧洲，比东线更有诗意……"

"唉，这么拽，非要——"

忽然乘务员小菊跑过来挽她的胳臂。她甩甩手："干嘛？"小菊望望安建军，眼光闪烁，欲言又止。叶夜说："就在这儿说，没事的，安机长不是坏人。"

小菊忸怩着说："那我，说了啊。我一个小姐妹，也认识你，从美国飞回来，带了好几件大电器，被海关逮了，你有没有办法帮帮她？"

"谁叫她带那么多家电？"她气得想笑，"这能有啥法子？唯一的法子，就是补交税了。"

小菊白了她一眼："等于没说。"

8

安建军在大学的一个查同学,从日本带了个佳能相机,到处显摆,先后约了他三个月,想到机场里来拍飞机,天上的飞机和地上的飞机。机场有隔离区,没有通行证不能擅入,在铁丝网外又显得远,他一直没有应允。这天,他终于想到一个好去处:航空气象观察站。这是一个独立的小天地,在隔离区外,又正对着飞机滑行道,飞机起飞前,先要从滑行道慢慢滑过来,转弯至跑道头再起飞。这个角度拍出的飞机又多又近。

挑了个休息日,虽说没有明媚的阳光,天上还挂着块块灰云,但不像要下雨的样子,他就约了查同学来到位于机场西北端的气象观察站。

气象中心也是民航局下面一个单位,有人认识他,事先已沟通过。他俩进到气象观察站小院门口,门卫将铁门打开,做了个请进的手势,说:"机长,请。"他朝对方点点头,小心跨进那扇铁门,那人随手将门关上。

哪是小院,分明是大院,气象观察站占地数亩,青葱的草地上,布有百叶箱、测风仪、测水仪等。一个中年妇女和一位少女一边用手比画,一边说着什么。她们的背面不远处,有飞机缓缓滑过。老同学觉得角度正好,对着她们及后面的飞机嚓嚓按下快门。有人有飞机,画面感强,说不定能得奖。安建军说:"这就忍不住出手了?"老同学说:"生动、自然。"说着,又按下一张。

中年妇女见安建军穿着机长制服,客气地点点头:"你好。""你好,你们好。"安建军上前招呼。

中年妇女说:"我姓梅,这位是李小研,今天我俩值班。安机长,还有这位朋友,你们拍照,随意。"

安建军忙说:"打扰打扰,你们忙、忙。"

梅大姐和小研继续嘀嘀咕咕地说着话。安建军嘴上说着"打扰"，双脚却立在原地，半点也没有开拔的样子。他侧头对查同学说："你自己找地、找角度，这是飞机起飞滑上跑道的必经之路，耐心等，什么样的飞机都会过来。"

"嗯哼，果然是华山一条道。"查同学雀跃不已，抢起相机，兴奋地选角度。

安建军对照相兴趣不大，却对和飞行有关的气象饶有兴趣。看了一会，憋不住地问那位年长的妇女："梅老师，不打扰你们吧，我想请教个问题，现在进了这么多设备，都是自动观测，太空又有卫星眼，怎么还需要人工花那么大力气？"

梅大姐人笑吟吟地说："设备是设备，人是人，设备有设备的用场，人有人的活儿。你看咱们，每半小时必须做一次人工观察。"

小研姑娘上前，刺了他一句："你知道个啥，一百年后，设备也替不了人。"

梅大姐瞪了徒弟一眼："侬怎么跟客人说话呢！"

小研吐了吐粉舌，朝他翻个怪眼。安建军毫不生气，又问："飞行和气象的关系太密切了，我们每天飞行，多亏了你们的预报。你们刚才对着天上比来比去，是在干嘛？"

气象观察站设在偏僻的机场西北头，除了值班人员，平时少有人来，今见机长带人前来，又是专业人士，梅大姐望着天气，热情地回应："我们刚才正用手指观云识天。"

"观云识天。"他喃喃地说，"用手指？"

不料小研姑娘头一弯，抢着说："不懂了吧？机长同志，考考你，天上的云有几种？"

"云有几种？"安建军一脸的茫然，一下子真被这小丫头问住了。

这回梅大姐没呵斥她,笑道:"隔行如隔山,小研别为难人家,难得有机长进观测实地,快点告诉人家吧。"

李小研咬了咬唇,说话伶牙俐齿:"告诉你,云可以量化,按咱的行话,天空的云量可以分为 8 等分,其中 0 至 2 分为少云,3 至 4 分为疏云,5 至 7 分为多云,8 分为满天云。如果粗粗地分,云有高云、中云、低云,其中高云的云底高在 6000 米以上,中云的云底高在 2500 至 6000 米间,低云在 2500 米以下。这里指的是云块底部的高度,往上去的高度不限。如果细细划分,可以将云分为 14 类 29 种。"

小研溜了他一眼,得意地笑笑:"以和飞行关系最紧密的低云为例,根据云状结构,就可以划分为层积云、层云、碎层云、碎雨云、碎积云、雨层云、积雨云、淡积云、浓积云……"

小研姑娘话没说完,安建军已彻底晕翻了。他滚了滚喉结说:"有时天气不好,满天全是云,怎么区分开是哪类的云?"

梅大姐说:"外行轧闹忙,内行看门道。在外人眼里满天的云,在咱气象观察员的眼中,也是一块一块拼起来的。"说话间,梅大姐展直左手臂,将三根手指并拢伸出,对着天上,说,"我现在看到天上的云块了,就看这三根手指头能不能挡住它,如果挡不住,说明云底是低的,属于低云,今天的情况,我三根指头挡住了云块,说明云的高度高,不是低云,但难以证明是中云或高云。接下去,小研来试。"

小研碎步上前,骄傲地伸直她的白手臂,比出一枚手指,朝天上晃了晃:"要是一根手指遮不住,属于中云;给一根指头挡住了呢,属于高云。看,今天的云状,我一根纤纤细指就挡住了中间的一块云,说明是高云,云的底部至少在 6000 米以上。"

安建军张大了嘴,说:"呵,这么神奇?"

小研挺了挺成熟的胸脯,自得地说:"老法师传下来的绝活,哪还有假?"说着,又用她那根手指往天空比来比去。

安建军算看出了点端倪,也拎出三根手指,东晃晃西指指,又学着小研的样,变成一根手指,在天上的云系中找来找去,也找不出哪块云合适,一边自言自语地说:"唉,难,隔行如隔山。"

忽然,安建军似想起什么,好奇地问:"梅老师,你的这些个手指法,书上有吗?"

梅大姐抿嘴笑笑:"当然没有。有些东西书上有,有的东西书上没有,只有师传徒,手把手地教,像刚才比画的'三指禅'、'一指禅'的功夫,师傅教我,我又传小研他们,手手相授,口耳传承。"

安建军举起一根手指,对着天上的云反复照了照:"还是难得要领,不知跟哪块云比画。"

小研和师傅对视一眼,说:"哪能听一遍就能学会?要是这么便当就好了,也不用师傅一次一次手把手地教了。我学到后来,几乎犯了焦虑病,半夜做梦还梦见自己用手指比天上的云,可是比了半天也比不出云的大小,急得双脚跳。"

"嘿嘿,今天有点蹭课的感觉。"安建军兴致盎然地说,"现在科技发达了,靠机器的成分越来越多,那么从长远看,哪些项目还是人工观察更牢靠一些?"

"云、能、天。"梅大姐不假思索地说,"前面说的是云,人的眼睛比机器可靠。天气观察也一样,比如冬天下的雨,落到地上是雨,是冻雨,还是雪雨?机器反应比较迟钝,肉眼观察最直观、精确。还有雾、霾,人到现场,一目了然。"

"可是,能见度,难道人的眼睛能像尺那样,量出来是300米、500米,还是5000米?"安建军像找到了对方的突破口,紧逼着问。

梅大姐拿眼瞅了瞅徒弟,活络的小研心领神会,立马接口道:"复杂天气下,能见度以目测为主,我们自有祖传的法宝。在机场360°范围内都有目标物,像塔台、候机楼、机场外的醒目建筑等,这些东西的位置和距离是固定的,我们就选取其中的一些标志性建筑或其他目标为参照物,能看见某些参照物,说明能见度为多少,看不清又是多少,非常精确。"

"看得出,安机长是位好学之士。"梅大姐说,"云底高45至60米时,靠人工观察,参考器测。说来也怪,天气越差,机器测和眼睛测的吻合度反而越高。"

查同学拍了一圈飞机兜回来,见安建军还和两名气象观测员谈云说天,滔滔无止,不禁问:"你今天来拍照,还是来学气象?"

安建军垂涎地说:"猎奇心理驱使,难免多唠了几句。"

梅大姐和李小研捂嘴偷笑。

查同学瞄了他们一眼,说:"瞧你们这么投入,三人照张合影怎么样?好有纪念意义。"

安建军机灵地说:"实在太有必要了。"

梅大姐说:"我这个年龄,唉,人也胖了,照相就免了吧。"

查同学瞅了瞅小研和安建军,暧昧地笑笑:"那就,你俩?"

小研俏脸一红,上前一把挽住梅大姐的手臂说:"师傅人到中年才有韵味呢。"安建军趁势挪步上去,将梅大姐挤在中间,对查同学说:"就这个角度,准备开拍。"

小研双手一挡:"拍完合照,再费张胶卷,帮我拍张单照,行不行?"

查同学摆好姿势,扬了扬手:"面对这么靓丽的气象姑娘,没有啥不行的。各位准备,三、二、一,笑,耶——。"

五、巴 林 之 夏

1

叶夜要过生日。这是她调回上海家门口做事的又一个生日,请了乘务及飞行机组的小部分好友参加,地点就在她家里。

安建军受到邀请,原本不想参加这类家庭式的聚会。他住惯了单位宿舍,去人家家里不适应,当面对叶夜推诿了两次,叶夜的脸上依然笑吟吟,说这次多是女同胞,太素,你是万红丛中的那一点白,很显眼噢。他说那更不敢去了,俺就怕被人包围。她说,咱俩一块在太平洋上共过剧震的,约请了两回不去,我太下不了台,给点面子好不好?他说没关系,咱不太擅长与人应酬。叶夜眉头一皱,说再邀请下王机长,五虎将之首,和你首飞美西线的,你俩有伴,不寂寞。他说王机长也不一定肯凑热闹。她说这你就别管了,到时来就是了。

王机长豪爽,平时喜欢喝几盅,听一帮空乘丫头有请,小阿弟安建军也去,答应得比谁都快。有了家室的王机长一去,安建军这只单身狗再想打退堂鼓也失去了理由,硬着头皮赶去赴约。

安建军住在机场的马蹄形宿舍楼内,平时两点一线,不太去市区。这次按叶夜写给他的地址,找到市中心梧桐树叶飘飘的马路,又找到了复兴路上文艺范很足的复兴邨,心情陡然地好了起来,成了欣喜。这里有一种古雅的幽,是能触动到人的内心的,他或许就受到了这种触动。

叶夜的家就在复兴邨的一幢法式公寓里,是"上只角"。邨和村不同,后者主要指五六十年代以后建的新公房,像曹杨五村、天山新村、宛平新村等,前者则是老上海遗下来的上档次的高级公寓,有浓郁的文化沉淀。叶夜家住的复兴邨原名"亚尔培公寓",据说以当时比利时国王的名字命名,由一二十幢四层的法式公寓构成,为旧魔都传承下来有代表性的高档公寓。以"邨"冠名的房子,是有品位的,基本要素是蜡地钢窗——长条柳安地板和钢窗,每家有独用卫生设施。即使住一楼,也有镂空的隔层,露出小巧的底窗,阻止了地下潮气的入侵。外墙的颜色为橙黄相间的暖色系,使人联想到"温煦如春"。"邨"口有铁栅栏门。复兴邨这样的住所不光在以前,即使在当下,仍是令无数人眼馋的。这些精致的老上海的海派小楼,经过几十年的风霜,仍不褪色,仍不变味,成了烈火真金。当那天安建军蹬蹬地走上她家三楼的住所时,心里由一时的欣喜演变为忐忑,甚至是拘谨。

进门是一个大的客厅,差不多能摆下两只"圆台面",朝南和朝北各有几间卧室。通过客厅的玻璃,能瞥见花园里婆娑的树影。

地面是柚木地板,比柳安还高了一个档次。家具都是老红木的,古朴朴红澄澄的光亮,跟古玩的包浆类似,一看就是陈年老货。桌椅茶几样样精致。木凳子也是圆的,上面有层蒙皮裹着,不知谁不小心抠了一下,蒙皮和木头的接缝处,有细小的鸭绒露出。安建军在书上读到过,只有大户人家才有这样的家具,这样的家什在前几十年的风雨中免遭损坏,尤其是经历了六七十年代的大风暴冲击,仍完璧无毁,更有余味和回香,是有无数繁华、风流及幸运作底色的。

由此可见,叶夜这个空乘的家是"大户人家",如果在以前,她可能是名媛。

97

只叶夜一个人在家接待客人,父母和其他人都缺席。安建军曾听她聊起过,她还有个弟弟,今天也出去了,也许父母和弟弟商量好了,成心躲去亲戚家打牌,让出这个空间给叶夜她们尽兴、尽情,说不定家里人已提前为她庆过生,今天就出租给他们这些"飞人"了。

叶夜是主人,新娘子般地做了头发,大波浪,今天明天不飞,专门去做的头发,找的专业师傅定点做。双手指甲也涂了油,怕人闲话,抹油的颜色很隐晦——肉色,靠近本色,这在当时已经是超级摩登了。

预先在客厅的中央支起了一张圆台面,八个冷盘已摆放到位,碟、碗、筷、红酒、饮料一应俱全,热菜也在厨房间准备就绪,只要蒸一下热一下炒一下就可以上桌。

小菊等五六个空乘像上班那样早早来到,有的原先来过,大部分是第一次来叶家,看到叶夜家的陈设和排场,暗暗吐了吐舌尖,心里说大开眼界,这才是真正的老上海人家。空乘们提前来到,主动帮她整理碗盘,张罗酒菜。有这么一群年轻空姐帮忙,弄桌把酒水自是手到擒来,轻轻松松。

其实,今天王机长来得比安建军早,大步地跨进客厅,说嘿嘿,好气派,先参观下房子,房子好,老洋房,有派头。叶夜说,也不是老洋房,是西式公寓,祖上传下来的。王机长说,这老式公寓比新式公寓好太多,主要是有文化,再住一百年也不过时。叶夜说,过一百年人都进黄土了,还管得了那么多?王机长哈哈笑,回顾左右,问安建军这小子咋没到?叶夜说快了吧,应该快了。

说话间,安建军在下面叩门铃。叶夜开门,他进了门,见大家到齐了,连忙拱手作揖,说王机长好,大家早。小菊说,安机长大牌,王机长都到了,你才来,一会罚酒。王机长高嗓门一呼,这是必须的,首先祝叶夜小姐生日快乐,永远十八。大家哄地一声响应,说叶夜明年十七了。安建军说实际上他到了一会了,只不过在周围转了转,环境真雅。王机长说是不是老房子特有文化?安建军说有情调。叶夜带安建军简要参观了下房间,顺便说了句悄悄话,就招呼大家入席,说人已到齐,入座聊。

安建军头一次上叶夜家,头一次走进西式公寓,心中有些拘束,说话也比平时低了几度。但既然来了,他熟悉了一下房间和设施后,强迫自己镇静下来。

叶夜纤手一伸,请王机长坐主位。王机长连连摆手,说我是年龄最大,飞龄最长,但今天又不是我生日,又不在飞机上,哪能本末倒置?理当由叶夜小姐上座,咱们打横作陪。小菊说,那这样,叶夜主人居中,右手王机长,左手安机长,两名五虎将陪一朵鲜花如何?空乘们齐声说这样好,今天就俩男的,他们不坐左右谁坐?叶夜说不行不行,王机长上座,我坐下首埋单位,这样才合适。空乘小田说,那怎么行?今天叶姐上座,二男士左右环绕,我等端菜倒酒,就这么定了。王机长故意大声说,这样可以吗?众空乘齐声说,太可以了。王机长对叶夜伸手道,叶小姐您请坐,小的们才好坐。叶夜晕红了脸,在主位上入座,王机长顺她右首坐。安建军躲着往后缩,叶夜一把拽了他的手,说大家都这么说了,你还想往哪逃?他也红了脸,只得挨她坐下。

安建军来的路上,专门去花店买了束花。叶夜过生日,来回请了他三回,既然来了,总得表示点什么,不能空手,他想人家肯定也会有表示。想来想去想不好,就买束花,送女人花总不会错,其他东西买不来。就选了束几种花拼成的花束,这个他问过花店老板。进屋后,他看到也有人送花,其中有一大束玫瑰,也不知谁送,反正和他的花并排插在两个花瓶里。后来听王机长说:我送玫瑰叶夜不会介意的,因为我早已结婚生子,送玫瑰的意思是爱,博爱,爱天下人,女人和男人。他又说,其实么,单身男人送这个更合适,比如建军——别介意,我只是打个比喻。被他这么一说,

99

安建军脸更红了,比喝了三杯酒还红。心想,这王机长怎么说这话,他真想寻条缝,从地板下钻进去。但瞧瞧叶夜,一副坦然的模样。

叶夜小嗓门开腔,端起高脚杯中的红酒,说很高兴这么多同事朋友为我庆生,敬大家一杯。众人乌拉,一饮而尽。王机长接着举杯,祝叶夜小姐越加漂亮动人。大家再干。小菊和众空乘又举杯,祝在座的各位飞行平安。大伙又一饮而尽。

连干三杯,安建军已觉脑子缺氧,借机上了趟洗手间,用凉水擦了把脸,清醒清醒脑子。听外面你来我往的敬酒干杯声,他后悔不该应约。今天来的,大多数是上海本地人,只有他,最多一两个是外地人、农村人,不知出于什么原因,总觉得和这儿的气氛不太契合,气场难以连通。在里面耽搁了五六分钟,直到外面小田敲门,问他有没有事体,他说没事,开门,强颜一笑,回归座位。

2

王机长将话匣子扯到他身上,说:"建军,当时美西首航,绝不是首航那么简单,对你而言,坐实了五虎将老五的排位,段早等人不服气也不行了。"

"那事后他对我有成见。"安建军说,"这种江湖排名,不过开个玩笑,要他作甚?又不涨薪资。"

王机长却对此看得重,严肃地说:"可不能这么说,这是在飞界的地位,五虎将到老五而止,没有老六、老七,谁进了五虎名册,人家对你的技术就刮目相看。"

"段早的技艺不在我之下,他是我师兄,不行我让他好了。"

"这是公众裁定,不是你让不让的事,不是你发扬风格的事。"王机长说,"段早这人我了解,手上有几把刷子,但喜欢跟人飙,喜欢和人别苗头。"

"段机长的手艺非同一般,功夫了得,我在太平洋上领教过,曾和他趟过风浪。"

王机长大手一摆:"风浪?嗨,哪比得上建军和你经历的那场大!"

小菊、小田几名空乘都是业内人,私下听说过他们在大洋上的奇险剧震,这时都拎起了耳朵。王机长说:"在座的都是内部人,没关系,说说吧。"

叶夜溜了眼安建军,心有余悸地说:"那次要不是建军机长,说不定会栽……"

那次,也是上海飞洛杉矶,至白令海峡上空,安机长换班去后面休息,换第二机长和副驾值守。万不料某副驾端东西时肘子碰倒襟翼把手,这千万分之一的无意使 MD-11 在万米高空伸出襟翼,飞机开始急速摇滚,剧跌数次,最低掉至三千米以下。

当时,我正和一位不足七岁的无人陪伴儿童说话,帮她填写入境卡,忽觉飞机抖动,刹那间,脚下的地板突然下沉,双脚悬空。还没反应过来,头顶便遭巨大的平状物体拍击,才感到这是机舱的天花板。我的身体漂浮到了空中,类似于宇宙中的宇航员,身不由己地处于失重状态。

短短三十秒钟内,客机向下狂掉了几千米,舱内险象环生。第二机长奋力拉起操纵杆,使飞机平稳了五秒钟。落在地板上的我,还在下意识地寻找不知吹在哪儿的儿童旅客的入境表。没等我立稳,飞机又发疯,像高台跳水似的向海面急砸下去。我再次像宇航员那样失控漂浮,又蜻蜓般地向下飘,抓椅背抓行李架都像抓海绵,怎么也抓不住。

此时,飞机已跌至离海面不足三千米,随时会扑进大洋。也就在此刻,安机长艰难地爬回驾驶舱,使尽吃奶的力气拉起了杆。一会,人们发现飞机并没有一头扎进海里,而是奇迹般地慢慢上升。

我惊魂甫定,回向过道转角,却被眼前的惨状惊呆了:过道和两旁的座椅上扔着黑压压的一堆人,上下三四层人不分男女,这些没系安全带的人横七竖八地堆叠在一起,口中哑哑乱语,高高的座椅靠背被埋在人层下面,许多手臂和大腿向外耷拉着,伸出的脚,有的光着,有的穿着袜子和鞋。这些人保持着平常根本想象不到的姿势交压在一起。部分人虽然系了安全带,但眼睁睁地看着没系安全带的人甩上空中又飘落到自己身上,毫无招架之力。这时的他们,都一动不动,定格在失魂的静态。机舱遍地狼藉,上面挂满了氧气面罩,地上到处散落着钱包、护照、餐盘……天花板几处被撞得变了形,整个场面像刚刚经过生死搏斗的恐怖场……

我忽然听到了抽泣,孩子微弱的声音在呼唤。是那位女童!我赶忙奔过去,用疼痛的胳膊搂住了她,说:"不要怕,和阿姨在一起,和这么多人在一起,不怕!"嘴上这么说,心底也在淌血,怎么遇上这个祸事!

这时,人堆上面的人开始动起来,压在一起的人群缓缓移开身子。然后,灵魂出窍的人们陆陆续续回归自己的座位,再也没人忘记紧扣保险带。过道上,有位女医生跑来跑去,忙着给受伤的旅客送救生物品,帮人止血。

头上的顶灯忽闪忽闪,增加了恐怖气氛,有几个头一次坐飞机的人吓得毛骨悚然。忽然,顶灯全熄灭了,飞机又开始抖动,大家忍不住"啊!""啊!"地惊叫。然后,是死一般的寂静。

顶灯时隐时现,飞机在大海上空又狂飞了一个多钟头。传来第一机长安建军的广播声:"飞机遭遇特大气流,损失正在评估,请大家配合在座位上坐好,扣紧安全带,我们正在联系迫降地面。"

刚才飞来飞去的物品散落满地无人问津,人们还处在惊恐状态。空气中飘过阵阵酒气,那是酒瓶被打翻飘出来的气味。我将脚下一个高级皮包勾了起来,举过头顶问是谁的?半天无人应答。打开包包,找出里面的护照大声喊出名字,才从附近的座椅中传来物主的声音。又从自己的脚旁勾出一个小包,举起手正要喊,却似曾相识,一瞧,恍悟,正是这位无人陪伴儿童的物品,忙交给惊魂稍定的小女孩。

过了会儿,机上广播再次传出久历战阵的安建军的声音,说飞机准备迫降在阿留申群岛的一座美国空军基地,但这个岛太小,机场跑道不够长,没有足够的灯光设施,并不具备降落大型民用客机的条件,加上大风暴雨能见度差,飞机的受损状况不明,能否安全降落存在未知风险,请大家务必提前做好自救准备。

依稀接到了死亡判决书。大家原本担心翻滚后的飞机发动机有没有问题,机体会不会散架,起落架能否张开,好不容易熬到了备降场,不料短命的军用机场是这个熊样。刚处于平静状态的几个胆小鬼禁不住呜呜哭了起来。

舱内的电视机打开了,播放出信号不断跳动的画面,讲解应急救援方案。我和空姐们分别在几个过道给旅客们指示紧急出口,教他们如何穿救生衣和怎样使用氧气。

有人写起了遗书,边写边落泪。飞机在窗外无尽黑暗的恐怖中飞行,人们在绝望中等待死神的降临。与泰坦尼克号触冰遇险相比,悬在空中的状态似乎更加无助。有人大声哭泣与哀叹,也有人无声祈祷。更多的人相互传递纸张写着遗书。

我紧紧抱着这位无人陪伴的小女孩,对她说:"要做个勇敢的孩子,要勇敢和坚强,五虎将安机长一定能带大伙降落的。但是,万一飞机掉到海里,记得要抱住海上漂浮的东西,坚持到天亮,一定会有人来救。"女孩一边听一边呜呜地哭,颤抖的手一直拽紧我的手不放。这时的我不知哪来

103

的底气,反倒显得坦荡与淡定:"没事的,一定没事的,飞机的骨架是最硬的。万一有事,事故中存活最高的是小孩,你是小孩子,肯定不会有事!将装有护照的小包包背好,等飞机停住了,阿姨送你下飞机!"

迫降在暴雨击打机窗中进行,在厚厚的云层中进行,在四周漆黑的跑道上进行。和我坚持的那样,安机长凭他的手艺,将这架受伤不轻的重型客机成功降落在那根短短的跑道上。许多人在面临死亡的绝望中重生。当轮胎触地的瞬间,机舱内是经久不息的掌声和喧闹声。

下机时,我问女孩:"以后还乘飞机吗?"

不料小孩瞪着大眼反问我:"阿姨,你还做空姐吗?"

我点了点头:"当然做,阿姨会一直做下去。"

"我也会,你们天天飞都不怕,我怕个啥?"

"说得对,最安全的交通还是飞机,千万分之一的事情都让你遇上了,你是个幸运孩子。"

"是,妈妈说,走路还有跌跤摔伤的呢。"

王机长和安建军清楚,当时飞行员对国外新机性能不全熟悉,加上管理松懈,常有大事小事冒泡。那次迫降,因为涉及误操作等因素,伤了几个人,B公司脸面并不光彩,有人受到严厉批评与处理。安建军作为责任机长,功过相抵。公司内部规定,尽量安抚旅客,说是超强气流所致;对外冷处理,不提这事,连机组和乘务组都讳莫如深。

然而,外松内紧,飞乘人员是知情的,飞行部和乘务部还将此当作重点案例来吸取教训。

叶夜细声叙毕,刹那俱寂。

小田从他们的故事中回过神来,缓缓地说,虽惊心动魄,但精彩异常。

小菊说,这就是安、叶的万米同频剧震,刻骨铭心,安机长以后可写回忆录的。

安建军说,惭愧,这不是好事,我本不愿对外详说,既然王机长有令,各位又都是公司内部的飞人,叶夜说了,大家听过算数。

叶夜做了个深呼吸,迅速切换话题,说不提前事,喝酒喝酒。

王机长站起,举杯拥护:"继续,继续。"

酒喝了一杯又一杯,开了一瓶又一瓶,这些空乘,平时工作吃苦耐劳,喝酒娱乐也是一等一的好手。叶夜不时用余光瞄向他,还不时夹菜送进他的碟子。今天,她是主角,得照顾所有客人,但她更在意左右二位,而二位男士当中,她的注意力偏重于他安建军这一头,眼光像能转弯,流星追月般地围绕他转。这需要技巧,有这样的心,这样做,却又不能让人看出。叶夜似乎就有这样的能耐。如此一来,他反而更觉不适。

酒席行进到大半场,安建军对王机长说,自己有点醉了,能不能先撤?王机长操着筷子,大手连摇,说绝不同意,咱五虎将还怕喝酒的?小菊小田小柴几个空乘同声抗议,说千万不能耍花枪,也不能搞特殊,安少帅一走,剩王大帅一个男的,更稀缺,更骄傲,更欺侮咱们了,万万不行。王机长加码说不成不成,要是小安一走,剩我一个男的,还不被她们生吞活撕了?叶夜柔声说,再忍耐一会,要散一块散,好不好?

这一坚持又坚持了几小时,年轻人边喝酒边唱歌。音响设备都是舶来的,说不定是叶夜飞国际线捎带的,效果不错。空乘们轮流唱一首,又邀请王机长和他同唱。王机长是老江湖了,杯来酒干,歌来不拒。安建军虽也在国外跑,和王机长、叶夜他们还是有距离,会唱的流行歌没几支,硬撑着唱了首《心中的玫瑰》,唱到一半,已卡住接不上词,说宁可喝酒了。酒精上涌,已少了些压抑,心理上放开了不少,豪气慢慢覆盖住扭捏,接下来又喝了好几杯。既然空乘们都这么猛,他也不能太掉价了,索性头发一甩,豁出去了,他奶奶的,不就是喝酒唱曲吗?怕啥。恍恍惚惚中,只听碰杯声、吆喝声、歌唱声不绝,眼前觥筹交错,人影晃动,还有叶夜那双亮晶晶的黑眼睛。

叶夜趁个空档上前,和安建军咬耳道,我申请欧线的事已批下来了,要不要当场宣布下?安建军说我醉了,千万别,说了以为和我相关,哎,顺其自然,过几天大家自然知晓。她暗中掐他一把:你没醉。

3

叶夜如期转入欧线上班。当时,飞欧洲航班不是天天都有,一周就一班,她和安建军交集的机会多了起来。第一次飞欧,就挨上他俩同机双飞。

提前几天就开飞行准备会。机组、乘务组在一起,开个协调会,协调人员、技术,还有后勤。当时去欧洲难以一机直达,需要在中东停留,换机组换乘务组,而这些人在中东和欧洲需待两周左右,那时的空勤小时补贴不多,为节约外汇,食物都自己带,是以花在后勤补给方面的精力无穷,随带的东西也具体实在,从食品、副食品到油盐酱醋都得随机走,每次飞行协调会的最后就成了后勤补给会。

既然要带的东西多,需要统筹,防止重样或者遗落,但东西有轻有重,最好大家能认购。这班飞机有两位机长,分别是安建军和一位姓裘的机长。叶夜在成拉线上是先进人物,飞美线又积累了丰富乘务经验,转入欧线后,成功升为乘务长。

安建军主动说:"这次我带30斤大米。"

贾副驾说:"我10斤猪肉、3只蹄髈,还有大量卷子面。"

裘机长接着说:"我准备了10斤鸡蛋、15斤面粉。"

裘机长说完,别过头去瞥了眼乘务长叶夜:"怎么样,你带蔬菜?20

斤土豆,还是15斤大白菜?"

"这么多,好像有点重么。"叶夜说,"是不是有点多?吃不了也是浪费,况且那边也能买点。"

裘机长怪眼一翻:"侬有几只老洋?不带东西,在国外买着吃,辛辛苦苦挣的小时费怕全部回去了。"

叶夜不响了。旁边的空乘小兰说:"我带5斤土豆。"

安建军说:"5斤土豆肯定不够,要带至少15斤。"

小兰瘦得像麦秆,身上没几两肉,腼腆地说:"要么,我拿油盐酱醋。"

黄副驾说:"油盐酱醋我已买好,分量也不轻,绝不会少于12斤,而且瓶瓶罐罐,一点也不好带。"

小兰飞欧线是找人托了关系的,否则像她这样的人多了去,不是随便能飞国际航线的。她对飞国际比较珍惜,工作上也努力,当即咬了咬牙,涨红着脸说:"我弄12斤土豆。"裘机长张开五指:"至少15斤。"小兰痛苦无比地点点头。

叶夜接着说:"我带15斤大白菜,另加老豆腐。"

空乘席大姐说:"我3只鸭,15斤萝卜。"

安建军放下手中的笔记本,说:"这样的食物标准,还是不够,我建议再增加。我增带10斤带鱼。"

叶夜眨了眨眼睫毛:"呵,真有点行军打仗的味道,不,也像跑单帮的样子。"

安建军忽然对小兰道:"你想轻一点的话,不妨带几只鸡,几只鸭子。"

"啊,不不,还是带点蔬菜。"小兰一想到带鸡不能带活的,要去菜场买来、杀好,再冻进冰箱,感觉更麻烦,不如带土豆便当,重就重一点了。

说着,二位机长又计算了下,将14天的粮食和副食品再估算一遍,重新分配了数字。安建军笑着说:"叶夜说对了,我们出航,也像去备战,这

107

么一大家子,多带一点总归没错。大家及早准备,按时登机出发。"

回家的路上,叶夜想,飞欧线和美线的差别大了去,随身带的食品,就是严重考验人的体能和耐心的。又转而一想,安建军在会上说得没错,宁可多带,不能缺少。思虑再三,除了鲜货,她又准备了咸鸡咸鸭和咸菜,毕竟机组、乘务员十几号人,一大家子呢,她这个乘务长,有点像女主人。

4

上机那天,机组、乘务组成员各自将自己采购的生活物质分批搬上飞机。

乘务员小兰拎着15斤土豆和一些其他蔬菜进入机舱时,额上的热汗不停地往外冒,背脊上也是香汗涔涔。乘务长叶夜也是大箱子大蛇皮袋,拖着拉着登上机门,气喘得双颊通红。小兰问:"叶姐,咱这是去逃难啊?"

叶夜喘口粗气,拍了她的小肩说:"不说这个,上来了就好。"小兰抹把额头的汗渍:"后背湿透,里面内衣都粘肉上了。能不能去哪洗个背?""甭做梦了,我还想洗澡呢,挺住。"叶夜说。

那时航班少、天地宽,没有流量控制这一说,上完客,准备好,就可以开拨起飞。进入巡航高度后,叶夜和乘务员们忙开了,送过一道饮料,又送餐食。待旅客们喝足吃饱,她们才开始歇个脚。

安建军前面开了几个小时,裘机长换下他,步出驾舱。叶夜正瞧着窗外发呆。飞机的前方,瑞云腾腾,霞光艳艳,不时有巨大的山峰扑过来,皑皑白雪覆盖其上,雪山连绵,一座接着一座,一群连着一群,片片相连。他想,难道她为这些雪山而来?飞了几年成拉线,还没看够?瞧着她明眸皓齿的模样,也像雪山一样白洁。

叶夜回过头来,见是他,幽然地说:"瞧见雪山,忍不住想起飞成拉线的日子。"他说："成拉线上看过的雪山,怕没有这条线多。""那是当然。拉萨往西,雪山更高更密。"他也瞧了会外面,说："高原就是这样,山峰、雪域、白茫茫一片。"

两人站着闲掰闲扯。他说："快到红其拉甫了,我得进去。"

"红其拉甫很有名呀,我小学就晓得。"叶夜忽而问,"为什么得进去?不有裘机长在岗吗?"

"过山那一段,必须双机长在位。"

"为什么?"她狐疑地问："有啥怪异处?"

"别人讲不如自己体验,一会你就明白了。"他神秘地挥了挥手,侧身溜进驾驶舱。

安建军进驾驶舱不久,飞机经掠帕米尔高原,逼近红其拉甫。像受到了强风暴袭击,突然间飞机出现颠簸,强烈地颠,不停地颠。安建军机长的声音通过扩音器响起："各位旅客,飞机正飞经红其拉甫,受山地气流影响,发生颠簸,请大家在座位上坐好,扣紧安全带,机上服务暂时停止。"

听说"红其拉甫"四个字,许多旅客兴奋起来,马上联想到《冰山上的来客》里的镜头,纷纷朝外侧目。前方,山体嵬巍,迎面迫近,飞机掠过山口时,两旁陡峰耸峙,岩石嶙峋,擦翼而过,如果有人爬出机舱,仿佛触手就能够到。但飞机颠簸剧烈,似要将人的五脏六腑移位,旅客们又将心提到嗓子眼,毕竟人悬空中。有人心里打着鼓:天空中并没有密布的乌云,怎么会那么颠呢?大家默默地在位上坐定,默默地祈告,希望这颠簸快些过去。

小兰纵然是空乘,小脸也是一个煞白。她刚从国内改飞国际,又是头一趟飞欧线,也许还没经历过如此的强颠。

叶夜经过成拉线的历练,也经历过北太平洋上空的剧跌,见怪不再怪。忽然想起安建军的话,嘿,难道每次经过红其拉甫必遇强颠?是规律吗？为什么？

飞机飘越过了山口，机舱渐渐恢复平稳，旅客们绷紧的神经慢慢松缓。

驾驶舱里，安建军收到了红其拉甫导航站发来的问候电。安建军当即通过机载广播将消息告诉了大家，引发舱内爆炸式的掌声。啊，过了红其拉甫，意味着走出了国门。

5

在迪拜机场崛起前，巴林、沙茄机场可是如雷贯耳的国际范儿，巴林机场又是中东第一个国际机场，中、日、韩去欧洲的航班，欧洲各国来东亚、东南亚的大量航班在此中转、停场，是赫赫有名的世界节点和东西方桥头堡。

安建军驾驶的航班从上海开到巴林，停下，机组和乘务员也停下，换上一星期前在此等候的机组和乘务员登机，驾着这架同样的飞机，同样的旅客，开往西班牙。安建军和叶夜他们在此住下，至少度过一个星期的空闲时光。

巴林是中东小国，穆斯林国家，但东西方的大飞机来得多了，外国人下来多了，拉动了开放，女人能出去工作，男人可以喝酒。沙特阿拉伯的许多男人也跑来巴林喝酒、找女人。外国人进入也不用戴黑纱。当时航班有去科威特的，机组下来进城要头戴黑纱、身披长袍。航空公司驻当地办事处，需预先为机组准备相应的服饰。但巴林不必。

巴林的天气贼热，中午40℃直至50℃，热得人不想出去。飞行员、乘务员除了忙一天三顿饭，基本憋在房间内，男的打牌、搓麻将，女的织毛衣、看杂志。头一次来觉得新奇、轻松，多几次来，觉得闷憋、无聊。

到达住处后,安建军等人汗流浃背地将带去的大量食物分类,鸡、鸭、肉、鱼塞进冰箱,蔬菜太多,无法塞入,当场散开摊在地下。安建军飞过几次,有经历了,对大家强调,先吃那些容易腐的,保存时间长的后吃;这里只能吃一半,另一半省着去西班牙用。好在那时航班稀少,各地海关不严,随便带多少食物,肩扛手提,统统放行,挨到现在,带鱼带肉带蔬菜就没这么便当了,检验检疫就把你检死。

九十年代,已经有小时费了,比八十年代高,但跟国外同行比还低很多。机组和乘务员们在空中的几个辛苦钱远不足支撑在国外的日常消费。小兰等几个初来的空姐,按捺不住好奇心,早早地去市场逛一圈,发觉这儿的蔬菜和水果奇贵,但收摊时会打折。她们暗暗打定主意,如果蔬菜吃空,待市场收摊前去补充一点。还是庆幸带了许多猪肉、蹄髈,这里是穆斯林国度,饮食以清真为主,多的是膻味熏天的牛、羊肉,禁售猪肉。

飞行人员住的房子是公司在当地租的,三四层的公寓,不带电梯,有点像国内的公房。飞行员住二楼,乘务员住楼下,一个套间两室一厅,住四人。

一天,叶夜正懒在床上翻杂志,听见楼上声音嘈杂,乒乒乓乓的,一会停止,一会又响起。她对旁边的小兰等几个说:"这么吵,像地震似的,我上去瞧一眼。"

她用手拢了拢头发,照照镜子,自我感觉形象满意了,才来到二楼,用手指笃笃笃地敲了三下。屋里的声音静了下来,有人将门打开。她一眼瞥见桌上乱糟糟的,纸牌、茶杯堆满桌子,还有人准备往桌底下钻,仔细一瞧,钻桌子的正是战败的安建军和黄副驾。

叶夜捂嘴轻笑:"难怪动静这么大,原来有人钻进钻出呢。"

安建军和黄副驾连忙站直身子。安建军掸掸裤腿说:"呵,楼下有意见,不钻了。"

裘机长比他大好多岁,也站起身来,咋咋呼呼地说:"不能赖,输了就钻桌,过了这局再说。"

安建军瞄了眼叶夜,微红着脸说:"女同志在,怪不好意思的。"

裘机长说:"没关系,钻归钻,叶夜又不是外人,一个飞机上的。"

叶夜上前几步,对裘机长,也对安机长说:"老打牌多没劲,不如咱们一起去逛街?"

裘机长一口否认:"屁股大的地方,有啥好逛?都去了好几回了,再也不去了,还是继续玩牌。"

叶夜侧头对安建军说:"你愿不愿意去呢?"

安建军说:"上街?外面可能50℃,不晒晕死,也脱层皮。"

"嘿嘿,咱女人都不怕,男的还怕热?"她这话的意思,名义上对大家说,实际是单邀他了。

"有美人相约,还不赶紧?"裘机长指指桌底,"愿赌服输,欠债还钱,钻了可以走。"

"要钻桌子就不去了。"安建军说。

"去吧,我请你吃冷饮。"叶夜对裘机长说,"要么,我钻一下试试?从来没钻过桌子,体验一把也不错。不过,得请各位挪挪身,让出位置。"说着,就要弯腰往下钻。

马机务飞快起身闪开,等着瞧叶美人钻桌底的风景。

安建军说:"别,别——"

听说要挪位置,裘机长不想动,懒倦地说:"不能让女同志代钻,咱大老爷们也不好意思,看在叶美人的面上,建军不用钻了,放你上街。"

"也好,今天不顺,老输,钻桌子,不如去外面溜溜,去去晦气。"他转头问:"还有哪位一起上街?"

裘机长粗手一摆:"只放你,其余的不能走,继续。今天这屋里一共五人,马机务员是观战的,建军出走,三缺一,马机务补缺。要是再走人,咱们没法玩了。"

安建军挠挠头皮:"这个……"

叶夜催着说:"还不快撤?人家一懊悔,又要你钻了。没事,下面还有其他乘务员去的。"说完,牵着他的衣袖往外扯。

他被动地跟她出门,顺楼梯走至底层,在半边天住的套间外等候,等了几分钟不出来,再等几分钟,叶夜才出来。她又换了套衣服,上身白色T恤,下面是细花格裙子。其实刚才那套衣衫也不是居家,同样可以出门的。头发也像重新整理过了,飘下来两浪青丝。他恍然发现,她几乎一天一身衣装,从不重样,这样出一趟门得带多少衣服?难怪她除了公摊的食品,另外还拖着个大行李箱,里面满是装备。

6

"其他人呢?没有其他人了?"

安建军朝叶夜身后的门口瞅了瞅。一楼女生住的公寓门紧紧合闭,再也没有第二个人出现。叶夜也故意朝后瞧了瞧:"真的没人了,怪,怎么会没人上街呢?噢,想起来了,小兰昨天刚上过街,和你们二楼的什么人,今天要躲在房间打毛衣,还有几位怕晒黑,窝在床上看书呢。哎,没办法了。"

他指了指对方和自己:"就咱俩上街?那个,我还是不去了吧。"

"怕啥,我又不是老虎,不吃人。"

看她一身精致的穿戴,由此想到自己身上的随意,犹豫地说:"我……"

"我想上街去逛逛,一个人去不方便,如果有位先生同去,比较安全。"

她嗤嗤轻笑。

她说着,上前去挽他的胳膊,他吓得往后紧缩,忙移动脚步:"走,我走还不成吗?"

流火的气温,难熬的溽热,街上仍不乏耐不住寂寞的人流,有阿拉伯本地人,有高鼻梁蓝眼睛的欧洲人,也有中、日、韩、新加坡等东方人。安建军和叶夜并排走在一起,虽然没有手挽手,仍不影响路人的想象。不时有过路人的眼光朝他们飘来,最后有几秒钟就定格在她脸上。有两个白人,叼着香烟,目光不停地在叶夜脸上刮来刮去,瞧得他有些愤懑,忍不住想爆发一声:收起你们邪亵的目光,走自己的路!转而一想,人家又没说什么,更没做什么,眼睛长在他们身上,管得着吗?叶夜是说对了,男女搭配上街才安全。

天气沤热,热得地上发焦,别说叶夜。就是他一个爷们,也是后背前胸尽是湿。叶夜热汗蒸腾,指着路边一家咖啡馆说:"进去歇一会吧,我请你喝一杯。"

他抬头望了望火辣辣的太阳,一头钻进了店门。她跟着进入,找了个沿玻璃窗的位置。"要请也是我请,哪有女的买单的理。"他翻了翻饮料单说。"无所谓,不就一杯饮品么。"她也翻单子。"可是,我不大喝咖啡。""也有果汁和红茶。"她点了点饮品单,"不过,我建议你尝尝这边的咖啡,试试阿拉伯人的东西,和美国及国内有啥差别。""想必你是喝咖啡惯了的。""基本上是这样。"她抿笑道,"一块尝尝?"他瞧着价目单说:"一点也不便宜。""也就是几十个美元。不说了,小时费又涨了,我请。""那倒不必,到了外面,我打肿脸也充回胖子。"她捂嘴偷笑。

还是有许多目光瞟来。男人不安分的目光不经意地掠过,从她的脸上、胸上、腿上,像不经意,又像是故意的。这么精巧的东方妹,没人盯,说明男人的眼光有问题。时间稍久,安建军也渐渐习惯,走在街上,坐在店堂,谁都是一件展品,谁都有权利观赏别人。

"你,一个这么精巧的女人,怎么想着做空姐?"他突然地问。

"怎么,做空姐不好吗?"她笑着反问。

"不是不好。"他自圆其说地说,"空姐毕竟劳碌。"

"苦是苦点,但社会上走后门想当空姐的成千上万,光面试就挤爆了头。"

她啜了口咖啡,轻轻放下杯子。"当时,我在高中读书,民航来招乘,和许多天真的少女一样,怀揣着冲上云霄的冲动,参加面试,结果在百里挑一的比例中胜出,去成都当了空乘,干着干着就喜欢上了这行当。人有很多种,我大概就喜欢干这行,飞得高,看得远,有挑战性,刺激。晓得吗?孙中山先生的孙女就是空乘。"

"我晓得,空乘有贵族血统,民国时期的空乘,都是从南京金陵女子大学、上海圣约翰大学挑选的女生。"

说着,他也学着旁边外国人的样,将目光聚到她的脸上。对方细巧的五官,精雅的打扮,说话从容,永远不徐不疾,拿捏有度,的确是块"精料"。

"聊聊你吧?"她忽然问。

"我有啥好聊的,天上飞的,最普通不过了。"

"你有许多优点,淳朴、实在、不做作。"

"农村出来的孩子,都憨厚,不会作。"

"也不是,人和人不一样。"

不料,她又说:"除了朴实,还肯学,大伙都晓得,你不但会开飞机,更懂飞机,除了航校又上另外的大学,原本搞飞机研发也没问题,比一般的飞行员更专业、地道,是位读书人。"

"可别夸我,我怕人夸。"他也学着她样,小心地呷了口咖啡,轻轻地放杯,"我还是喜欢在天上。"

"嗯,很合,和我一样。"她轻幽地说。

"很和?"他费解地问。

抬眼望去,见她眸光忽闪,有层波,不知是光波还是电磁波朝他袭来,他陡地一怔,心底有些忸怩。他不太喜欢别人谈到自己,慌忙拿目光朝四处瞅,心里想着怎么编个理由开溜。

对过的叶夜开始收拾包包,整理装饰,并立了起来。他又一怔:"怎么啦?"她嗤笑道:"瞧你坐不住的样子,是不是该撤了?""你怎么知道?"她又莞尔一笑:"我结过账了,回吧,谢谢你陪我出来。""怎么让你结账?回头给你。""晓得我不可能收,留着下次你请,不许赖呵。"

心里被对方拆穿,他倒不好意思太猴急,等她准备迈步,才起身。嘿,这个女人,鬼精,似乎窥见到了他的心理,拿捏住了他的七寸,不禁有些不爽。

7

这天上午,二楼的机组人员刚坐下,还没开始发牌,听见房门咣咣地响了几下,一旁观战的大块头贾副驾打开门。上来的是叶夜。

叶夜今天再换一身行头,上身红T恤,下面白花裙子。她先是咯咯轻笑几声,对几个大男人说:"诸位大人,有没有喝咖啡的?"

"喝咖啡?"大块头问,"没瞧我们正忙着吗?哪有空跑到外头喝咖啡。"

她捂嘴又笑:"不去外头,在下面,我们一楼,自己煮。"

几个飞行人员互相对望望,语塞。裘机长开始发牌,对没上桌处观战状态的贾副驾和安建军说:"既然叶仙女一番好意,也只有请大块头和建军下去喝一杯了。"

大块头摆了摆头："我自带的龙井,对咖啡这玩意感冒,还是请安机长去吧。"

安建军吓得往后躲："我？一个人怎么去？"

裘机长将一圈牌发空,瞄了眼自己手中的一副好牌,脸上发着红光："下面不有很多妹妹吗？放心去。"

安建军说："我打牌,你去？"

裘机长边观牌边说："不怕钻桌子就坐下来,哈哈,你打牌的手气一向臭。"

安建军无语。他读书好,开飞机好,但打牌玩麻将这些玩意,十回倒有九回输,不光手气臭上天,技术也孬。可他不想一个人去,要是多几个人下去,他也不妨下去趟,避开这嗨声连天的牌桌。在这合住的公寓里,厅里有人大声打牌,龟缩在房间看书也受影响。集体生活么,没法子,只能将就。安静了十秒钟,叶夜的声音又响起："都去吧,一楼挤得下,况且咖啡这东西煮了一壶可以再煮一壶。"

裘机长、黄副驾几个理好了牌正准备出,想尽快打发他们下去,省得在此碍手碍脚,便说："我们还是继续玩牌,咖啡这东西苦,不喝。"

安建军说："我也觉得涩,反胃,不去了。"

叶夜说："一点也不苦,有方糖,加了糖块,就不苦了。"

大块头贾副驾说："安机长还是去吧,我在这儿负责添水续茶。"

裘机长甩出一张黑桃A,说："建军下去吧,也不能让叶大小姐白上来一趟。"

黄副驾跟出一张牌,说："安机长请。"

"你们怎么瞄上我？"安建军不服气地说。

"又不是叫你去吸毒。"裘机长心中算着牌,挥挥右手,"下面半边天阴盛阳衰,去个男的抵挡一阵子,说不定我一会赢了,一高兴呢,就下楼来替

117

换你了。"

"是呵,与其在这儿输牌钻桌子,还不如跟我们喝咖啡,顺便跟我们扯扯飞机的原理课啥的。"说着,她上前拽他的小臂。

"不,不用拽,我下、下去。"安建军就怕女的当众拉来扯去,边开步边气呼呼地说,"今天说不定会赢,但现在形势变了,被你这乌鸦嘴一叨咕,必输了。""所以,还是去一楼比较妥当。"叶夜趁机给他递杆子。

被她连拽带押地来到一楼,小兰等几个空乘已布好台子,摆好椅子。还真是,姑娘们住的房子就是洁净,连空气里都弥漫着清香。只隔着一层楼板,二楼男人的住间,抽烟的抽烟,喝茶的喝茶,乌烟瘴气,衣服也扔得乱七八糟。下到一楼,鸟语花香,心情也顺溜了许多,甚至原本不太有兴趣的咖啡,也变得香酽诱人。

小兰提着咖啡壶,给每人杯里注上煮好的热咖啡,略为败兴地说:"怎么只下来一位?"叶夜说:"飞行员身价高,难请。"安建军坐下道:"上面打牌,正起瘾呢,缺了一个就玩不转了,还有旁边续水的,也需要人手。"

"嘿嘿,准备长期驻扎了。"小兰给他端上热咖啡,又拿了两块方糖过来,嬉笑着说,"安机长来了就好,安哥是文化人,一人顶两人。"

"别瞎说。"安建军瞧着小巧的咖啡壶,"小兰新买的壶?"

刚满二十岁的小兰说:"我哪有这品味?这是叶姐从国内带来的,咖啡壶、杯子、煮器,全套,服务到位伐?"

"啊,够靡的,小资呀。"

一位年纪比叶夜大的席空姐说:"以前是白天学老邓,晚上听小邓。现在全放开了,邓丽君歌曲随便听随便唱,红翻了东方红西方。咱们也没啥,就喝点咖啡,小资一下。"

一壶咖啡很快清空了,叶夜进厨房重新煮。趁人不注意,小兰俯耳安建军旁,扁声道:"怎么样,对叶小姐有意思不?"

他吓得差点跳起来,一阵红晕上了脖根,瞪了小兰一眼:"别胡说八道,没有的事。"

小兰不依不饶地说:"可别错过了,叶姐可是个精品级的女人呵。"她又贴上来说,"安哥,据内部消息,叶姐在西在东都是香饽饽,你要是不主动出击,她不但很快被上海的大男人围追,就是远在成都的追随者,比如啥金东风、银建军、马新华的,也不会放过她呀。哎,透个底给你,她回华东后,公司层面、地方的同学朋友盯她的更多了。"

他翘了翘嘴巴说:"是吗?"他瞪她一眼,哑着声说,"别扯淡!"

"我扯淡?"她也怼瞪一眼。

他从位上立起,几个空乘转过头来看他。叶夜正将煮熟的咖啡端出,开始给每人续进杯子,对小兰说:"小妮子嘴巴大,瞎扯啥呢。"

"你俩可是在太平洋上一起蹚过大浪的。"小兰嘻嘻地说,"我不说,他不紧张,到时便宜了别人家的龟孙子。"

叶夜凝视着她:"你咋说话呢。"

"我不是为安机长讨个口头定金么。"小兰扮个鬼脸,准备开溜。

安建军和叶夜都晕红了脸。叶夜心想:这鬼丫头,明明是蒙的,还真给你蒙对了一半。没有金东风、银建军、马新华的,倒是有个容建国的,屁颠屁颠在后面粘贴了几年了,即使我逃回上海,仍来信来电,念念不忘。但那是他一头热。

安建军也是五味杂陈:嘿,小兰这疯丫头,说话无遮无拦,没事也变有事了。由眼前事忽然想起那个住在机场西北边菜花丛中的吴琼花,想起她那张苞蕾初放的桃花般羞报的脸,想起她在井边屡次舀水给他喝的情景。情感浓烈而来,却又匆匆而去。在家庭的"说服"下,和她刀切般地断线,失去了联系,不知她现在怎样了,是不是已成了别人的新娘?现如今,吴琼花的影子去得远了,他也老大不小了,家里反复催逼他这件事,每信必提,而他却提不起精神。想到此,不禁悲从中来,袭上阵阵心酸。

叶夜为他注满杯子,观察到他脸上的细微变化,说:"怎么啦,有心事,想家?"

他咂了咂嘴,将一口心酸吞下,扬起头说:"没事,喝了这杯,上去接盘。"

叶夜说:"不急呀,坐着聊会,你是飞行一只鼎,顺便给我们讲讲发动机、液压系统、增压舱、航电设备的事?"

小兰见没人"揍"她,又踅了回来说:"上去钻桌子,不如和咱们喝咖啡呢。这么多美眉陪侍,不要太幸福噢。"

安建军端杯喝下一大口,如喝酒。他仰头望望天花板说:"喝了甜咖啡上场,说不定扭输为赢了,"

小兰细声说:"天天打牌,腻不腻?""你说什么?"他问。"没什么,无聊。""无聊?"

走楼梯时,他还在琢磨小兰的话。叶夜这人的确和别人不同,工作没得说,生活讲究,似乎是旧上海大家闺秀里养出来的淑媛,飞出来工作还带这么大箱子,穿的吃的一大摊子,亏她想得出。

8

巴林的天热,一年热到头,没有冬季,冬天也28℃,夏天则在40℃至50℃,天天伏天。他们随飞机从上海带出来的蔬菜、肉类消耗得快,青菜、菠菜等绿叶菜已经吃尽,即使吃不完也开始腐烂。摊在地上的大白菜(胶菜)、萝卜、土豆还剩了一些,猪肉和鱼类也消耗过半,余下的要飞往欧洲,供后一个礼拜食用。欧洲的消费比国内贵得多,还是自带节省。终于熬到第六天了,等明天上海来的航班一落地,换另外一班人在此打牌织毛衣,他们接着将飞机开往欧洲。

住一楼的空乘组已在提前做准备,收拾东西,整理行装。二楼的爷们打牌的动静也轻了下去,计划着将剩下的鸡鸭鱼肉、胶菜土豆,连同油盐酱醋打包捆扎,向西腾挪。

当晚,国内来消息,伊拉克战争正酣,未来几天所经空域禁航,原定明天抵达的航班晚到,延期时间约在五至七天之间。

听到通知,大伙"哇"地一声炸开了。工作忙累人,觉着苦,叫着喊着想休息,但天天撂在中东这"蒸笼里",一二天轻松,三四天愉悦,五六天朝上,搁在同一个地方"休息",变成了煎熬,开始发傻发呆,关键是后勤跟不上,吃的快没了。但中东在战争,伊拉克战场,火光连天,空袭的导弹嗖嗖地飞,民航飞行不安全,只能停下。众人思绪涣散,连连惋叹,又无可奈何,将本已打好的包袱重新解开,该摊的东西重新摊在地上。

既然要重新熬下去,菜还得切,饭还得做,烟还得冒。小兰仗着年轻,和另一位不畏热的席大姐,自告奋勇地要求上菜市场,赶在收摊前几分钟,采购了些打折的蔬菜。三小时后,小兰一身臭汗地回到住所,兴冲冲地说:"买了两天的菜蔬。"席大姐抹一抹额头不停往外溢出的汗水,说:"多亏了叶夜,带了几只咸鸡和咸鸭,省着可以对付几天。"小兰通红着脸说:"后天收摊前,我再去弄点蔬菜和水果。"

叶夜感叹一声:"也不能都吃素的,该有的荤腥不能缺,这边天热,人的体能耗费大。"

裘机长说:"难为几位女同胞了,安机长和我商量过了,冰箱里的鱼肉和叶夜带着的咸鸡咸鸭搭配着吃,力争每天有荤有素,保持住营养。"

安建军说:"还得艰苦奋斗,猪肉、鱼类,至少留三分之一到欧洲。另外,土豆、萝卜、洋葱比较好保存,尽量少吃或不吃,也带欧洲,毕竟那边的物价金贵。"

叶夜笑道:"这不是上甘岭。这么多爷们在,也不能老吃收摊前的菜叶菜根,肉禽、鸡蛋还是得有。"

小兰说:"去市场瞧过了,这里的肉和蛋不便宜,咱们可怜的几个小时费是经不起泼洒的。"

叶夜说:"明天我上街去瞅瞅,如果有合适的,置几天的肉食,我身上还剩点美元,扔在巴林拉倒了。"

席大姐说:"那怎么行,要花也大伙平摊。"

叶夜亲切地说:"平什么摊?就当我请客了,大家在一起,困顿巴林这么多天,也是有缘。"

次日下午,午休起来,叶夜上到二楼敲开了房门。这回,客厅里很静谧,没人打牌,几个男人干坐着,百无聊赖地侃着中东的局势,各自针砭时弊,更多的在盘算着啥时能飞。中东历来为是非之地,禁航也不是头一遭。

"叶乘务长有何贵干?"裘机长打着哈哈。

叶夜眯眯一笑:"大男人们,这会有空吗?"

裘机长、大块头、黄副驾几个男人已猜到她的来意,瞧了眼窗外毒辣的太阳射线,面面相觑,谁也不打算先接口。

望着他们慵懒的眼神,她走近安建军,小鸟依人般地说:"我想出去买点鲜荤,让兄弟们打打牙祭,帮咱搭把手?"

安建军瞧瞧旁边几个人的神态,故意指着自己的胸口:"喊我吗?"

众人笑,她也笑。裘机长笑声最大:"舍你其谁?"

怕她又来牵袖筒,他也笑了:"走,巴林流火天,上街搬运工。"

中东的天,太阳不蒙纱,只顾将火辣辣的热量泼向人间。这是他俩第二次搭伙上街,上一次是喝咖啡,这一次是买菜。安建军边走边揩汗,叶夜的心底却是凉爽的,脸上满是藏不住的涟漪笑意。

大半个下午,安建军跟在她后头,在不同的摊位前晃来晃去,语言不对付,就用手比画。双方都明白,是买与卖的关系,交流的内容就一条:价格。叶夜不怕热似的,在摊前比来比去,看准时机,下手买了些鱼和牛肉,也购置了些其他菜品,大包小袋装了。

日色垂垂向晚,他们来到一个阿拉伯农民的大饼摊前。她摸出最后的几个"铜板"掷下去,兑了几个热腾腾的烤馕,顺手递一个给他:"尝尝,挺香的。"

他用鼻子嗅了嗅说:"有异味,吃不惯。"

"那我吃一块了。"叶夜说着,一口咬下去,脆脆的,软糯的,醇香直抵肺腑,"哇,真香。"

回来的路上,安建军说:"费用大家摊,不用你掏。"

"不啦,说好用我的,纯属个人行为,你只是帮我搬运。先将我兜里掏空了,到西班牙,还不够,大伙再摸。"

当两人大袋小包地回到住地时,裘机长、贾大块头、席大姐、小兰美女几个在门口迎迓。见他们大汗蒸腾的模样,裘机长叉着腰,打趣道:"小两口回来啦?"

叶夜当即绯红了小脸:"瞧你说的,只是相互帮衬。"

裘机长进一步开玩笑地说:"帮着衬着,不就近了,渐渐成事了?"

安建军说:"老裘别乱开玩笑。"

瞧着袋里装的鱼和肉,众人差点流口水。裘机长笑逐颜开地说:"哈哈,许多事情就是开玩笑开出来的。"

9

当他们煎熬到第十三天时,终于等到最新通知:明天从上海过来一架航班,抵达巴林后,让他们接手飞去西班牙。

安建军和叶夜对视一眼,叶夜说:"除了土豆萝卜,所有蔬菜荡然无存,不是吃光就是烂光,鸡鸭鱼肉倒是硬攒下了三分之一。"

"真想说句土豆万岁,萝卜万岁。"安建军说,"比起南泥湾时期,那是好得多。但愿明天的班机真来,别到时又变卦。听说过吧,有一次,一个机组在巴林就傻待了21天。"

"啊,还不憋死?"小兰诧异地说。

"哈,滞留了这么多天,也没见哪个憋死闷死,最后都完完整整地回去了。"裘机长说。

"明天,咱们向西,追着晨昏线飞。"叶夜望着西方,拐开了话题。

"也可以说被晨昏线压着飞。"安建军叹道,"可惜不是协和式客机,永远也赶不上那条线,或者说,只会被它撵着。"

小兰蹦蹦跳跳地过来说:"终于可以离开这儿了。哎嗨,比起长窝在这儿耗,不如颠在空中做服务。"

"贱妞。"席大姐说,"也没多少服务好做,据说飞来的这架班机才两位旅客,是一对中年夫妇。"

小兰头一次飞欧线,惊疑地说:"那不是跟私人专机差不多?"

安建军说:"别少见多怪。我还飞过一个旅客的宽体机呢。"

小兰说:"这样下去,公司不亏死?是不是受中东战争的影响,将旅客都吓回去了?"

"也不全是。欧线不比美线,人气还没上来,我们从国内来的那班,人气算旺,也才三十多人。"裘机长说。

席大姐问:"法航、汉莎航是不是好点?"

"他们好得多,有一二百人,也有更多的,毕竟是老牌的国际航司,老外客源多。咱们飞欧洲才几天?"安建军说。

"那是信不过咱中国的航司,还是不放心咱们的机长、空乘?"小兰说。

"可能有历史、经验等多方面原因。咱们现在的亏,是为了将来的赢做铺垫,说不定过个十年八年,这条航线就机票难求了呢。"叶夜说。

席大姐说:"哈哈,一二十几名机组、乘务员为两名旅客服务,也是咱们的荣幸。"

六、人生大事

1

三周后,安建军这波人马从欧洲返回。人还是这些人,飞机已不是那架飞机,乘客也已不是那些个乘客。

前面又到帕米尔高原,山影黧黑,岩峰屼突,红其拉甫已在眼前。

叶夜的心里来不及咯噔一下,颠簸已经开始。难道每回都这样?这有名的地方成了一个颠簸口?到了这儿,机组和乘务员都有条件反射了,反射正常,没有反射不正常。难道这地方有怪异,像百慕大?在强颠簸中,她只得在乘务席上稳坐,扣紧安全带。

颠得倒胃,小兰坐在位上想吐。机上有五个乘客吐了,吐了几个清洁袋,也有人满脸紫色,默默祈祷:别被飞机抖出病来。人人攥紧了保险带不说话,生怕多说一句会增加飞机的分量与抖动。哎,帕米尔,红其拉甫。

安建军感觉手上有些迟钝,转向、抬升的动作做出后,通过驾杆传导到相应的界面时,手感没有原先轻松,甚至有些吃力和沉重。他马上想到,这是液压系统不听使唤的状况。原先开伊尔-14,安-24机型,没有液压,驾驶舱通过钢索和方向舵、尾翼等构件连接,飞行员在操纵杆或脚蹬舵上做一个动作,通过钢索传导至执行平台,除了用脑,还凭体力,得用较大力气才能操纵飞机。那时的飞行员干的也是体力活。现在,液压技术取代了原来的钢索,操纵起来轻便多了。

飞越了红其拉甫,安建军反复试了几次,飞机的反应还是略显迟钝,但能驾驶。

贾副驾调来MD-11不久,也感到了不适,焦灼地问:"液压有问题,影响严重吗?"

"当然有影响,主要看问题大小,一般的小问题,即使有影响,也影响不大。"裘机长向安建军侧了侧头,"我开飞机时间久些,但理论问题建军比我更在行,他是读书人,可以问他。"

安建军略沉吟后说:"机上的液压系统有好几套,并不是单一的,几套系统相互勾连,相互备份。倘若一套系统遇到问题或局部出状况,不影响飞机的安全,但会影响飞机某些局部的操作,像MD-11这样的宽体机,连通各部位的液压管道有几百处,就像动物身体上的筋脉,分布在身体的各个部位,飞行员操纵时,通过液压系统的条条筋络,以四两拨千斤的方法将行为传给飞机上对应的部位,从而完成转方向、降升高度或者其他的飞行动作。因为液压系统贯穿在飞机的方方面面,牵涉面广,出现故障的几率也较高。"

黄副驾羡慕地说:"安机长年纪轻轻就有特异功能,凭手感就能判定是液压系统出了毛病。"

安建军说:"飞行员既是机师,也是手工活,手艺高低决定开飞机的水平。归根到底,仪器仪表只是人的辅助,关键还要凭人的感觉,人的手上和脚上的感觉,也包括心理感受。"

贾副驾说:"像这种情况,需不需要去备降?"

"根据目前操纵下来的手感,应该是局部的小故障,飞到终点没问题。不知裘机长怎么看?"

裘机长摸了摸下巴,百味杂陈:安建军小小年纪,修为了得,懂得比我多；哎，有人自带芬芳，有人自带手艺，安建军就是这么一个自带天份的人。裘机长即使内心不悦，嘴上却不得不说："同意读书人的观点。"

液压系统出了故障，反应在驾驶人员的手上脚上，却体会不到旅客的座位上。过了红其拉甫山口，颠簸奇迹般地停了下来。"魔咒解除。"叶夜带头从座位上立起，继续她的乘务工作。

2

安建军的飞机离虹桥机场二百公里时，塔台上的值班管制员那三只就大声嚷嚷开了："是安机长回来了吗？"

"是我，三只，我回来了，好久不见。"

听到那三只从电波那头传来的声音，安建军倍感亲切，连回答也提高了声调。这次飞西班牙，在巴林被围困了两周，又在西班牙待一周，一去一回二十多天，有点隔世的感觉。回到国内，回到华东，到了上海外围，听见熟人管制员的声音，心底腾地升起一团暖火，说话间，喉结也不由自主地抖了抖。尽管还在空中，在云和天中间，这块天空却是他安建军稔熟的天空。

"听说你的飞机有状况？"

那时工作不太忙，进近和塔台的指挥没有分开，称为塔、近管制室。管制员们在塔台上班，同样能指挥二百公里开外的飞机。现在航班密麻了，塔台和进近、区域一分为三，塔台只管飞机起和降，进近负责100公里范围内、600至6000米高度间的飞机，100公里以外、6000米往上的统统归给航路管制部门指挥。

那三只在塔台值班，有飞机来很开心，还有点小激动，飞机少反而寂寞，何况他和安建军是朋友。

"一点小事,不碍,不照样潇洒地飞回来?"安建军在空中说。

"听说是液压方面冒的泡? 不着急,慢慢开,跑道空着呢。"

"问题不大,也就没有在途中降落。"安建军说,"机上还有点剩饮料,落地后给你送过去?"

"别别,那多不好意思。"

"也不多,没几瓶了,好玩。"

"平安第一位,飞机真的没事?"那三只关切地又问一句。

"并无大碍,放心。"

"注意,一会进五边。今天由北向南落地,有侧风。"那三只读了读气象数据,叮嘱道。

"谢谢,我进近了。"

3

安建军跟着那三只的口令,从机场北头转进。当离跑道头四十多公里时,机载设备成功截获了对准跑道中心线的航向无线信号,平飞二十多公里后,距跑道十八公里时又截取了下滑道信号,这样他既有了左右航向指示,又有了下滑斜率的指引,地面发出的两组无线盲降信号引导他切进五边,精准下落。

那三只从望远镜中找见了安建军那架飞机。那是空中的一个点,在长五边的远处,慢慢地向机场方向迫近。这个点由小变大,从模糊到清晰。那三只从农村来,父亲给起的名,又土又俗,但好记,有特色,人如其名,有三只眼,能瞧见别人瞧不见的东西,这在航空指挥方面尤为适用。一次,他在塔台值班,他的第三只眼睛发现还在落地的一架飞机没有伸出起落架,而且位置已经很低,他大声疾呼,命令飞机停止落地,立即拉起复飞,化解了一次重大危机,荣立三等功。那以后,"三只眼"的名头更响了。

飞机已接近跑道端,不用望远镜也能清楚地看清它的身影。那三只扔下望远镜,忽然对安建军说:"你的飞机怎么像扭秧歌似的?"

"我也觉得不稳呢。"安建军在那头说,"三只的观察固然仔细。"

"是不是液压的故障加重了?"

"倒不是,侧风的影响更甚。"

安建军用力推杆,脚蹬方向舵,尽力稳住机头机身,但这个庞然大物似乎不听使唤,总是左摇右晃,不但他,即便是在地面上的三只眼也发现了不对。当飞机的高度降到60米时,安建军果断地表示:"我机飞行姿态不稳,主动复飞。"

那三只立马表示同意:"兜一圈,再转个五边回来。"

安建军驾机在50米高度,从北向南面的莘庄方向越过了跑道。那三只指挥他向右转90°,紧接着又右转90°,向北飞,当来到机场的西北头又转了两个90°的弯,再一次到达北头的长五边,开始降落过程。

"没问题吧,伙计?"那三只问。

"侧风一阵一阵,比原先小多了,准备下落。"安建军说。

"放心大胆落,前面没飞机,空的。"

忽然间,安建军收不到盲降信号,这盲降信号由航向及下滑两组波束组成,一旦盲降信号中断,相当于失去了指引。"怎么回事?"那三只急切地问,"不清楚,突然就没了信号,不知是飞机的原因还是地面导航设备原因。"

盲降设备归通信总站的导航台管。最近不知怎的,这套进口设备毛病频发,时好时坏,请了老外做大检查,又查不出毛病,老外一走,立马又出洋相。故障修复后,好一段时间,冷不丁又冒个新泡,断断续续地冒泡,还是进口的呢。

"是导航设备方面的问题,我马上找导航台。"那三只对安建军说,"为防万一,先拉起来。"

安建军依言拉杆,机头上翘,MD-11这个空中美男子又低空通了一次场,从跑道上空越过。

机舱里的气氛骤然紧张起来。有人见两次下落又飞起来,而且从跑道上空穿过,心也随之提起:"是不是起落架有情况,落不下地?"一人起首,众人询问,乘客们纷纷担心地问。

乘务长叶夜也不知情,但马上通过广播抚慰:"没事,这是正常通场,请乘客们在位置上坐好,一会就落地了。"

"什么叫正常通场?"有人不安地问。

叶夜不可能全面解释。安建军也无暇安慰旅客,问那三只:"我快到莘庄上空,继续右转飞五边?"

"不,这次向左转,右边有别的飞机用,向左转四次90°,再从长江边进入长五边。"

安建军依指令左转,和前面一次复飞后的转向相反,经几个左转飞行,再次回到北五边。

那三只火急火燎地说:"问过了,导航设备正在检修,可能得等会,能不能落地,由你们自定。"

"目视降落?"安建军问。

"是这样。"那三只不敢怠慢地说,"根据机组能力,千万别勉强行事。"

考验手艺的时候到了。不是所有的机组都能目视落地,有机长行,有机长不行。落不下去的机组,可以带着飞机和一飞机的人去附近的杭州、南京等地备降,等盲降设备修好再回来。进口设备么,无非是换集成电路板子,检查出故障部位,将坏的板子拆下,好的板子换上。当时飞机少,设备也少,没有建立完整的备件和应急系统,设备故障了现拆现修。

安建军和裘机长对望一眼,说:"我落,目视着陆。今天能见度达到标准,尽管有侧风,我决定落。"

那三只提醒道:"别硬来,天才,不行再复飞,去外埠备降。"

"绝不会硬来,我软来,软着陆。"

需要目视落地的时候还不在个别。韩国釜山,自南向北落地有盲降设备发出的信号指引,倘若风向变了,改由北向南落地,由于离山太近,地形限制,飞机离跑道头五公里,看见了机场,却没有无线电引导,只有靠飞行员的眼睛,控制好飞机的航向,控制好飞机的速度和高度,控制好飞机的形态,降落地面。

安建军飞过无数次需要目视落地的机场,国内国外的,像张家界、松山、安克雷奇,都是一端靠山,无盲降信号,需要目视着陆。这极大考验飞行员手艺,不能飞偏,对弯了跑道中心线;不能太高,太高了落不了地,得复飞;不能太低,太低了地形告警,一旦出现地形告警,公司总部和航科院都能收到信号,你不主动报告,上面分分秒秒查你。

跑道侧,四盏着陆指示灯发出红白不同的耀眼光芒。这也是用于指引飞机着陆的,如果机长下降时眼中出现三盏或四盏白灯,说明飞行高度过高;出现三盏或四盏红灯,说明高度过低,两种情况都需要调整下降斜率,只有看见两盏白灯和两盏红灯,下降高度才是准确的。但灯光指引只是参考,并不完全精确,主要还得靠飞行员的感觉。

安建军有许多磨砺和天份打底,自然相信自己的眼睛,相信自己的手和脚。

说话间,安建军手和脚协调配合,眼光目视跑道,驾"病机"沿两白两红的灯光指示缓缓下落,正好是3°左右的斜率。在进跑道100米处,瞄准时机,让主轮吱啦一声接地,紧接着前轮着陆,带下刹车,稳稳地向前滑行。安建军满面红光,噗地呼出一口气。提心吊胆又壮怀激烈。

裘机长嘴上不说，心里不得不服：江湖传言，安建军是飞行界的定海神针，看来真有实据。

飞机做停场检查，与安建军判断的一致，是液压系统出了问题，具体的部位由检测手段确定。乖乖不得了，安建军的手感比多飞他十几年的裘机长还强。

安建军却从另一个方面思考问题，这个问题憋在心里很久了，也不晓得对不对。既然想到了，就要找相关领导反映。这天他休息，找到了分管公司飞行的领导。

领导对飞行队伍历来重视，也从坊间听到过五虎将的传言，就在办公室接待了他。安建军说："反复飞下来，总觉得MD-11有些缺陷。"

"这么大飞机有缺陷？"领导放下手中的杯子，诧异地说，"哪方面的问题？洲际飞行的飞机，如果真有问题，麦道公司又不是傻瓜，一定会叫停的。"

"可是，我是凭手上感觉摸到的，并不能系统性地驳倒制造方。"安建军抽了抽鼻腔说，"就说这次复飞，忽然间觉得飞机不听使唤了，左右摆动，而这种不规律摇摆，似乎跟当时的侧风无关，无奈之下，只有复飞了。"

领导皱了下眉，心想这小子是不是在为自己的复飞找借口？他沉吟了下，说："第二次降落不好好的吗？"

"怪就怪在这儿。这种情况不规律，绝大部分时间不出现，偶然间会像妖怪一样冒出作祟，不规律的东西，反而危险。"

领导聚起目光盯着他，仿佛在观测他的话是不是发自内心。"你到底想表达啥意见？"

安建军脱口而出："我觉得重型机三发布局不尽合理。"

"三发布局有问题？哼，你又不是搞设计的，哦，你读过飞机学，懂原理，但毕竟不是设计人员，怎么晓得发动机的布局会出现问题？麦道公司

133

是百年老店，设计人才辈出，风洞试验那是试了再试，难道不晓得三发布局的优劣？"

"三发布局放在双通道的宽体机上，或许是麦道的一个创举，但创新的东西并非就是先进，传统的东西不代表落伍。左右两发安装在飞机两侧和其他客机的设计理念一致，这个没问题，但第三台发动机装在机尾上，强大功率吸进和喷出的气流不可能向左右两边均匀分开，某些特情下或许会失去平衡。"

这位领导的眉头皱得更紧了："你是看外观，还是靠手上的感觉？"

"手上的感觉更灵敏些。"

"你是在怀疑这款飞机的整体布局，嗯，这个题目无比大，也许不是你，也不是我该考虑的。据我所知，这款飞机本身不存在问题，至于三发布局么，许多公务机、私人机都这样，也飞得棒棒的。哎，这样吧，你怀疑的问题我们晓得了，因为问题忒大，也请你别杞人忧天了，好好开你的飞机。"

告辞出来，安建军还在思考，刚才是不是将意思彻底表述清楚了？领导听明白了没有？回来的路上还在忧心忡忡。

他这次经巴林去西班牙，来回近一个月，坐实了两件事。一件是"读书人"的身份被人叫了出来，越叫越响。第二件是在巴林时间长，被一群人开起了他和叶夜的玩笑。不料玩笑这东西会生根，会发芽的，开始明明不是那回事，被人你一句我一句地开起玩笑，慢慢就会形成一种心理暗示，暗示这东西会长根、发芽，好像真有那么一回事了。

4

这种心理暗示在叶夜那头更明显。虽是玩话笑话，却带有后味。

过了几日,叶夜在心理暗示的重度发酵下,约他周末去她家玩。她家他去过,第一次是人多势众,喝得人仰马翻。第二次去的人少,就他和小兰几个,饱唉了顿精馔,坐了会就回了。

和他的单身宿舍比起来,他的心理不平衡,为什么她住在市中心高档小区,他住在偏僻的郊外?但几次去过,真也有点喜欢上那儿。静谧的花园,西式的楼舍,外表橙黄的暖色,室内暗红的地板发出幽幻的光,连窗幔都隐隐透出典雅的富丽。哎,复兴邨的风都是带罗曼蒂克的。

他进去客厅,空落落的,奇怪地问:"人呢?不会就咱俩吧?"

"这回给你猜对了,真没其他人,连我爸妈、弟弟都去外地玩了。"

"也没请同事和朋友?"

"请那么多人干嘛?"她狡黠地说,"嘿嘿,把我看得像美女蛇似的,能把你咬来当肉吃?"

安建军突然间也兴奋起来:"也是,嘿嘿,我是男的,还怕你调戏不成?"

"嘿嘿。"叶夜偷笑。请他在沙发上坐定,先端上糕点。她像随口说:"听说你反映了麦道飞机的问题?"

他颔首道:"我感觉有问题,如实反映。"

"领导会不会不高兴?"

"没法子,我手上的感觉就那样。做事做人总要实事求是。这个问题我也和鱼大队长说了。"

"可美国是飞机的源头老大,麦道这样长的历史,你能想到的问题,他们会想不到?"

"不可迷信洋鬼子。他们不也两只眼睛一个鼻子,能比咱强?"他吞下半块点心,"我在想,农村——你没在农村生活过,印象不深,现在的乡村公路上有不少电动三轮车,前面一只轮,后面两个轮,装人装东西。这种车辆跑得慢和四轮车一样,不会偏也不会飘,但跑得快,或者重量上去了,就没有那么稳了,有时就失去平衡,栽到沟里。"

"飞机在天上,不需要那么多大转弯、急转弯,两者怎么能类比?"

"道理都是一样的,一般条件下不见得会有问题,某些特殊因素一交叠,情况就会发生突变。关键是背上那第三台发动机,又不是小飞机的发动机,作用出来的强大功率怕不能平衡左右。"

"单发,单发呢?"叶夜忽然找到了理由,"有时一台发动机停机,单发不照样落地?"

"条例规定,单发留空时间不能过长,属于事故征候。"

叶夜从他边上立起,准备饮品:"喝茶还是喝咖啡?""什么茶?""各有两三样。红茶有滇红、祁红,绿茶有龙井和碧螺春。""都是好茶。"他想了想,"嘿,还是弄杯咖啡吧。"

她扑哧一笑:"单位喝茶多,在家还是冲杯咖啡来得香。"

两人在沙发上,边喝咖啡边聊,自然间关系贴近了许多,真的像"两口子"了。两人世界,时间飞驰,转眼到了饭点,叶夜说:"夜饭出去吃?""哪里?""附近找家店。""外面贵,也麻烦,不如在家里随便弄点,面条啥的,吃一口就行。"她又扑哧一笑:"节约型男。嗯,还真有,就做排骨年糕汤。"

她在厨房间忙活了一阵子,端出两大盘香喷喷的排骨年糕,外加几碟小菜。菜和年糕都入味,两人吃完,他要帮她收拾碗盏,她坚持不让,说两人这点小活比机舱里的事轻松多了,你去沙发上休息,一会再给你上杯茶。她刷刷地收拾好碗碟,给他沏了杯龙井。他端起喝了几口,瞧窗外夜幕已落,说:"该回去了。"

她轻轻拽他一把:"难得一个周末,着什么急?一块看会电视剧。"

她叭地打开电视机,刷出来个好剧。她挨着他在沙发上坐下,坐着坐着,头歪了过来,一会身子也斜了过来。他有些惶恐,觉着全身的血液都贲张起来,瞧瞧四周,才发现在她家里,偌大的客厅空无一人,房间里也没别人,慢慢松缓下来。两人腻着,依偎着看到很晚。

"几点啦?啊,十点半了,该走了。"他站起,惊呼道。

她打个哈欠,倦懒地朝外瞧瞧:"没公交了,就住下吧,家里没人,有三个卧室呢,床空着,也是空着。"

他脑袋"嗡"地一声。真的没公交了,打车又嫌贵。

她已在房间帮他整理衣裤。他洗了洗,困意上来,躺下了。她也跟着倒了下来。"唉——"他又朝门外瞧了瞧,没别人。望着她苗条的身材,娇美的容颜,成熟的女性躯体,他的心跳弹到喉咙口,下面本能地起了反应。她也喉咙淤塞,浑身燥热。

"别瞅了,这是在家里头,没有外人,怕你冷,帮你焐焐脚。"焐着焐着,天雷勾动地火,很自然的拱到了一头。前戏过后,不断向深处突破。两人初次在一起,情迷意乱,都有期待,又有些紧张,甚至显得手忙脚乱。

缱绻之后,安建军反倒心里空落落的,颇有些落寂。忽然间,他脑海里浮现出吴琼花的影子。某个地方有座农家小院,屋前屋后几畦菜地,春天油菜花盛开,遍地金黄,小院内有口井,井旁有个叫吴琼花的女孩在打水,她将摇上来的鲜水,舀了一勺给她喝……

"怎么啦?对……不太满意?"云雨过后,她的脸上红晕尚未消退。

"不是。"他望着窗上古典般的布幔,上有几朵淡雅的牡丹花。他箍着她的肩头,说:"忽然想起飞机上的那档子事。"

她摸了摸他结实的胸肌,软糯地说:"唉,到底是读书人,念念不忘技术、学问……"

他笑笑:"手上人生,事关众人安危,不得不火烛小心。"

次日醒转,两人搂着抱着,忽然间浴火重生,试着又做了一次。相比昨晚的初次,两人都成熟了许多,显得从容不慌。安建军轻松入港,尽情释放,叶夜也怡爽无比。事毕,她说你火力强大,再休息会。自己披衣下床。

等他起身时,餐桌上已有香喷喷的煎蛋和面包。二人世界,轻松享用。吃过早餐,他驾悠悠地乘车回机场。

回到他的单身宿舍,已是中午。那三只慌慌张张地跑来敲门。那三只拭着从额头不断往外冒出的汗,说:"总算找着了,千万帮忙解解题。"他从未见过那三只这副失魂落魄的德性,也故作严肃地说:"发生什么了?"

"别提了,水深火热。"那三只又气又急,"上午刚挨了重批,说不定要挂处分呢。"

"啊,这么严重!咋回事?"

原来,就在昨晚安建军和叶夜两情欢娱时,欧洲 YH 航空一架来华东的飞机上有旅客突发急病,需要用药急救,但机上没有。航班全程直飞,准备降落时由机场急救中心的医务人员现场抢救,但所需药物必须事先预备。航班高速飞进过程,机长和地面管制部门通话,一路呼叫,机长口中不断重复着一个词"Insulin"。可惜的是,从航路、进近到塔台,当班管制员都不清楚"Insulin"为何物。

飞机进港,机场急救中心的车辆驶上机坪接下患者,却没有带上最重要的药物 Insulin,病人奄奄一息。虽没致命,但影响了救治效果。

法籍机长满脸狐疑,说他一路都在重复,需要"Insulin"(胰岛素),管制员回答"Roger",怎么会这样?管制方解释,我们回答"Roger",意思为"收到",并不代表"明白"。

那三只说:"我们管制员喜欢说'Roger',这个习惯可能有问题,老外误以为咱们知道了,明白了,实际上收到不代表听懂。"

"需要我做些什么?"安建军已清楚了事情的原委。

"你不是五虎大将、航空学者吗?请从飞行的角度,将那些可能遇到的机上急病的名称、急救药品列出来,咱们找出对应的英文,记熟,背下来。哎嘿,这个,再不能措手不及了。"

"看来干管制不易,除了专业用语,还需要熟悉英文的生活用语,现在,还得加上医药用词。"安建军垂头沉思,开始搜肠刮肚。半晌,他说,"我只能凭我遇到的、听到的情况列举一些,比如哮喘、冠心病、高血压、糖尿病以及外科的一些病名和相应的应急药名。如果需要更专业的,最好去咨询民航医院或急救中心。"

说着,安建军用笔写下一长串名词,说:"仅供参考。"

那三只一把接过,瞄一眼纸上的列举,如获至宝:"有些果然是咱们匮缺的。嗯,我们也整理了一些,把你的补充进去,再讨教医院和急救中心,估计差不多了。"

"哈,二十年管制员干下来,也是半个医生了。"安建军说。

"快别嘲咱了。你们飞行员才了不起,飞个三十年,就成精了。"

5

此后安建军和叶夜继续执飞欧洲,也飞些国内航段,但两人同机共飞的经历却少了,近期几乎没碰上。飞行部和乘务部有各自的排班系统,排班如抽签,谁跟谁同机也得看缘份。九十年代伊始,中国民航业进入大跃进时期,飞行员、乘务员大量涌入,航路航线航班不断增加,空、地勤人员工作量水涨船高。

一次,安建军刚下飞机,叶夜就在候机楼的廊桥口等。她和其他机组成员打过招呼,走近他说:"走,跟我寻个地方说话。"

安建军拖着他的飞行箱说:"啥事?神秘兮兮的。"

"一会你就晓得了。"她环顾左右,神情焦躁地说。

两人来到机场广场旁的一家小吃店,叶夜向内指了指:"就在这儿吃点东西,说事。"

两人进入,找了个最里面的空位坐定。他按捺不住地问:"到底出了啥事?瞧你大惊小怪的样子。"

叶夜咬了咬嘴,叹了口气,哑下声说:"通天的大事,那个,我这个月……没来。"

安建军看着菜单,正准备点菜:"什么没来?"

"明知故问。"她瞧瞧周围的食客,本想说,"那是女性每月特有的神圣的青春泉水。"但没有这么说,却说了句严肃的,话像从牙缝里蹦出的,"你做过的事情自己清楚!"

"啊"他一下反应过来,大惊失色地说。"啊"出的同时,扭头看了看四周。

"看别人干嘛?跟他人有啥干系?"她说。

他跟做贼似的低下头去,细汗从手心沁出:"真的?"

"我有必要拿这个诓你?不信,一块去医院验一验。"

"医院当然要去。"他头皮阵阵发麻,怕对方误解他的意思,忙改口,"不,不,你的话哪能不信。"

一切都在不知不觉中发生。有些事情没有征兆地就来了,中间没有过渡,没有准备。虽然和她有了肌肤之亲,但真正谈婚论嫁总该有个过程,有个循序渐进的过程,从时间上推演,即使结婚,也是一年以后的事,想不到忽然就中彩了,事情猝然间就到了眼面前。

许多事情无理由,不需要理由,也不太符合逻辑,——事事都有理由和逻辑吗?似乎不需要,甚至是一时冲动,就已经是那样了。他们的交往,别人对他们的玩笑,他们的偶合,忽如一夜春雨,一声惊雷,忽地说来就来了。

他不得不镇静下来,先要面对眼前的:"那咋办?"

"今天就是等你回来,商量着怎么办?"

"你家里头,会怎么看?父母们知道吗?"他咽了口唾沫。

"暂时没告诉他们。"她叹了口气,"不过他们会听我的,我这头么……主要是你的态度。"

他抓破头皮,喃喃地说:"我的态度?"

他惊得站起身来。前面的服务员以为他要点单,快步过来问:"先生,点菜吗?"他一挥手:"我们两人,帮随便配几个,噢,不,问她,她想吃什么就点什么。"

"你先坐下。"叶夜指了指他,"随意配几个好了,不加辣。"服务员拿着菜单下去了,说:"那我帮二位配四个菜,两荤两素,免辣。谢谢。"

安建军的思绪百转,将千百个念头转了一遍。凝思许久,终于硬气地说:"我做的事,我当然负责。我们马上结婚,怎么样?"

"这才像爷们说的话。"叶夜的双眸盯着他,呼出一口气,脸上的肌肉渐渐松软,"我以为有人想让我去医院处理呢,告诉你我才不做这种戆事。"

"急事急办,特事特办。"安建军听她同意结婚,立马转到更具体的事情,"如果抓紧结婚,要办酒水,这个倒问题不大,找不到高档的酒店,一般的也成。问题是房子,住房呢?下一步单位可能分房,咱俩都是空勤人员,分数应该足够的,但那是以后,可目前,当下,咋个办?"

"就住我家,过渡,等以后单位分房了再说以后的事。"

"你父母,还有弟弟,同意吗?"

"这是我处理的事,跟你没关系。"

"嗯,也只有这样了。"他咂舌道。

"什么叫只有这样了,难道你还想赖?"

141

"我不是这个意思。"他挠了挠头皮说,"唉,这个,菜来了,先吃,加营养。"

事情谈妥,叶夜的眉头舒缓了,开始伸箸夹菜。他也木然地跟进,暂时埋头吃喝,和周遭的其他男女无异。

他和她的年龄已经老大不小,在同龄人中已经算晚的了。现在,两人同时伸筷,同吃一碗菜,同喝一锅汤,但心理是不同的。在她之前,他和机场北头的吴琼花有过那么一段青梅之情,他们当时的恋情围绕那口井展开,井水甘醇,少女腼腆。他们的情愫像一首诗,一首古代的诗,桃花含笑春风,他主动,她响应。而他和叶夜,则是相反,从巴林同事们的打趣,到她家组织的聚会,都是她伸手在前,他接手在后,她主动些,他附和着。不过,事情发展到这一步,他不想再犹豫、再反复,既然米已煮成了饭,不如快刀斩乱麻,将这件大事了了,况且,他们在太平洋上共过患难,有基础。今天,他如此干脆的另一个原因,就是老家那头,月月来信催促,字里行间,处处能感受到父母那头传来的泰山般的压力。

原则性的大事谈妥,接下来聊细节。一个婚礼是不可少的,先登记领证,而没有一个繁文缛节的婚礼,总觉得不像结婚,里子得顾及,面子也得有。一谈到某些细节,如婚礼的日期,饭店的选择,服装的选定,仪式的程序等,双方意见有分歧,有弯弯绕,但考虑到叶夜肚子里的孩子一天一天在长大,等不了样样事情细致周全,双方感叹一声,各自退两步,都想尽快将事情办了。

婚礼显得仓促。安建军想两边办一办,上海弄几桌,回老家再办一回。叶夜说肚子里的孩子怕颠,两地来回折腾不起,还是请你父母过来,就在上海办,一次性。山东的父母不高兴,几年前就在想儿子带媳妇回去闹一闹,请上本乡本土的父老乡亲,吃它个三天三夜流水席,想不到眼下只有老两口和几个姐姐出来,其他的亲戚朋友无法带来大上海,倒像儿子出嫁似的,老大的不开心。安建军私下多次做父母的工作,有一次专门打长途电话回去,对父亲说:"你们要城市媳妇,不要农村的,只能迁就,就这样了,要是当时……"话到嘴边,吞咽了回去。吴琼花那回事,已经是过去的皇历了,还翻它作甚?那个菜花丛中的吴琼花,说不定早为人妇,孩子都会叫娘了。

和叶夜结婚前的一个傍晚,安建军默默来到吴琼花家的小院外。他忐忑地来,不敢过分靠近,只在远处眺望曾给他带来青涩又美好记忆的那扇院门,他们的恋情带着"小红唱曲我吹箫"的朴实古韵。周边没有盛开的油菜花,没有桃花,也没有茶花,只有田埂上黄灿灿的野菊花。在众多的花色中,他偏爱带黄的色彩。眼前,髡黄的野菊花开在田埂上,小片小片的灿烂,脚下的坡沟间弥漫着馥郁的清香。但这热烈灿烂的菊花掩盖不住秋冬间肃杀的悲凉。他久久凝视着那座熟悉的小院,眼眶滚滚发烫,心头不禁涌起"人比黄花瘦"的凄凉。良久,他几把抹去藏在眼角皱褶处的泪花,恋恋不舍地离去。

6

叶夜想起一个问题,和他商量:飞行员请的不多,除了鱼大队长、王机长他们,是不是也邀请段早,借机缓和一下关系?

安建军也在心底纠结,两人毕竟是十四航校出来的师兄弟,高教官一手带出的飞行尖子。他当即点头。为表诚意,两人双双登门送请柬。安建军从飞行排班表上查出段早那天不飞,将喜帖双手奉上。

段早接过请帖,说声谢谢。顺便将在座的两名徒弟介绍给他们。两名弟子嗖地立起,双脚并拢,抱拳向安建军两口子祝福。段太太忙着为客人沏茶。随谈间,段早拿两只小眼睛不断地往叶夜脸上扫描,说建军你小子好福气啊,将叶夜这么个经典美人抱得归了,叶夜可是和咱在太平洋上踩过浪的。叶夜称是,段机长技艺了得。众人哈哈大笑。段早家里人多,安建军和叶夜坐了片刻,说这是第一家,还到别处送帖,便告辞出门。

路上,安建军扬了扬眉尖,说段早外表粗,内里细,在带徒弟方面比我更强些。叶夜说,看见今天在他家的两位,有点。他说我在这方面要加强。叶夜温柔地瞧了他一眼,说这次来,还是有益。

出席安建军和叶夜婚庆的人不算太少,也不多,八张桌子,七十来个客人。四桌是纯女方客人,占了一半,一桌半是男方老家客人,另外二桌半为民航同事和朋友,有飞行员、乘务员、管制员、地面服务人员,算是男女双方共同的客人。

段早没有到场,包了个大红包捎给他们。请王机长带话:不巧,领受任务,飞青藏高原了。

婚后,他们拣了个段早休息的晚上,专程登门拜访,送上喜糖和礼品。这回段家无客人,段早和太太邀请他们喝茶。谈吐小心翼翼,双方都避免涉及飞行,绕开工作,只谈家事茶事,相言甚欢。

叶夜结婚前夕,从成都过来的一个航班,有空乘给她捎带来一个搏眼球的大盆景。这是一棵峨眉山松,高70公分,下盘有碗口粗,上面枝杈分开,针叶翠绿欲滴。这株从峨眉之巅采得的盆松,至少经过了人工七八年的精心照料与涵养,敦矮厚实,卖相一流。盆松根部系红绸带一条,上书四字:新婚快乐。尽管没有署名,也晓得是那个容建国的杰作。看得出,这棵饱满的松树是他用心血和爱水浇灌的,对她的祝福不言而喻:祝她的婚姻如松柏那样常青不老,祝她的生活如翠绿针叶一样浓浓蜜意。看到这来自遥远西南的盆景,叶夜的眼角隐隐湿润。她的婚礼办得局促,形式简约再简约,连本单位受邀的朋友都少之又少,外地的更不敢扩散了。但容建国不知从哪探知了消息,愣是赶在婚礼前空运来这棵盆景。此前,他曾来过电话,通过电波向她表达了祝愿,并且随意地从侧面提到了峨眉松几个字。殊不料第二天就从天上降下这么一棵硕大的盆松。她转而一想,也好,人生大事落定,省得对方隔空暗痴,她这头花落有主了,他就会死了念头,放手另择芳草。唉,现代人,哪能在一棵傻树上吊死。

她将盆景安置在连着自己卧室的向南阳台上,定期浇水。

和叶夜结婚后,安建军会搬进叶家,和叶夜住一个房间。他告别住了多年的单身宿舍,告别了远在机场的住地,来到市中心他妻子的家中。那天,当他兀自整理好大包小件、书架上一摞摞厚厚的书籍时,思绪万千,忍不住落下几滴感慨的泪水。

7

安建军奔忙在欧洲航线,但不是唯一的线路,有时也飞国内的航线,比如京沪、京广线。

在国内航段的飞行,距离较短,不需要双机长、双副驾,只有一机长一副驾。这一次,他带着一位姓古的副驾,往回飞。上了巡航高度,他将飞机交给副驾驶,两人监控着满舱的仪器仪表,观赏着玻璃外的朵朵白云,悠悠地向目的地飞进。

仪表显示,左发动机停车!古副驾头一次遇到空中停车,说话都结巴了。安建军想不到古副驾怂成那样。飞机也是机器,凡机器都有出故障的概率,对此,司控人员都有相应的处置方案,发动机故障,包括停车,平时训练,模拟机培训反复训过的,怎么一到实操就吓尿了呢。安建军接过驾驶杆,对他说:"冷静!只要有一台发动机转着,照样落地。""可是……"古副驾初次历险,心脏怦怦狂跳,言语夹缠不清。"没有可是,按章程操作就是。"

安建军试着打火,不成,左发动机点火不成功。再打一次,还是无反应。他不再点火,空中点火本身就蕴含着风险,如果将右发动机打成了熄火,那就彻底玩完。他在飞 MD－82 时接受过培训,教员讲到一个案例:一次,飞机在空中单发停车,某机长试着重新点火时,手忙脚乱,错将另一台引擎的火也熄灭了。最后,那架飞机变成了无动力的滑翔机。滑翔飞行,在航校训过,但那是真正的滑翔机,没有动力也能滑一阵,而客机分量重,滑不了几公里就会"着陆"的。

在两次点火不成的情况下,安建军果断关闭左发,切断对这台发动机的供电、供气、供油,使它成为完全模式的休眠状态。

一发停机,理论上没问题,实际上还是不同。飞机虽然继续前飞,但动力失去平衡,飞机前行过程,一直向右倾着方向。安建军心中有数,手脚有度,握驾杆的那只手不轻不重,左脚蹬舵,使飞机向左方微微倾斜,用以抵消左发停车带来的力量失衡。

忽然,右边那台发动机传出"哼、哼"的喘震声,好像病人的咳嗽一般,一喘一咳,听上去沉闷又恐怖。"啊……"古副驾脸色刷白,不知所措地喊出一声。安建军真想一脚将他踹下去,但心里也是窘急,祸不单行,今天撞上大运了。心中想着坏事,但绝不将这种糟糕和怪诞的心理阴影传导给副驾,否则对方越发沉不住气了。情况十分危急,倘若喘震恶化,右边这台发动机也熄了火,变成屁股上的单发运行,那可是超级事故征候。即便安建军手上不慌,头上的细汗还是不受控制地迸发出来。他松下油门,将供油调至"空中慢车"状态,使飞机的运行速度远小于巡航速度。同时,手和脚连动,凭手脚的功夫,维持飞机前进方向平衡,不向某一边倾斜。

如果右发停机,MD－11 危矣。

安建军心中默默念着发动机空中故障的处置程序,驾着"病机"慢速开进。这时,他的心反倒彻底平静下来,手上和脚上的力道恰到好处地展开。机舱的旅客根本不知道发生了什么,飞机慢吞吞地开着,客人们手上的饮料笃悠悠地喝着,连旁边的古副驾都被安机长冷静的神情感染,也变得冷静,随着发动机的喘震向前开进。

慢着慢着,右发动机的喘震消失了。古副驾竖直耳朵听了又听,那种古怪难听的声音不见了。他忍不住想欢呼一声,瞧见安机长安然操控的神态,终于没有说出口。

最后二百公里的路程,这架病机在安建军的手上安全地回到了基地。

飞机降落后,古副驾几乎哽咽。他有了这次经历才理解,高手和低手的差别在于处置特情,也体现在处理上升下降、穿越、起飞、落地等重点环节,这需要心理上的功夫和手上的功夫,就好比开车,往前开简单,难就难在变道、倒车、超车……这些地方,驾驶人员的心理和技艺,不能相差一点点。一旦空中出现特情,好比在刀尖上干活,全靠手上、心上的那点功力了。

回基地后,安建军写了几页纸的书面报告,指出 MD-11 三引擎客机的布局可能存在的隐患,他从一个驾机者的感受出发,谈了几方面的看法,建议上级予以重视。

鉴于安建军在飞行技术方面的乏善可陈,飞行部的领导在上面签了字,交给了总公司的技术部门,总公司通过某些途径,将他的报告的复印件递给了麦道公司,麦道公司的有关部门的有关人员认真地接过中方转来的报告,轻松地读了读,轻松地锁进了铅皮柜子。

多年后证明,"空中美男子"MD-11 出了数次机坠人亡的灾愆,尽管设计方讳莫如深,是不是布局方面的缺陷没有定论,后来就悄然淡出了市场,被波音和空客的相应机型所取代。当时姓安的一名飞行员写的建议,也不知被扔在了什么地方,找不见了。

安建军和叶夜喜结连理后,叶家多了一口人,而且是年轻力壮的一名男子。他入室后,叶家那柚木地板放着幽光的客厅似乎拥挤起来,吃饭多了个人,平时说话多了个人,进进出出多了个人。

安建军进门后,还附带着伴随他的许多家什。这是他和叶夜事先商定的,结婚了,告别单身,住进叶家。尽管他是个单身青年,但这么多年积累下来,东西真还不少:服装鞋帽、起居日用、坛坛罐罐,还有他上了两个大学和平时采购的书籍,几乎装了公司派来的大半辆卡车。

安建军专门拣了个叶夜弟弟不在的时候搬家。这么多东西进屋不能太占公用空间,尽可能往叶夜房间里挤。叶夜那间闺房单人住还显宽敞,平添个大活人,外加这么多"陪嫁",将能塞的地方全塞满了,还多出几个纸箱子的书籍。叶夜皱起眉头,想不到还有这么多"陪嫁",不光一个大活人。人是她找的,家当跟人走,无可非议,不能光收人不收物。安建军的眼光四处瞄,从天花板瞄到地板,他想将书籍塞在床底下,那样在空间上不浪费。叶夜的眉头皱得更紧了,她是个精致女人,原本她的床底下不压东西,顶多扔了几双高跟鞋,用盒子包好的,一下要塞进这么多书,心中窝火,但想想二人新婚,不便发作,硬是将火气压了下去,说原谅你读书人,塞吧,能塞多少算多少,实在多出来的干脆"处理"了。但他不愿意将读过的书处理,强调书比啥都重要,两人差点吵起来,双方忖着刚成家不久,各自让一步,收嘴。

安建军搬来叶夜处,驻足那来自峨眉山的盆景前,观摩了又观摩。他小心摸了摸它如打蜡般油亮的针叶,高兴地说:"这棵树不错,你养的?"

叶夜笑脸微红:"人送的。据说是正宗的峨眉山松。"

安建军赞道:"真漂亮。如果市面上买,值老鼻子钱了。"

她幽幽地说:"人家可能养了靠十年,前不久送我们做结婚礼物。"

"很贵重,一定是好好朋友送的。"

她晦涩地笑笑,搪塞道:"在成都飞了多年的朋友送的。"

她不说那朋友的名,他也不多问。随即说:"以后多浇水。"

"可不能多浇水,太多水,反而烂根。峨眉松耐寒,抗旱力强,两周浇一回足够了。"

"哦,我不懂,不浇。"

她蹲下身子,拢了拢它可爱的针叶,若有所思。

叶夜的父母对女婿十分客气,时常嘘寒问暖,问他还需要点什么？住得习不习惯？早上起来说早,出门道再见,回来问安,吃饭说请,平时左一声"建军",右一声"小安",喊得比儿子还亲。二老始终端着笑脸,谈吐彬彬有礼。他反倒觉得有些生分,对叶夜说,你父母太客气了,客气得我像客人似的,有时无所适从。叶夜害喜,妊娠反应大,只得应付他:没把你当外人,慢慢习惯,客气不挺好吗？

还有叶夜的弟弟叶晴,开始叫不来"姐夫",在父母的压迫下,学会叫他"姐夫",声音哑在嗓子里,后面的尾音拖不出来。见叶晴痛苦的样子,安建军把话说在前头:"不一定非叫姐夫,喊名字也一样。"省得听见他扭怩的声腔,不叫也罢,反正改变不了彼此的关系,有些事可以慢慢来。叶晴对姐姐带来的这个"外来户"不太适应,好像还有点看法,眼光怪怪的,仿佛在问:这是我的家,进来个男人,会不会来占领地？嘴上不说,但安建军能感应到。他对叶夜说,但愿单位快点分房,还是搬出去太平。

叶夜说,让你住西式公寓不挺好吗？这是我的家,我想住就住,不想住就不住,即便往后单位分房搬出去,这个房间也永远是我的。她说,我喜欢这儿三米多的层高,喜欢这儿光幽幽的柚木地板,喜欢这儿有年头的钢窗,还有周围这古雅的环境。

七、千里有眼

1

飞欧洲的航班密度增加,但都得从中巴走廊折往西南,经中东停顿再往西北,走的是一个大三角形的线路,相当于兜了一个不大不小的圈子。中东的中转福地,除了巴林王国的巴林机场,还有阿联酋的沙迦国际机场。在如今的迪拜空港蹿红前,巴林和沙迦机场可是中东最大的航空码头,东亚、南亚去欧洲的往返航班,都在这儿经停加油,一时万商云集,车水马龙。曾几何时,沙迦机场与迪拜机场同时起步,但风水各自转,迪拜经济腾飞后,迪拜机场搭车崛起,沙迦机场风头渐失。其中,1988年成立的阿联酋航空公司,以迪拜为基地,飞往世界各地,加速了迪拜机场的爆发,沙迦及巴林机场逐步被人遗忘。那时,安建军驾驶的飞欧航班,有时停靠巴林,有时停靠沙迦。而从中东往返,每次都要经过红其拉甫,经过的次数多了,忽然觉得帕米尔巉屼的高山也并不狰狞可恶,相反,那赭色的岩石还带有一抹厚重的慈和。

当然还是颠簸,老天爷的猪猡脾气谁能改得了?飞在崇山陡岭之上,山地波引发的颠簸为家常便饭,不颠才怪。飞越次数多了,高山雪峰演成了风景,颠簸只是佐料。翼下的片片雪山冷冰冰,却是纯净的洁白,那蓝蓝的天空明净澄澈,如诗画,似乎在向过往的每一架航班调情。

红其拉甫导航台的工作依然如故,向他们发来导航信号,也发来问候电。安建军请报务员回电,感激他们在孤岛的守望:有永不消逝的电波回荡在雪域峭峰,才有空中丝路的通畅。安建军端坐在温暖的喷气客机里,也能感受到翼下导航兵的寒冷。1965年5月,十八名官兵仅用两周时间,硬是凭借一顶帐篷挡风雪,几块石头支起锅,在这"氧气吃不饱,地上不长草,终年雪不断,四季穿棉袄"的血色峡谷,建起了一座世界上最高的人工导航台。最初的导航只能给飞行员提供目视飞行的依据,使用的是人工控制的导航灯和人工点燃的篝火。据记载,6月2日,才建成半个月的导航台,接到保障周恩来总理专机的任务。那天,在总理专机飞临山口的前十几分钟,导航人全体出动,在户外燃起熊熊篝火。晚12时,专机从两堆篝火上空飞过,沉睡多年的古丝绸之路沸腾了。从那时起始,这原始落后的篝火、导航灯,整整燃烧、亮堂了二十二年。直到1987年秋天,红其拉甫导航站才迎来了成吨重的无线导航设备,由此从这里发出了有规律的"嘀嗒、嘀嗒"的电波声。高原导航人再也不用到处去寻觅烧火用的柴草,准备引火的油布,也不用到零下40℃的户外去开启导航灯了。

时间已经推进到九十年代,卫星导航崭露头角。安建军的心里清楚,这个名动四海的导航台也许会像别的一些台站那样,完成历史使命,像巴林机场、沙迦机场一样,最终被人忘怀。他在万米高空,似乎已能看见这导航台夕阳沉山的余晖了。

飞越红其拉甫,一路经新疆、掠中原,往华东方向靠拢。飞着飞着,又到一个导航点上空。安建军习惯性地对报务员说:"发报,我们已飞越——"

话出口半句,立马卡在喉咙里,感觉错了。现在的东部区域已完成雷达监视下的指挥,不再需要空中飞机自报方位。地面管制员已然按上了"千里眼",他们可通过雷达实时监控到天上飞机的位置和动态,不光你安建军的飞机,你前后左右的飞机都瞧得清清楚楚,根据雷达屏上的一个个小圆点来指挥你。

报务员笑了,笑容带着一丝苍凉:"也许过不了多久,咱们也该下课了,失业了。"

"失业？我养你。"安建军脱口而出,又觉出言不妥,立马改口,"改飞,可以改飞呀,报改驾。"

报务员的手哆嗦了一下,不舍地从键盘上松开,说:"咦,这也许是条道,报改驾。唉,阅人无数,不如高人指条道,安机长仙人指路哪！"

安建军怔了怔:"我不过随口一说,当不得真的。"

若干年后,空中报务员、空中机务员、领航员逐步淘汰,机组成员只剩机长和副驾。有的报务员真的去改驾驶员了,最终转身为副驾驶、机长。

2

那三只别提有多兴奋了。原来靠程序指挥,有点像"瞎指挥",他们管制员是看不见天上飞机的,只能在心里感觉到飞机在哪个地方的上空。飞行员飞到空中某个点,会报出自己的位置,管制员(指挥员)在航图上找到对应的点,知道飞机已经到了哪个地方,下一步往哪里飞。如果空中的飞机不自报家门和方位,或者忘了报,无线电里又叫不到,地面指挥员抓狂抓瞎,以为失踪了。

现在好了,地面装起了一连串的雷达,相当于给人装上了望远镜,几百公里外、几千公里外的天空都移到了人的眼皮底下。雷达不是人,是机器,可以日夜不知疲倦地旋转,能随时发现空中的情况,将原本一架架隐身在空中的飞机清爽地寻觅出来,呈现在那三只等人的面前。

实行雷达管制后,那三只真的变成了三只眼,他的第三只眼就是雷达。雷达发出的电波将他的眼光往前推了几百公里,而棋布星陈的雷达织成网——隔几百公里架设一部,形成一张巨大的网,将天空紧紧罩住,再通过自动化系统合成众雷达的电子信号,使指挥员的眼光前推到上千公里甚至几千公里外的天空。那三只的心里爽呀,主动啊,天上飞机一目了然,调配起来眼中有数,飞机相互间的间隔可以拉得更近,上下高度差,也可以缩小,朝"天高任鸟飞"的方向迈进了一大步。

这天,那三只值班。一架法国某航空公司的飞机嫌速度被限制,要求飞快点,在波道里叽里咕噜说了好几遍。那三只的英语水平不差,拉大嗓门怼道:"前面有飞机,你看不见,我看得见。你在进近范围,一小时550公里的速度,已经不错了,还想多快?"

对方支支吾吾:"你们不实现雷达指挥了吗?"

那三只朝对方吼了一声:"你以为开汽车,能弯道超车?告诉你,咱们雷达管制是一段段建设、一条条航路建立,逐步实行的,不像你们欧洲已连成片了,这里得循序渐进,懂吗?"内心在想:外国佬,以为你是谁?以为在大西洋上空哪,想怎么飞就怎么飞,没门!现在你的一举一动都在我的监控下,老老实实听指挥。

法国机长见那三只硬气,商量没余地,不再吭声,压着油门向前飞进。离机场150公里了,那三只令该机继续调小速度,慢慢降下高度。

这架法国机的后头,就是安建军的航班,他远远听出了那三只咋咋呼呼的口气,心想:有了雷达,这小子心里亮豁,有底气了,将老外训得一愣一愣的。

"虹桥,你好,我机按要求下降。"

"下至1800米保持。"那三只得意地发着口令。

安建军说着,趁别人不注意,在波道里和他打个暗号,依指令下降,转入五边,稳稳降落在跑道上。

153

3

安建军回到复兴邨的法式公寓里,已近晚上十点。

听见门外的皮鞋声,岳父轻轻将门拉开,送他一个客气的笑容。岳父母始终客气,笑容可掬。见他进门,替他拿双拖鞋。安建军连说谢谢,不敢当,自己来自己来。他谢过岳父,趿着拖鞋进屋,瞧几个房间的门虚掩着。他瞅了眼弟弟叶晴的房门,和那里漏出来的亮光,走进了叶夜和自己的房间。他们的房门留着条缝,里面的灯光幽暗,那是壁灯发出的弱光。

叶夜在床上斜躺着,看他进门,从鼻腔里轻轻嗯了声,翻身睡去。他脱去外套,换上睡衣,轻手轻脚地去洗了洗,躺倒床上,熄灭了灯。

叶夜临近产期,人累,呼呼睡着。他却头朝天花板,一时难以入眠。家庭生活,已熬成了柴米油盐,熬成了一日三餐,熬成了文火炖粥。结婚前,瞧对方都是优点,叶夜精致、优雅,安建军淳朴、技术结棍,彼此礼爱有加。一旦躺在同一张床,面上的客套及礼数剥去,某些优点也变成了缺点。叶夜的精致在他眼里成了穷讲究,而他的质朴也成了土老冒,两人有时为一些小事龃龉。但叶夜注意分寸,也不多和他较真,他瞧她有孕在身,退两步地让,况且寄在她的屋檐下,自然忍气吞声。在她父母看来,小两口恩恩爱爱,配对了对,在单位同事眼里,男才女貌,叮吟咣啷,羡煞众人。

不多久,叶夜顺利产下一个女儿,比产期早了七天,取名安叶(小名蓓蓓)。女儿营养充足,白白胖胖,骨碌碌提前来到人间。蓓蓓出生,安建军升级为父亲,一家三口仍住在这外面有公共花园的公寓里。瞧蓓蓓的模样,长大后也是母亲一样的美人坯子,但愿别成为太精雅的大小姐。安建军想。

全家因为多了个小孩,热闹起来,工作重心转移,忙也围着孩子,话题也围着孩子,忙是忙了几倍,共同语言也多了几倍。

栖身岳父母家时间已久,安建军还是难以习惯。柚木地板,古木家具,他连走路都蹑手蹑脚,生怕碰坏了什么,打扰到什么,说话也扁着声,比在单位低了八度,外表看似随性,心里头始终是拘拘谨谨的。

他们的房间由于安建军随带物品的大量涌入,显得拥挤,现在多了个小孩,就在他们的床边支起一张小床,房间更挤了,连转个身都会碰到东西。一家人忙坏了,几个大人围着一个小孩连轴转。安建军陡然间也忙碌起来,一下班就回家,陪女儿陪家人。

好在公司准备了房子,已开始排队。据说分配方案规定:管理层优先,飞行人员优先。从单位公布的房源看,他们一家三口分个两室一厅似乎问题不大。他家的条件比较硬,他是机长,叶夜是乘务长,两个都是"飞人",可以加分。

单位分房不再是传言,已经进入实操流程。叶夜父母高兴之余,却是不舍,从小到大,女儿都住在这套地板发着幽光的公寓里,即使结了婚,也是住在娘家。后来又进来女婿,现在又生下外甥女,挤是挤了点,忙是忙多了,但一家人在一起,热乎、热闹,人么,活着不就图个人气?不久,女儿女婿带外甥女就要分出去住,仿佛小燕子长硬了翅膀飞出窠巢,老两口心里空荡荡的,岳母已偷着抹过几回泪。

弟弟叶晴听到消息,喜不可支,连对安建军的笑脸也生动起来。平时不那么出口的"姐夫"二字,音量竟比原先扩大了十几分贝,眼光也柔和多了。

4

安建军成为父亲,也学会了抱孩子、哄孩子。他这个人,学习力超强,只要学,都能学会、学好,包括工作上的事和家里的事。

这天,他在家休息,耐心将蓓蓓哄着睡了。单位有同事打电话来,找叶夜的,说她们乘务队有几个人生孩子,又有人生病,人紧张得不得了,班头都倒不开,乘务长就更缺了。叶夜听了,坐不住要去飞。他当即反对:"你差三天才满月,咋能去呢。"

"哪那么多讲究,亏你还是当过兵的,战争年代还有时间坐月子?"叶夜试穿着乘务服,发觉身材胖了一圈,得改大一号的了。她边翻着飞行箱边说,"小时候听奶奶说,农村老家一位邻居,生孩子前一天还腆着大肚子摇挂面,当晚回家生了,第二天清早又来摇面。旁人惊呆了。她却若无其事地说,昨天大肚皮,今天变了个小肚皮,有啥奇怪的?妇人照样健康活到九十一。"

"那是过去,条件不允许,没法子。"他不屑地说,"还说你是个精女人呢,也不差这两三天,还是等满了月吧。"

"不了,最近飞机猛增,乘务员来不及培养,需要以老带新。"

"你老啦?"

"乘务资格算老一辈了,带带那些初出茅庐的小姑娘没问题。"

安建军皱着眉说:"我觉得不应该去,少你一个天塌不下来。"

"多我一个却能解决一些困难,这事就这么定了。生孩子前后,在家休息了三个多月,好像隔了一个世纪,还是去上班的好。"

他不想和她争,否则又要斗起嘴来。她这人做事细,前几天就在说,现在乘务员和旅客比为1∶50,人一多,旅客吹毛求疵的诉求也多,许多人将自己当大爷。为了将许多鸡毛蒜皮的事做到位,她随身带个小本本,遇事记一笔,后来有乘务员也学着备一个,到后来,她要求乘务员都随身备一个,有事记一记,方便件件落实。

生活上也讲究。在他看来没必要的事她认定必须做。三天前,还为这事吵过一小架。那天,他们一道为蓓蓓换下湿尿布,正准备衬上新的尿布,叶夜非要为蓓蓓洗屁股。他实在憋不住了,说非要每次都洗?孩子这么小,抱进抱出麻烦,洗起来也不方便。他还说,我小时候随便扔着放着,从不洗屁股,不也长大啦?

"别拿你小时候说事,那是啥年代,现在是啥年代?你那是在乡下,这里是上海!"

"现在怎么啦?上海怎么啦?"

他心中窝着的火噌噌地往上蹿,忍不住反攻一顿,谁也说服不了谁。最后想想,她刚当妈不久,母爱无疆,让让她算了。

她铁定明天去上班。

5

瑞云朵朵,祥光满天。叶夜工作的班机升空了,渐渐进入平飞状态。

近几个月,她排的都是国内的短班,早出晚归,方便带孩子。在哺乳期,能来上班已经公而忘私了。她暂时退出国际线,却有多少人抢着飞国际班。产后,她元气满满地返工了。

扣紧保险带的指示灯一熄灭,叶夜头一个从位上立起,指挥乘务员发送饮料。

经济舱第五排靠走道的一名男乘客,高高瘦瘦,头发长得像女人似的往后披去,在并不亮堂的机舱里也架着副墨镜,不伦不类。瘦高个从登机后就瞄上她这个"小头目"了。当她从乘务长位上立起,从他身旁路过时,他以迅雷不及掩耳之势扑上去,一把从后面扼住她的脖子,身子顶住她的后背和臀部,同时从兜里摸出一把折叠式弹簧刀,啪嗒一下,开了键,亮出明晃晃的刀尖。

"啊……"旅客们尖叫起来,"有人劫持人质!"

瘦高个用左手使命扼住她的脖颈,右手用刀头指指周围,狰狞地叫嚣:"没你们屌事,全都给我坐下!多管闲事的,当心白刀子进,肚肠子出。"在刀子面前,许多旅客哑了声。

叶夜被瘦高个卡着喉咙,挣扎几下挣不脱,疼得连眼泪都快出来了。她咬着牙问:"你想干什么?知道吗?你这是违法行为!"

瘦子嘿嘿干笑几声,阴恻恻地说:"你的小命攥在我手里,还嘴巴老?我也不想为难你,只是临时借你这个乘务长用一下,请务必配合,帮我办点事。"

"难道你想劫机?"她忍着疼痛说。心却在想:安检怎么搞的,这么大的刀也查不出。

"你说对了,说直白一点,就是借你这个人质,让这架飞机听我指挥,而不是听地面管制人员的指挥。"说着,瘦高个挟着她朝驾驶舱门挪去。

到了驾驶舱门口,瘦高个一边顶着她,一边踢门:"开门!里面的人听好了,如果不开,我拿你们的乘务长放血了。"说话间,将那把冷冰冰的刀磕在她的脸颊上。

驾驶舱门啪地打开,机长朝后转过头说:"你想干什么?"

"当然是劫机!难道还要我教你怎么做?"瘦高个恶狠狠地说,"取下耳麦,不准向地面通风报信。"

"我劝你冷静,你知不知道这样做后果很严重?"

"我也不喜欢暴力,但你们不听话的后果更严重!嘿嘿,少他娘废话,照我说的做,关掉和地面的联系!"劫机者紧了紧叶夜的脖子,"否则,你们美丽丰腴的乘务长就会香销玉殒。"

叶夜被卡得喘不上气,花容惨淡,恶心地哑咳了几声。机长说:"放开人质,有事好商量。我们即使关掉和地面的通信联系,现在实行的是雷达管制,飞机改变航迹,飞向其他地方,地面指挥人员也能从雷达屏幕上看得一清二楚,任何空中目标不可能遁形。"机长相信,他和劫机分子的对话,地面管制员已经听清。

瘦高个扬了扬手中刀:"今年劫机又不是一回两回了。没时间跟你啰唆,照我说的做,咱就不难为这位叶乘务员了!"说着,用刀子在她的脸上比画几下,将她脖子掐得更紧了,叶夜根本无法动弹。

"你想去哪里?"机长说。

"听我的。"瘦高个悬着刀尖,"改变航向,向南。"

这时,地面管制员发来"同意"的指令,机长从耳麦里听见。因为已经遇到过几起劫机案,为保证人质安全、整机安全,地面指挥中心同意暂时按劫机犯的要求做。

瘦高个尖叫起来:"取下耳麦!怎么还和地面通话!"

机长和副驾驶对望一眼,各自取下耳麦,说:"前面说过了,取下耳机也没用,地面雷达能看见咱们的航迹。再说,一路飞去,要经过好几个高空区,难免要和管制员打交道,如果无人指挥,就会和其他飞机发生冲突,甚至相撞。不信的话,你来驾驶?"

"啊?"瘦高个愣了愣,马上说,"别吓唬人了,办事之前,我研究过飞行,没你们说得那么玄乎。哼,一句话,人质在我手上,你们只有依我的要求办!"

机长说:"把她放开,我按你的要求做。"

"嘿嘿,放开不可能,我就这么抱着她,感觉挺好,身子骨软软的。只要你们按要求做了,我保证不伤害她,也不为难其他乘客!"

这架飞机被劫持到了某地。飞机落地后,按国际民航组织的协议,旅客和飞机返航,劫机分子留下了。

晚上回到家,已是十一点多。广播新闻已经说到白天劫机的事,而且

159

就是叶夜的航班,她这才肯承认。安建军盯着她上下端详一番,严肃地说:"喂,那个人质不会就是你吧?"

叶夜转过身去,擦脸:"晦气,有啥好说的。"

他一拳擂在桌子上:"真的是你?我都急死了,你还像没事似的!"

"哎,这次中大奖!不错,我就是那个被劫的人质,怪我学艺不精,没能反手解决掉那个渣子。"她叹气说,"本不想说的。"

"出了这么大的事还不说?"安建军叹口气,"都是公司内部的人和事,能包得住?记住,遇到这种事,首先要保护自己,保护飞机,按内部规定解决。"

"我也当不了英雄。啥也别说了,休息吧。"她说。

安建军安慰了她一番,直到她慈和地看了眼女儿蓓蓓,安心地睡去。安建军却无法入睡,反复在想:原本不让她去上班,她坚持要去,偏偏碰上了劫机,冥冥中难道真有巧合?事到如今,安全返回就是万幸。说真的,这年劫机有点多。反过来也真佩服她,摊上这种弄不好丢命的事,她还那么从容,那样沉得住气,像没事似的。

第二天一早,蓓蓓的啼哭声将他们惊醒。替女儿换过尿布,喂过奶水,话题又绕回到昨天的那次惊魂上。安建军说:"安检怎么搞的,这么一大把刀都没检出来?"

叶夜说:"安检的重点是枪支弹药、爆炸物,当然也包括危险刀具,不过,犯罪分子很狡猾,利用化妆、冒充伤员、拐杖藏匿等各种手段携带违禁物品。"

"听说安检设备要升级了,检查也会更严格,包括鞋底、皮带等。"

"早该这样,登机前麻烦点,上机后少麻烦。"安建军说,"中国民航刚进入少年时代,建议飞行部门给安检部门去个书面建议:加强检查,否则出了事还是空中的兜着。"

6

那三只天天开会,头都疼死了。不就高度层改革吗?也不用天天开会,休息时间也赶进来开会。那三只已升为塔台管制室的副主任。目前,塔台和进近分离,管制的业务分类基本和国外趋同了:塔台只负责指挥飞机的起飞和降落,进近负责中间段的指挥,6000米以上的航路飞行归区域管制室指挥。天下三分,各管一摊。那三只自从当上了那么个小官,开会多了十几倍,除了在岗指挥飞机,就是开会,班组会、科室会、中心会、上面的会、上面的上面的会……光开会就开晕你。

雷达管制了,管制员的眼睛亮了,可以看到天上的点点滴滴。欧洲、美国、日本早一步实行雷达管制了,我国民航起步晚,雷达、导航点的基础建设也滞后。客观原因是当时经济水平一般,航班量不高,一千米一个高度层也能满足航空需要。可眼下不同了,尤其是那年邓老爷子南方谈话后,改开步子明显加快,局部有点大跃进的味道,航班增长年年两位数朝上,人员增量也扶摇直上,空中之路骤显紧张,紧张了就得开疆拓路,提高通行流量。空中航路的宽度难以改变,但上下飞行间隔可以缩小,这相当于公路增加了行车道。

原先是程序管制,飞机上下、前后间隔留得充足,后来是雷达监控下的程序管制,比前一种手段进了一大步。目前是雷达管制(指挥)。实行雷达管制了,指挥更加精准。缩小高度层的方案酝酿已久,如箭在弦,第一步走的是将高度层由原先的1000米一层缩小为600米一层。这样,同样的航路可以飞更多的飞机。

这是当年民航界的一桩重头戏。序幕掀开之后,上下动员,机关动员,基层动员,航空公司动员,空中交管部门动员,技术保障部门动员,气象部门动员,地面服务部门动员,上下如同大考,许多人的头发明显白了一片,要是改革不成功,运行效率不上去,在国际民航界那是丢足了脸,做人都抬不起头。高度层改革也是改革,一提改革,容易联想到经济体制改革、行政体制改革,事情就大。动员了几个月,开了几个月会,连安建军这些机长、那三只这些管制员都开了无数个会。开了这么多会,当大家觉得差不多了的时候,忽然间没声音了,一切变得静悄悄,悄悄地了无声息。

一天,安建军和褚副驾驶正在天上。巡航高度了,驾驶舱显得轻松起来。安建军朝右侧了侧头,无意中瞅了副驾驶一眼。褚副驾极为敏感,马上问:"安机长是不是有啥吩咐?"

"我就是对你笑了一笑。"安建军笑着说。"我能读懂您笑的内容。""哦,鬼精灵。"安建军说,"那你知道我想说什么话?"褚副驾说:"咱没有别的本事,只要跟你飞三次,就能读懂你脸上的笑。今天,您想问我高度层改革的话题。"

安建军摸了摸下巴:"聪明。那我考考你,你觉得改革会中断吗?"

"我觉得有点急,准备工作还不够充分,从概念导入到具体实施,可以分步走,毕竟不是国外。"

"不,这是趋势,即便目前暂时没声音了,也一定会如常推进。"

"从空中情况看,常有拥堵,不推怕真不行。"褚副驾忧心地说。

安建军顿了一顿:"再考考你,这次高度层改革后,还会接着改吗?"

"估计在十几年后吧。"

"用不了那么久。"安建军右手一摆,"现在许多领导干部一定躲在被窝里淌眼泪,为他们的短视后悔着。以上海内环线说事,九十年代的工程,才他娘的四根道,单向两根,扳着手指头算算都不够,傻冒工程,没有竣工之前,就已经落后了。规划者真是脑瘫得可以,连小学水平都挨不上。"

褚副驾疑窦地说:"内环我已开过,挺快的,时速能到100公里。会有那么多车吗？这是在中国,并不是国外。"

"中国怎么啦？一夜之间,什么可能都是一夜之间发生的。你看着好了,不出五年,规划部门抽自己嘴巴都嫌轻。"

"您也指高度层改革吧？"

"天上地上有区别,毕竟在空中,需要更慎重,可以分步走,但大道相通,我估计会及时推进。"

过了几个月,高度层改革的风声又起,实实在在的方案已开始讨论、征求意见。那就继续开会,上头开,中间开,下面开,班组开,除了值班,天天泡在会议中,尤其是有一官半职的,最重要的事情就是开会、学习方案、分析可能出现的问题、制订应急预案,会议开到那三只,开到安建军这一级,基层的基层,开得你晕头转向,找不见北。想想也是,许多事情不是靠会议解决的吗？中层以上,工作就是开会,开会就是工作,开了半年会,等开到那三只,再到安建军这一层,改革方案终于瓜熟蒂落,开始实操。

安建军驾机上天,开始变得小心翼翼。高度差是保证飞行安全的最重要手段,飞机之间只要拉开高度,即便经纬度是同一个点,也不会发生危险。原本上下1000米的间隔,蹿上蹿下二三百米,虽然会遭到那三只这些管制员的"怼",但只要快点回到正常轨道,也是安全的。现在,空中飞机之间的高度差缩为600米,上下随意腾挪的空间压扁了许多,属于自己的"安全气囊"缩小了,当然得小心,你不碰人家,还得防别人碰你呢。那时,不是每架飞机都装上了空中防相撞系统的,听错指令、飞错高度是常有的事,弄不好真就"贴上"了,那可是机毁人亡的大难。

飞完航程回到家,女儿蓓蓓已经会叫爸爸。她早已学会了走路,跑进跑出奇地活跃。看见女儿可爱的样子,飞行的劳累抛之脑后,陪着她玩起过家家。安建军已从单位分了房,飞行人员单独的公寓,每户107平

163

米,两室两厅。在九十年代,这类公寓算不错了,外面贴粉红的瓷砖,卫生间也有窗户,亮堂堂。有了独立的房,他如同脱了线的风筝,自由飞翔。

室内装修精细到位,如叶夜的人。房子分到手时,两人还吵过几回。安建军主张简约,随便弄几下,干净整洁就成,因为许多飞行人员已经在考虑去市区买商品房,市里的房价才四五千,说不定这房过几年就转手卖了。叶夜一票否决,坚持要装成精品,墙面要高档墙布,地板要漆水,卫生洁具、瓷砖样样选优。叶夜说了,你是小农意识,不能听你的,房子这东西太重要了,哪怕只住一年,也要装成精舍,住一年要有一年的品质,人活得就是一个质量。好在他们都是"飞人",收入比一般工薪家庭高,出一点装修费不会伤筋动骨。争了几次,安建军退步,说看在女儿的面上,不干涉了,他出钱可以,但具体的事情一概不管,统一由叶夜张罗,免得细节上的分歧,吵来吵去没个头。既然不再斗嘴,叶夜宁可自己吃力,找公司、选材料统统亲力亲为。装修完工后,她生孩子发胖的身材也随之瘦了下去,回到了从前。

7

庞大的苏联帝国崩塌,带给世界民航的却是福音,俄罗斯、乌克兰、白俄罗斯等广袤的领空对全球航空公司开放。自此往后,中、日、韩等国往返欧洲的航班,无需先折向西南、后折回西北的三角形走两边的路径,直接走单边,从外蒙、俄罗斯的天空中穿插过去,时间和空间都节省出许多,大约只需十二小时左右的航程,一机到位,无间断直飞。

安建军忽然对帕米尔、红其拉甫无比留恋。那儿的山那么陡,峰那么险,雪那么白,风那么狂,颠簸那么重,每一次飞越都惊心动魄。乘务员人人系紧了安全带在位置上坐定,驾驶员全神贯注还唯恐有失。现在,告别这条道了,不走红其拉甫了,不是因为他原先预估的卫星导航替代了地面台站,而是前苏联的领空开放了,MD-11、B-747、A-330、A-340等远程机无需经停中东,不需降落加油,尽可以借自身油量,轻松直航。

不走这条道了,安建军的心中忽然腾起丝丝不舍,原有的险峰变得亲和,皑皑雪山变得温暖,怒吼的狂风也变得轻柔。当安建军驾机从欧洲最后一趟回飞国内时,回望一眼帕米尔高原那斜去的夕阳,差点啜泣出声。

步俄罗斯领空放开的后尘,不断有新机来袭,波音的、麦道的、空客的,各种型号的新机纷纷涌入国内航司。新机型出来,购买方都有个接机仪式,还挺隆重。作为五虎将之一,安建军有机会奔波于西雅图、图卢兹和汉堡之间,参加繁杂的接机仪式,交接、应酬过多,常年不生病的人也终于生了场病,累倒了。

住在古北民航医院的病床上,安建军偶然对着镜子照照,发现鬓角上已长了稀稀的几根白发。呵,白发。风雪残年,机舱黄昏,几十年的岁月不知不觉地从门缝间流走。他在不断入职的新飞行人员的眼中,已算前辈了。前辈?真的成前辈了?还好是前辈,不是元老,如果你被称为元老,说明快完蛋了,好像一个叫哈金斯的美国作家说过类似的话。

叶夜拎着烧好的饭菜来医院看他。两人谝些闲话,谝着谝着,又回到了老本行。叶夜说在医院干坐着正好有闲,想普及一下知识,现在雷达管制了,雷达的地位一下上去了,但目前常说的雷达被称为二次雷达,这二次雷达和一次雷达有什么区别?请你这个科班出身的机长叨叨。

雷达实在太重要了,没有雷达,就不可能有高度层改革,就不可能有现代航空的大密度飞行。安建军说,我不是掉书袋,说起雷达,这一次雷达和二次雷达还真有天大区别。接着,他边喝着她熬的鸡汤,边滔滔了起来。

人们常说的雷达指一次雷达,这种雷达的工作方式比较简单,现在连汽车都装上了倒车雷达。一次雷达也叫反射式雷达,其原理为雷达的发射机定向发出无线电波,照射到目标后产生回波,雷达接收机通过接收到的回波测量出天空中飞机的位置。一次雷达发明后,在军事上、民用上发挥了颠覆性作用。二战时期,英国人就是利用雷达优势,取得了不列颠空战的胜利。但一次雷达也有它明显的局限性:在探测目标时,容易受到目标和天线间的距离、目标的反射面积、雨雪天气等因素的影响,更重要的是,一次雷达只发现目标,但不能识别飞机和其他目标的身份,只看见天上有一架或几架飞机,却不晓得这些战斗机是敌机或我机,不知道飞着的民航机是哪个国家的航班、哪种机型。

在这种情况下,二次雷达诞生了。二次雷达最初也出现在军事领域,为的是在空战中区分出敌机和我机,后来被广泛应用于民航界,为和前面的一次雷达区别,称为二次雷达。二次雷达的原理与一次雷达不同,采取的是一问一答的"问答"方式,也就是说,地面发出一个询问信号,飞机收到后发出一个回答信号,从而清楚地了解空中目标的各种信息,如航班号、机型、高度、方位等。所以二次雷达实际上不是单一的雷达,而是由地面和机载设备共同组成的一套东西,是涵盖了雷达与通信特点的一套设备。所谓的雷达特点,是指它可用雷达的原理来测定目标的距离和方位;通信特点,指它可以从飞机上应答机的回答信号中获取一次雷达无法得到的其他信息。

听完介绍,叶夜说:"上次去参观空管中心,那儿的雷达屏幕上,一个一个小圆点旁边,挂着该飞机的标牌,上面有机型、航班号、高度、方位等,都是二次雷达的功劳?"

"差不多。"安建军补充道,"简单地说,一次雷达只有地面一套设备,发出信号,测定目标,收到信号。二次雷达,空地两套系统:地面问你是谁?飞机回话,我是某某某。"

叶夜收起他用完的餐具:"还是有点深,哎,隔专业如隔条河。"

"雷达是非常重要的航空设备,除了地面指挥人员用的航管雷达,气象部门有气象雷达,飞机上还有天气雷达,用来观测航路上的实时天气。"

叶夜前脚离开,他那个喜欢照相的查同学后脚便来探视。嘘寒问暖的客套话后,查同学说,能不能跟着你去趟西藏,最好是坐进驾驶舱,拍底下雪山的镜头。

那不是航拍吗?去西藏可以,但进驾驶舱就甭想了,咱们有规定;最多安排你在有空位的头等舱拍几下过过瘾。

呵,这样啊。查同学想起上次在气象观测站的那次记忆深刻的照相,说能不能再去一回,最好是傍晚,有彩云、晚霞。

这个问题你在电话里说过,你小子要求挺高。有一次开会,来了空地各方的技术骨干,包括管制员、机务员和气象预报员,我还真碰到了那个李小研姑娘,人家现在是精湛气象预报员了。我问了她能否预测晚霞的问题——最好是绚丽的彩霞。她说比较难,预测云、雾、雨、雪、风是他们的主要,晚霞不晚霞不在他们重点关注的范畴;根据季节和天气特性,虽然也能预报出有无晚霞,但就是她的师傅陈老师——全国顶尖云雾专家,也不一定能精准地预测哪天必有彩霞,哪天没有彩霞。

唉,还是想去找那个小研姑娘,请她帮忙测出哪天有彩云,咱们去拍满天彩霞映照中的飞机,争取弄个啥奖。

多年过去,人家不是小姑娘了,已是孩子的妈妈。你等着吧,哪天有霞,我通知你。不过,小研又说,天有难测风云,天象的变化是非线性的,人类用西方发明的数值预报等线性的办法演算天气,结果跟实际发生的往往并不一致。

过了两天,安建军出院,破天荒地在家歇息两天,身体彻底恢复。

叶夜飞行回来,见他状态良好,从包里抽出两张"江南之春"的画展入场券,满脸端笑地说:"难得你有空,一块去看个展?朋友的中国画,传统风,在虹桥开发区,地方不远。"

他瞅也不瞅票券,直接否决:"不去。我又不懂画,去了也白搭,不如在家看会专业书。"

"文理搭配,脑子更灵。作为调节生活,是不是破一次例?"

他伸了个懒腰,再次否决道:"你和小姐妹去吧,我真不去。"

"就当陪我一次,也不行吗?那里有我一位朋友参展的《千居图》,值得一看。"

"不是不行,是不想去。我长年飞,飞得累,好不容易住个院,休息几天,马上又要上机了,真没心思去观什么国画展。"

"哼,你宁可看那些枯燥无比的业务书,也不愿去观生动艺术的画展,真没文化。"

"不知谁更没文化?说到底,你才是个中专文凭,我呢,至少本科、学士,还在准备考研,弄个硕士回来给你和蓓蓓瞧瞧。"

"那时的中专起码相当于眼下的大专。"她气咻咻地说,"你又怎样?就是读到博士,也是呆子博士,不懂生活。"

"就你懂生活?——"

说到这儿,他停住了。本想跟她说道说道"到底什么是生活"这个话题,突然将后面的一截话咽了下去,不想说了,不想又跟她争个底朝天。争来争去,也争不出个名堂,即便争出个高低,又能怎样?夫妻还是夫妻,孩子还是孩子,家还是那个家。见他一天到晚翻那些画着图纸的专业书,她的头又大了,远远避开。本性难移,再置气斗嘴,也改变不了他的性格。为此,她生了两天的闷气。

8

安建军离开西部、避开帕米尔之时,段早却屡屡降落在西部的青藏高原。这些年,包括以后的一些年,段早真喜欢上了高原机场、高高原机场,只要有机会,他特愿意往那儿跑。

国际上,将8000英尺(2438米)以上的机场定义为高高原机场,那是比高原机场级别更高的机场。最近,报上登载着段早依靠自己的一双肉眼进近、降落在西藏昌都邦达机场的壮举,着实火了一阵。

邦达机场海拔4300米,跑道长5000米,位于万山纵横的横断山脉邦达草原、玉曲河西岸的狭长山谷中,空气密度只有平原地带的一半,冬天风速达到每秒30米,被誉为世界上离市区最远、气候最恶劣的机场。前不久,段早自告奋勇,驾机目视进近,不靠仪表成功蹚路,为业界取得了来之不易的宝贵飞行数据。

由于山区地形的限制,飞机在盘旋降落过程经常收不到无线信号,需要依靠飞行员的本领在万山丛中打转转,这种边打转边下降的飞行,要求驾驶员精准转弯、精确下降高度,不能提前也不能滞后。如果哪位机长不到某个山口提早转弯,或是过了山峰再转弯,就落不下去,非得重新兜一圈,重复原先的程序。许多机长气得哇哇大叫:"这他娘的叫什么鬼机场!"

但段早不用,凭感觉,凭那双有时比雷达还管用的眯眯小眼,轻松地拐过一个山口,降低一些高度,又拐过一个山口,降低一些高度,七拐八拐,像雄鹰一样掠过两边的高山,神奇地转进山谷,当地面那条狭长的跑道出现在视线中时,他的机头似乎已自动地对准了跑道,然后是轻飘飘地精确落地,从不用第二回。民航界为了获取更多的翔实数据,让其他飞行人员共享,请他反复蹚了好多回路,回回一举成功。

为了那次首航美西,那个虚空的五虎将的名份,段、安二位同门师兄弟心存芥蒂,从不同机飞行,即使国际长航需双机长的,也尽可能错开,免得尴尬。

不过,同是公司机长,由于工作上的高度交集,自己千方百计想躲开,有时遇特殊任务,还是没法避开。

一次,航司按上面要求去格尔木运送医疗队,事出紧急,临时将两大高手捆绑在了一架飞机上。格尔木机场海拔超过8000英尺,属于高高原机场,需要有资质的两名机长同行。

进了驾驶舱,安建军想请段早多歇会,笑着请他坐副驾位。段早冷着脸,偏不让,对他说:"你坐右位。"大大咧咧地坐上了机长位。安建军不再说啥,依言坐在副席。起飞后,一路向青海方向进发。

上了巡航高度,段早将飞机置于自动驾驶模式,眼睛瞟着前方,似在欣赏高处的风光,依然不太说话。安建军几次挑出话端,聊起十四航校的往事,甚至聊起他们共同的老师高教官,欲引起对方的响应。但段早仿佛对一切话题不感兴趣,哼哼哈哈地应付半句,马上陷入无边的沉寂。安建军如坐针毡,渴望乘务员多进来几次送饮,冲淡一些驾舱的沉闷,但不想她们时来得勤,真想她们时又不来。在段早可怕的沉默中,他只得设法多跑了几趟洗手间。

终于熬到进近下降了。安建军说:"段师兄辛苦了,我落地吧。"

段早本想将杆交给他,听他这么说,将松了的驾杆再次握紧,斜了他一眼,冷哼道:"不,我不累,喜欢驾机着地的感觉,尤其是在高高原机场。"

"我的意思是,请你歇会,我代劳。"安建军赔着笑脸说,

段早抖了抖下巴说:"用不着,我落。"

安建军再不吭声,不想当面和这位学长起争执。

飞机连续下降,扎进五边,机头对准了跑道。离地600米以下,乱流横行,侧风增大,超过每秒20米。安建军调匀呼吸,细心观察。段早定心静气,缓缓收杆,飞机渐渐下落。外行人不知,安建军明白,在高原如此侧风下,段早凭手上的精妙变化,已巧妙利用机头微侧的方式,化解了风向

风速对飞机的影响,使飞机稳稳下落。

段早用两眼的余光瞄了一眼安建军,心想这小子也一定在悉心观察自己的驾机手段,也一定会用余光瞄住自己的神情。他挺直背脊,松弛下脸部的肌肉,嘴角忍不住溢出一丝笑意。

离地不足5米,段早手脚并用,动作轻重有度。至起落架离地2米时,他将飞机的机头和机尾调成水平,和跑道呈平行状态,随着他又一收杆,噗地一声,主轮温柔接地,擦出轻轻的烟花,而后,前轮也和跑道亲密接触。

段早在接地的瞬间,安建军的结论已然得出:段早的落地纤毫不差,恰到好处,从技术上讲,堪称完美。如果自己落地,可能在接地点上会前移那么5至10米,尽管这几米的距离在几千米的跑道上不算个啥,可忽略不计,但高手过招,几米也是差距。由此可见,段早在高原、高高原机场复杂环境下的落地确有独门绝活。

"怎么样,五虎将,帮咱挑挑毛病?"段早突然问。

安建军微笑道:"学长在高高原环境、强侧风条件下的落地,也许无人能出其右,如果打分,可打满分10分。"

段早翘了翘嘴角,得意地说:"过誉。"

9

不知不觉间,安建军的女儿蓓蓓已十岁出头,忽然间就高大起来。这大女孩似是一夜之间冒出来的,前些年不觉着,吃饭、睡觉、上幼儿园、上小学,一个稚气的小女孩,某天转过身一瞧,出现一个长大了的亭亭玉立的大女孩,怎么就那么快?小孩的光景没过足,一下就过渡到了少女。安建军仔细端详着女儿,想从她俏美的小脸上瞧出点端倪,似乎什么也找不见。眼还没眨巴几下,怎么就那么大了呢。

　　与孩子的成长相对应,他自己也四十朝外了,妻子叶夜同样到了这个年龄。怎么就过四十了呢?以为青春无限,美好无限,人生无限,可以任意挥洒,蓦然回首,许多美好在不经意间已悄然溜走,人生匆匆奔涌到了中年。

　　妻子,叶乘务长、乘务经理,还是讲究饮食,讲究衣着,讲究发型,但毕竟过了四十,原本满脸的胶原蛋白渐渐萎缩,细细的皱纹爬上眼角,十几年前吹弹可破的皮肤慢慢干涩,黑眼珠也没原来那么黑了。做妈的黑眼珠淡下去,女儿的黑眼珠亮起来,似乎妈的黑色素转给了女儿,此消彼长。

　　从蓓蓓学前开始,叶夜就付出了全部精力。上课之外,晚上、周末未闲着,补语文、补英语、补奥数,补这个补那个。安建军连连摇头,说小孩子不用那么紧张,还是轻松点、顺其自然的好。叶夜哪会听他的,说你不飞就去送女儿补习,老师都找好了,飞的话就找我叶夜,或请外公外婆送。将蓓蓓一至周五的晚上排了个满。学校一放学,匆匆接回,匆匆吃过晚饭,匆匆送去补习。安建军火气上来,说飞行也累,好不容易回家有个休息,晚上还要送女儿去补课,小孩累,大人也累。叶夜说你不去别啰唆,我去。依旧不为所动,风雨无阻。

　　补奥数、补英语,那是跟人学的时髦。安建军不同意女孩子非要补什么奥数,能将课本学精学透就不错了,又不想去参加什么数学大赛。叶夜坚持要补,说补奥数不一定要去参加比赛,主要为开发智力。安建军说老外的东西样样要学?人家吸毒、艾滋病、同性恋成灾,半数以上的老人有忧郁症,也去学?两人观点不同,争来吵去,叶夜认死理,他嫌烦,只得让步。

　　还有英语,叶夜给蓓蓓找了个澳大利亚回来的老先生,每周六去他家练口语,照一张报纸,读新闻,讲新闻,用口语对话。老师说字不认识不要紧，主要是说话，练语感。安建军架不住老婆的高压，只得去送。周六下午，女儿在老师家学口语，他窝在车里打瞌睡。这种日子不是一天两天，也不是一年两年，不知何处是头。一次，安建军送女儿补课回家，实在按捺不住，冲她发起火来，说我小时候从不补课，成绩不照样出类拔萃？后来参加高考，分数不照样比城里人高？课外补课，是缺乏信心的表现。叶夜听了大为逆耳，说你那是哪年哪月的皇历？人家都在补，咱们不补，就落后，落后就要挨打，就死在起跑线上。他当然不服气，说快乐童年应该快乐，你这样一弄，蓓蓓的童趣都被剥夺了，长大后定会后悔。叶夜也旺起火来，抢白说少年不努力，长大才伤悲！你小农意识，乡下意识，不跟你说，你不去，我去，我没时间，我爸妈去，反正都得去！她说到做到，多数晚上和周末，只要她在家，就送女儿去老师家补课，多年累下来，苍老了许多。

尽管妈妈带她补课时间远胜于爸爸，但蓓蓓似乎对爸爸更亲些，而且越是往大里长，这种感觉越明显。一次遇到家长会，非要他这个当机长的爸爸去，气得妈妈穷翻白眼。叶夜骂女儿这个没良心的，从小一把屎一把尿拉扯大，送出去补课多数是妈妈，到头来还是对爸爸的笑容灿烂，想想都要喷血。气归气，跟爸好也没关系，小棉袄嘛。

以前开家长会，从幼儿园到小学，多数是叶夜去。这次安建军这个做父亲的去，连蓓蓓在哪个教室的门都找不见，问了好几次才问对方向。他坐在第三排的位置，随便往后一瞥，发现许多家长脸色倦怠，长白头发的不在个别。联想到自己，估摸着其他家长也在看他，必定也是如此的想法，心头便涌上一阵莫名其妙的悲悯。

从他家中的阳台望下去，屋前有一排银杏树，树虽不大，但有两排，显已成林。冬日的风吹来，杏树的叶变黄，过了一阵子，有的黄叶开始零零碎碎飘落。等他飞几个航程回来，飘落的树叶多了起来，树枝的头梢渐渐露出。一周后,下了一场雨,风和雨打落大量的黄叶,露出的秃杈更多了,洒下金黄的一地。查同学那样的摄影师就拍地上的叶和黄叶中站着的人。叶就这样地落,一夜一夜,一天一天,一周一周,越落越多,留在树枝上的越来越稀。又飞一个长航程回家,发现银杏上的黄叶大部分已经凋落,剩下稀稀落落的一小片一小片,这些孤零零的小片树叶顽强地生在树枝上,迟迟不愿和母体分离,不愿零落成泥碾作尘,多坚持一天是一天,多依附一天是一天。等他再飞一次欧洲回来,杏树上的叶等不到他的归期,已全部飘落地上,只剩两排光光的树干和秃枝。金黄色的杏叶在地上飘荡了几天,积起厚厚的一层。约莫过了三五天,遍地的红叶不断被人踩着,有的慢慢磨烂,几天后,终于被工人打扫干净,丢进了垃圾桶。

这年,安建军不知搭住了哪根筋,耐心观察了屋前银杏树叶的由绿转黄,慢慢飘落,最终落尽的过程,历时近两个月。全部的树叶落完,他暗叹一声,不知是为落叶,还是为自己年龄的无情逝去。

家庭的日子,过成了喝白水模式。在外不停地飞、飞、飞,回到家,吃和睡。这么多年生活下来,叶夜是主导生活的那个人,他这个农村来的女婿基本是从属。这在结婚之前已确定了位置,她讲究,他随意,两种风格的人。但生活在一起,争过吵过好过,也不错。

八、天上人间

1

继 MD-11 以后,公司从欧洲大量引进了 A-330、A-340。安建军顺应潮流,陆续取得了 A-330、A-340 飞行执照。由此从麦道改飞空客。

那天,他驾驶着 A-330 从香港返程。没进上海进近管制区,遇到雷雨。魔都,近几年天气变异,怪象丛生,本该春天的雨下在冬天里,冬天的雨下在春天,连绵的冬雨,夏天也常发生。老天爷的脾气越来越摸不准了。

积雨云,里面有雷,管制员指挥他绕飞。他瞧了瞧飞机上的天气雷达图,请求从左边绕过去。"左边不行,有其他航空用户活动。"管制员不允许。

左边不行,只能从右边了。管制员又说:"右边给你偏出 20 公里,够不够?"

"应该足够。"他答应着,右脚蹬舵,飞机随即向右倾,偏出去 15 公里。飞机在浓积云边缘,颠簸了一阵,绕过云区,他驾机回归航路,继续向机场方向进近。

不知哪来的鸟阵,风雨中乱撞乱冲,有三只鸟重重地撞上了发动机的外壳。天上的飞机多,鸟更多,鸟击机,一周几十次,旅客不知道,业界都清楚。他被撞上不稀奇,不撞他,也会撞别人。

当时,安建军在驾驶舱没发现,飞机在开,引擎在转,似乎没什么地方不对。机舱里,坐在窗口的一位女旅客首先发现,她瞧着窗外观云景,眼光不知怎么一扫,突然瞧见发动机外壳碎了,在强风的吹击下,壳片飞走,碎口越扯越大,整个外壳有被撕裂的危险。吓得她大声惊呼:"啊——发动机坏了,不得了了,发动机坏了!"

巡舱中的乘务长闻声赶来,一瞧,果然那样。这乘务长也是头一回撞见,心脏立即不听使唤地怦怦直跳。她飞奔入驾驶舱,说话打着半结巴:"哎,外面,左发,掉了……"

安建军也变得肃穆,不忘安慰她:"镇静,别慌,说清楚。"乘务长喘口气,胸脯急剧颤动着:"有人看见,发动机掉了。"副驾驶一懵:"啥,发动机掉了?"看看仪表,并没有发动机熄灭的红色预警。

安建军对副驾驶说:"你好好开着,我去去就来。"又对乘务长说:"你留在驾驶舱,别动,我两分钟必回。"按条例规定,驾驶舱永远不允许一个人在,至少得有两人值守,哪怕另一人不是驾驶员。

安建军火急来到客舱。左侧发动机果然掉东西了——当时没掉,现在真掉了。倒不是发动机掉落,而是发动机外面的整流罩掉了一小半,但那台裸露在外的发动机依然悠然地旋转着,依然转得津津有味,不知疲倦。他清楚,引擎失去了外壳保护,后果超级严重。

他三步并一步地跨进驾驶舱,急促地叮嘱乘务长:"你快回岗,安抚乘客,技术方面我来处理。"说话间,已从副驾手中接过驾驶界面,并立即关掉了左发,切断了通往左发动机的供油、供电系统。乘务长边往外迈腿,边抖抖索索地说:"不会出事吗?"他霸气地说:"有五虎将、定海神针在此,啥时有过事体?"

副驾驶心里也是哆嗦,少了道保险,心里总归慌,没点心理影响那

176

是假。

安建军拥有航校和地方高校飞机专业两个文凭,比谁都明白,装有四台发动机的飞机,两发故障,可以飞行;三发机两发故障,勉强能坚持,如MD-11;双发机,一台故障,可单发运行,绝不会有灭顶之难。但无论哪款机,只要有一台发动机停摆,飞机的性能下降,速度下降,载重下降,高度也必须下降。好比一个人,正常情况下能挑两百斤,走五十里,倘若身体受了伤,挑不了那么重,也走不了那么远。眼下,安建军驾驶的飞机左发停机,右发"单腿"运行,飞机的性能立马下来一大截。速度减下没关系,慢点开,反正离机场已不算太远。载重下降?那不成,满机的旅客,不可能在空中请下去一部分,还得原封不动地拉回去。降高度?他向管制员报告,请求降高度,管制员同意了,立马指挥他从原先的高度下降为七千米以下,如进入进近辖区,还可以继续降高度,怎么合适怎么飞。管制部门为他开绿灯。

左发停车,飞机难以避免地开始向右倾斜。旅客感觉不到,安建军的手和脚能感受到。飞机上的电脑有部分自动纠偏功能,但需要人工配合,人机协同。安建军手握杆,脚蹬舵,凭着手头的功夫将飞机向左拉,以此来对冲左发失效向右侧的倾斜。他恰到好处的用力,使飞机维持住平稳,后面的旅客根本感觉不到这是在"单腿"行走。安建军手上脚上巧劲暗发,心中笃定,还有一百多公里的路,也就是一晃眼的时间。见他气定,副驾驶的心中也笃定起来,适才狂搏的心悸渐渐恢复正常,说:"您是五虎大将之一,新七金刚之首,好像还有个啥绰号。"

"圈内瞎起哄,戏谑我为什么'单发冠军'。"

"对,就是这个称号,说的是您遇到单发的情况比谁都多。"

"还独角兽呢!"安建军咂咂嘴,凛然的说,"邪门,从飞以来,已遇到过五次单发运行,这次是第六次。五虎大将之首的王机长机龄比我长近二十年,也才遇到一次,我都已经六次,有遭鸟击、喘震,还有莫名其妙的停机,几乎成单发魔咒了。"

"您遇见的多,人家遇见的就少。单发王子。"副驾驶说。

"这个称号一点也不好玩,但愿这是最后一次。"他埋怨道,"苏机、美机、欧机的单发全遇上了,什么他奶奶的进口货!"

安建军全神贯注,手脚配合丝严缝密。不忘再做一次机上广播:"许多旅客已经看见,这是我们飞行途中一支可遇不可求的插曲,左发动机被鸟撞,突然间休息了。也许有的旅客对这样的经历会终生难忘。请大家放心,我们一会就能安全抵达目的地。现在大家唯一要做的,就是扣紧安全带,在座位上坐稳。谢谢。"

地面的管制员传来语音:"已留出空域,让你机优先落地。"

管制员每年都会遇到多次单发运行的飞机,不再心惊,已在指挥相近的飞机避让,让他这个"病号"优先直飞,穿过长五边,直接降落。尽管哪个机长也不想拥有这项"特权"。

安建军对处置单发的程序烂熟于胸,更有多次实操的体验,像在模拟机复训,也仿佛在给副驾驶做演示。机舱里自然肃穆,人人保持着沉默。默契中,许多人的心提在喉咙口。除了机器声,空调的吹风声,就是旅客衣服内的扑通扑通的心跳声。部分人脑子里想的就一句话:菩萨保佑,但愿……

此时,安建军就是旅客心中的那尊菩萨,心底无比镇定。他将飞机以 $5.6°$ 的仰角缓缓下降,脚踏右舵,手扶架杆,接地的瞬间,将油门轻轻收起。主轮落地时,震得跑道周边的空气都战栗起来。

飞机停稳,安建军步入后舱,对受惊的旅客们深鞠一躬:"让大家受惊了。"

旅客们呼出一口长气,反应过来,掌声才噼噼啪啪地响起,最后,响彻机舱的每个角落。有人高呼:"安机长万岁!"他再鞠一躬:"愧不敢当,不敢当。"心下说:我不要特情,不想再做啥特情处置的剑客了,但愿再也不要遇见什么奇情险情了。

2

过了一阵,他参加飞行部的一次业务研讨会,会议结束想离开时,飞行部机关一位姓赖的科级干部找他。赖科长经常和飞行员打交道,和五虎将、七剑客都挺熟。安建军也蛮喜欢这位说话随意的朋友:"老朋友,又见面了。有事?"

赖科长拍拍他的肩头说:"真有事,专门候你。"安建军说:"找我没啥好事,不会拉我去替你挡酒吧?"赖科长哈哈一笑:"好差事,请你去图卢兹。"

"去观光?好好,那可是个好地方,法国南部小城,蔷薇色的建筑,尖尖的教堂,古石板铺成的老街,还有,清澈如兰的加龙河从城中缓缓流过。"

赖科长被说得差点流口水:"羡慕死我了,可惜咱地勤人员机会的没有。"

"这几句是从书上读到的。"

"呵,原来也是从本本上批发来的。"

"有时想象比实地更带劲。如果你真的想出去,我倒有个主意,专门为你量身定做。"他故作神秘地说,"你不是会摄影吗?先去趟西藏,什么林芝呀,珠峰大本营呀,纳木错呀,去走一遍,别人去不了的地方你去,拍他妈的几组照片,拉个影展,我们这些人自然会去捧场。影展要是成功了,你摄影的'水平'自然也上去了。这样,每次接机,你可以申请做专业摄影师,跟文字记者配合,何愁没有出去的机会?"

"这个……"赖科长摸摸下巴,"据目前的形势,要在摄影上有所展示,日出日落已没花头,真的该去趟西藏啥的,越高越好,越荒芜越好,雪越狂越好。"

安建军一拍对方肩胛,将他的思绪从西藏冰冷的山谷中牵回:"说,找我去那边做啥事?"

"嘿,又有大家伙出来了,空客新机型,飞行部请你去接机。"

"我就想不明白,非要弄那么多仪式?"

"新型号么,当然要高摆谱,买方需要,卖方更需要。"赖科长睨了他一眼,"刚才你还教我去当摄影师,要是不接机,我摄影出了彩头,也没出去的命。"

安建军摆摆头说:"我不去了,让别的机长去吧。"

"不是,你是先进人物,技术能手。"赖科长揉了揉眼睛,"又是十四航校出来的'黄埔军校'生,公司优先考虑呢。"

"让段早同志去吧,他也是'黄埔生',年级比我高。"

"好像有人找过他,他也不肯去。哎,听人说,他最近对飞高原蛮有兴趣,还在搞啥研究,让人别再找他接什么鸟飞机了。嗨,你们两个都是怪人,好事都往外推。"赖科长不信似的说,"不是哪位机长想去就能去的,得公司安排。"

"谢谢赖同志,这种荣光咱不需要了。"

"不是荣光,是荣誉、荣耀。"赖科长吸了吸他那大鼻孔,"红地毯一走,闪光灯咔嚓咔嚓一响,不是荣耀么?"

"真的不需要,我经常飞欧洲,包括法国。"

"那不一样,上次是 A-330,两发,这次是 A-340,四台发动机,推力倍增。"

"四发也不见得倍增推力。反正我不想去了,要去你去。"

"可惜我的摄影还不够格。好好,有人恨不得你这句话呢。"

"我也求之不得。"安建军冷哼一声,"还是请林教头,八侠客他们去吧。"

赖科长挠了挠头皮,龇牙道:"咦,建军,我可不可以理解为,你在向我们提意见?"

"提意见?不敢,顶多是个建议。"

"那你请留步,我们是不是坐下来,好好聊一聊。"

安建军瞅了眼腕表,歉意地说:"下回专门去汇报。今天下午么,学校有个活动,让我去扯扯飞机这回事。"

"去学校?哦,航空知识进校园。"赖科长脑子一转,"去哪家?复旦、交大、东华、工技大,还是延安中学、市三女中?"

"都不是,这次去师大,跟大一年级学生交流。"安建军扬了扬手,说再会。

"噢,那是给少男少女科普了。"

3

下午,他如约去师大普及航空知识。

赖科长说得不错,这些年,公司组织的一项文化创意活动,称为"航空知识进校园",借机扩大航空业在社会的影响,各大、中学校首当其冲。作为科班与实操五虎名将,他去高校传播航空知识,也去中学给师生航空科普。这次,收到师大一年级的邀约,飞行部派他去讲一堂。

阶梯大教室坐满了人,有教师,有学生。花花绿绿的大一学生填满了每个阶梯上的空位,瞧西洋镜似的。繁重的课余,插进这么一堂航空科普大课,学生们权当一次换脑,一次放松,带着耳朵来就是。安建军常在名校客串讲课,对此毫不怯场,来的人多,说明他有人气,有气场,越能激发他斗勇的激情。他的讲课方式比较开放自由,上下互动,到一定的环节,学生们可以随便发问。

他讲飞机的构成时,将其切割成机腿(起落架)、机头、机身、机翼、发动机等几大部分。谈到喷气式发动机时,他指出,这是飞机的动力,类似于汽车、火车的动力装置。当然,最厉害的要数火箭,点燃后的发动机向后喷气,产生强大推力,推着火箭飞上太空。没有动力,飞机、火箭以及汽车、火车都不可能向前运动。

忽然,中间一位女生尖声问:"火车、汽车也有发动机,为什么不能飞?"

旁边有人嗤笑,认为这个问题太八卦。但另一名男生接着问:"如果汽车的速度达到飞机滑行的速度,比如时速300公里,会不会离地起飞?"

"不能。"安建军笑道,"为什么?因为汽车、火车没长翅膀,即使时速达到500公里,也是不能升空。当然,汽车、火车的发动机和飞机的喷气发动机是不一样的,如果要打比方,汽车引擎和飞机的螺旋桨发动机有些类似,它们的任务是带动轮子或螺旋桨转起来。但喷气发动机主要靠喷管高速喷出的气流产生反作用力,也就是说,发动机的气流向后喷射,会产生一个向前的同等推力,这就是现代喷气机的动力来源。"

安建军望了望台下黑压压的一片眼睛,继续说:"现在回到前面的问题,假设汽车,比如赛车,也装上了喷气发动机,速度极快,会不会飞起来?当然不会。因为汽车只是汽车,不是飞机,没有翅膀。飞机,机翼的作用极其特殊,是让飞机升上天空的主要因素。"

安建军亮出左手,五指并拢,做成翅膀的形状:"说起来很有意思,飞机的机翼最初从飞鸟的翅膀得到启发,远看上去,就是长长宽宽伸出去的一个扁平装置,其实学问极深。仔细观察就会发现,机翼的上翼面呈拱形,有一定的弧度,下翼面却平直,是上拱下平的结构。根据'伯努利定律',在水流或气流中,流速小,压力大;流速大,压力就小。飞机在运动过程中,机翼将气流分成两部分,一部分空气从机翼上方流过,另一部分从下方流过,经过上翼面的气流速度快,压力小,经过下翼面的气流速度慢,压力大,上下压力的差,就是飞机的升力。飞机起飞时,上翼面会伸出或打开许多东西,为的是增加翼面的弯度,也就是增加了升力;飞机向前滑行越快,机翼产生的升力就越大,当升力大于飞机重量时,飞机就离地升了空。这就是飞机与车子的区别。"

忽然,坐在第五排的一位高挑个的女生站起来问:"刚才你说到的火箭,火箭也是喷气发动机,但也没有翅膀,为什么能飞,而且一飞飞到了太空?"

有人开始唏嘘。她邻座的几个男生夸她这个问题问得妖。安建军撸了撸袖子,轻咳一声:"哈哈,差点被你问倒了。两者反冲产生推力的原理类似,但这里有个区别,就是火箭发动机和飞机发动机的区别。火箭想飞得快,有两个办法,一是多喷点东西,二是喷得快一点,往后喷出多少动量,自己就能得到多少动量。显然,喷得快一点更为理想,这就是燃料。它们都带着燃料,但氧化剂不同。火箭发动机除了自带超级燃料,同时还携带高性能的氧化剂,燃料和氧化剂混合在燃烧室中燃烧,起化学反应,产生出强大动量;严格意义上说,火箭是射,高速发射出去,而不是飞。而飞机发动机不携带氧化剂,只从大气中吸收空气进来和燃料进行燃烧,速度比不过火箭……"

说到这儿,他觉着并没有将这个问题讲透彻,刚想补充,马上又有其他同学提出其他问题,这些问题同样比较刁钻,需要认真对付,否则冷不丁就跌入了陷阱。

183

两个多小时的授课加讨论,在热烈又嚣声嘈杂的氛围中落幕。在低年级科普,一点也不比高年级轻松,学生们的问题多,许多问题问得比后者还犀利、还偏门,而且还带着某种出其不意。幸亏他是老江湖了,兵来将挡,水漫土淹,最邪的问题,他也凭着扎实的功底巧妙化解。哎,万问不离其宗,都是航空界的学问,又能邪乎到哪去呢。他揩了把额头的细汗,和老师打过招呼,收拾东西,跟在几名学生身后,步出教室。

　　出教室门时,他的左脚不慎踩到了一位女生的右脚鞋跟。女学生轻轻"啊"了声,转过头来。四目相视,正是坐第五排提问的那位女生。因为她提的问题蹊跷锋利,安建军对其印象深刻,现在离得近了,瞧得更仔细。对方婷婷玉立,一张瓜子脸,透着江南少女的钟灵毓秀,算不上特别漂亮,却有点像年轻时的巩俐,是看着入味、瞧一眼就能记住的那种。

　　"安老师。"小姑娘当然认识刚在台上的老师,也不计较鞋子的被踩,亲热地叫了一声。

　　"对不起。"他说,"你提的问题很好,我怕没回答完整。听下来,有点收获吗?"

　　"太有了。开始不觉得,到后来,忽然上了感觉。航空业,果然是座圣殿哪。"

　　"你们这么认为,我很陶醉。"

　　别的师生同学走远了,他俩这么并排走着,即时聊了几句。女学生说:"听你这么一讲,对航空好有兴趣。哎,那个,你是大机长,在航空界时间久……我过几年师大毕业,一般不想去教书,说不定去报考空乘呢。"

　　"这也是一条道。"他瞅了瞅她的纤腰长腿,心里咯噔一下,"现在空乘对社会招,大专以上的应届生都可参加。如果真想去,到时我可以推荐。"

　　"真的?"她几乎蹦起来。

　　"那还有假。"他不忘提醒,"要想清楚,飞行可不光是表面光鲜,也是累人累心的。"

"不惧。嘿嘿,许多决定往往是一个念头的事。"

他在航空界时间长、人头熟,虽然是个机长,但常受飞行部领导委派,尤其是那位鱼大队长的举荐,多次接受媒体采访,去学校交流,认识的人比一般空勤人员多不止几倍。他原本不过随口一说,不料这女学生在原地旋了个三百六十度,对着他又旋一个身,正面朝他停下来:"到时我真去了啊?参加社会招乘。"

两人离得近,他细眼瞅着,果然越瞅越入味,便说:"你的个头、长相,很适合做空乘。"

"那太好了,我刚才也在这么想。"女学生蹦蹦跳跳,天真烂漫,在他面前奔放不羁,连一点起码的拘束都没有,称呼里也不用"您",直接用"你",也不知无知还是无拘。她咬了咬嘴瓣,"那个,能不能留个联系方式,电话?到时说不定真麻烦到你那儿了。"

"这个……"他卡壳了,做思考的样子。

"不方便就算了。"她又旋了个身。

他瞅着她青苹果似的脸蛋,一对眼睛像两颗黑宝石,报出了手机号码:"就是,我飞行多,许多时间在天上,飞行时不开机的。"

"我晓得。"她撇了撇嘴,轻咬下巴,"我,我叫简艾。"

"简爱?很好记,好像哪本书里的一个主人公。"

"就是老爸看过电影《简爱》,给我起的名。"她笑着弯了弯头,"可不是我爱你你爱我的爱,是'艾',哎呀的'哎'去掉口字旁的那个'艾',艾青的艾。"

"我记下了。简艾,草字头,下面打个叉。"

"这个比喻坏。"简艾朝他抬了抬手,蹦跳着离开。她的一蹦一跳,一颦一笑,无不透射出豆蔻少女的青春气息。他受到了触动,心里黯淡。

185

当年,就像她这样的年龄,不,比她还小,才十五岁,告别家乡,去了航校,上了天空,这一晃,几十年过去,匆忙间已人到中年,哎,无可奈何水流去。

想起课间学生们各种带刺的问题,尽管都能坦然应对,但细细一思,自身还是有薄弱环节,个别问题知其然,并不全知所以然。还是按既定方针,报考交大的在职研究生,再进修,再精进。

报名表需要加盖单位人事部门公章。他赶去人教处,现在改为人力资源部了。在许多人看来,人力资源部远没有人教处直白,一听就明白,人事与教育。但屁也是外国人的香,非要学半生不熟的外国样,改名字,改一个名字,也是改革。人力资源,听着隐晦,好像有什么阴谋躲在后面,不敢敞开似的。这不关他啥事,他只是来敲章。

他在飞行江湖里名头响亮,但人力部的人未必个个认得他。那位刚从部队复员下来、负责敲章的小伙子,瞪着眼睛瞧了他半分钟,也不说话。

"敲个章,可以吗?"他问。小伙子才反应过来,愣头愣脑地说:"你开飞机的,再读研,以后去搞研究?"

安建军哈哈一笑:"读研,可以搞研究,也不一定搞研究,主要是开阔视野,增加知识储备。"

"不会想改行吧?"

"人到中年,本不该再学艺,唉,书到中年读已迟。但我喜欢读书,喜欢而已。"

"喜欢学习好,好。这个,飞行机长,喜欢读书,好。"小伙子听他读研不为跳槽,开心地说,"我前几年在部队,干的导弹兵,也爱学习,嘿嘿,这个,百战归来再读书。读书好,好。"连说了几个好,重重地给他敲下了章。

对此,叶夜不加干涉,持支持态度。爱读书,也是她看好他的原因之一。

4

叶夜也摊上个好差事,上级派她这个优质的乘务经理出国考察,为期一月。这可是空乘人员挤破头都想争的美差。

她飞了那么多国际航班,自然不乏出国,开的眼界令人羡。但那是做乘务员、做乘务长、客舱经理,忙得跟陀螺似的,像这种正儿八经出国考察交流,还是开天辟地头一遭,也许是此生中唯一的一遭。去的地方,当然是发达国家,航空方面的强国——美国、欧洲等所谓的先进国家。

她参加组队,在几千人中挑了十几个考察队员,当然,还轮不到她组队,自有客舱部圈定人选,吸纳各层次的代表,有经济舱乘务员、头等舱乘务员、乘务长、客舱经理,有她这样的中年"老同志",也有入职三年的小空乘,自然还有各方面"塞"进来需要照应的关系户。出国考察学习,说是工作,也是种荣誉,是一种福利,名利双全的事,谁不想争呢。

叶夜倒不想争,由她选择,宁愿让位,情愿去飞航班。这一点上,她和安建军神同步,都有点高风高节,但上头不同意,点名要她去,你越不想争,偏让你去,并且是副领队,至于领队么,由客舱部的由副总兼。

上面又来通知,指定考察对象为欧洲的荷兰航,美国的达美航和中东土豪阿联酋航。时间由原来的一月缩减为二十天。其他队员失望一阵,她反而开心,在外面待那么长时间不闷憋吗,以前在巴林,在沙迦,在欧洲干等傻等,那种日子已经熬够,二十天,紧凑、简约,多好。

先去荷兰航,再去达美航,国外航空公司工作流程紧、高效,环环相扣,似乎有些可取之处。再看看那边的空乘,实在不敢恭维了,都是些空婶、空妈。东方国家,选乘如选秀,欧美航空的空乘估计也是"选"出来的,

187

选出的多是1.8米的女汉子,这哪是服务,哪是温柔,那是增加了客舱里的个头压力,镇压旅客中的不法分子绝对有威力。这或许是欧美将"丛林法则"移到了客舱,选空乘也以人高力大为上。想想上个世纪初,美国的空乘可是具有护士或医生资格、25岁以下的女生,现在,传统丢光,满眼瞧去,52岁的空婶比比皆是。

去过欧、美航,再去中东。阿联酋航不仅是中东,也是全球大名鼎鼎的航司。和欧美航反其道而行之,和中国的航司也不一样,阿联酋航大手笔大胸怀,在全球挑选年轻空乘。叶夜干乘务这么多年,还是头一次上阿联酋航空的班机,当瞥见机上空乘的刹那,惊讶得眼珠子都快掉出来,那些个个称得上是闭花羞月的小仙女,她们中有中东的、欧美的,也有中国和日本的,颜值逆天。她从未见过这么漂亮的阿拉伯姑娘、欧洲姑娘,皮肤、脸蛋、身材,眼睛里放出的光,都有夺魂摄魄之魅力。叶夜纵然是女人,也暗暗倾慕。要是在古代,这些年轻女子选妃进宫绰绰有余。阿联酋航的空乘里,也有中国姑娘,也是楚腰纤纤,顾盼生辉,五官沉鱼落雁,比国内各大航司的空乘都靓眼。真是土豪啊,重金打造的空乘队伍,果然夺目炫耀,非同凡响。

兜了二十天,叶夜感觉比在机上做活还累。在回程的公司班机上,她对由副总说:"此生头一回外出考察,也许是最后一回,以后再也不去了。""为什么?"由副总不解地问。她深纳了口气,又呼地吐出一口气:"别人是别人,我们就是我们,模仿别人,永远是二流三流。"由副总笑道:"我说过要模仿别人吗?权当参考。""饶了我吧,由总,比起考察,我宁愿飞航班,宁愿延误,宁愿对付那些蛮横的旅客。"

"我在考虑,是不是该像阿联酋那样,扩招外籍乘来公司?"由副总考察回国,心情很好。"我公司不是引进外籍乘了吗?"叶夜说。由副总自顾自说:"阿联酋航,就是牛逼,全球选美,啊,全球选美,美冠全球。"

5

安建军驾驶着刚引进不久的新机起航。他对飞机如对自己家的新车,总是爱惜,油门、刹车都轻手轻脚,觉得飞机和汽车也是肉体,有知觉,生怕弄疼了它。

他驾机经过滑行道,转上跑道头。今天塔台当班的管制员恰巧是那三只,熟悉的声调,熟悉的语速:"许可起飞。"

"明白。"安建军答应一声,将驾驶状态拨至"起飞模式",油门轰大,发动机的转速迅速加快,往后喷射出巨大的气浪。此前,安建军在波道里听见,那三只对另一架正穿越的日本Q航空公司班机发出指令:"跑道外等待。"前后用英文说了两遍。

安建军驾驶的飞机在跑道上加速滑跑,随着引擎发出滚动的声波,周围的空气开始颤抖。蓦地,他发现那家日本Q航空公司的飞机还在向前滑行,飞机的机头已穿过联络道,雄赳赳地伸进跑道末端。

安建军大惊,旋即报告塔台:"有飞机穿越跑道!"说话间,双脚连踩刹车。按规定,起降的跑道上不能出现两架飞机,也不能出现其他障碍物。

他急踩刹车的同时,那三只厉声责问Q航班:"为什么不听指挥穿越跑道?"

Q公司机长也发现了情况的严重性,吓得脸色煞白,声音打结:"没,没听清楚……"

"我重复了两遍,怎么还穿?难道你没长耳朵,也没长眼睛?"

Q航机长支支吾吾:"可能……"

安建军滑跑的速度极大,即便紧急刹车,全脚踩下,也不能立马刹住,飞机依惯性还在向前滑行,刹车片和轮毂发出吱吱的声音,并往外冒着白烟。他恐万一，运足全力踩死刹车，终将飞机在继续滑行了一百多米后在跑道中央停住，距那架机头穿进跑道的日本Q航班相差1580米。

见他的飞机往外喷白烟，机场方面反应迅捷，红色消防车紧急出动，呼啸而至，以为轮胎着火，伸出水枪，不分青红皂白地向起落架喷射水柱。为此，消防部门已不知演练过多少遍。消防车喷出的水雾将整架飞机的下半身都笼罩住了。

"唉，郝一宝，来得够快，不问原因就乱喷一气？"

"安机长，不是乱喷，飞机轮毂冒烟，喷了不会错，不喷可能就会错。"

郝一宝可真是活宝，消防队鼎鼎大名的牛人，他和安建军在一届"空港匠人"的比武会上同台亮相，彼此谙熟。

"唉——"安建军也害怕刹车系统太烫，甚至受到了损坏，等郝一宝他们喷过水，不敢托大再次开车，请地面拖车来拖。

这下不得了，两架飞机停峙在跑道上，宝贵的跑道被迫临时停摆，本来准备降落的几十架飞机只得在机场上空盘旋，后面跟着出港的一溜飞机窝在原地趴等。半小时后，拖车将安建军的飞机拖离，对Q航的飞机取证完成，跑道才恢复使用。这一惊一乍，导致准备起飞和降落的一百多架飞机延误。

事后，当事三方都要认定相关责任。安建军是"受害者"，而且第一时间发现了事故苗头，主动采取措施，实际上是"立功方"，公司正准备表彰奖励。空管方面留有完整的录音和雷达航迹证据，核下来和管制员指挥的情况一致，是对的。但毕竟发生了跑道入侵事件，空、地都要召开各自的事故分析会。检讨会上，那三只说："指挥口令没错，而当时怕出状况，还重复了两遍，对方也复诵了，问题应该在Q航机长身上。"

"为什么在口令明确的情况下，Q航班还敢往前蹿呢？"有人问。

"这只有去问日本人了。"那三只铮铮地说，"我不是卸责任，也没责任可卸,但我想,当时的情况,那日本机长可能临时手脚指挥脑袋了。"

管制室主任沉吟半晌,心情凝重地说:"首先,为我们还在一起开会而祝贺,尽管这种祝贺并不令人高兴。幸亏不是我们的责任,更幸亏两机没有挨上。不管是谁的责任,今天还可以坐在这里开会,检视问题或改进方法;如果两机真的撞上,发生灾难性结果,也许我们中有的人就不能在此开会,该去另一个地方了,这个地方,大家清楚的。"

主任这么一说,那三只的心情哀戚起来,其他管制员的心情也跟着沉重。管制这个活,跟其他活不同,每时每刻都在临战状态,稍有不慎,就会酿成祸害,即使是那三只那样长有三只眼、四只眼的职场高手,说不定也有犯浑的时候。

即使机长不承认,除了对话录音,安建军也可以作证:管制员没错。管制员的波道是敞开的,并非一对一的通话,他们对某机组发指令时,其他相关机组也能从相同的频率里听见。当时,安建军明明听见,那三只前后说了几次让Q航班在联络道等待。难道日本人听不懂英语?那不可能,那可是规范了的管制用语,用的祈使句:Hold short of runway. 如果听不明白,还干什么鸟机长?

安建军作为当事人,当局方调查组询问他时,心胸坦荡地表达了这一点,而且证明,当时波道里的无线信号良好,他听清楚了,Q航的机长也一定听清楚,而且他还听见了Q机长的复诵。他和那三只是朋友,认识多年的朋友,他信任那三只的指挥才艺,但倘若那三只真犯了错,他不会包庇,照样如实作证。飞行安全,事关旅客生命和公司财产,可不能徇私。不过话说回来,在铁一般的录音录像面前,人证反倒显得次要。裁定的结果没有悬念:Q机长认栽。

安建军还是难过,还是沮丧,为飞机受到他这么重的刹车而难过。崭新的飞机,刹车片怎么就冒烟了呢?弄得消防车都出动了。

调查作证那天,对他的一纸任命下来了。安建军在婉拒了多次后,被升为副中队长。此前,他以为自己是业务专才,不想走行政这条路,那样会分散精力,他压根也不想管那些烦心烦脑的行政破事。但上面不同意,不能让他这个五虎将太舒服了,大小都要压点担子在他肩上,他无论从资历、技术、学识,当大队长都有余,这样也显得飞行部重视人才。他无奈接受了这个兼职的差事,但主要任务还是飞,飞向天空,飞向各地,从各地飞回,不停地飞,来回地飞,天空,才是他的人生。

取证后的第二天,他要参加读研的全国统一招生考试。在别人眼里苦逼不堪的考试,他却阵阵兴奋,似乎又回到了当年的高考,忍不住激情澎湃。他早五点就起了床,赶到考场,离开考还有一个多小时。

在职读研,参考学生的年龄参差不齐,有二十几岁,有三十多岁,也有四十出头,甚至五十多岁的。考课分基础课和专业课。对他来说,考试还真不算啥事,平时在家,除了干点拖地擦灰之类的小家务,基本就埋头在书堆里,手不释卷。今天上了考场,他和开飞机一样,气定神闲,一气呵成。过了些日子,分数公布,他的成绩居中上,比几个小他近二十岁的70后还多出了十来分。

6

跨入二十一世纪的这些年,国内航空市场迅猛发育、膨胀,波音、空客各类新机型抢滩登陆中国市场,疯狂推销飞机。与此同时,飞行员系列的收入猛增,小时费一个劲地往上飚,而空乘们还在原地打转,此消彼长,飞行员和乘务员的收入像分岔开去的两条道,距离越拉越远。

叶夜难免在家里吐槽,说机长副驾在前面喝咖啡,看景致,乘务工作又苦又累又颠,嘴皮子磨破,腿肚子磨细,却拿丫鬟的空勤费。安建军说你们不知道机长的压力和责任有多大,收入是和压力、责任成正比的,不行你来飞飞试试。叶夜斜了他一眼,明知两个专业、两个行当,怎么能对换？说到这个,安建军就占了上风,说技术含量不同,收入自然也不同,没关系,咱家既有飞行员又有乘务员,你收入低点,我可以补给你。叶夜说谁要你的臭钱,除了女儿的开销,你挣的你花,多添补点老家的父母吧,我自己挣自己是花不完的,这辈子估计也不用花你的钱。

受前段时间和日本Q航跑道冲突事件的影响,安建军心里蒙下阴影,受了点小小的刺激,想调整下心态,开口请下十天的假期,准备去趟西藏,这在他的飞行史上是破常规的。叶夜鼓励地说,那就去吧,好好在那清凉几天,蓓蓓都长成大姑娘了,除了那次住院,也没见你休过啥假,我飞成拉线三年。拉萨不知落过多少回,看看雪峰也过瘾。

其实,他待在外面比待在家里自在,尤其是从前和她父母住一起的日子,在蜡地钢窗的公寓里,束手束脚,恨不得连走路都踮起脚,倒不如在单位,在飞机上,整天飞呀飞,还飞出个劳模,飞出了个飞行骁将。单位上分房子后,自由多了,走路也不用那么蹑手蹑脚,坐在椅子上也不用担心会勾出蒙皮里的鸭绒,但叶夜的生活依然精琢,样样讲究,处处精雕,他嘴上不说,心里总是觉得有些不合,只要工作需要,宁可去单位,宁可上飞机。自那次跑道冲突后,他就打算去休个假,前后计划了几个月,终于要成行了。人说西藏为地球的又一极,南极、北极、西藏高原。开飞机去过西藏,但那是去工作,去了就回,真没时间坐下来细赏雪域和高山湖泊,听说拉萨旁边有个纳木错湖(也称海),湖水清澈见底,真想去。公司有福利,每年有免费机票,他有,叶夜也有,他的机票自己从未用过,好多年都是浪费,为什么不使一次呢。

安建军的休假,最初的起因还是十四航校的两位同学,老吕在北京,老黄在广州——原先叫小黄小吕,现在改称老黄和老吕了。三人离开"黄埔军校"二三十年,天南海北,奔波在天和地之间,从未约齐了去喝个茶。十年前三人就商定,一块抽个空,啥事也别干,就聚在一起,晒着月亮喝着茶,喝他个三天三夜,谝他个三天三夜。这一约,就约了多年。前些年,都差点成行了,不是老黄家里有事,就是老吕又有加班包机,临时变卦,已经约到第十年了,三人说再不能等了,再等下去头发都花花白了。老吕、老黄纷纷表示,就今年了,决不再等。安建军几个月前又遇见和日机跑道冲突事件,心中不爽,的确需要拾掇下情绪,就满口答应。三人约定,分别从北、上、广飞拉萨,到那边集合后,租辆车去林芝转一圈,沿途观山观海观牦牛。

安建军将行李收拾停当的那天晚上,叶夜笑眯眯地说,忽然有种降落西藏的冲动,十几年没飞藏线了,特想故地重游。安建军愣了愣,当即表示,干脆一块休个假,从拉萨去林芝,你也没去过林芝,老吕老黄又不是外人,可以在路上随意谝。叶夜撇了撇嘴,说休假就算了。不可能两人同时离开十天,我去飞航班,已经申请了明天去拉萨的那班机,费了老鼻子劲才申下来的,和你同飞一回高原机场。他说那太有纪念意义了,可惜我不当机长,是乘客。她说那更灵了,难得为老公服务一次,这样吧,明天我一早进去签到、航前会,你晚点进候机楼,到时在登机口会合。他说我也早点去,既然你陪我进藏,我也陪你早去机场,你开航前会,我到处瞎逛,打发时间。

翌日,他们开车到公司,将车泊好,一个开航前会,一个找飞行部的同事侃大山。叶夜的会一结束,两人一块搭公司的摆渡车去候机楼,经工作人员通道过安检,登上飞机。叶夜是乘务经理,忙她的乘务工作,他在位上坐定。二位机长比他晚了好几辈,但谁没听说过五虎将安建军的大名,一上机就忙不迭地过来打招呼,说头等舱还有个空位,请他去前头坐,方便照顾。安建军连声谢谢,说不能坏了规矩,前头有空位也不去,坐后面挺好,随意,自由,还可以瞅瞅窗外的云海,难得当一回旅客,就要和旅客一样,不搞特殊,才有意思。

飞机升空后,叶夜给他送了块纸巾和一杯饮料,在他旁边立了一会。没说几句,他说你去工作,我这样挺好,你站着,别人看着,我反倒不自然。叶夜想想也是,转身去厨房间嘱咐乘务员们准备餐食。一会,不断有小乘务员过来送这送那,问还需不需要点啥。在飞行和乘务界,天下谁人不识君?有几个乘务员认得他,他不一定认得她们,也有的知道他是叶夜的老公,便自觉不自觉地递杯咖啡,送杯热茶过来。他抬抬手,让一位乘务员过来,俯耳说,你们别过来了,如果老围着我转,其他旅客会有想法的。乘务员说明白了,进去跟大家说一下,别再打扰安机长、安队长了。

约莫过了十几分钟,穿着制服的第二机长来到他身旁,屈着腿说了几句问候的话,说安老师难得做一次乘客,前面头等舱反正有空,怎么也赏把脸,去前面打个盹。安建军坚持不去,去前面反而别扭。对方穷劝,安建军板下脸,才将他吓唬回去。

第二机长前脚刚退,又一名乘务员贴上来,送干果和饮料。他不便当着众人对一位小姑娘发火,忽地从位上立起,蹬蹬蹬来到厨房间,对叶夜她们说,看大家挺忙,这样吧,你们休息,我来后台准备餐食。众姑娘先是一惊,立马笑得腰肢乱颤。叶夜用手指点点姑娘们,说明白了吗?让安大人独自清静一会,谁也不准再去送饮料递毛巾了。众姑娘齐声说是,保证不再跟安大人多说半句话。

他也笑,说今天的班上多是年轻的新人。叶夜感叹地说,老人出,新人进,自然规律,记得吗?当年跟咱们飞巴林的小兰姑娘,辞职去做生意了。当然记得,小兰瘦得像根麦草秆,风刮着就会倒的。现在人进中年,也渐渐发福了。做啥生意呢?跟人做贸易,做物流,听说现在做茶叶了。嗯,生意也不是那么好整的,你们常碰面?哪有时间常碰!你又不是不晓得,单位、家里几大摊,最多通个电话。他在厨房间磨蹭一会,慢慢回归自己座位。

他想起那个爱照相的查同学,下次带他飞一趟,顺路拍个爽。

飞拉萨等高高原机场,技术级别高,飞机是专门改装过的,货舱灭火装置不同,用氧不同,氧气面罩定做,用的是双机长。没等他在位置上屁股坐热,那位第一机长从驾驶室踅出,直端端地朝他走来。他长叹一气,干脆起身,向对方迎了上去,拍着对方的肩说:"老弟,啥话也不说,走,我跟你去驾舱,还是一同干活吧。"

班机飞得平稳,没有遇到高原气流,顺利落在拉萨机场。叶夜朝他扬扬手,说我不能陪你了,随航班回飞,你一个人就好好松弛一把吧,但记住了,高原高,气压低,地势险,不能多喝酒,晚上早睡,早上深呼吸。安建军也挥挥手,放心吧,一会和另两个同学会合,就不是形单影只了,集体活动,不会有啥事体。

九、去趟阿里

1

安建军到达拉萨,老吕和老黄已在候机楼等。三个熟到骨子里的人见面,先是相互握手,然后猛擂对方一拳,再是手舞足蹈。当晚在旅店住下。纵然他们是铁打的飞行人员,身体比常人健,上了高原,还是挨罚,主要是晚上睡不着觉,整夜睡不着,满打满算只能睡半个小时。当地人说了,开始都这样,待下去会好一点,睡眠时间会每天延长一个来小时。

睡眠虽然不足,起来精神依旧,头不晕,眼不花。次日早晨,三人起来吃早饭,哈哈一笑,占了张小方桌。早餐有馒头、稀粥。当场煎的鸡蛋金灿灿、香喷喷。

过来个女孩,身段曼妙,两肩披着青丝,瓜子脸,一双眼睛又圆又亮,水汪汪地望了望安建军,望了望老吕老黄,又瞅了瞅金黄的煎蛋,落落大方地说:"我可以坐这儿吗?"

安建军瞧了瞧老吕老黄,指指对过的位置说:"可以。"桌子又不是他们的,有空位谁都能坐。三个大男人,见来个小美仙,心底没有不欢迎的理。

女孩和安建军面对面落座后,也点了馒头和煎蛋。女孩的目光在他脸上打了个旋,莞尔一笑,对他说:"我叫简艾,安老师,还认得我吧?"

老黄说:"简艾,外国人哪。"老吕说:"看她也不像外国人,如果是日本或韩国人,名字也不是这么个起法。"

安建军愣住,细细打量了对方一眼,脸蛋似曾相识,一时却记不起谁了。女孩又嘻嘻一笑。"安机长,我叫简艾,是师大的学生,三年前,你去学校讲课,我提过问题,课后还留了你的电话。"

安建军一拍大腿,豁然道:"对,对,记起来了。简艾,叫简艾,难怪这么面熟呢,唉,岁月静雅,这么快,一晃三年过去了,一下长这么大啦?不,越来越亮晶晶了。"

"老师在台上,就一个,学生这么多,哪能认得?"简艾一点也不拘泥,"当时我提了个关于发动机与机翼的问题,被你轻巧化解,心里佩服。也就是那次科普后,我定了心想做空乘,太想感受在空中上班是啥个样!"

安建军忖了忖:"当时我好像说可以帮忙联系的,怎么一直没打电话来呢?"

"打是打过,前后打过三次,都是不通。估计你在开飞机,关机,三次打不通,说明缘份不够,或者你太忙,不方便,就没再打扰了。"

"想不到在拉萨遇上了。"他也感到突兀。

"还是和安机长有缘。"她开始喝稀饭,吃煎蛋。又说:"时间走得急,一转眼,快毕业了。"

安建军说:"你这次是?专门来西藏旅游?"

"是。趁现在来一把,万一真上了天,可能没时间了。"

"就你一个人?"

"还要几个人?"她侧脸瞧了瞧老吕和老黄。

老黄说:"现在的女孩胆够壮,一个人敢跑这么远。"

"我是受了点三毛的不良影响。"

"那为啥不去撒哈拉大沙漠?"老吕说。

"沙漠新疆有,内蒙也有,不稀罕。撒哈拉,太远太落后,远没有西藏纯洁、高贵。"她闪闪双眼上方的长睫毛,忽然间,"三位准备去哪里?"

安建军说:"咱们三个租了台车,计划去林芝。听说那里树多、花多、草多,气候好。"

"树多花多草多,气候好?不如去三亚。"她不屑地说,"你们仨好不容易约趟西藏,说不定没有下一次了,应该往顶尖的方向去,那才叫过把瘾。"

"你是说,去珠峰大本营,眺望珠穆朗玛峰吗?"安建军滚动下喉结说。

"不,那也有点老土了。应该掉头去阿里!不去阿里,枉来西藏第三极。"她喝了口稀饭说,"珠峰太高,高处不胜寒,更不可能爬上去的,既然登不了顶,在底下瞅一眼也没啥意思。"

三人面面相觑,不知如何回答。内心却开始涌动,听说过阿里如何如何原始神奇,被这姑娘神叨叨地一说,更增添了神秘色彩。

半晌,简艾说:"林芝地势低,下次可以来,阿里高原,不容易去,自古人往高处走,先难后易。"见三人不吭声,又说,"如果你们去阿里,我可以陪着一块去。"

三人又吃一惊。最年长的老黄说:"难道你来西藏,就想去阿里?那么高,会不会生病了?"

"我一个小女人都不怕,你们三个大男人反而害怕?"她嘿嘿讥笑。

三人明知她是激,也不得不考虑。对阿里,不动心那是假。昨晚住酒店,就听大堂经理说,你们来西藏,是去阿里么?阿里,是许多驴友心中挥之不去的梦,现在有人郑重提出,他们自该郑重考虑。对他们来说,林芝没去过,阿里更没去过,去哪都有吸引力,何不往更高级别的地方去。

安建军的眼睛和她正面对视,两束光在某处交汇,他像触到了电一般,赶忙缩回。她反倒自然,感觉和他的目光合拍,气场顺溜,妍妍轻笑,一笑百言。从她的目光里,安建军已暗暗定下了去阿里的决心,嘿嘿,她一个女孩都不怕,咱三个飞行健将还怕个蛋。老黄和老吕在学校时就听他的,凡事他拿主意的多,在旅游方面更无啥经验,见安建军同意调方向,也就扛起顺风旗,跟着起哄:"对,不如改航向东,去趟阿里。小姑娘都不吓,咱们吓个毬!"

2

他们托当地民航系统的关系,租了辆"陆地巡洋舰"越野车,往阿里进发。

原先的三个人变成了四个人。车上有了个叽叽喳喳的女孩,热闹多了,如给沉闷窒息的车厢里润进了春色,难开至极的道路也显得不那么颠簸。安建军开车,她坐副驾驶,其他人开,她和安建军坐后座。似乎不用人说话,四个人都很默契。安建军和简艾来自上海,又是早相识,本该如此。

上了路,马上开始懊悔。去阿里的路一塌糊涂,那种路也叫路?许多地方根本就没有路,汽车在河床上走,两边都是水。尽管他们的越野车号称"沙漠王子",四轮驱动,但第二天便陷进了沙坑,滚不出来,后面两个轮子在湿湿的沙坑里不停地打转,越加油门,陷得越深。没法,安建军打方向盘,老黄、老吕下来推。费了洪荒之力,轮子只管在原地空转,就是转不出烂泥坑。简艾又下来,三人合力再推,轮子狂旋,裤子上溅了半边泥巴,仍在原地打滑。问题是不能继续打转了,轮子越转,坑底越滑。三人望了望裤管上的泥泞,满脸的沮丧。瞧这架势,没有拖车,休想出泥潭。又瞧瞧河滩,满世界的荒芜,连飞鸟都稀缺,哪有人和车的影子?

老黄开始抱怨:蛮好不去阿里,去林芝的路好多了。老吕掏出一支烟,点了闷头抽,心里也在想着:女人祸水,如果她不提去阿里,谁会来走这条不是路的路?这哪是路,只能算河床。

简艾从几位大叔的目光中感到了压力,惴惴不安。她强颜笑道:"你们几位老师上车去歇着,我在这儿拦车,请过路的车辆拖一下。"老吕阴阳怪气地说:"要是等不来车呢?"

她蛮有信心地说:"时间问题。拉萨到阿里就这一条道,不可能没有车过。"老吕和老黄坐上车去。简艾倚着车朝前朝后望。

这一等等了一个半小时。中间,她实在憋不住,一个人跑到远远的一个土坡后,解了个手。这种前不着村后不着店的河滩上,厕所是想都别想,男的一般就地解决,但姑娘家的不行,解裤子总要找个遮羞的地方。等她回到车跟前,又等了会,终于开近一辆小车。见一个姑娘不停地挥手,吉普车到跟前嘎地停了下来。车里是几个藏族人,说着不太流利的汉语。其实也不需要多少语言,一瞧这架势,就晓得怎么回事了。简艾一个劲地比画着:"帮我们拖出来,会给钱的。"

"嗯,救救你们。"藏族司机跳下车,指了指他们的巡洋舰,"快,把你们车上的钢索绳放出来。"

老吕老黄见有来车,像打了激素,猴子一样窜下车来,安建军也跟着下来。三人按藏族司机的要求寻找钢索绳。因是租来的车,车况和车载设备都不熟,里里外外找不见收放钢索绳的遥控器,打手机回去车行问,手机又没信号。吉普车上人不停地催他们,老吕不停地发香烟。进口车,三人捣鼓半天,找不到遥控器,却找出了份说明书。老吕老黄看不懂。简艾对车辆的专用名词也一头雾水。安建军学的是飞机,航空英语顶呱呱,对汽车词汇也不熟,但看一半另一半猜也猜出来了。他卷了卷袖子,拉出两根电线,将线头接在一起。电线"嗤啦"一声被短路,车上转盘开始转动,将那根钢丝绳放了出来。老吕老黄说,关键时候还是安大金刚结棍。

众人兴高采烈,一齐动手将钢索和吉普车的保险杠连在一起。藏族司机跳进驾驶室,发动吉普,两车之间的钢绳立即绷紧,发出吱吱嘎嘎的响声。但任凭吉普车加足油门,发动机嗷嗷直叫,累得直喘粗气,安建军那辆沙漠王子的两个后轮仍在原地打转,似乎对那个沙坑无比留恋,半点也没有爬出来的意思。如此来回折腾了几回,藏族司机火气十足地跳下车:"小车对小车,劲不足,拖不动。走了。"

"那怎么办?"四人瞪圆了眼睛问,"你们就这么走了,扔下我们就不管了?"

"哎哎,你们不能就这样走了,不能不管我们呀。"简艾追上去,拍拍吉普车的车窗,对坐在里面像领导一样的那人说。

"嘿嘿,不是不管,管不了。等大车,再见。"

说着,藏族司机解开钢索绳,开着吉普车走了。老黄老吕眼巴巴地望着吉普车来,又眼巴巴地望着吉普车绝尘土而去,抱住脑袋蹲了下去。

三个大男人像斗败了的公鸡,蹲在地上想哭。这才第二天,咋办?难道就这样困死在这河床上?简艾也想哭,但不能。来阿里是她提的议,她得负点责。她咬了咬腮帮子,说:"你们先上车,我在外面蹲着,总还有人和车辆来的。"安建军过意不去地说:"我来蹲守吧,你毕竟是女的。"她苦笑道:"有时候女的比男的耐用。你上去,一会还要开车,我年轻,不碍的。"

她直了直背,任凭飘散的长发被野风吹得在空中乱舞。看她冻得红扑扑的面颊,安建军心有不忍:和一般的独生子女不同,她是穷人的孩子早当家,需要时也能吃点苦。他走出汽车,脱下自己的大衣,搭在她肩上。瞧着他儒雅的脸庞,她也不推辞,双手紧了紧衣领,信任地瞟了他一眼,仍像个岗哨伫立在河滩上。这一伫,又伫了个把钟头。

远远漂过来几辆车,好像一个车队。简艾激动,奋力向上蹦起:"啊,有救了!"

离得近了,才看清是军车,绿色的车厢、车篷,有大车,有小车,共四辆。她甩下大衣,露出披散的头发,举起双手呼喊:"解放军同志,救救我们——"

前面一辆领队吉普,后面跟着三辆解放牌卡车。领队车停住,跟随的三辆大车也刹住。吉普车的车窗摇下,里面坐着一位军官,威风地说:"咋回事?"

简艾迎上去,迫不及待地说:"陷进去了,越发动越深陷,小车拖不出来,请求部队支援。"

指挥官打开车门,跳下来,走到沙漠王子旁,瞧了瞧深陷沙坑的两个后轮,将右手举过头顶,朝前一挥。后面一辆卡车上立马跳出四个士兵,又在简艾他们的越野车旁巡一遍,凑近指挥官耳朵说了几句话。指挥官又挥一下手:"处理下,抓紧。"

一辆军用卡车开到沙漠王子的前面,从车后的绞盘上放出根粗粗长长的钢绳,钩子直接咬住沙漠王子的前保险杠。他们可不用越野车上那细细的钢索,军用卡车的设备特制,本身就有抢险救助功能,放出的钢索足有几十米长。军车司机脚踩油门,轻轻轰了几脚,钢索发出咯吱咯吱的几声怪叫,那辆深陷烂泥中数小时的越野车像只小猫一样被拎了出来。越野车脱出泥潭,老吕老黄一块石头落了地,异口同声地说:"谢谢解放军同志。"指挥官一只脚已跨进吉普车:"不谢不谢。"再次挥挥手,示意几名战士上车。安建军从他的肩章上分辨出,这名军官为上尉军衔,估计是营、连级干部。

"解放军同志,那个,费用?帮了我们大忙,要不要收点费?"简艾满脸堆笑地说。

上尉看了看眼前的妩媚姑娘,摆摆手:"不用不用,我们还有事,要

203

赶路。"

安建军搓搓手，万分为难地对上尉说："对不起，我们车辆的钢索收放遥控器找不到了，钢绳放出来收不回去，怎么办？"

"收不回去？这个，只有锯掉了，否则曳在地上，不安全。"

上尉说着，又朝后挥挥手。一名战士得令，心领神会地理解了军官的手势，从工具箱里抽出两把钢锯条，递给安建军："送你们了。我们没时间帮，自己锯吧，锯掉，再见。"

安建军接过钢锯，千恩万谢，恨不得滴下几滴泪水。战士们上车，军用车队像听到号令似的，一齐发动，向前开拔了。

老黄老吕老安三个大男人轮番上阵，开锯钢索。前后花了三十分钟，才将收不拢的钢索绳锯下。满身泥泞的沙漠王子，被他们开到前方一个兵站招待所。人人累得虚脱，都不想洗了，直接换下衣服就寝。

3

三个十四航校同学中，只有老安和老吕会开车，老黄有照，口袋族，在西藏高原上哪敢摸车。简艾不会驾驶，只能干些扬手待援的辅活。

这天，轮到老安开车，简艾坐副驾驶位，帮着看路，防止再次陷进泥潭。老黄老吕在后座打瞌睡。平原人到西藏，多少人睡不着觉，身体超棒的飞行员也睡不好，只有路上打个盹补补。其实，后座的老黄老吕眯着双眼，只是眯着眼安慰自己而已，实际也是睡不着的。他们的心里还在懊悔，蛮好向低海拔的林芝去，不料被这小丫头骗来越走越高的阿里，眼下是射出去的箭不能回头。哎，地势还在增高，氧气还在稀薄，这哪是来旅游，分明是他娘的来遭罪。汽车走的根本不是路，顶多是车轮在河床上碾出来的辙，一天也爬不了几十公里。简艾心里也满是焦灼，她只是从网上查到阿里的漂亮,天蓝、云白,听人说阿里有梦幻感,单看"阿里"二字,足以使人萌动,足以让人浮想联翩。上了路才晓得,去阿里有点唐僧去西天取经的味,路上的崎岖与磨折是要一分钟一分钟熬过去,一公里一公里蹭过去的。

小姑娘的鼻子尖,闻到了一股淡淡的焦味。她下意识地觉得,这股焦味不是空气中其他地方传来的,这里也不会有啥化工厂,只似乎和他们这辆车有关。她当即告诉了老安司机:"好像有点味道。"老安也觉得方向盘僵,有点像开飞机液压出了故障。这一截砂砾子路,车子的行速怕不到每小时三十公里。听见她说,安建军一记刹车,将车子停住。下车去瞧,右后轮果然瘪了下去。刚才简艾闻到的焦味一定是轮毂带着泄气的轮胎摩擦到了地面。因为颠,车子始终一上一下,加上走得慢,谁也没有料到轮胎爆了,倘若再行驶下去,怕轮毂都要玩废。

三个男人狂懊。后悔的话都懒得说,唯一能做的,就是一声不吭地将后备厢的行李一件一件搬下来,放在路边,兜底翻出那唯一的备胎,将损毁的轮胎换下,又一件一件地将行李放回去。三人懊丧地瞅了眼被换下的已经无法修复的废胎,狠狠地甩在一旁。

老安有气无力地说:"老吕来开吧,轮到你了。"老吕摆摆双手:"还是你车技好,开车和开飞机成正比,请继续,开到休息站再交换。"老安说:"不是我怕累,也不是撂挑子,只是有负担了,刚才的轮子是我开损的,心理有负担了。"老吕说:"也不能说你开坏的,是河床里的石头太尖,扎烂了轮胎,谁开都一样。"老黄说:"可惜我不会开,否则我来。"安建军说:"风凉话谁不会?"老吕说:"没有备胎的汽车,我开着慌神。"安建军光火地说:"谁不慌?万一再扎瘪一胎,只有在野山鬼谷中喂狼了。"

恐他们吵起来,简艾头一弯,笑吟吟地说:"既然二位都有意谦让,依我看,也只有抓阄了,这法子尽管土鳖,但土办法朴素、管用。剪刀、石头、

205

布,怎么样?"

安建军唔叹一声,等于默认。老吕说:"我比老安年长一岁半,按理应该我开,但我心理素质不如老安,要不他怎么能当上五虎将呢?怎么就成了七大金刚之首呢?唉,不说了,就听小简的,剪刀、石头、布。"

两人握把手,各自握拳,同时伸手,同时开叫:"剪刀。""布。"老吕落败,马上说:"三局两胜,第二局。"安建军说:"开始并没有说三局两胜。""常规都这样,开始。"老吕已伸出拳头,砸住了安建军的剪刀。一比一平。第三局,老吕的布包住了安建军的石头,又是老吕胜。安建军说:"吕爷休息,俺是开车的命。"简艾捂嘴嗤笑。

既然天意他开,安建军的心胸反而豁朗多了,嘴上说:"再爆胎可别怪我。"三人都说:"不怪不怪,真要再爆,咱认命,给狼叼了也不喊冤。"安建军说声"好"。脚下用劲,越野车加速,开到下一个休息站也没遇见事。

到站了,天已墨黑。老吕又说风凉话:"幸亏老安的车技,我开,说不定还有事。"

老安将车钥匙哐地扔给他:"明天,你的 Driver."

4

四人进房间洗了洗,去餐厅用餐。意外发现救援他们的一队官兵。那位喜欢挥右手作令旗的军官坐在一条板凳上,吃着馒头稀饭,周围几张桌子零零散散都是他的兵。简艾高高的个头,白嫩的肌肤,一双眼睛又大又亮,一头乌丝披落双肩,引得许多士兵侧目。那名上尉指挥官必定认出了她,也认出了他们。

简艾双手拢了拢头发,刷刷刷几步走到上尉跟前,鞠了一躬:"解放军好。"上尉怔了怔,立起来回了个礼:"你好。"

她又到战士们面前,向他们鞠了一躬。战士们一个一个站起来,向她点头回礼。她是打心里感谢这队官兵的,要是没有他们,那天他们那辆困在沙潭中的越野车的几个轮子,说不定现在还在原地打转。

她向官兵们口头谢过,来到三个大男人跟前,商量是不是来点实惠的。她一个穷学生,父母是平均线以下的产业工人,她这次出来的旅费还是问同学借的,来点实惠的谢意当然得仰仗几位财大气粗的机长。当简艾在救援士兵面前晃悠时,安建军心里也在想,机缘巧合,晚饭时遇见,是不是该请请他们,让这些常年奔波在雪域高原的战士们补点荤腥,打打牙祭?不过,他马上发觉不对,人数太多,部队方面来了大小四辆车,足有三十多号人,如果请客,至少开三大桌,这似乎有点大。正犹豫间,简艾转了回来,对他说:"不如你们几个大男人过去打个照面,再送几箱啤酒去意思意思?"安建军和老吕老黄对望一眼,认为是个好主意,三人默默颔了颔首。

他们从位置上起身,每人提了一箱啤酒,送至车队官兵面前,请他们笑纳。上尉很高兴,分别和四人握了握手,说:"前面不远有汽车修理厂,这是厂里的电话号码,有什么需要提前打电话告知。另外,也把我们的电话告诉你,我们经常在萨阿线上巡逻,这几天如果遇上特别难事,也可以打给我们。手机有时会有信号。"安建军接过写有电话号码的纸头,连声谢过。

5

千般辛苦终于到达阿里。简艾与无数人心中的阿里。

真到了那里,也就那样。腿软筋麻地瞅着馒头状的雪顶,登峰想都甭想,外观形态还不如玉龙雪山、梅里雪山,又睡不着觉,吃不好饭,只是满足一个心理罢了——来过了阿里。想想还不如躺在家中的被窝里冥思，想象阿里的天空和雪峰，想象网上流传的阿里故事。他们假期有限，到了阿里，蜻蜓点水般地瞅了眼周遭，马上返回。

回程路上，有了去时的教训，开得谨小慎微，倒没有陷坑、爆胎的事发生。离拉萨还有一天路程时，天空弥漫起大雾，伸手难见五指，像瞎子上路，只能开一米算一米。这种开三米停五米，不断有急刹出现的乘车，比啥都难受。老吕怎么坐都不舒服，几次想吐。安建军开得不耐烦，眉头皱成团。简艾在一旁说："要么停下先眯一会，反正开不快，磨洋工。"安建军阴翳着脸，有气无力地说："停不下来呀，后面有车顶着。"

后面一辆大卡车，超级重，开着大光灯，不时按着高分贝的喇叭，引擎发出震天动地的噪音。大卡车离他们的车三米远，每按一次喇叭，安建军手上就一抖，生怕对方刹不住撞上来。在屁股后巨型卡车的压迫下，安建军也疲惫不堪，实际已在发低烧了。简艾瞧他的状态有异，用手指搭了搭他的额头，感觉有些烫："怎么，有烧？要不要换一下？或者停在路边，休息下再走？"

安建军哑声说："老吕也不舒服。目前这种路况、天况，不能歇，要一鼓作气拉到底，一停下，气一泻，就赶不回去了。"

到了下午，雾散去了大半，路好开多了。安建军带烧开了上百公里，晚上八点多到达拉萨，入住来时那家酒店。

等垂头丧气的老吕和老黄去了各自的房间，简艾问："要不要去医院吊水？"

"不用，一半是高原反应，明天下了山会正常。"

"明天真返回了？这么快？那个，我想跟你一起回，路上也有个照应。老吕、老黄他们呢？"

"他们直接回广州、北京了。"

"那你也直接回去?"

"我从成都转机。原来招飞我的高教官,退了休住成都,我想去拐一下,会会。"

"那,我也跟你一块去。没去过四川。"她撇了下嘴,调皮地说。

"你不用,学生,直接回上海好了,或者去林芝转转。"

"我一个孤家寡人,瞎转有啥劲?"

"你不就独自来的吗?"

"可现在不同了,有游侣了,有朋友了。再说,你也是为了我去的阿里,受了不少苦。"

"老安。"她的称呼改变了,"经阿里一遭,咱们算是莫逆之交,不,像患难之交了。"

他说:"哎,好像有点。"

她说:"你不但技术结棍,课讲得好,为人也顶呱呱。下决心了,明天跟着你,一块从成都转。"

他苦笑笑:"哎,这个,早点休息吧。明天还了车,去候机楼。"

第二天,老吕老黄早早起了床,听说要回家了,两人奇迹般地消去了瘟神似的脸,差不多又活蹦乱跳了。要回去了,老安的低烧睡了一晚也退了。他也就没将发烧的事告诉二位难得见面的老兄。早餐照例是稀饭、馒头,照例是金黄色的煎鸡蛋。

要分别了,三个男人的话匣子开始合不上。趁简艾去洗手间的空当,老黄打趣道:"老安这次收获大大的,艳遇,额外收了个女娃。"老安横他一眼:"啥意思啊。"老吕说:"现在不时兴中年男收年轻女弟子吗,瞧她水灵灵的模样,不如笑纳了呀。"老安瞪他们一眼:"瞧你们狗嘴里吐不出象牙,咱女儿都赶上她的年纪了。"

老吕怼他一眼:"现在不时兴叔吗?你也鼓足勇气,大叔一把。"老安啐道：“别放狗屁了，滚一边去。”话未说完，简艾袅袅婷婷地回来了。见大家冲她咧嘴，说：“各位老师笑什么呢？”老吕笑得更响了：“笑你。”简艾瞧瞧自己的胸，又垂眼瞅自己的脚，鞋子也是好的，又撩了撩自己的头发，说：“我有啥好笑？有啥不合拍的吗？”老黄说：“没有什么，非常合拍。”

老吕转移话题，谈到北极航路的事：“我公司在筹划了，估计马上会尝试极地航线。”

老安说：“我也报了名，如果本公司要开辟新航线，我参加。”

老黄说：“你是五虎将末，七金刚之首，自然要在前头。”

老安说：“不想出风头，是学技术。现在，业界传说的五虎将有几位已退休，咱们就顶在了杠头上。碰上这种天大的事，我们不出场，谁出场呢？”

老黄说：“搞飞行的，有新的领空，总想去遛遛弯，即便遇上危险，死在那，也是值的。”

简艾白了他一眼：“老黄说什么呢？”

老黄忙说：“我说的是一种心态，并不是真想遇到啥情况。”

老安说：“老黄说的，就是我们飞者的心境。你年轻，目前还难以理解。”简艾噘了噘嘴嗦声。

"哎，年轻时的岁月很慢，四十朝上，时光飞驰不回头，一转眼就是一年，一回首就是十年，一转身就是一辈子了。余生苦短，能试的事情总想千方百计抓紧去试一试。有个飞行员说过句话，叫作'夜空中最亮的那颗星，就是我驾驶的鹰'。"老安叹口气说，"西藏之会要结束了，我准备从成都转个机，看望退休在那的高教官和几位同学，二位不妨改签，也和我赴成都一聚？"

老吕老黄齐说：“这次不了，行程已定，不便改，留下次了。”

老安说：“下次，也不知到啥年头，每次相聚都是唯一。”

老黄说:"老安这话有水平,即使以后三人重聚,年龄、场地、身体状况都不是今日的,可不是次次都是唯一?"

简艾说:"和你们待了许多天,感到飞行人员是哲学家了。"

老吕说:"这话送给老安的,他过一阵就成硕士了。小简也从成都回上海吗?"

老安说:"她随便,可以从这边直接回的,我还得在成都住一晚。"

简艾扭一下细腰说:"我还没走上工作,有得是时间。"

老吕说:"不如跟老安从成都走,彼此也有个伴。"

老安不响,简艾也不回应。二人都沉默,实际在心里已有了默契。等送走了老黄老吕,他们就从拉萨飞成都。

6

安建军在候机楼送别老黄老吕,当然写不出李白"桃花潭水深千尺"那样的送别诗,只是手握了又握,相互嘱咐了又嘱咐。当天,他和简艾飞赴成都。

高教官率在成都工作的几名同学和校友在机场接他。多年不见,高教官人已退休,两鬓尽霜,两只眼睛下方已有了眼潭,蛮深的。时间真是个无情胚,当年英武激扬的高教官怎么就退休了呢。

见到生龙活虎的昔日学生,高教官感慨万千。一辈子教学、带飞,已经和教材、飞行产生了强烈业缘,退休那阵真空落,过了小半年才慢慢适应。记得退休后的第一天,他像往常那样准时来到办公室。同事笑着问他:"来看看?"才想到自己已退休,再也不需要来单位了,可以在家休息了,还来干嘛?人家说来看看?他尴尬地打哈哈,对,没错,来看看办公室,看看同事,太有感情了么。

第二天,高教官又去单位,到了大门口,看见匆匆忙忙进出的人群,终于想到自己被正式剔除在外了,步履蹒跚地离开。离开时,陡然想起某位副校长,退休后每天都来单位,中饭也在食堂吃,大家各有事忙,没空陪他,他也不在乎,午后独自一人在院子里遛弯,前后差不多持续了一年时间。有人在背后埋汰他,说这是对权利的眷恋。高教官深有感悟,那位领导未必是对权利的留恋,而是对岁月无情流逝的无奈追恋。那晚,高教官连续梦游,梦见自己年轻的时光,梦见当年到处招生,梦见自己开着教练机在云端里穿进穿出,梦见已经失事的那位甘同学也在机上,就在他的旁边,坐学员位。甘同学觉得这次没飞好,两眼淌泪,委屈地说:"高教员……"

"高教员。"安建军亲切的呼唤,将他从梦幻般的神思中拉回。

几人开车把他俩从飞机肚子底下接出后,以询问的眼光打量着跟在他身后的姑娘。安建军说,这是简艾,下一代,一名即将毕业想加入空乘的学生,上海人,碰巧在拉萨遇见,去阿里回来,一同回去了。几个校友笑了笑,真是碰巧遇上的?安建军正色道,确是邂逅。简艾大方地说,安老师曾经到我读的师大讲课,三年前见过,想不到在西藏碰上了。蔡同学玩笑道,嗯,是偶遇,许多事情都是偶。高教官声音仍如洪钟,说别在这闲扯了吧,先去吃饭,建军他们肚子早瘪了。

一拨人来到安建军入住的酒店。对远方来的客人,西南的同学和校友可不会失了面子,菜拣好的上,点了满满一桌。酒是自带的,四川产好酒,五粮液、泸州老窖都出于此,都是名酒。

用的大杯子,喝啤酒喝开水的大杯子,一人面前放一个,白酒倒满,吓得简艾尖叫起来。杨同学说:"咱们这儿,喝白酒跟喝矿泉水似的,用小杯子麻烦,喝一下就要倒一次,不如一人一大杯地干。你是女娃,照顾,先倒一半。"简艾说:"一半也够呛。"杨同学早将她的杯子抢在手中,玉液汩汩地注入,倒了个小三分之二。

安建军本不擅酒,但这么多年混下来,闻着酒味也闻出来了,否则中队长怎么当?今天既然来到"梁山",他也只有逗好汉了。

高教官年龄最长,又是教员级别,坐在主位。他端起杯说:"建军是山东人,就按山东规矩,我先领三个。"口中念念有词,三分钟之内举了三次杯,每次举杯每人喝下一大口。三个规矩酒干完,每人面前的大杯子已空出去一半。高教官放下杯,说接下来随意。

"哪能随意。"蔡同学站起说,"航校时我和建军一个班的,今天我副陪,按山东规矩,我领两个,各位请。"

又两大口下肚。梅校友拱手道:"俺第二副陪,减轻点负担,只领一杯。喝完了这一杯,规矩酒了结,大家随意。"不知不觉间,六杯(大口)白酒灌入肠胃。

但随意不等于随便,想不喝就不喝,规矩和礼节在那儿放着。安建军端杯首敬高教官。蔡同学手一按:"先敬客人,请高教官休息下——高教官一直要求称教员,但我们以为称教官更尊重,和国际统一。"蔡同学开了先河,几个同学每人轮番敬他安建军一杯,他一气喝下几大口,大玻璃杯已然清空。同学们再敬简艾。简艾唬得直捂脸:"上海人,不能喝白酒的。"比他们大几届的梅校友说:"到了成都,放下上海小姐身架,做回合格的四川人。先干为敬。"自己先咕噜喝下一大口,双眼望着简艾。众目睽睽之下,简艾只得喝下一小口。其余同学依法炮制,简艾如何收得住嘴,只好一一应对。

安建军端杯敬高教官,满满的真心,喝下大大一口。高教官也回了一大口。今天,他已做好了拼命三郎的牺牲准备,既然入了"虎口",伸头一刀,缩头也是一刀,可不能失了勇气。又要挨个敬,高教官摆摆手:"停下,别太猛,大家先吃口菜。建军难得来一次,别将人家空腹放倒了。"

213

太猛太快,简艾已有点头重脚轻,安建军也是浑身热浪上涌。

高教官引开话端:"听说几家公司都要穿极地?"

安建军说:"在排计划,已经箭在弦上了。"

杨同学说:"北上广好呀,啥事都蹿在头里,西南山里头,可挨不上边哪。"

高教官喝了点酒后,面孔红润活泛起来,说:"洲际航线,大圆弧,如果这条线开出来,省油省时。"

"我做梦都想去,可惜没得机会。"梅校友拍拍大腿说,"飞行人生,谁不想挑战,谁不想到处去?就是挂在那儿,也值。"

高教官皱了皱眉头。这帮学生,一说起飞行就来劲,比谈酒谈女人都来劲。安建军也觉梅校友的话不妥,忙将话题引开,对教官说:"时间快,高教官就退休了?"

"我怎么就不退休,难道真飞到八十八?"

安建军瞧着身旁的高教官显得比常人苍老,连眉毛都白了大半,恍惚地冒上一个念头:或许过个二十年,或许不定哪一年,或许这次见面以后,下次……下次的高教官就变成了墙上的相片。他的眼角潮湿,差点暗泣。

不料高教官潇洒地端起杯,豪气说:"祝各位同学一杯。"众人齐举杯,欢呼过后,喝下一大口。

蔡同学喝得满面红光,一抹嘴,说:"眼下,建军的B航司规模超大,可惜原来的五虎将老的老,退的退,只剩下建军这个老五了。听说,新七大金刚不得了,建军是金刚之首呢。"

安建军说:"坊间传言哪个能信?敬兄弟一杯。"

蔡同学闷掉一大口,精神更抖擞了:"极地飞行,你可一定要争取啊。你去了,代表我们这些同学也去了。"

高教官忽然说:"段早也是我的学生,也在B航空,怎么样,常见面吗?"

安建军说:"也有见面,两人还一起飞过格尔木呢。不过,平时各忙各的多。"

高教官说:"前不久,他还打过电话给我,说总是忙,飞国外,也飞国内,飞国内呢,喜欢去西藏高原啥的。"

"他飞高高原机场,水平领先世界。"安建军说。

"听说,你们有七大金刚,你大金刚,他二金刚?"

"江湖讹传,没有实在意义的。"安建军诧异地说,"高教官啥事都晓得?"

高教官没接他的话,归自说:"像你一样,段早的手上也很有感觉的,是块飞行的料。希望你们好好琢磨飞行这回事,不断开疆拓土。那个,在飞者心里,远方即诗,诗即远方。"

蔡同学说:"高教官桃李天下。我们一起再敬教官一杯!"

"黄埔"同学难得一起,见到这些昔日在广汉操场上一起奔涌的队友,安建军似又回到了那个少年时代,豪气顿生,再打通贯,和每人喝一圈。同学们又回敬他。大家都是个有来无往非同学的性格,喝了一轮又一轮,几轮打下来,安建军已是头脑晕乎乎、头重脚轻了。

西南同学忽然发现还有个小妹。有漂亮的美眉在侧,哪能放过去?好句好词现场编,每人依次起身过来敬她。任凭她如何装可怜,如何扮悲情,在众人的围猎下,也少不了一人一口,来回喝了个豪气出来。喝至兴处,有人问她,工作落实了吗?她自然说正在找呢,这回西藏、成都一来,再无异议,定了,就去考空乘,和诸位一起在天上共事!梅校友一拍旁边的安建军,说:"找什么找?赖在他身上就是了。堂堂七大金刚之首,这点屁事办不了,换人!"

她眼睛里放着闪电:"安队长,这事真搞定?"

安建军借着酒精,将肋骨拍得哐哐响:"当着这么多同学面,说话算数,这事交给我了。只要你体检合格,就来咱公司上班吧。"

众同学同声说:"我们都是见证,不许诳,不能赖!"

简艾当即立起:"想不到到西藏一行,尤其是来成都,见到这么多大哥,把工作都敲定了,值,我敬各位飞行大师一杯。"

蔡同学打个响嗝,手一挡,说:"先敬他,必须先敬这个恩人。"

她喝得眉眼都弯了,借着酒气,转向安建军说:"先敬恩人一杯。"

安建军说:"恩人?谁是恩人?"

她说:"帮忙的人呀。"

安建军大着舌头说:"在座的都是帮忙的人。"

杨同学站起,满嘴酒气地说:"嗨,建军很清醒啊。"转头对简艾说:"当然是他建军了,他是具体抓落实的人,咱们都是瞎起哄。"

简艾把脸转向他,端杯灌下鼓鼓一口。安建军摇摇晃晃喝下一大口。

杨同学拍着她的小肩说:"上海小娘,果然嗲。记得,回去马上找他兑现今晚诺言。"

对着美人,蔡同学喷着酒气狂拍胸脯:"要在西南,找蔡某人,在华东,不找安建军找谁?这事就在酒桌上搞定了。酒风代表作风,酒品代表人品,安同学酒品人品都过关,飞得又这么好,人路又那么熟,你的事自然小菜一碟。"

人虽不多,气氛爆场。十几轮下来,四瓶五粮液已底朝天,刚要开第五瓶。高教官一声咋呼:"停,酒到此为止,菜可吃,茶可喝,坐着再聊会。但至迟晚上十点,酒店要打烊的。"

高教官尽管已退休,毕竟是师字辈,威望随时都在。众同学称是,酒不开了,喝茶,喝啤酒,随便。好几个人舌头已经打结,说话都口齿不清了。过了一会,高教官立起,像当年那样,威风凛凛地发话:"这个,天下没有不散的筵席,今日散了,他日才好重聚。今天还好,没人钻桌底下,就这样了,散,回去休息。"

同学们坚持要送他回房间。安建军说不用,你们自己都东倒西歪了,还送别人?我坚持得住。简艾也说不用,你们请回。高教官和几个同学送他们进了电梯,才出大堂。

安建军刚才拼命忍着,出了电梯,经过走廊,走向自己的房间时,整个人像掏空了一般,摇摇晃晃似要翻倒。她上去扶住不让他倒下。他头一斜,倚在她肩头,胸口翻江倒海似的难受。她帮他从兜里摸出门卡,打开房门,将他扶进去。她使劲将他弄在床上,脱去鞋子,塞进被子。忽然觉得自己也晕天晕地,看顶上的天花板都在旋转,也迷迷糊糊地跟着滑了下去。躺了会,被中两人相互抱紧,偎蜷在了一起,一会,梦游似的大动起来。半夜,男的开始打鼾,女的也打起呼噜。

第二天酒醒,安建军睁眼一看,身旁躺着个年轻女人,光着身子,肌肤雪嫩,触指可破。他的脑袋嗡嗡巨响,知道闯了大祸。他迅即穿衣下床,不知将脸往哪儿搁。

过了一会,简艾也醒,发现自己赤裸的模样,忙捂紧被头。他低头嘘叹一声:"对不起,昨晚,喝高了,不省人事……"

看他的窘状,她也唷叹一气:"唉,大家都醉麻了。唉,本来好好的,怎么会这样?"

"我、不是故意的。"他羞愧万分地说。

"知道,你,无意者无罪。"简艾咬了咬嘴唇,下了决心似的,"你不用背包袱。我信缘,说不定这就是孽缘,缘上了,避也避不开。"

"我,我的确不是故意……实在喝太多,脑子断电了。"

她已快速穿好衣服,趿着拖鞋,仰天道:"说过了,不需要你负责的。"

十、极地之旅

1

自阿里高原返回,在成都和简艾意外"一夜露水"后,安建军跟做间谍似的,处处提着防着,既要躲着简艾,又要防叶夜知情。

观察了几天,叶夜这头波澜不惊,平时各飞各的,在家时一日三餐,晚上夫妻生活照旧,好像没窥见他有什么破绽,将悬空的一颗心放平。简艾那头更怪,半句话不提,还隔三岔五地来个电话问候几句。现代的女孩,发生了那样的事,倒像一点事也没有的,他看不懂,也无需他懂。至于她的工作,已经落实,公司反正要招乘,凭他大金刚的名气和"黄埔军校"的人脉,自然手到擒来。这阵,她已收到录取通知,在入职新乘培训。工作一单事搞定,他也算守诺言,还了她一个情,最好从此和她撇开关系,老死不相往来。

新乘培训请他去授课。这类课,他每年去,谁叫他技术好,又有理论呢。他这七大金刚之首,不是吹来,有实打实功夫兜底的。在教员机长里,他是对飞机理论理解最高深的人。乘务部每年的培训课,少不了请他这个飞行部的大咖去助助阵、站站台。他讲课喜欢打比方,将深奥的飞行原理化为浅易,用鸟呀鸡呀的将一架飞机说活了,正如列宁拿白菜萝卜将政治经济学讲透了。

他俩又碰上了，也是偶遇。他在台上讲，简艾在台下听，犹如时光倒错，回到了师大一年级航空普及那一课。几年后这一幕竟又重现。

一切都是偶然。他和她相识，也源于他的讲课。他以渊博的知识、形象的比喻、不紧不慢的语速表达，加上清俊儒雅的外表，成为吸睛者，也偶然拨动了她的心弦。在阿里的几天经历，虽没有发生特别的事，在他同学的许多场玩笑中，也偶然地撞击着她的芳心。她也不晓得，凭他一个四十来岁的中年男，怎会吸引到一个豆蔻年华的少女之心。可以说，他们在成都酒店的"作乱"，对她来说，是有多个偶然作基础的的。按理说，这种事，应该男的先醉，殊不料反是她先"陷"进去。

而对安建军，一切有些突然，有些偶然，甚至偶然得无征兆。他至今也理不明白，当时怎么就带她去了阿里？在成都怎么就稀里糊涂滑进了她的身体？她年轻貌美，的确年轻，比他小了二十岁，皮肤不用抹油涂脂，也是嫩白，眼睛里发出的自然光，就鲜媚动人，一切不用装，不用做作。实际上，自从西藏一见，他这个中年男也是打心底喜欢她，但总觉得不能对不起她，毕竟自己有室有家，有妻有女，而她单身女一枚，以后要成家生子，不能污染她，不可妨碍她的人生，决意悬崖勒马，将她埋藏在心里，平时就有意回避。

"为什么避开我？"上完课，她如一阵轻风，旋到了他身旁。

听见她的声音，安建军条件反射似的瞅了瞅周围，心脏怦怦乱跳。"你瞧什么？没人会在意一个学生和一名老师在一起说话。"简艾嘻嘻一笑。

他还是忐忑，急头慌脑地往外走："你怎么没跟大家一块走？"

"专门等你的。不是说过，咱们是阿里之行的患难之交吗？"

"不方便。"他又本能地瞟了眼四周。上完课，空乘们各自散去，根本没人留意他俩在一块说话。

219

"你吓什么？我都不吓。"她偷笑，"不就是酒后胡乱睡了一觉？"

"呃，轻声！呃，就当咱们没去过阿里，也没去过成都，好不好？"他惊惶地边走边说。

"不可能了。去阿里是次神圣的旅程，有人一辈子想去都没去成，为什么要将它封冻起来？况且，去阿里有老吕老黄见证，又拍了那么多照片，有的还在互联网上流动。"

他杵住。正色道："我是为了护你，你才二十出头。"

"哈，我么，穷人家的孩子，坚强得很，不需要保护。再说，已经发生了的事不可能当作没发生，你知我知，天知地知，回不去了。"她指指天指指地，豁朗地说。

"你是个小姑娘，我是为你好。"他又瞅了瞅四周，黑着脸说。

"不用东看西看，现在的人都忙，没人在乎你我走着说几句杂话。放一千个心，我说过，不要你负责的。再说，你已帮我解决了工作问题，该谢谢你，是不是请你吃顿饭？"

"我没空，有事。"公众场合，他心悸，只想快点离开。

"老师和学生在一块坐坐，很正常啊。"她扭头瞧了眼周遭，人群鸟兽散了，只有他俩。她突兀地说："去不去海钓？搭快艇出海，待二三天回岸，蛮刺激的。"

"我要上班，哪走得开？"他固执地说。

"公司离开谁不照转？真把自己当顶梁大柱？金刚先生。"她哈哈娇笑，一口牙齿又白又齐，"听我亲戚说，快艇开到东海外，接近钓鱼岛，蔚蓝的大海，晚上见浪钓带鱼，白天见光钓黑鲷，带劲得很。"

"这些可是富人玩的玩意儿，咱没时间。"

"不要那么计较，我一个亲戚做的生意，价钱上可以谈折扣，你一个大机长，这点消费，毛毛雨。"

"也不是钱的问题,主要是没空,要飞航班。"

"谁不飞？以后我也要飞了。我是说以后,预先约个时间,等有档期再同去。"

一听说她要和他同去,头立马大了几倍:"你别拧拗了,我要接送女儿。"

"哈哈,女儿多大啦？怕跟我差不了几岁吧,还要接送？"

才知道一急说错了话,被她逮住,只得硬怼:"没时间,再说。"

简艾撇了撇小嘴,嘟囔道:"没劲,随你了。"

过了一阵,简艾上机实习,几个月后,正式成为一名空中小姐。一旦登场开飞,像他一样忙。简艾高挑的个头,水汪汪的特质,外形上比多数空姐有优势,凡搭班的机长、客舱经理也喜欢她。见简艾不常来找他,安建军惊魂稍定,将她的事搁在一边,潜心忙自己的飞行。

2

飞行部组织了一次空地交流,双方前后协调了快半年,凑人凑时间,内容是组织部分飞行员代表参观管制(指挥)中心。那是飞行人员心中的梦境。平时飞在空中,不同的高度有不同的管制员出来讲话、发指令,但地面"指挥所"建在哪,是怎样的一个场所,吊着飞行人员的胃口,啥时能去现场开开眼界？现在,飞行部终于组织了这项活动,请飞行人员走进"指挥所"。作为对应,下次有机会,也请管制员代表进驾驶舱瞧上几眼。

参观人员名额有限,飞行人员削尖了脑袋想去探个究竟,飞行部领导对人员删了又删,报名人数还是爆棚,最后权威领导拍板,挑表现好、技术精的机长去,要老中青三结合,当作一次奖勉。七大金刚之首的安建军首当入选。

这天安建军休息，交流活动安排在下午，但他上午就按捺不住，自己开了车，来到管制中心准备找那个管制朋友那三只谝谝。听说他要来，那三只还约了区域室的另一个校友司战一块聊聊管制这档事。三只负责塔台，司战负责高空。司战也是广汉飞院的毕业生，学的是空中运输专业，其实就是管制专业，指挥飞机的，比他小七、八届，也算校友。在民航界，天津民航大、广汉飞行学院，加上后来加入的南航大，是培养飞行员和管制员的三大主力院校，许多工作人员不是同学就是校友，如果溯到前几代，怎么都能搭上点边。安建军和那三只认识二十年了，两年前就在约参观管制中心的会，终于在今年第三个年头得以成行，而且还是单位间组织的，名也正言也顺，只不过他比原定时间早来几个钟头而已。安建军的想法，上午到这儿和那三只闲聊，中午在附近的农家乐请那三只和司战吃个饭。那三只也很高兴，说管制中心这次很重视，专门派了塔台、进近、航路三个高度层的管制代表出席交流，他前几天刚从意大利接设备回来，带了巧克力，顺便送几块给安建军尝尝。安建军嘿了声，说咱三天两头飞欧洲、跑美国，还要你带巧克力？送你几包还差不多。

安建军九点半来到管制中心楼下，好不容易找个空位，将车泊好，打电话给三只。两次铃响，无人接听，又发个短信，告知他自己已到楼下。半晌，那三只回短信：会议中，稍候。这一候，候到了十一点，那三只终于摇头晃脑地出现了，连说歉意，说最近事多，区域事多，进近事多，塔台事也多，忙得一屁糟。

安建军指指手表，说时间差不多，不如先去吃饭。那三只说就在咱食堂吧，请你吃牛肉面。安建军说已订好了，就在附近，农家乐，便宜，东西挺新鲜。那三只说，机长有钱是吧，翻咱几个大跟斗，吃顿饭小意思，好，不客气了，那咱上车，我打电话通知司战，让他下来一块跟车。司战接到电话，说他那头的会还没结束，要十一点半过后，请他们在车里稍等，完事后马上下来。他俩就趴在车上等。

那三只往副驾驶椅上一躺,说最近特烦,刚开完业务会,决定对两架外航飞机违反管制指令的事提出警告,由安监局派员约谈。安建军"啊"了一声,说老外这么牛,敢在那三爷地盘耍横?那三只见到老朋友安建军,有些亢奋,卖弄似的叨了起来。

前不久,一架英国R航空公司的机长情景意识缺失,误听管制指令,飞行中突破了预定高度。

哼,这是不能容忍的,给定的高度怎能随意突破?那是必给一个警告。那三只激愤地说。

无独有偶,今天上午,也就是你建军来的那会,一架美国DN公司的班机,穿错滑行道,差点和准备起飞的一架国内公司的飞机发生冲突。初步分析,发现DN公司的机载数据滞后,没有及时更新,驾驶舱资源管理不足,而且,该航班机长对跑道现场持续观察能力低下。已经勒令该飞机停下,不得离开,解释清楚原因才能走。那个,上午的会议决定,形成书面通知,要求外航及时更新中国机场的相关数据。那三只骂骂咧咧地说,哼,这些外国佬又懒又惰,以为中国机场跟外国一样,三年没变化,数据不用换,什么英国R公司、美国DN公司,以为你浪头大?

安建军问,真将那架飞机扣下啦?那三只说那还有假,正停在一边作检查,态度不诚甭想走!安建军见他额头不停地冒汗,递了张纸巾给他,说你擦把汗,看来管制的确累,不当面接触,真不清楚被折磨成啥样。

那三只轻轻转了转脖颈,说你在天上,只顾看云看风景,哪知道地上的苦逼?他翻了翻随身的小本子,说你瞧瞧,就上周,光华东地区发生多少事?多少事?机组原因5次飞错高度,3次听错指挥口令,8次复飞、备降,遭雷击1次,鸟击9次,轮胎扎伤4次,擦机尾1次,航空器地面刮碰1起,飞机空中机械故障3起,部件脱落2起,颠簸伤人1起……不听不晓得,一听吓死你!安建军唏嘘道,机长只关心自己一架机,你们关注的是全盘,要是外头人听见,不知多少惊心动魄呢。那三只说,这就是实情!汽车行驶在公路上,每年死伤十几万,难道所有车辆停驶?

安建军说难得一见,这话题太沉重,来点轻松的,你去意大利待了几天?那三只说含来回路途共十天,米兰进,罗马出,感觉蛮好。听说去接设备?你们管制部门,又不是通信设备部门,接哪门子的设备?安建军好奇地问。

哈,这你就不懂了,接不接设备不重要,关键是出去重要,出国重要。现在的航管设备大部分靠进口,雷达、导航、甚高频、自动化集成,大多数从国外进,每进一种设备,都要安排人考察、培训、设备验收,至少三拨人,通信系统的人基本出去过了,也就匀点名额给咱管制部门,还有机关各处室,好事大家享,这个,雨露均沾么。

这个词用得不恰当。安建军搔了搔头皮,说这么多人出去,老外能同意?那三只笑道,所以要谈判么,什么设备,进哪国的设备,安排我方多少人出国,都是谈判的条件,谈不拢,就不买他们的。那是羊毛出在羊身上,还不是花咱自己的钱?只不顾买了个冠冕堂皇的出国名额。那三只说,饱汉不知饥汉馋,你们机长三天两头飞国际,当然不稀罕,咱地面人员机会缺,只好各想各的招了,现在政府公务员也开放了,利用考察、交流、学习的名目飞出去,好像处级以上干部都能轮一圈,做法上异曲同工。说到这儿,安建军忽然想起了什么,说出去学习下还是有益处的,你看下来,意大利的生产厂家和国内比,有什么不同?从制造工艺到管理?

那三只摇了摇头说,这次晚了,根本就没进去工厂。啊?不去工厂,那你们验什么收?那三只瞅了眼手表,说不是办手续晚了吗?比计划晚了两个月,设备已经运到国内,在安装调试了。设备已抵国内,还出去?

哈,合同签好的,采购大合同下面附两个小合同,一是出国验收设备合同,二是出国培训合同。有多少人出国,路数清爽,设备虽已完成交接,但出去的名额不能废,一定得用完,所以这次出国可轻松了,由通信导航部门的苗主任领队,不带任务,不进工厂,到达米兰机场,对方来一辆面包车,一个导游,直接将人拉走,从米兰到佛罗伦萨,自威尼斯到罗马,看了一路意大利的老屋、教堂、油画、雕塑。

哦,我知道了,你们这是"罗马假日"纯玩团。那三只哼哈一声,说内情透露给你了,别到处瞎嚷嚷,否则影响咱行业声誉。安建军笑道,放心放心,咱哪能连这点规矩都不懂?不过也没啥,这些都是公开的秘密,上下心照不宣罢了,你们想出去,难道上面不想出去?现在每年这么多管理培训班,都是和欧洲、美国合作的,堂而皇之,说穿了训啥不重要,还不是曲线的公款出游?

安建军忽然说,那么多设备都靠进口,得花多少外汇?那三只说,和你们开的飞机一样,基本都是洋货,不过,国内也在研发了,南京某研究所开发的恩瑞特航管雷达,据说还不赖,问题是没人买。还有自动化系统,南京所和成都所的产品都渐渐在成熟。哈哈,国产货上来,你们不是没得出去啦?总有那一天的,收入上去了,大不了自己出国。那三只指指车窗外,说已看见司战了,他出大门了,准备开路。

3

司战进了安建军的车,坐在后座。寒暄道,建军兄这么客气,还慰劳咱吃农家乐。安建军说,不就图便宜吗?太贵恐二位不肯去。二位都是请不到的尊贵,你们是人民警察给咱司机脸面。那三只说,这话多顺耳,嗯,先开出去,边走边聊。

农家乐不远,十分钟就到了。三人进入预定的小包房。服务生递上

225

菜单,那三只将手一挥:"随便。"司战也将手一挥:"随便配几个,有特色的。"安建军对服务生说:"拣这儿招牌的上,三个人,你也看到了,都男的,胃大,去吧。"服务生应声而去:"一会就上,请稍候。"

安建军对司战说:"波道里经常见,实际上几年没碰面了,忙成这样?"

司战撸一把微白的板刷头:"忙得嘴巴都弯了,头发都早熟了,哎,后面的事压得更紧。"

安建军晓得司战是区域(航路)室资深管制员,负责6000米至13000米航路飞行的指挥,而那三只负责起飞和降落的飞机,高度从地面至600米,两人的跨度比较明显。"听说你们在进行高度层改革?"

"可不是吗?"司战扳着手指头,一副战斗的姿态,"1993年,将每层1000米的高度差调为600米。这次走的第二步,将6000米至8400米之间的高度层,上下间隔由600米缩小为300米。

高度层改革波及管制与飞行,涉及中国公司和外航公司,方方面面都在看,只许成功,不许失败的。"

司战撸了撸袖子:"马上还有第三步,将8400米至13000米的高度层的上下间隔由600米统统调为300米,这样,在航路飞行的天路一下增加六个高度层,等于高速公路从三车道扩充为六车道。"

"这样就和发达国家对标了。"安建军说。

那三只说:"我们要赶超的,就是欧、美。"

安建军说:"你们从不习惯到习惯,我们也会从不习惯到习惯。"

司战说:"我们是后发,正式实施前,要做多少准备?制定方案,预演,修改,再预演,再修改,还有应急预案,发布航行通告……每一步都把你揿晕。"

菜已经递上,一样一样蛮迅速。三人不用招呼,伸出箸去。他们的注意力不在菜的内容与质量,夹到什么都送往嘴里,吃什么、吃到嘴中啥味也不重要,重要的是坐在一起,谈天说地。

安建军说:"抬轿子有抬轿子的累,乘轿子有乘轿子的担心。我们也是压力山大,马上要飞极地航路了,咱们可不能比欧美人落后呀。首先得试飞,正式开航的时间也差不多敲下来了。"

那三只眯起一只眼:"该不会又是你老兄吧?"

安建军吃了口菜,放下箸说:"这种事,要是摊不上我,会感到悲哀的,毕竟还没到'廉颇老矣'的年龄。"

司战也跟着兴奋:"你,那是一个,小历史人物。"

"哈哈,咱可没那么高大,又不是开国将军。"

"也差不多,名气大小而已,至少是国士。"司战不无遗憾地说,"啊,北极,可惜不是我在那指挥,否则多过瘾。"

"嘿,这种可能性还是有的。"安建军说。

"你在说笑话,笑话咱中国的管制员。"那三只说。

"真不是。"安建军嘲笑道,"那边没人管,准确地说,是四不管地区。临近北极的,有冰岛、俄罗斯、美国和加拿大几国,那块鸟不生蛋的地,谁都沾点边,谁都管不上,谁都不愿管。所以那爿天开始向商业航班开放。我们在满清已经失去了海洋,等于也失去了许多天空,眼下北极对商业航班开放,我们要是不去飞,以后也会失去话语权的。"

"看不出你还懂点政治。"司战说。

"我只会飞,哪懂政治?我们的飞机要是去了那儿,全靠自己瞎摸路,边摸边飞,我呢,就是那个瞎子。"

"自己摸路?"司战问。

"那儿的地面设施不全,瞎闯。"

"呵,那活可不好接。"那三只若有所思地说。

"总得有人接。"安建军说,"如果不是我去,肯定会后悔。"

那三只说:"但愿去了别后悔。"

司战眼睛的余光横了那三只一眼,说:"北冰洋,满是冰天雪地,想想都冷。不过,你们在飞机上,有发动机吹进来的热气,不怕冷。"

"也冷,也怕。机油怕冷,燃油怕冷,机器也怕冷。"安建军喃喃地说。

4

飞极地,段早已跟飞行部提过两回。论技术,他属于七大金刚第二位,和安建军难分轩轾;又有试飞青藏高原的富有经历,似乎更有资本。但这个问题上,安建军一改往常谦让的做法,态度坚决,不愿相让。这或许是受了成都那晚高教官言谈的影响。

飞行部许总经过权衡,考虑让他俩一块去。大金刚二金刚师出同门,各擅胜场,安建军稳定持重,段早虽有点跋扈,但处置特情冷静。许总和其他领导商议,干脆让两人同去,同为机长。他先试探性地问安建军:"你俩都是独当一面的大将,极少同飞,这次要么换换,让你师兄当回第一机长?"

"咱俩同机飞过高高原,那次去玉树,就是他当体面的第一机长,俺第二机长。"安建军有理有据地说。

"那个事我记得。"许总啊哈一声,"你不是一向发扬风格?"

"可这回,我不想让人说我高风亮节之类的嘲讽话。"

许总叹道:"可段早力争的劲头很足,他尤其爱好试飞之类的活。"

"可是,我永远都热爱学习,尤其喜爱试飞极地之类的学习。嘿嘿,我是五虎将,他不是,七金刚里,我排一,他老二,即使耍赖,这次我也得当主角。"

听上头安排他俩同去,段早气呼呼地跑到飞行部,说:"论手艺,咱俩一个级别;论资历,十四航校,我比他高三届。江湖中传咱十四航校是民航飞界的黄埔军校,即便黄埔军校,也是按届排位。"

许总笑道:"就你说的黄埔生,也并非按届论位,还是要从实际出发。当年陈赓是黄埔一期生,而林彪是四期的,1955年授衔,林彪元帅,陈赓大将,怎么解释?"

段早语塞,蛮好不说这个比喻。他挠了挠头皮说:"我不管,要去,我做第一机长,他第二机长。"

"你别激动,坐下好好说。这个,最近,你不是刚遇到点事吗?让你做第二机长也好,平复一下情绪。"

段早刚落座的屁股像遇到了刺,一下从椅子上弹起:"我是遇到事,但不是我的错,结论不明确了吗?"

他们指的是上周小飞机被大飞机掀翻的事。那天,段早驾机飞在万米高空,一架公务机从左前方穿插过来。管制员发现苗头不对,指令公务机停止上升高度,避让航路上正常飞行的大客机。但公务机机长没太当回事,以为自己的飞机虽小,也值几个亿,骨头比客机还硬,照样优哉游哉地穿行。当两机迫近小于300米侧向间隔的瞬间,段早驾驶的重型机吹出的强大气流喷向公务机,或许是两机接近的角度过于巧合,个小、身轻的公务机被重型机的气流喷得连滚五六个跟斗,斜翻出去500多米,才勉强稳住姿态,两翼恢复平衡。公务机机长的脸都紫了,方明白不听指挥的后果。机上的几个豪门乘客更是肝胆俱裂,血色全无,个个抱紧了头,以为要去另一个星球报到了。

事后,局方对这起罕见的"掀翻"事件进行了评估,调取两机飞行航线,分析雷达记录的实飞航迹,听取管制员的指令录音,最终认定段早按规定航路飞行,错在公务机不听指令,野蛮穿越,使得两机小于侧向间隔的安全余度,大飞机气流将小飞机刮跑翻身。

许总说:"虽然此次不安全事件的责任不归你,但你毕竟是当事人。"

"既然责任不在我,当然不影响我去北极试航。"

"是不影响,你可以做一名出色的机长,第二机长,和安建军共同完成使命。"许总平心静气地说。

"不,我不当第二,要当就当第一机长,否则我就不去了!"段早不想让步。

许总继续微笑。须臾,他敛起笑容:"这可是你说的。"

段早不愿做第二机长,许总就将他的名字轻轻勾去,换上另一名稳重且温和型、七大金刚末座的养芯鑫养机长。

5

男人要飞极地,女人也在准备。去家万里,忧思难却。这种准备,更多的是心理上的。

"北太航线本身成熟,为什么一定要飞极地?"叶夜说。

"亏你还是个飞人,怎么没一点战略脑子?"安建军循循善诱,"北极对商业飞行开放,是航空界的一件大事,凭我国目前市场的份额,哪能放弃!"

"破阿拉斯加,不毛之地,冰天雪地,我又不是没飞过,有啥好?"

"北纬度地区,西风带强劲,达到每小时近400公里的风速,中国飞往美、加搭的顺风,不费吹灰之力,但回程一路顶风,抵消了飞机的部分速度,许多机型非得在安克雷奇经停不可,加油加水,耗时耗油耗银子。往后,我们还要开美东的纽约、芝加哥航线,开加拿大的多伦多航线,如果走现在的北太平洋航线,即使远程重型机,也难以一飞到底,非经停不达。如果开通极地航线,不仅路程短,且风平浪静,省时省力,又能顺观北极风光,怎么都合算。"

"不如让美国人、俄国人去飞,他们对那一带熟悉。等他们飞稳了,咱们跟上不就得了?"

"人家能飞,我们一定能。世界上没有那么多现成饭好吃,人家飞的数据不会给咱们。咱们现在试飞,就是为正式开通美、加东部的航线探路。倘若咱们不飞,资料和数据都在老美手中,届时人家直飞,我们半途经停,旅客们都去坐美联航、加航了,咱们的生意输光光。"

"即便如此,非得咱公司先试水?"

"我想,其他公司也会去探路的。"

"即便本公司去,飞行人员几千,非得你去?"

"开天辟地的事,我想去,喜欢去。"他哼哈道,"眼下条件好多了,当年只能去那儿科考,申请一次先交二十万美元,现在是商业开放,免费,谁都可以试飞。"

"等人家飞定了,正式通航去不也是飞?"她仍坚持自己的观点。

"意义不一样,我喜欢试航,喜欢首开,从骨子里喜欢。"他执拗地说。

叶夜说:"这次段早想去没去成,必定恼怒。"

"他想做第一机长,不当第二机长。我倒无所谓,可以让。"

"我看这回你是有所谓,不想让。"

安建军哈哈一笑:"最后是领导拍板。他不是刚遇上吹翻公务机那档事吗?"

"呃,优质机长里,段早也算个血性男。"

"从专业的角度,我完全站在他一边,一是一、二是二,这次的气流吹翻事件责任与他无关。"

"晓得你这个技术大亨为他说过话。他也不领情,说本身没错,为什么要旁人说话?"

231

"我是为事实作证,不为某人领情。"

叶夜不再接茬,默默整理着衣装。他明白,她苛求的是平安。叶夜木然地抬起头来:"去全新的地方试航,总吊心,不担忧是假的,尤其去北极那块冰地,听说那儿没太阳,晨昏线消失了。"

"不是没太阳,是太阳永不落,现在是夏季,日头永远挂在天边,不落下去。到了冬天,那是见不着阳光,无尽黑暗。"

"反正极北之地没人飞过。"她停止了收拾,直起腰说。

"我去了就有了。反正在天上,飞哪儿都在机舱。"

"差很多。为什么飞机诞生了一个多世纪,捱到现在才飞北极?美国人、俄国人又不是傻蛋。"

"美国人也飞了,人家科考比我们早几年。"

"呃,咱们飞了一辈子,被晨昏线赶着飞,也迎着晨昏线飞,但北极那块看不见那条线,按你的话说,夏天太阳老挂在那个方向,也就没有早晨和黄昏之分了。"她叹道。

"差不多是那意思。到了北极点附近,晨昏线已很模糊,不能用常规心态来考虑问题。"

"可是中国人没飞过。一定要你去吗?"

"天空中没有翅膀划动的痕迹,可我就要飞过。"安建军哈哈道,"怎么又绕到这个话题了?因为我是七大金刚啊,金刚比别人硬,就要顶在前。"

"七大金刚里去几个?还有五虎将呢?你是老末尾巴。"

"在飞的五虎将只剩我了,其余的都安全落地,退了休。"

"七大金刚都是近十几年出道的高手,除了老段等二人,四人比你年轻,技术也结棍,也不用你回回领先,留点机会给别人好不好?"

"人家有人家的活。这次是我愿去,不打算将机会让别人。同去的,还有七金刚里的老七。"

"没法说你了。我看你是想去北极玩,野天野地去玩,开着飞机去玩。"

他嘿嘿道:"你说对了,我去北极玩儿。"

此前,他和师傅鱼旺、五虎将之首的王机长碰过一次面,安建军请二位师长在外滩的半岛酒店喝咖啡。鱼旺和王机长指点江山,谈了很多极地和高高原飞行方面的话题,他们无意中对此次极地试飞给予了莫大关注。他们的话模棱两可,但安建军听得出弦外之音,这更激发了他的雄心与热度。

技术上的准备工作两个月前就开始。公司先找美国同行、俄国同行咨询,国际合作嘛。人家客客气气,脸上永远挂着笑,嘴上丝严缝密,不是打哈哈,就是顾左右言其他。人家冒着险飞,为什么要将数据透给你?花钱也不行。科考和试飞没有共享,只能靠自己摸。该准备的都准备,准备得差不多了,终于等来了试飞的那一天。自己不去实地走一走,怎么能带旅客开航?

正式开试前,睡不着觉,不知是亢奋还是焦灼,反正睡不着,天不亮就醒。飞行人员要求身体一级棒,睡眠好也是条件。怎么就睡不着了呢?多少地方去过,太平洋、大西洋、沙漠、北美、澳洲、欧洲、中东、赤道、红旗拉普,怎么轮到北极就失眠了呢?年纪上去了?也不算太大,四十多岁,离五十还有点距离。他的经历已经很富有,一次次的碎片连起来,就成了串,成了线。可别小看一次次的飞,一个航班一个航班的积,一回又一回的试飞,一场又一场的首航,一条金丝串起来,连下去,就是他的人生,飞行人生呵。谁不想自己的人生出彩呢。

飞机选最大号的,大尺码的A-340,四个喷(发),即便在那头冻病了两个,另两个照样低高度飞回来。那边的备降场都比较偏,比较稀,数来数去,就俄罗斯的雅库斯克、阿拉斯加的安格雷奇和菲尔班斯克,冰岛以及加

233

拿大北部格陵兰岛上也有个把,那儿更远了。选定几个地方作为备降点,只是以防不测,满足最低限度的要求。万一玩不下去了,得有地方撤。

6

A-340加饱了油,从美国东部拉风出发,飞向北冰洋,飞向北极。十几个小时的飞行,全是金乌高悬的艳阳,这里的夏季没有夜晚,只生产白昼。北冰洋、北极牵成一线,谈不上谁的领空,不存在领土问题,公海上空,北冰洋的上空,中国民航来验证飞行。

一个字,白。白茫茫,白花花,白得刺眼,白得炫目。白色的冰,冒着寒气,将上空的空气都冻僵了,最低温达零下70°C,比中低纬度同高度层的气温低20°C。气温过低,航空燃油可能结冰,油成了冰,不肯流动,流不进发动机,就得停机,这一停机,大飞机成了滑翔机,说不定就完蛋。他们都清楚,航油的冰点一般在零下40°C至零下48°C,油品好的更低些。试飞,当然选最好的油质,还做了特殊处理。安建军他们事先做过功课,如果某高度的温度可能低于燃油的冰点,马上将高度放低,甚至更低。这需要一片一片地试,一个区域一个区域地飞。

驾驶人员都戴上了防护镜,防冰面、雪面反光,防极地超强的紫外线。

看不出哪里是洋、哪里是陆,都冻成了冰和雪,北极就是雪极、冰极。

极地试飞,配的双机长、双副驾。坐在右位的养芯鑫机长脸上微微变色,忽然说:"气象雷达失效。"安建军聚睛瞧去,屏幕上全是雪花,闪着耀着,和看下去的地面同颜色、同腔调。

"不稀奇,地面是白,冰面、雪面、冰镜面全是白,对雷达无线电波来了个全吸收,显示器上的反应自然是白花花的一片了。"安建军说。

"怎么办?要不要关机?"养机长又问。

"关和不关没啥区别,开着挺好。其实,显示器上白茫茫的一片也是资料,这就是北极圈内的信号反射特征。"

"嗯。"养机长说,"目前的高空轻风,飞机平稳。"

"基本无风。这就是极地航路的优势,路线近,又无风无浪。"

"关键时刻雷达不是万能,人眼倒是百能。"

"所以机器、人工智能要战胜人类,那是在北冰洋上做梦。"安建军侧头说,"和家里的通信怎么样?"

"正常,刚联系过,已报告了方位和情况。"

"周边的管制中心也还正常?"

"阿拉斯加的管制员还通过话,十几分钟前。"

"这我知道。"安建军答应着,驾机继续往北极方向靠拢。

偌大的飞机空空荡荡,只有机组和专配的机务和空乘人员。一名漂亮空乘端着托盘送进咖啡和红茶。养机长说说:"北极地,不毛地,还有咖啡和古树红茶,生活照样灿烂。"姓鹿的空乘朝他们微笑笑,也不多说话,怕影响他们在极地区的工作,袅袅婷婷地出去了。

安建军由此想起叶夜那张鹅蛋脸,今天她在哪?哦,记起来了,今天她也飞,漂在大洋洲的上空,此时在组织乘务员发餐?还是在厨房间歇脚?思绪漫转,又突兀地想起那个简艾,刚才进来的鹿空乘的身材像她,瘦瘦长长,脸上白嫩得能掐出水来。简艾早已正式入列空乘,在飞着国内的几条航线,也是今日西明日北的。两周前来过电话,说是空乘苦空乘累,起得比鸟早,歇得比蛙晚,飞得没日没夜,飞得斗转星移,常常睡不醒觉。怪,思绪怎么飘来飘去?

在北极圈内已飞了近两小时,从东往西北方向飞,离极地点渐靠渐近。瞅着仪表盘上的数据,他们的脸色肃穆起来。"呼附近的管制中心,看看有没有什么通告?"安建军收回神思,吩咐道。

养机长开始呼叫,开大嗓门叫了几遍,叫得辛苦,叫得心灰。叫了十分钟,只有去的声,没有回的音。他的心脏突突加速跳动,忐忑地问:"怎么办?"

"不慌,继续呼。"安建军说。

养机长调正脊背,运足真气,反复再叫几次,还是叫不通。通信失联?对此,他们本身有所准备,安建军更显得冷静。到了这儿,就当没有外界,没有人类,是在外太空,就他们一架飞机,随着一阵风飘来了,飘到哪算哪儿。然而,既然是试飞,当然是往安全的红线方向飞,往安全的底线上轻轻踩那么一脚。否则怎么叫试飞?

"往里靠。"安建军说。

"可是,这通信?"养机长惴惴不安地说。

"没有通信也能飞,计划中的那一点还没到,继续往北偏。"

养机长的心里打着鼓,撞着鹿,七上八下的。瞧瞧左座的安机长,倒是淡定悠闲,十分的平静。安建军心中自有乾坤:即使半天叫不到地面,只要飞机没事,凭着心中的航图,也要飞过去。

蓦地,机载的罗磁盘不听起使唤,没有了明确指向,而是抽风似的乱颤,似遇到了天外引力的戏弄,不停地来回摆动。这是受到北极强大磁场的影响,失去了磁可靠性。好比一个走路的人,走着走着,到了悬崖边,突然迷失了方向。如果依着眼下的罗盘指针飞,飞机将一直沿极点外侧漂,不停地在北极圈里打转转,犹如一只蒙住头的苍蝇,辨不清南北东西,在白茫茫的世界里照冰镜子。

7

"美联航、美三角能飞,我们必定能飞。"安建军说。

此前,只有美国的两家公司试飞过商用客机,而且离极点偏得远。

"不是有惯导吗?改用惯导系统飞。"他说。

为了这次试飞,公司下了大本钱,考虑到极地磁场作用,罗盘可能失控,量身打造了三套惯性导航设备。为防万一,还额外加了两套卫星定位系统。这些系统不受磁场影响,这时正好有了用武之地。

按时间测算,全程飞行十五小时左右,配备的机长、副驾每三小时换一次班,轮番执飞。自驶入北极圈,安建军说不再换班,四人全扎堆在驾驶舱,机会极为难得,就在圈内转它几个小时。

离极点又近了几十海里,磁罗盘的摆幅更大了,像一条关进笼子的赤链蛇,恼怒之极地乱跳乱撞。养机长迟疑了下,说:"安机长,计划点已经飞越,差不多了吧?再说,周边通信全无,地面叫不应,时间一久,地面以为咱……"

"既进来了,先别急着走,靠全目视,不照样飞?况且,咱们还有惯导和卫星导航。嘿嘿,多测几个点,数据更权威,再往北靠靠。"安建军说着,驾机不断地向西向北靠去。

"已经超出北纬89°了。"养机长半屏着呼吸,颤动着喉结说。

安建军瞄了眼油表,打趣地说:"瞧,油量足够,油料也在鼓励咱再测几个点。"

他自有自己的算盘:地面通信中断,自己凭双眼,也胜过摸瞎子。地上全是白,发出的光也白,像飞在童话里。他灵光忽闪:"继续北进,必定要超过老外试飞的点位。"

他后座的屈副驾细得像蚊子吟的声音说:"为什么非要和人比个高低?毕竟人家地盘,他们熟门熟路。"

"铁定要比,正因为不熟,所以要超越那个点。多测几个点,就熟悉了。"

安建军一副五虎将的大哥大神态,心里却也是纠结的。飞在这个位置,感觉是走在剃刀的边缘,通信中断,磁盘乱颤,白光耀眼,稍不慎,边上的剃刀会割破皮囊和血管。

养机长继续报着数字:"我们离极点不足100海里,已经超过了外航试飞的航点,也超过了公司计划中的那个点了。"

"继续进。"安建军说,"今天,将在外,君命有所不受了。"

"可是,凭现代科技,'神君'的眼睛无时无刻不在监控着咱们,尽管眼下地面叫不到咱。"养机长说。

"但拦不住我们北进的脚步。"安建军从容若定地说,"人在现场,我觉得没问题,为什么不多飞一会?"

"下次,留待下次,还有下次,下次经验积累了,可以在今天的基础上更靠极点。"屈副驾连着说了四个"下次"。

"下次再来,不知又要费多少周折。一次能干完的,何必等到下次?"

"可是,我们已到89.5°以北了,真贴近临界极点,不知会发生什么事?"养机长不无忧虑地说。

安建军突然地想:下次,我最怕说下次,也许就没有下次。有的机会,一生就一次,过了就过了。想到这,他轻轻一晃手,大胆将机头往北偏出。

养机长说:"往哪?"

"我想,试试,去极点的感觉。"

"可上面这规定?……安将军。"

"安将军?谁是将军?"安建军奇怪地问。

"刚才您说,将在外……现在的您,就是在外的将军。"养机长正色地说,"首先得保证试飞的安全。我们已经超越了计划中的座标,而且已经额外拿到了更多数据。这个,留得青山在,他日可再来。"

"难道他日就不会遇到困难？"

"至少目前还没人敢去触及北极原点，那是世界的尽头。科学，对许多事情还难以解释。"

"我们到了世界尽头又怎样？说不定去了就有解释了呢。"

磁罗盘更剧烈地晃动，如旋转中陀螺的快摆，表示了强烈的抗议。安建军瞧了眼养机长，他戴着防反光墨镜，看不出墨镜后面那张脸的真表情。又侧头瞅了瞅后座的两位副驾，感觉他们的呼吸急促凝重，但都一言不发。片刻，养机长定了定神，字斟句酌地说："话已说到，但在行动上，我一切听从安队长号令，您说进，咱决不后退半步。"

先前有些心浮气躁的两位副驾驶硬气地点了点头，异口同声地说："也是，坚决听从安机长指挥。"连副驾不忘补充一句："这次咱俩跟大金刚和七金刚同飞，荣幸之至，我们唯二位机长马首是瞻。"

安建军双眼滚热："你们这么说，感动我了。"

飞机边盘旋边向极点靠拢。他看了看仪表，离极点60海里的距离，真想靠上去，也就两次深呼吸的功夫。安建军用左手指抠了抠前额，沉吟了下，说："撤。"

"撤？"养机长诧异地问，"大家都统一了想法，反而撤了？"

"'处江湖之远，则忧其君'。局中人，有时必须由局外人来把控，人最看不清的总是自己。这次，公司精心策划了试飞，我们已完成了规定动作，而且是超额了预期，可以划个句号了。适才你养机长说得不错，我们安全地来，更要平安地返，我不想太越线了，你们如此尊重我，我要完好地把大家带回去。现在，我宣布，返航。"

离开那片白茫茫的混沌的极区，返身回望，如万丈深渊。

八小时后，安建军驾着试飞机返回华东基地。当晚一夜未眠，辗转反复，怎么也睡不着，失眠比去之前还严重。

239

叶夜说:"又发什么神经啦?"

他后悔得无以复加:"我已进到了89.6°以内,为什么不将机头稍微那个一下,经过那90°的极点飞一飞呢?难道那是个黑洞?会将人机吞噬?想来想去不可能。唯一的一次机会就这样滑走了,为什么,为什么?"

难道是中了养芯鑫机长的缓兵之计?似乎不是,人家不过是第二机长,主动权握在自己手中。轰轰烈烈去试飞,结果就差最后一哆嗦。试飞后,公司运控中心的航班计划已排定,美东走极地回程的航线,距离他们试飞的北极点位远了一大截。北极点,世界的尽头,成了他心中永远的痛。这辈子,还能去吗?

这次试飞归航后,年轻的空乘小鹿发起了烧,难道是极地辐射惹的祸?难道是白光过敏?

安建军从北极返回后,段早找上门,点着他的眉头说:"安建军,不是我挤兑你,既然沿地球飞了半周,到了北极,为啥不敢多走几步?"

安建军正悔恨,听他这么说,火气上攻:"你知道个啥!当时的情况很复杂,通讯呼不到,磁罗盘失灵,还有公司的规定……"

"规定?规定是人定的,人是活的,岂不闻'将在外,王命可以不受'?"

"难道我不想去?我也正后悔。"

段早吼道:"哼,你真可以,给机会白白丢弃。要是我去,非去那个90°度的原点打个卡,踩它几脚,估计毫毛事也没有!"

安建军无言以对,想想都要痛哭一场。

北极航线试开后,媒体多方位报道,一时试飞机组名声大振,记者采访,电视出境,都来请他。安建军还未从懊悔中回过神来:"请养机长和其他人去吧,他们年轻、形象好,口才也好。"

"你可是七大金刚之首,名声在外。"宣传部的同志说。

"谢谢,不去。我后悔死了,白白蹉跎上万公里。"

报社的李记者和他是老熟人了,将电话打到他手机上,死缠烂打地套话,他同样说了"后悔""蹉跎"之类的用词。

"啊?后悔?蹉跎?"李记者不知所措地问。

8

段早回到家,拨动着地球仪,对着那个北极点,骂了几句:"他奶奶个熊!"肚皮依然胀鼓鼓。嗨,安建军,什么他娘的五虎将、大金刚,简直是软脚蟹,已经到了那旮旯,也没敢支下油门,就差最后几脚步。心里既惋惜又愤愤不平,为此,生了几天闷气。当生气至第四天时,接到电话,说让他去青藏敲开新航线。

他再无暇迁怒安建军,瞪大那双小眼睛,瞧了又瞧地球仪,忽然对着那块凸起来的高地说:"嘿,人说青藏是地球又一极,南极、北极、青藏,第一极是极,第二极是极,第三极也是极,老子没去成北极试飞,就去第三极开航,去高高原机场多踩几个印子,什么五虎将、七大金刚,看谁与咱比肩!"

他从平时整理的众多资料袋中打开一只标有"青藏"的牛皮纸袋,那是他几年心血积累的独门"秘籍",内有他飞过的高原、高高原机场成沓的资料,包括半公开的航行资料和他的个人飞行体认。他泡上一杯滇红,耐心地翻阅。随着阅读的深入,原本赌气的心境悄然远去,内心飘荡的是对那块高高隆起的高地的无限情深。

全球范围的高高原机场,集中在中国、尼泊尔、秘鲁、玻利维亚等国。中国是高高原机场最多的国家,世界最高的五座机场,四座在中国西部。这些机场的运行环境比一般机场复杂得多,包括天气、地形、气压等等。飞高高原机场,飞机需要改装,氧气面罩要额外加氧,机长需要比一般机长有更高超的技艺。

近年来,民航系统已建起了资料库,将段早列为试航高高原机场的顶尖高手、重量级专家,凡有此类差事,自然少不了他。这回,先后有两个机场需要他去开疆拓域,分别是青海玉树和林芝米林机场。

别看林芝机场为西藏海拔最低的机场,2949米,飞行难度却是第一。它藏在雅鲁藏布江河谷,四周多是四五千米、常年被云雾笼罩的陡峻高山,飞机进近下降只能在狭窄弯曲的河谷中进行,航路窄处离两侧的山脊只有三公里,近地报警装置经常被触发,要求飞机每次转弯和高度变化都精准无误。机场区多低云天气,风向风速诡异多变,紊乱气流随时出现,下午2点至6点时段风速增至每秒27米,远高于客机的适航标准,只能上午起降。全年可供适航时间满打满算也就一百来天。

那些屼峰和迷雾在段早的小眼睛里,仿佛也不算个啥,该躲的躲,该绕的绕,对准那条跑道轻轻地落下去。

到了2010年,又有两个高高原机场投入飞行。西藏日喀则机场,海拔3782米;阿里昆莎机场,4274米。呵,日喀则、阿里,光听名字就高冷无比。阿里机场,位于世界屋脊的屋脊阿里地区狮泉河镇西南,周边喜马拉雅山和冈底斯山脉环绕,飞机的起降只能在蜿蜒的山谷中进行,航道两侧多为高山障碍物;气候怪异,每年有三分之一的时间刮八级以上大风,昼夜温差悬殊,有"晚穿棉袄午穿纱"之说。白天的高温度和高海拔使飞机性能双重衰减,一百多座的飞机最多承载60名旅客,气温高时只能载客30名,并且只限上午起降,可算最难伺候的机场了。

遇上这种"好事",不用人发请帖,段早会主动上阵,越发地精神抖擞。上面也晓得他对高原以上机场的独特研究,放手让其冲浪,为其他飞行人员获取可贵的初始数据。

往后多年,人家首航西欧、东欧、非洲,段早那双小眼睛的目光,始终往那块雪域高原延伸,比起那些毫无悬念的象征性的首航,他情愿在高原激情冲浪。

他的屐痕落在冷寒的雪域高地,事迹几次上了报刊网站,有记者称他为"高原雄鹰"。

十一、梅 开 二 度

1

欧洲的直飞航点如春笋破土,一个接一个冒出。德、法、意、西班牙,通过俄罗斯的广袤领空,和北、上、广等架起了空中新丝路。这一班,安建军驾机去德国的法兰克福。

登机时,楼梯口站着几个小姑娘,高高瘦瘦,穿着公司统一的航空制服,一根丝巾围住脖颈。其中一张笑脸尤其夺目。安建军将跨出去的步子停住,揉了揉眼角膜,瞪圆了眼几乎合不拢。眼前的空乘不是简艾又是谁?否则不会有如此强烈的脑电波反应。

"安机长好。"简艾嘴角含笑,波澜不惊地说。

他愣了愣,瞧了眼周围,半结巴地说:"你、你好。"

他欲快步奔入驾舱,脚下却碰上小台阶,一个趔趄,差点跌倒。她嗖地蹿上去,扶他一把。他将手往外格挡:"没事。"眼光往旁边几位空乘瞟了瞟,"进去准备了。"

她将双手下垂,极细声说:"想不到吧,同机飞了。"

他狠狠睨她一眼:"怎么混上来的?"

见她和机长说话,似曾相识,几名乘务员识趣地走向厨房,忙其他了。乘客尚未登机,这是机组和乘务员的航前准备时间。

"什么叫混上来的,我是正式工作。"简艾脸上泛着淡淡的红潮,尽量压扁着音量说,"告诉你,本来轮不到我飞国际长航,突然有人生病,临时替补的。再说,好歹我也正式培训过国际线的,特长是英语口语比较溜。"

"临时顶替,顶到中德国际班上了?"他黯着脸说。

"咱的形象好,乘务长就把我挑出来了。"她乐着脸说。

"别臭美了。"他差点崩溃,不回头地说,"进去准备。"

眼下飞欧洲的路,都是从内蒙古出口,经俄罗斯广阔的领空一路向西。每当飞欧洲,安建军常常想起帕米尔,忆起红其拉甫。那盏孤独的灯塔,已经是比较遥远的记忆了。现在去迪拜,也走帕米尔,但一年也飞不了两次,眼下他大多数的工作是经俄罗斯的西伯利亚、东欧平原抵达中、西欧。今天,他没时间缅怀过去巴林和沙迦的岁月,脑海中反复萦回着简艾的影子,她怎么就上了这趟机?而且见到他的表情是那么的淡然,毫无惊讶之色,必定是预先打听到他是这趟的机长。他总是避着她,即使她打电话来,也是淡淡地敷衍几句完事,想照面那是妄想。不料她今日寻上门来,"临时顶替"到他的飞机上当乘务员,建立起了工作关系。对她的突然空袭,他有一百个不愿意,也显得无可奈何。对了,她在电话里曾说,帮她解决了工作问题,怎么也得请他吃饭、喝茶,当面表示谢意。他哼哼哈哈,说这阵忙,没空闲,往后有机会再说。现在倒好,直接逐上飞机了。

飞在俄罗斯东中部大平原的上空,飞机迎风翩跹,平稳如坐在地面建筑的房间里。他的心却始终悬着。按理,长途飞行,机组轮换着执飞,但这次他不愿出驾驶舱,还是待在前面适宜,免得触及她热辣的眼光。但过了几个小时,他忧心的事还是发生了,第二次送饮时,乘务长没来,简艾的头往里探了探,随后便是身子跟着趸了进来。当班乘务员进来送餐饮,机长怎么也不好责疑。

"安机长,各位辛苦,喝杯热饮提提神。"她亮亮嗓子说。

他一本正经地瞧着远方,冷冽地说:"虞副驾喝,我不渴。"

"一人一杯,不会少。"她举着托盘说,"飞机开得真好,比坐火车还稳。"

虞副驾接口道:"像安机长这样的飞行翘楚,全球有几个?他能将飞机开得比泰山还稳当,乘他的飞机,那叫一个稳稳的幸福。"

"和安机长搭机,我们做乘务员的,也感觉是满满的福份。"

"你是新来的?以前好像没见过。"虞副驾问。

"是,我叫简艾,以前飞国内线。"

"你们谁也别捧我。开飞机的,大家半斤八两。"安建军目不斜视,但明显对她说,"这边没事了,你去忙吧。"

简艾说:"外面的餐食已发放,现在不忙的。"

安建军冷呛一声:"我的意思是,我们这儿很忙,挤着不方便。"

虞副驾朝她眨眨眼:"饮料搁这儿吧,安机长一会喝。"

安建军瞪他一眼:"我说过了,不渴。"

简艾嘻嘻一笑:"嘿嘿,那我先出去了呵,有事呼我。"

说着,她转身翘了出去,脸上挂着浅浅的笑意。虞副驾目送她出驾驶舱,喃喃地说:"这个简艾,名字像外国人,瞧着挺惹人喜爱。"

安建军睥睨他一眼,不吭声。

2

飞抵法兰克福。旅客离机,机组也陆续下机,打扫卫生的工人开始整队登机。安建军最后步出驾驶舱,为的是避某人。但某人也没离机,等最后一位机长的出现。最迟,她也将等下去,他不可能不下飞机的。

安建军躲得了初一,躲不过十五。他磨蹭了七八分钟出来,还是被她逮住。见其他人都走了,简艾笑靥如花:"正好在此待两天,我是乡下人出国,晚上带我一块扫街?或者随处转转?"

安建军深叹一声,苦笑道:"唉,我还有其他事,恐怕不能和你一块……"

她嗔笑着说:"晓得你想方设法躲开我。哼,我又不是瘟神,也没犯传染病,用得着那样吗?"

"简艾,别闹,我一会要开个机组会,有正事和机组其他人员通气。"他皱着双眉说。

"下课了还谈工作?谁信呢。"

他蹬蹬蹬地甩开大步下机,故弄玄虚地说:"真的有业务上的交流,信不信随你,拜唉。"

她在后头紧紧追着说:"呃,呃……"

当晚九点,简艾估计他回房了。他们的房间都在这一层楼,同一架飞机飞来,彼此清楚各自的房号。就在安建军进房间不久,外面就响起了有节奏的叩门声。他从猫眼往外一瞅,心就咚咚地狂跳,比飞在天上处置特情还紧张。他挤着嗓音说:"大晚上的,有啥事?"

她踮起一只脚,对着门缝说:"给你送张报纸。"

"不麻烦了,我有报纸。"

她嘻嘻笑道:"有点男子汉风度好不好?让女生在门外站着,难道不请我进去坐会?"

"我马上就寝,不方便开门。"

"就让我在门外和你对话?"她一个金鸡独立,隔着门说。

"有话明天可说。"他拉下脸说,"公众场合,你到底想干嘛?"

"不干什么,进去说会话就走。"

"时间太迟了,真的不便当。"

247

"有什么不方便？在拉萨、在阿里、在成都,晚上不都是喝茶说话吗？"

"彼一时此一时,走廊上到处都是探头,真的不便。"

"嘻嘻,怕了是不是？"

"我又没干啥坏事,怕啥？"

"那为啥不敢开门？"

"反正闹到天亮我也不开,你也快点回房,省得有同事看见瞎八卦。"

简艾眼睛的余光一扫,的确看见一同事远远的过来,她有气无力地说:"唉,真还有人来了,那小的先跪安了吧。"

第二天晚上,简艾不愿跟着几个空乘去压马路,也不准备随处走走,一个人生了会闷气后,独自来到酒店不远处的一家酒吧喝啤酒。单个年轻貌美的东方妹喝酒,毫无悬念地遭到了说着英语的不知是美国、加拿大或是英国人的骚扰。来自第一、二世界的两个醉醺醺的白人缠住她,要她陪喝。她撂下杯子想走,可几个烂人左右拦住,言语猥琐轻薄,其中的一个伸出手去想摸她的脖颈。

她一拍桌子,指着他们的高鼻尖说:"人渣！如果你们再不让开,再这么胡说八道,言语粗俗下作,咱马上报警。"

她自以为英语比较溜,但这种中国式的英语也没把握对方能全懂,不过,她的手势和眼神对方应该明白。

"报警？哈哈,德国的警察会管中国人的破事？哈哈哈。"

她不想再跟这些人渣多费口舌,拎起一个啤酒瓶,"砰"一下砸在桌子上。瓶子瞬间爆开,泡沫横溢。她握住瓶口,将锋利的芒尖对准两人的脖子,厉声道:"狗屎！再敢进一步,小娘送你们早升天！"

两老外外强中干,被她手中玻璃瓶的尖锋吓醒了酒,面面相觑。犹太人的老板娘也被她唬住了,趁机劝两个老外走开,息事宁人。

回到住处,她仍愤愤不平。哼,什么破国外,到处垃圾坨、人渣,想沾中国人便宜,吃本姑娘豆腐,做狗日梦去吧!打开手机,气呼呼地打给安建军。听了事情原委,安建军安慰道:"怎么不晓得呢,遇到情况,可以打电话给乘务长和我们,如非常特殊,遇绑架、劫持——国外常有,也可打给领事馆求救。"

"当时急,哪有时间打电话!"

"你那样,真动手,很危险。"

"顾不了那么多,真有那一步,大不了鱼死网破,决不给外国猪占便宜!"

挂上电话,还是又气又恼,想想心有不甘,出了房间,经过一条长长的走廊,到他的房门前,再来个金鸡独立,从猫眼倒望进去,里面灯光闪亮。轻轻敲了几记,门不开。知道他在里面,晓得他不愿应门,心中又是火又是羞又是恼,就在他的房门口呜呜泣出声来。这一招管用,里面的人犹豫了。

她又咚咚擂了几拳,头埋在臂弯里哽咽着说:"你个黑心黑肺黑肚肠,见死不救,一点不像中国同胞,我被人欺侮,你却跟死猪一样,无动于衷。"

语音刚落,门咣当打开。他担心她在门口哭哭啼啼,被过道里其他住客或本机组的同事瞧见,无奈地开门。

她梨花带着雨,一头钻了进去。房门一合上,就腻歪在了他身上。

"哎,哎……"他窘急地喊着,试图避开她。

她软软地靠上来,嘴上还是啜泣。本来他内心坚定,发誓决不跟她再有体肤之亲,但被她芬芳着青春的身体一扑,胸前两团饱满如酥如麻,精神防线顷刻土崩瓦解。不需要言语,两人自然滚翻在了一起。简艾的嘴唇带着火焰,身体也带着火焰,接触到哪里,哪里就燃烧。两人如火山般爆发。

厮缠过后,两人斜背在床上。简艾在暴风骤雨般的发泄后,心情舒畅

249

多了。她裸露的长白腿肆无忌惮地搁在他的胸前。他提枪上马来过一场后,有些倦怠,拉过被子覆盖身上。两人各自想着自己的心事。

瞧着他阴晴不定的眼神,她幽幽地说:"老安,余生短暂,对于爱,别再浪费光阴了。"

"爱?"他冷笑道,"嘿嘿,这个字,对我还能用?我已经没有什么可以挥霍了,早跟青春挥别。"

"所以更要有紧迫感,紧紧抓牢未来的时光。"

"我不是这意思。"

"那是啥意思?"

安建军不知进行了几次激烈的心理斗争,终于开诚布公地说:"你难道真的不明白,我这么避你,终是为了护你……"

她眼泪涌了出来:"从你眼里,我早已读懂。其实,我不怕……"

他叹息道:"但是,我这个情况,这个年龄,不可能答应你什么,这一点,你应该非常明白。"

她也叹口小气,果敢地说:"我说过要你答应啥吗?从西藏、成都到这儿,相识几年了,我说过让你负责吗?"

"就是到以后,我也不可能承诺什么。"他再次申明立场,双手却紧紧搂住了她。

她娇柔地笑道:"别杞人忧天了,我不要求你什么。嘿嘿,反过来说,你又能给我什么?"

二人翻来覆去,重复了无数遍类似的废话。说得累了,她在打了几个哈欠后,合起眼,沉沉睡去。听见她轻微的呼噜声,安建军感觉不对,推醒了她。"对不起,简,你不能睡在这儿,乘务员两人一个标间,估计这会你的同伴已回来了,快回去,不能在我这儿过夜。"

她花容惨淡地揉了揉惺忪的睡眼,边套衣服边说:"倒是,还有同事在,我得走了。"

安建军从猫眼里瞧了两遍,确认走廊上无人,才放她出门。关上房门,他深呼吸一番,心想今晚可能难以成寝。出乎他所料的是,也许刚才折腾得累惨,这一晚倒睡得十分沉酣。

回到沪上,简艾看上去一切正常,没有丁点"讹"他的意思。两人分头飞,安建军主要飞国际长线,简艾飞国内短线为主,也飞一定的国际长线。为飞行方便,简艾在机场新村租了个一室一厅的小屋,孤单时,也打给他,他有空就过去,在出租屋里偷偷摸摸,但在晚上十点前必回自己的家。她对他无任何要求,从不提想他怎么怎么之类的话题。他带去礼物,她也收。双方都放松,不显得有压力。之间,他多次想中断,有几回是下了宇宙大的决心准备结束这种不清不楚的关系,但都未能如愿,一方面是她舍不得,说她并无所求,从小崇拜飞行,尤其是像他这样的飞行高手,五虎将、七大金刚之类的霸王。实际上,自从他第一次去学校讲航空科普,从他博学的知识、清癯儒雅的外表就埋下了爱慕的火花,加上后来西藏偶遇等因素催化,尽管她觉得飞行累、当空姐累——有时觉着难以坚持,但越发激起了她对飞行英雄的膜拜,安建军就是她心目中的那样一位"英雄"。另一方面,他也被她娇艳和水嫩无比的身体俘虏,二十多岁女孩的身体是四十多岁女人的身体无法等足的,从身体占领到倾心爱慕,由表及里,他也深陷于此不能拔足。

这种偷偷摸摸的日子,偷偷地过着。她觉得无所谓,他也渐渐放宽心。时间一长,他又不安,怎么想都是问题。他是在养小三吗？他问自己,想想又不是,他是真喜欢,但嘴上从不说。

一次,两人斜在床上,他挠头叹息地问:"我们这样,是不是有问题?"

"你心里一定在想,我是不是成了小三？我是妖精吗？这样是不是很怪？不是,我们是真心相吸!"她郑重地回答。

251

"为什么不找个好好的归宿?"他愁眉道。

"怪不怪？这样过,我已经习惯了。"她扭头含笑。

"习惯？哈哈,我们相差二十来岁。"

"也不算大,有的还相差五十多岁呢。"她戏谑地说。

"我还是希望你找个正儿八经的归宿,我也放心。"

"也想这样,最后失败了。"

"没遇上合适的人？"

"人是不少,但没遇上像你这样合适的人。"

"我不好,有老婆和孩子,我这样已经自私无比。哎,无论从哪方面,我都不是你可以托终身的那个人,我已重复过多次。"

"这个问题很复杂,我想得比你多。我的心里已盛不下别人,也许,你是我眼中的潘安,也许,我这人,有点犯贱。"

"这不是合理的解释。"

"答案可能只有一种,我前世作孽,你曾大恩于我,这辈子来还债了。"

"荒唐的逻辑。"

"逻辑本身多荒唐。哼,冥冥之中的天意,或许是不可违拗的。"

两人理论半天,还是理不出个头绪。他甚至悲哀地想,此生可能有一劫,难道就是所谓的美颜劫？这不是强迫,不是强奸,不是包养,双方心甘情愿,彼情我愿。是爱？转而又想：她家境清贫,父母都是低层的产业工人,住着六层楼的公房,收入不高,跟叶夜的祖传殷实人家相差悬殊。她涉世不深,就像一张白纸,想画什么就画什么,想怎么画就怎么画。

他忽而就产生了一个怪诞的想法：既然她是张白纸,就按自己的意思来规划,来作画。他从没规划别人的机会,和叶夜在一起,基本是被她规划,和简艾在一起,他可以规划她。于是,他就显得主动起来,为她在西区租了一室一厅的公寓,让她从原先的不带电梯的公房里搬出,费用当然由他支付。这些年,飞行人员的收入今非昔比,连年暴增,与乘务员远远拉开了档次,尤其是民营航空公司一家接一家浮出水面,飞行人员更为稀缺,这一稀缺,他们的收入高得让人得红眼病。但安建军的收入叶夜从不眼红,除了正常支付女儿的费用及部分家用,她从不张手,让他尽管资助老家的亲戚。他利用充分的财务自由,开始为简艾设计规划,吃什么,穿什么,爱好什么,一一安排。简艾乖巧得很,都一一照办。她说信命,这辈子就交给他打理,此生就"赖"在他身上了。

简艾学问普通,爱好不广,不像有些才艺型空乘从小舞蹈、古琴、古诗词,能说能唱能跳能演,随便出手就惊艳一方。她只是一个普通女生,家境普通,从小不学这个那个,只是读点书,没更多爱好,反而性格有点另类,多了点粗犷的野。她唯一的优势,便是并不漂亮的父母给了她一张吸引人的脸盘和苗条的身材,不料长大后也成了一种像才艺一样的优势和资本。

有了一张像样的脸蛋,就有苍蝇一样的男人在后面叮,古往今来,吃卖相的男人可不少。简艾的周围自然不乏献殷勤者,其中有个飞行员叫寻化的最起劲,献的殷勤也最多,过"三八""五一"、中秋、春节,送一大束花。哼,这么老土的礼物。她嗤笑,接也不是,不接也不是,最后接了。等他离开,就换手送了另一空乘。那空乘看见这大束鲜嫩的美花,忍不住闻了闻,好香。开心地抱走了。

3

安建军当上中队长,和副中队相差了十万八千里。当副队长时,他大事不管,小事撬边,只管开他的飞机,一应事务自有中队长顶着。他深深体悟到"当官当副"的箴言无比正确。但他顶着个大金刚的光环,上面由不得你,你再想赖在副位上也要将你扶正。按他的资历和技术,当大队长都没人敢放屁,当中队长反倒有人替他叫屈鸣不平。他连连拱手作揖:"我是个飞行的料,当不了官,没办法。上面硬逼的,只好上一把。"

飞行部的中队长,首先还是飞,带头飞,飞得快,飞得多,飞得安全。大队长也飞,何况中队长。但既然是个官,一大堆行政事务就得缠上你,该顶雷时也得顶。

这天,他一个航程回来,去中队部。有两个飞行员等着交辞职状。这几年,陆续有少数人提出辞职,去待遇更优的民营公司。市场经济么,人进人出平常不过,但今年递辞呈的人忽然多了起来,有机长,也有副驾,据说还有许多地面机务人员,今天等他的就是一位机长和一位快要升机长的副驾。

"辞职,那是要赔偿的,公司培养一个飞行员花了老鼻子劲,你们想走……"他不忘再次提醒。

"我们准备赔。"两人异口同声地说。

"那可是几百万,不是几万。"

"晓得,我们愿意。"两人平静地说,似乎几百万相当于几百块。

安建军将辞呈扔在桌上,愁眉道:"这事我也定不了,要报大队和飞行部。"

"那能不能快点给我们答复?"

他闷哼了声,依仗他五虎将、大金刚的威望,将两人先打发了,自己转个身去大队部汇报。鱼旺大队长已经退休,接任的金大队长正亮着犷嗓门光火,骂着:"组织花重金打造他们,个个都没良心!"

"大队长熄气。"安建军大步跨进门,"大部分人还是讲良心的,比如你和我。"

金大队年龄比他小几岁,火暴性子,飞行技术更是要以安建军为师的,见他进来,客气地让座,嘴上仍是气话满口:"不就多给几毛臭钱吗?就要跳,跳跳跳,都给老子滚!"

"可不是多几毛钱的问题,是一年多几十万,大钱。"安建军说,"别动火,老金。"

金大队给他泡了杯茶,说:"什么市场经济,铜臭经济!"

他太理解金大队的苦经了,稳定队伍的压力比泰山还沉。"合抱之木,生于毫末。"这些年,公司的新机一批接一批地进,飞行员的培养却跟不上。不像当时安建军经历的八十年代,甚至九十年代初,那是人多机少,航线也少,基本是等米下锅,大家抢着飞。但三十年河东三十年河西,晃眼间一二十年从睫毛间滑走了,公司扩张,航线航班增长那是一个天翻地覆,飞机可以用钱买,但飞行员得一个一个从航校培养。现在又浮出一个新的重大变数,民营、股份制航空公司一家又一家地冒头,许多从地产、旅游、工业、贸易赚了钱的公司,开始"飞起来",圆了冲上蓝天的梦想。而民用公司的头脑比国有公司的尖,市场经济么,说到底就是钞票经济,铜钿经济,还有什么不能用钞票砸的?既然飞机能花钱买,驾驶员当然也可以买。只要公开竞争,不相信有什么买不来的,关键是价格问题。飞机一架接一架地买回来了,跟老外签了合同,不能耍赖推迟交付,有了飞机就要投入航线,要投入航线就得有人开动,如果没"司机",飞机横在机坪上晒一天太阳,成本几十万。急了眼的老板们将血红的双眼盯上了有飞行员资源的国有公司,挖人的理由似乎无可辩驳:市场经济,人才自由流动么。

金大队长火气未平,唉声叹气地说:"啥事?老安。"

"也没啥,差不多的事。"安建军哼哈道。

"是不是也有人闹着走?"他忧虑地问。

瞧大队长苦大仇深的表情,他不想再上交矛盾,噎下了诉苦的打算,藏着掖着地说:"守土有责,中队的事中队处。"

金大队长抚手加额:"这话我爱听。老安,大家都像你一样,各中队守住一方的阵地,我也能多活几年了。"

"别说那么悲,老金,我先走了。"

安建军有资格喊对方老金,他拍了拍对方的肩膀,起身离开。走出大队部,忽然有些后悔,即使自己守土有责,也应该把话说清爽,让老金掌握骨感的第一手新料。哼,刚才老金咋咋呼呼,骂市场骂飞行员,将悒郁在心的一口怨气泄了,他在泄气的同时,也将负能量传导到了他安建军身上。安建军变得浑身的不自在,又不能马吃回头草,回去和老金对骂一场,于是一个疯狂转身,找到公司的人力资源部,这事跟人力部有关,必须让坐机关的大爷们知晓。他虎虎生风地冲进人力部,经理不在,只有两个戴眼镜的小姑娘在办公室。他说了事情的原委,问人力部有没有拿得出手的对策。两个小姑娘木知木觉地摇了摇头,说这事她们也没办法,得问经理有没有绝招。他了解这些经理们有永远也开不完的会,等到下班也不见得见着本人,就当场拨了个电话打过去。

人力部经理一听是安建军的大名,哭丧着脸说:"饶了我吧,安大侠,大家帮帮忙,将自己的人哄住了。晓得我刚才在哪吗? 不是开会,在飞行部,被许总狠狠剋了一顿,跳吴淞江的心都有了。"

4

这边才撂下电话,手底下一个和他蛮铁的叫别勇的机长,见缝插针地将电话打了进来。"哇塞,安队的电话好难打哟,打了半小时才接通。"别勇冤枉似的摆谱,"找你几次,有人说你去大队部了,有人又说你去了人力部,找不见,只好通电话了。"

安建军没心情和对方啰唆,急切地说:"我很忙,别磨叽,有屎有尿有屁快放!"

"你不是我哥吗?请你吃个饭。"

"吃个毯饭,没时间。"他对这个别勇大熟悉了,相救对方于水火,说话也就随意放炮开枪。

"哥,不想你了嘛?这个,顺便汇报汇报思想。"

"啥屁事?不能在电话里说?"

"一二句话说不清楚,还是见个面吧?哥。"别勇闪烁其词地说。

安建军灵光一闪,忽然想到什么。这小子肯定有事,不会请吃饭那么简单。时下正值多事之秋,飞行员队伍思想多元,辞潮涌动,见个面也好,顺便了解下飞行员的真实思想动态。当下跟叶夜说晚上不回家吃了,单位有事,一下班就赴别勇的约。

别勇开车来接他,直接拉到外滩十八号,来到一家能眺望浦东夜景的逼格无比的餐厅。安建军垂下眼帘说:"来这么好的地干嘛?你钱满,烧啊?"

别勇搔了搔头皮:"几年难得请一次,不找个上点档次的地,我老婆会骂我脑瘫。"

"你老婆这几年好吧?怕有小一年没遇上了。"

"托哥的福,干得挺顺溜。"别勇咧着大嘴傻笑。

安建军瞧瞧镶着金纸边的菜单,说:"简单点几个,说会话,最近事多,最好谈谈下面飞行员的现况,有话实说,不用打马虎眼。"

别勇皱下眉,左眼的肌肉暗暗抽搐。他挪了挪面前的菜碟,将醒着的红酒给双方各倒一杯,端起酒杯道:"哥,先敬一杯。"一大口将杯中酒灌了下去。安建军提杯呷了口,操起筷子问:"喝酒急什么?菜还没上呢。说真话,下面是不是离心涌动?"

别勇怔了怔。正好第一道汤端上，他连忙舀了勺给安建军。又端酒敬他一杯，说："太感激我哥了，对咱家那么大的帮助；没有安大哥，就没有别勇家今天的红火日子。"

这话不假，安建军听得出对方是肺腑之言，要装也装不像。当年，别勇从海军航空兵转业后一心想去飞民航机，而当时没有民营航空公司，国有大公司暂时不缺飞行员，不认识重量级人物，没有铁一般的关系，根本迈不进那高门槛。别勇除了开飞机，无一技之长，写不能写，讲不能讲，管理更无屁点经验。军转办给他安排去一家企业做一般的行政工作。军转干部的安排是国家指令性任务，是上面硬塞下来的指标。企业没法，接收后为他换了好几个岗位，最后安排了个类似于传达室做收发的工作。别勇干着没劲，有点养老等退休的味道。正遇八九十年代经商潮风起云涌，别勇冲动之下辞职下海做生意，倒腾农产品，但他哪是那块料，几笔生意下来，成本没保住，还亏了一屁股债。老婆埋怨，小孩要吃饭上学，只好在亲戚的相帮下租个小店卖水果。

安建军经常去买水果，去的次数多，渐渐稔熟，谈到别勇的过去，知道他曾是部队的飞行员，开轰炸机的，飞行技术可以，但有勇无谋，再看他人蛮本份，卖水果从不缺斤少两，眼下生活遇到困难，又是军队转业军人，琢磨着设法招进公司。约在半年后，他利用五虎将的名头，说服人力部的负责人，以储备飞行员的名义将别勇招了安。进公司后，别勇参加理论培训，模拟机飞行，正式成为公司一名飞行人员。

当上民航飞行员后，为报答安建军和公司的知遇之恩，别勇起早贪黑，工作忘我，周围评价正面。几年后，别勇做了机长，他老婆却开始闹腾，天天找别勇，也三天两头苦缠安建军，申请做一名云之巅的空乘，说只要当上空乘，实现一生的伟大梦想，从此将一切交给公司。安建军当然不会轻易相信一个军转家属的信誓旦旦，但被拗不过，打听到公司扩张，正从社会招空乘,又找到人力部经理,厚着笑脸反复阐述帮人造福的功德,说得人力部经理头大如牛,说先让她来参加面试。

面试第一关,别勇老婆就遭淘汰。别勇两口子急得双脚乱跳,又来央求安建军,安建军只得打电话给人力经理:"怎么就刷掉了?"对方直接回答:"情况我晓得,面试官反映,别勇老婆长得忒难看,如果招进来,影响公司形象。"

安建军赔足笑脸:"又不是给你做老婆,丑点有啥关系?美联航的空乘丑女就不少,不行就放在机舱厨房间,做做后台的服务工作。"

安建军怕自己面子不够,求着大队领导去电话。鱼旺大队长说话站位更高:"不是为她本人,是为了飞行员,为解决飞行员的后顾之忧招家属工,空乘不行就放地勤,这个,请帮帮忙,讲点政治,讲点大局,好不好?"

在上下的忽悠下,别勇老婆也进了公司,安排在地服。从此,别勇夫妻一直将安建军当大哥看,当恩人看,过年过节提酒提烟上门走动。别勇常说:"安大哥是真解放军,将咱们从水深火热中解放了出来。"

"大哥,再敬你一杯。"别勇的宏声将安建军的思绪从追忆模式中牵回,握起杯和他一碰。来来回回干了好几杯,别勇一个劲地倒酒、敬酒,帮他夹菜,都不回答他的提问。安建军忽然觉着不对,搁下杯子,犀利地问:"你小子是不是有事要说?"

别勇的眼光不敢和他正面相撞,只敢看桌上的菜碟。他深叹一气,说:"大哥,借着酒胆,我说实话,我也想走,今天——就是当面来提请求的。"

安建军"砰"地一拳擂在桌上,震得筷子跳起,别勇的心也一跳。"为什么?为什么都想走,尤其是你,公司待你厚重,可以说,你目前的一切,都是公司给予的!"

"是,是,公司和大哥义薄云天,在我最落魄时收留了我。人应该知恩图报……但是,"别勇快要哽咽的样子,"但我家里有不少实际困难,父母身体不好,兄弟几个都在农村,每月要我贴补。那个,谁不想多挣几个?"

"钱,钱,钱,又是钱!钱真的那么重要吗?"安建军手指敲着桌面,"外面,和本公司差多少?"

别勇低眉垂眼地说:"差一大截,差不多增加五成到八成。"

"啊?差这么多?嗯,这个,差是差得多了点,是相差得远。这个,可是,你还是党员,部队入的党,开大轰炸机的,曾经的战斗队员,怎么能光朝钱看?"

不料,别勇振振有词地说:"民营经济也是国家经济的组成部分,那边也有党支部。哥,现在民营和股份制公司也有党组织,也过组织生活,在那边,也能发挥党员的先锋作用。"

"放屁,那是为人作嫁!"他气恼地说。

真是气疯了!本来想摸摸飞行员的心理状况,想不到这小子也要溜!市场经济,难道就没了道义,失了规矩?人心不古,嗨,人心不古!他哗地立起,恼怒地说:"这顿饭我请了,就当为你送行!"

别勇本打算安建军拍案而起,把他痛骂一顿,甚至掴自己两个耳光,都能忍,如果安大哥揍自己一顿,心里反而好受。现在,安哥说:"为你送行。"等于同意。他不禁愣了。忽然间,件件往事涌上心头,别勇的心灵受到了触动,胸腔一热,哽声道:"哥,我决定,不走了,留在公司。"

安建军愣住,忽地握住他的双肩:"当真?"

别勇端起一杯满酒,一饮而尽:"那个什么,舌动言出,驷马难追。"

"是驷马难追吧。"安建军笑道,"唉,不走,这就对了。好,哥,谢谢你了。"

安建军也喝下一满杯,趁机晓之以理,动之以情,说得别勇连连点头,称自己一时糊涂,差点落个不忠不义。喝完酒,付了账,别勇找了代驾,先送安建军到家,再回自己家。

第二天晚上,别勇碰见几个辞了职来和未辞职的同事团拜的朋友。吃完饭,几个已经辞职的飞行员硬拉他去 K 歌,一个晚上吼下来,别勇受到蛊惑,改口又要辞职。安建军说明晚上请你吃饭,见面谈!他找了家离两人都近的餐厅。见了面,安建军说:"不是说好,不走了吗?外滩十八号见证。"

安建军耐心地请对方坐下,一杯又一杯地向他敬酒,跟他谈感情,讲历史,当讲到别勇夫妻水果店那档子事时,别勇血潮一涨,流了眼泪说:"哥,放心吧,不走了,啥也别说了,做人要凭天地良心,不走了。"二人尽欢而散。

次日早上,安建军和叶夜早餐。安建军进厨房间去盛粥喝。别勇来电,叶夜将手机拿了送进厨房。安建军接起,听到第二句话,便打断对方,只两个字:"滚蛋!"

回到餐台,他长叹一声:"婊子无情,反复无常,别勇还是走了。"

叶夜说:"也不怪别勇婊子无情,是世道无情,市场无义。在资本的猛然攻击下,有多少人不败下阵来?这是一时的潮流。再说,别勇夫妻也会想,公司又不是你安家的,几万人的公司,也不缺他一二颗小虾米。"

他破口怒骂:"他奶奶的,混账东西!"又骂道,"这混账东西还说,别说他了,还有局方领导'投过去'的,到了那边拿股份,当大头头,呃!"

"梅开二度。哈哈,在美人面前,难道你没有一点荡漾的春心?"叶夜顿了顿语气,瞟着他说。

听到"梅开二度"四字,他的心一阵战栗,似一盆火辣辣地涌上了脑门,以为她窥破了他和简艾的事。他深吸一口气,稳了稳情绪,发现她不是指那单子事,仍说的是飞行人员跳槽的事。又听叶夜说:"你们飞行员的第二个春天来到了,一夜间成了奇缺人才,大公司想留,小公司想挖,吃香得快上天了。"

261

安建军嘿嘿干笑两声,说:"再吃香,我是中队长,也不可能跳出去。"

"收入几乎翻番,不是小数目,不动心的可不是凡人。"

"我是凡人,即使动心,也不会动身。"他又心中抖瓤,怕用岔了词,引起某些联想。

叶夜说:"阵痛一定会有,听说有几家新成立的公司杀红了眼,什么招都敢使,只要挖到人。"

"赔偿,赔偿也很厉害,走一个人,比如说别勇,他要离开,需交三百万赔偿金。"

"可人家奖励得更结棍,挖到一个机长,奖给本人六百万,赔了三百万,扣除交税,还净挣两百多万。前天在班上,听说一位易某人跳槽上了瘾,两年跳了三次,从国有公司跳到一家民营公司,又从民营公司跳进另一家民营公司,扣除罚款和税金,一下挣了五百多万,笑得下巴都歪了。"叶夜讲笑话似的说,"人家情愿赔,只要弄到人。"

"这不天下大乱啦?"安建军夹起皮包去单位,"相信政府不会坐视,不会的。"

"至少现在乱象丛生。"叶夜今天无班,开始收拾碗盏,"春天,飞行员的春天到了。"

"对我来说更像冬天。"他出门。

5

安建军开着私家车去飞行部。今天不飞,但上、下午都有会,上午是行政例会,下午是组织生活会,好像还有个大队组织的技术方面的研讨会,会多,名字都打架。他来得比别人早差不多半小时,还有几个车位,稳稳地将车泊好,熄火,打开车门。

上来一个蛮俊逸的小伙子,先是双手垂立,然后朝他鞠了一个九十度的躬。他愣在原地,打量了对方一眼说:"你是?"

"您好!我是G航空人力资源部的,这是我的名片。"小伙子曳步近前,笑容极其可掬。

"什么事?"他警觉地问。

"能借您五分钟说话吗?"

"什么事?"他第二次问。

"这是敝公司飞行人员的资料,从副驾到机长、教员机长,一应人员的薪酬待遇,都在上面——"

"别说下去了!"安建军打断对方的话匣,"你是来挖飞行员的对不对?挖角都挖到办公室底下来了,真是胆大妄为!可以啊,G公司,还有D公司、J公司,从这儿挖走了多少人!"

对方也不生气,仍然垂立着双手,像一个恭敬的学生在聆听一位师长的教导。安建军面目狰狞地说:"晓得俺是谁吗?你们找错了人!告诉你,这是本公司的工作场所,不容外人擅入,请立即离开!"

小伙子的脸皮足够厚,任凭安建军的脸色多么阴鸷,仍是堆满笑容,硬是将资料塞在他手中,不忘再鞠个躬,说:"打扰了,还是麻烦您看下资料,上面有我邮箱和电话,有事联系,谢谢谢谢。"

安建军又恼又好笑,人家工作真是细到了家,传单都撒到我方阵地上来了,难怪有那么多人身在曹营心向汉,在陇望着蜀。再瞅瞅对方的"招飞资料",只有一张表,不同的人"投诚"过去薪资待遇暴涨外,还有三百万至八百万的一次性重奖!这也算市场经济吗?他问自己一句。将那资料揉成一团,狠狠扔进了旁边的垃圾桶。

与此同时,G航空公司的另一名工作人员拦住了在另一头下车的段早,说了和安建军同样的话,做了同样的事。G公司对国有大公司的优质

263

资源觊觎已久,对几大剑客的情况摸得透透的,尤其不会放过金刚级的卓越飞行人才。

段早前天刚受到J公司类似的骚扰,对人力部门的路子清爽不过,抓住资料的手腕轻轻一翻,将资料反甩到对方的胸口,决不再理会对方态度诚恳的说辞,一声不吭地走了。

他并非不想吭声,而是拿起电话,打给了G公司的总机,请总机帮他转到公司的某位副总。电话接通后,段早先自报了名号。公司副总哼哈两声,以为二金刚要投诚时,段早话锋一转,硬邦邦地说:"我不是来卖身询价的,是来好言投诉的。先打给你们,投诉你们不择手段挖角的行径,如果不听,再投诉到局方,甚至投诉到国家人社局,要求阻止这种举着自由竞争之旗、行破坏市场经济之实的无序行为!"

接着,段早用他那张大嘴,呱啦呱啦讲了十五分钟,直到他觉得舌头发酸才收口。那位副总被他天南海北一顿训,半天没顺过气来。

6

安建军进了单位就难以消停,一天会连着会,自从带了"长",从此和会结下缘,除了飞行,就是开会,中队会、大队会、部里会、公司会、安委会、行政会、技术会、交流会、组织生活会、政治学习会、视频会、面对面会、参会、听会,开得你天地腾挪,梦里还在开。今天最后一个会是业务方面的研讨会,一直开至傍晚六点半,已经有两人伸懒腰了,会议才完成所有议程,宣告结束。

这些日子,金大队长为下面飞行员跳槽潮情绪不佳,会上也闷闷不乐,说话声音低沉,一副吃了败仗的苦瓜脸。散会时,有人向他提议,不如一块去吃个"红魔"火锅,喝杯啤酒,去去火?金大队想想也是,现在的活越来越难干,官越来越难当,队伍不好带,不如难得去喝一杯,释释压。他将头扭向安建军,问老安去不去?安建军说不去了吧,晚上回家有事。旁边有人怪笑道,谁晚上没事?床上的事还是其他啥事?还是一块去坐会吧。金大队长又说,一起去吧,当陪我说会话,唉,飞行员苦,难得聚一起,有小半年没和中队长们聚了,选日不如碰日,碰上了今天,就去吧,我请。大队长这么一说,加上旁边的书记、其他中队长的打诨插科,安建军只得随大众。今晚,他本打算先去简艾那儿,再回家,最近,简艾这个丫头工作有退步,热心于买衣服看片子,每月都要请几回"病"假,窝在房里睡懒觉喝咖啡,慢慢向小懒虫过渡了。

喝到九点钟时,叶夜打电话问他几点回家。他说快了吧,和老金他们一起泡啤酒吧呢,特地将听筒朝向大家的喝酒说话声。叶夜说她不关心这个,就是刚才有个穿制服的人来揿咱家的门铃,问他在不在家,知道他不在,马上退回去了。他警敏地问是什么人?是男是女?她说是一位精悍的小伙子,笑容有点甜,看上去不像坏人。他"噢"了声,说别随便开门,这边快结束了,回去再说。

散场后,他让代驾开他回家,并将车停好。付了车资,他急步走向属于自己的小区单元。

忽然,一个白色的身影从树丛中闪出,如幽灵一般。"什么人?"他停住脚步、喝道。估计不是打家劫舍的,就是遇上打劫的,他一个军人出身的大男人也不惧。

"咳咳,别误会,安队长。"对方竟然知道他的名字。

"大老晚的,鬼鬼祟祟在这儿干什么?"

"请息怒,我是H航空公司的小丁,这是我的名片,麻烦麻烦,打扰打扰。"年轻人穿着H公司的白色制服,架着副金丝细框眼镜,声音里都充满着笑意。安建军已经猜到,这个小丁可能就是叶夜说的敲他家门的那位小伙子。

"这么晚打扰实在过意不去。"年轻人虔诚地说,"能不能冒昧请安队移步,在旁边的咖吧坐十分钟?"

联想到早晨上班时碰到的事,安建军已能想象出对方的来意。他反问道:"你怎么知道我家的住址?"

"这么个,打听到的。"

"从哪打听的?"

"这个……"小丁推了推眼镜框,不肯往下说了。

"我知道你来干什么?撬墙脚,对不对?"他气得又想笑,"功课做得够细呵,都摸到到家门口来了。"

小丁挨近一步,俯耳道:"安队,能不能借几步说话?就在旁边,保证十分钟,就借用十分钟。"

"不必了,就在这儿说几句。"安建军扬了扬脖子,"知道我是开飞机的?"

"当然当然,五虎将、七大金刚的名头,小的一直铭记在心。"小丁神秘地说,"如果您肯过来,那是高薪加高位,年薪三百万,还有高级职位。"

"哦,还有高位?"

"先是飞行副总师。"小丁扁了声说,唯恐隔空有耳,"安队长,这也是个过渡,过个一年两年,干得好,你安将军就是安大帅了,说不定能升到飞行总监。"

"哈哈,帽子越戴越高了。"安建军揶揄道,"我了解你们这一套的路数。"

"那你答应考虑啦?具体条件还可以再议。"小丁兴冲冲地说。

"我说过同意了吗?"他黑下脸说,"想不到不择手段至如此地步。"

小丁软笑道:"不急,安队,您有得是时间慢慢考虑,本公司的大门随时向您敞开。"

"告诉你,除了金钱和位置,还有忠诚和情感,对一家公司和人的忠义和感情!几十年下来的情义值多少钱?你能算得出来?"安建军气愤地将资料扔回给了对方。

回到家里,和叶夜谈了一天的经历,两人相对猛笑。他说:"抢人抢疯了,都挖到我头上了。"

"晓得为什么吗?"她扬了扬脖子,"他们的人力部门有指标,有挖人业绩的考核,更有重重的奖金,比如挖到一个副驾奖三万,挖到一个机长奖六万,重赏之下,谁不出生入死,谁不赴汤蹈火?"

"看来真有其事,非空穴来风。不过,收入的确结棍,下的巨血本。"

叶夜笑盈盈地说:"某同志是不是也想考虑考虑?"

"你说呢?"

"估计你不会被金钱招安,你是一根死筋,不转弯的货。"

"知我者,叶夜也。"他叹息一声,忽而硬朗地说,"按理说,他们也有困难,这么做也合法,'存在即合理',但我要提出建议,建议政府出面防止紧缺人才的流动滑入恶性循环的泥坑。"

叶夜说:"先乱一阵也好,先乱后治。来挖的人多,你们老飞的价值体现,小河水漫,大河也涨,看来,你们飞行员的小时费又要奔跑了。"

叶夜微抖了抖眼睫毛,又说:"你总算是个好同志,经得起金钱美色的诱惑。"

听到"美色"二字,他的腮帮子不自觉地跳了跳。

7

简艾飞一个短程回来,寻化又在出口处等。

"干嘛?又不是你的班。"她不冷不热地说。

寻化搓了搓双手,不知如何接口。

"来接我?用不着。"她直接否决。

见别的空乘走了,他粘粘糊糊地说:"反正没事,比你早一个航班落地,顺便等你,有车,载你回去。"

她灵秀的眼喷射出微怒的光:"跟你说过几次了,不用,我习惯坐地铁了。"

"可是,飞行箱,有些沉。"

"如果觉得不方便,我也可以打车,也可以和其他乘务员拼车。"

"顺路,这个,顺的。"

她叉着小腰,凉冰冰地说:"请别故意说顺路,我晓得,不顺路的,呵,各走各的。"

寻化已经在下机口等了不止一次两次了,有空乘已在议论他们的交往。想到空乘多是女人,大嘴巴、长舌女大有人在,传来传去成啥样?这回坚决地拒绝了他。

明天她有个飞印度的中远程。

简艾瞄到自己下一个航班飞印度,心里就咯噔两下。这是第二次了,避是避不开的,只有硬着头皮上。正常航班,凡有餐食供应的,提特殊餐要求的顶多五六人,不可能超过十个,但印国乘客扎堆的航班,要求特殊餐(主要是素食和咖喱)的人数呈几何级数暴增。去程特餐服务21人,已累得大腿肚抽筋。回程遇上两个来华观光团,要特殊餐的整整108位,没开始准备,眼前已舞起金星。

上了飞机,许多印度乘客不喜欢对号入座,顺着座位往下一滑溜,不想动了,周边的同伴也跟着顺便坐。这使简艾她们很为难,搞不清谁要特餐,谁不要。只得用英语挨个问:"您有没有预订特殊餐?"问题是被问到的对方都点点头,点头的意思当然是肯定。这下麻烦更大,比预定的还多了三四十人。简艾将数目汇总到乘务长处,闫乘务长和空乘们又逐个问一遍,对一遍,用笔请对方确认,总算将状况搞清楚,但要特餐的旅客还是比原先的统计多出十几人,临时让厨房额外增补了十多份。

核对完特殊餐旅客,马上开始送饮。印国客人不缺乏热情,也不像刺毛虫旅客,面对乘务员笑嘻嘻,也不挑饮,橙汁、咖啡、矿泉水都行,但特别能喝,对此,简艾算领教了。当她和另一空乘将餐车推至客人面前时,停下时间超长,因为第一名旅客接过饮料后,一口喝干,迅速将空杯递上来,她倒上第二杯,差不多还没将第二位旅客的饮料送上,第一位旅客的第二杯已清空,空杯紧接着递过来,她立马给他注满第三杯橙汁。三杯倒满,简艾不敢再看对方的眼睛,匆匆为第二位旅客服务。这样的送饮,时间和饮料都是平常的三倍。

简艾最不适应的还是自己的鼻腔。在这个航班上工作,得发扬一不怕苦二不怕熏的精神。印国气候炎热,人的汗腺进化功能发达,日常饮食狂加咖喱和各种香料。当她靠近到对方一小臂的距离时,各种怪味像冲锋一样,毫无顾忌地窜入她的鼻腔。她想吐,但拼命抑住,甚至想,这些人早晨起来是否忘了刷牙?某些口味重的客人,出门前应该预备除臭剂的。

一波送饮终于结束,简艾在厨房间做了几个深呼吸,请其他乘务员帮她捶捶她的腰椎盘。可惜没有座椅,真想坐一下,最好能平躺十分钟。这样的念头还没湮熄,客舱里的呼唤铃接二连三地响了起来。她以为发生了啥群体性事件,赶忙到她负责的右通道观察,只见许多旅客高举着单臂或双手,大呼小叫着什么。她强打起笑脸迎上去,又恐过于接近,鼻翼受不了,也像他们那样调大了音量,说:"请问需要什么帮助?"同时有五六个人高叫应声:"要!要喝饮料!"天哪,不是刚送完一程,自己的腰还没缓过劲来,咋地又渴了?她鼓鼓腮帮克制住激动。又见左通道的乘务员也面

269

临着同样的困境,她差点厥倒,二话不说,鼓足劲接力赛跑,刷地推出饮料车。一路上,呼唤铃如音响中自动放出的乐曲,一曲重一曲,从未下线。整个航程,铃声和吆喝声不绝于耳,热闹异常,她的双脚则如同踩上了风火轮,怎么也停歇不下来。她边工作边想:厨房间已备足了货,但没落地已消耗一空,看来还得提醒地服,额外多加料。

她忽而想起小时候看过的印国电影,镜头里经常有服务员和被服务员大呼小叫的场面,也就心底平衡了。喜欢不停地按呼唤铃或许就是他们的嗜好。

好不容易看见东海,看见浦东,快落地了。呼唤铃又像弹钢琴那样弹了起来。刚在乘务席上坐下的简艾头皮一紧,急急跑出去。三四个胖乎乎的中年人举着手,要求公司提供候机楼的轮椅服务。她将这个情况反馈给闫乘务长,乘务长立即炸了:"已经有两名欧洲残疾人要求轮椅,加上你这边增加四名,左通道也有五名印国旅客申请轮椅,光咱一个航班就要十多辆轮椅,地服哪有那么多?"简艾曾听说其他国家的空乘也有抱怨某些国家的旅客不切实际的轮椅要求,不禁问:"到底为什么?有些健康人也喜欢坐轮椅?"乘务长说:"可能嫌咱候机楼忒大,走着吃力,轮椅多省劲,有人推着走。"简艾听了,也不知是想笑还是想哭。

班机降落母港后,她浑身疲惫地回到出租屋,倒头死睡了一天一夜,连做了几个噩梦,醒转,还像虚竭了似的。呃,明天想请个假,调整下。

十二、非洲之北

1

希思罗,全球数一数二的繁忙机场,效率之高,令许多飞行人员心存畏葸。

在希思罗上空这块不大的空域,指挥员们技艺超群,将世界各地蜂拥而至的飞机迅捷地排好队,迅捷地进五边,迅捷地降落。没办法,小英帝国的领土比脚盆大不了多少,空域也就那么窄,只有螺蛳壳里挖潜力,将空域的容量用至极致。繁忙机场,也是涅槃、淬火的演兵场。不是每一个飞者有机会来的,这次安建军决定放手,让罗副驾驾机进近与降落。

罗副驾成竹在胸,一路上将困难估了又估,包括天气。今天的希思罗,除了一贯的繁忙外,风始终在线,刮得凶猛,飞机必定左右摇摆,这些情况,罗副驾都预先估摸到了,安机长也跟他叮嘱了。罗副驾将升机长,自然想找机会多练练手,尤其是希思罗、迪拜这样的高强度机场。然而,心理预备再充分,上阵还是抖豁豁。

英方管制员毫不客气地点到他的名,让他紧紧跟,跟上,别掉队。他额头冒汗,绷紧全身细胞,狠狠心将速度推上去,和前机距离不到七公里。

"贴近,靠上去。"管制员继续叽里咕噜地对他发着不满。

罗副驾手一抖,将动作做反,前后机的距离不仅没有缩小,反而飘开了五百米。

伦敦进近区的管制员大怒,厉声说:"给我出去,兜一圈!"说完,再不跟他啰唆,和其他飞机通话去了。

罗副驾脸红到脖根,悲悯地望着安建军。怎么会这样?安建军说:"听指令,先飞出去。"罗副驾翅膀一倾,出了列,只得再飞一个五边。他可怜兮兮地说:"对不起,安机长,没跟上趟。"

"希思罗的严谨是全球出了名的,稍微落后半拍,立马将你踢出,盘一圈再入列,让贴得紧的飞机先落。"安建军望了望左右说,"一定要多上手,哪怕做得不到位,否则永远是新人。"

"是我不争气。"罗副驾摸一把汗,极细声地说,"瞬间中了招。"

"管制员没错,是你影响了希思罗的效率,前后距离落下几公里,被抓现成,只能兜出去了。"

"怎么会这样?"罗副驾扼腕叹息,说以后一定胆大心细,紧紧跟上。

安建军接过操作界面:"我来,侧风确实过大,你有困难。以后遇到类似情况要注意,我们是手艺人,无论遇到什么情况,手上动作不能走形,脚上力道不能变样。""嗯。"罗副驾使劲点头。

风力继续增强,伴随着斜来的打旋的雨星。前面一架英国和法国的航班见苗头不对,扬头拉起往外埠备降去了。

伦敦塔台管制员说着依违两可的指令:"临界天气,落与不落,请机长自行裁决。"

"我降,不准备去备降。"安建军的声音通过无线电传给了塔台。鬼希思罗不知飞过多少回了,几斤几两在胸膛,你们欧猪不能落,不代表俺安大金刚不能落。刚才,罗副驾动作稍微慢了半拍,被你们无情地踹了出去,也丢了俺安建军的脸面,此事传回国内,段早等大嘴不会说罗副驾驶,只会说安建军的飞机被伦敦管制员踢出五边,重新盘一圈再落地,前后差了十分钟,这对五虎上将是十分丢份的事。他可得为自己找回场子。

安建军驾机缓慢下降,在法航班机转进五边又返出去的瞬间,他将机尾微微一沉,如大鸟归巢般地落了下去。在落地前的十几秒时间里,他虽然神经略有紧绷,但手上脚上动作自然,绝无丝毫走形。罗副驾微张着嘴,紧张地靠在座椅上,身子不停后倾,尽管椅子已不能往后,直到主轮接地的刹那间,才噗地吐出一口冤气。安大机长终于扳回一局。

将飞机停稳,安建军对几名机组成员说:"既然你们来到这儿,我就再啰唆几句:这伦敦希思罗,可是各国飞行员头上的紧箍咒,精密进近,前后机间距不能大于5.5公里,这还不是唯一,关键是速度不能减太多,给出至低300公里的时速,这好比开车,前后保持3米,但速度不得低于100码。一旦有飞机自说自话将时速调减至280公里,贼精的管制员马上喊你,如果不听话,只好滚出去了。"

罗副驾脸上泛黄,闷声闷气地说:"嗯,记下了。"

2

安建军这次跑英国,心中不爽,先是罗副驾没跟上管制员的指令,被伦敦进近摆了一道,兜一圈重新编队落下。其次,回程遇英伦大雨雾,引发航班大延误,飞回国内,踏进家门已是中午。二十多小时没好好睡觉的他不打算上床,他要还原国内时间,扛也要扛到晚上,否则又是日夜颠倒。他晃来晃去进厨房,从柜子里掏出一袋面粉,那是从俄罗斯带的粉,舀了几勺,置入盆内,加上水,又咔嚓咔嚓打进两个鸭蛋,用筷子搅匀拌透,放在灶台上,等叶夜回家,摊几张拿手的薄饼给她吃。俄国粉有机,韧劲足,不像美国粉是转基因。

叶夜飞了几十年,渐渐上了年纪,回到家开始叫累。她在一线坚持至今已属不易,像小兰丫头早离队开茶馆去了,当起了小老板娘,人称兰老师。安建军只要在家,就擀点面食给她吃,他常说面食比大米补人,北方人长得比南方人高壮、有力气,吃面食就是明证。嫁鸡随鸡,既随了他,她也喜欢起吃面点。近些年,叶夜自己要求飞日韩等较短的航线,偶尔飞欧美,她现在重点是带新,带中国的新乘,也带外国籍的空乘。

他搅透了湿面,放在一边,眼看离她回家还有两小时,就横陈沙发,打开电视瞧新闻,顺便歇息。想起那个简艾,可能在飞,也可能懒在床上看电视。他也不常去她那头,每周去次把,晚十点必回家,节奏把控恰到好处。简艾这张白纸在他的调教下,乖巧,基本不主动来滋扰他。他两头兼顾,丝严缝密,三方相安无事。这种家中大旗不倒、外面小旗照飘的本事只有他具备,若是换成其他人,类似地下工作走钢丝般的案子,早就给捅了。他反复开导,让她转个身,正式找个归宿,她就是做牛皮糖,硬是不肯,他没辙,也许在她"出嫁"前,只能这样随波逐流了。

过了个把小时,安建军几乎在沙发上睡迷糊。忽地,那熟悉的钥匙在锁孔中嚓嚓旋转的声音将他惊醒。他双脚一弹,从沙发上落地。迎上去说:"回来啦?给你摊饼。"叶夜瞅了眼他微红的眼眶说:"你比我还累,摊啥饼,躺着吧,我来。""还是我来,菜你做得好,但我摊的饼比你薄。""你躺着躺着,我也先歇会,现在不想吃。"她也在沙发上横下。

电视滚动着新闻。镜头连到北非,邻地中海的那个国家,忽然间旋起一股妖风,比飓风还暴戾还恶毒,遮住了阳光。这股诡谲肃杀之风很快演变成了惊天冲突,武装派别的火并,枪声、炮声、火光声,然后是无尽难民……

"唉,可能又是一个伊拉克,又一个埃及。"叶夜忧虑地说。

案头的座机不失时机地鸣响起来,飞行部打来的,内容竟然和电视画面上的内容关联。他下意识地晓得有情况,一般事情单位会打他手机,只有涉及点保密性质的事才会打有线机。话筒那头说了："知道您刚从欧洲回来,没来得及休息,但北非那头棘手得很,而且是十万火急,民航局一通知,领导就让电话征询您意见,看能不能继续远航?而且得马上出发。"对方喘了口气,连环炮似的说,"知道您应该休息三十小时,现在休息了不到三小时,这事是不是很为难?"

安建军的双眼迸出五彩的火花:"废话!电话就是命令,安建军的字典里有'畏难'两个字吗?啥也别说了,马上出发!"

叶夜是业内人,也猜出了大半。关切地说:"是不是和埃及那次一样的差?"

他默默点了点头,打开飞行箱检查装备,顺便用手机拨通了出租公司的电话,讲完话,对叶夜说:"出租车八分钟后到楼下。"

叶夜飞快冲进厨房,打开煤气,起锅。六分钟后,当安建军拖着箱子出门时,她已经往他手中塞了两张热乎乎的煎饼:"面饼,带着路上吃,强筋骨的。"

他轻轻拥了拥她的身体,从后背拍了拍:"你休息,我走了,再见。"

他乘电梯到楼下,出租车半分钟后缓缓滑至门口。他将箱子塞进后备厢,坐上副驾驶位,扣下保险带,说声:"去机场。"司机一脚油门往机场方向去。出租司机从他严肃的脸上看出时间的紧迫,一路轰大油门,左右超车,虎虎地开到目的地,比其他机组成员和空乘还早到了十分钟。

掌管几个大队的飞行部许总经理亲自站在门口候等,见他下车,比捡到宝贝还激动,翘起大拇指:"看看,老安同志这么快就到了,真叫一个雷霆速度!什么叫素质?这就是素质,十四航校、空军军校培养出来的飞毛腿素质!"

"素质很一般。"安建军戏谑道。他忽而想起私下和简艾吊膀子的事,将自己的评价降级下来。

275

"危难之际思大将。你是飞行部最硬的那片鳞！"许总经理帮他提飞行箱，他坚持不让。又问，"安大金刚，连睡觉的时间都不给，又要派你去北非救苦救难，是不是太残忍了？"

"许总言重了。没难度的事不值得咱去做，是不是？这个，'共产党员是用特殊材料制成的'，咱老党员的骨头还是够格的。"安建军半带玩笑地说，"没事，飞机上可以打会盹。"

"嗯，这次奔袭北非，清一色的'布尔什维克'，既有像你这样的老同志，也有刚满二十岁的新党员。"许总仍歉意地说，"不过，机上毕竟睡不踏实。"

许总凝思：经过军队这一关锤炼的就是不一样。上世纪九十年代，美国民航八成的骨干飞行员出身军旅，时至今日，老美仍有四成的飞行人员是空军转业人员。2009年冬，将一架遭鸟击双发失效的客机成功迫降在哈得逊河上的萨伦伯格机长，就毕业于美国空军学院。相比而言，我国空海军出身的民航飞行员比例过少。

说话间，陆续有揭机长和其他机组成员、乘务员赶到，都是行色匆匆，一脸肃穆。

3

上了飞机，安建军大声说："加足油，加足，加得越满越好。"地面人员说："再加，就要溢出了。"这才作罢。

空管指挥那一摊子也接到了上级通知，派出了强将精兵上岗。塔台上，那三只然听出了安建军嗓门中特有的声波，不禁问："安机长这回又出远门？"

"你好，那主任。出远门？还不是三天两头的事，刚从英吉利海回，又得去地中海边浪上几圈。"

"还浪？那是长途奔袭,去抢人救人。"

"还真是,咱就说不出三只主任那样的高度。"

"安队长谦虚,好好飞,咱为你保驾护航。"

"一喊破职务,就显生分。"安建军咂了咂嘴,"啥时能开拨？"

"条例规定,一切飞行让战斗飞行,其他飞行让专、包机飞行。今天你们是撤侨远征包机,地面优先,起飞优先,天空优先,只要准备好了,随时可以起飞。"

"那还等什么？我们已准备完毕,立即开拨。"

"可是,"旁边的揭机长说:"手续,有的手续还没办妥。"

长途飞行,又是救援包机,配的双机长、双副驾,两套班子,两副人马。来回数十小时,轮流执飞。

揭机长说得没错,这次飞的不是正常航线,是撤侨包机,飞越的是陌生的领空、陌生的航线,而飞经原本没开通的领空需要征得当地国的许可。航线的准备十分繁复与具体,揭机长提出的相关手续只是一个方面,新航线得事先对航路进行遴选,对目的地机场进行性能分析,包括机场跑道、滑行道、导航设备、施工情况,需要在沿途选出多个适用的备降场。运行部门还必须向飞经的国家提交飞越领空及落地的申请……这些流程循规蹈矩走下来,没有十天半月也得一周。可现在,自接到民航局的紧急通知,才大半天时间,各方面的工作已在同步推进,民航局国际司正联系外交部相关部门,火速申请沿途国领空的飞越申请,但沿途那些个小国家哪有咱中国人的效率？

"属于我们自己的工作都做细搞妥了吗？"

"准备妥当,只等令下升空。"机组成员说。

"那就不用等了,报塔台,先飞起来,边飞边等。"安建军壮着胆说,"想到那边大炮响着,机关枪扫着,难民跑着,咱们早到一分钟便是一分钟的主动,恨不得超音速,一路杀到地中海,杀到北非之巅再理会。有时,咱们真的该学一学某些国家的霸道。"

"飞了再说。"公司和上级同意了他们边飞行边申请的要求。上级也清楚,人命关天,哪能干等,走一步是一步。

上了天空,才确知还有马耳他等两个小国的飞经许可没下来。坐后面的麦副驾说:"幸运哪,安机长可是能在飞行圈里横着走的名将,跟着金刚老大飞,咱们的骨头都重了几两。"

"别叫老大,千万别叫老大,被人叫了老大,意味着快蹬腿咽气了。"

麦副驾说:"听说安机长才休息了三小时,就继续跑长途。"

"我读的是空军航校,也是军校,这点基本功还是具备的,即使四十小时无休,照样开过去飞回来,何况,咱配的是双机长、双副驾,中间可以换着眯下眼。"安建军说,"刚才我在许总面前突然冒起斯大林说过的话,不禁脱口而出。"

想到两个国家的飞越许可还悬在空中,揭机长的心里还是荡起双桨:"如果到了马耳他上空,飞行许可还没下来,咋办?"

"绕飞,从其他国家绕一下。"

"要是也不批准呢?"揭机长忧心地甩出不同的假设。

"直接闯过去!"安建军不知哪来的底气,"他奶奶的,要是某些国家的效率低下,飞临门下还没答复,对不起,就顺便闪闪翅膀,借过了。巴掌大的地,一眨眼就飞越。嘿嘿,咱又不是 B-52 轰炸机,又不是 EP-3 侦察机,是民航的救援专机,要是不同意,那些人不是脑残,就是戆肚!"

说话间,收到马耳他等两国的飞经许可。揭机长惊呼道:"还是安帅结棍,和上面的意思高度契合。我还在担着他们放不放行的心,安帅估摸的却是绝不会不放行。"

"别安帅安帅的瞎开玩笑,还是叫我老安。"安建军对他们说,"我们不是入侵,是救人,不开放真还不行。"

两套机组,两班人马,轮流着向西,十几小时后,引擎的轰鸣声响彻在地中海的上空。马上到目的地了,机组成员全体进入驾驶舱,开始下降落地程序。

安建军和揭机长呼叫当地管制中心,叫得嗓子沙哑,没有半点回音。"无政府主义!"揭机长愤愤地骂。

"难道这儿的进近和塔台都没人干活了?"安建军不信。

揭机长快速地查阅航行资料,证实,这个国际机场里,几乎所有的航班已经停飞,有没有空管人员值班,只有落地后才晓得。

麦副驾经常关心国际局势,现场感很是不妙:"政府没垮台,底下已经散架,如此推断,国家的解体是早晚的事了。"

"别替乱了套的国家唱挽歌了,还是回到怎么落地的现实中来。"揭机长的眸底滑过一抹异色,忧心忡忡地说。

他们面对的形势,是在没人指挥的前提下进近和降落,全靠一双眼睛的目视飞行。按着航线的指引,安建军驾驶着空客重型客机,飞临到了机场的上方,已能遥遥望见场道射向天空的那一排凌乱的灯光了。

"场道灯没关,至少能远远地瞧见机场。"安建军庆幸地说。

"但落地指示灯没有,下不下?"揭机长问。在安大金刚面前,揭机长相当于副驾驶,"下面会不会有情况?"

"必定下。"安建军字正腔正地说,"今天,就当我们是空降作战。空降在敌后机场,人家会给你指挥? 不但无人指引,连灯光都不会亮起,不照样机降落地!"

揭机长半脸的焦虑,想笑又没心情,当下还是想方设法对准跑道的座标,落下去再说。

4

"打开舷窗遮光板,开亮舱内所有灯光,显出航徽标志,亮明身份,郑重昭告地面:这是中国民航的紧急救援专机。"安建军对所属人员发下指令。

舱内舱外所有灯光开启,前照灯雪亮,左右翼尖上的指示灯忽闪忽闪,机腹底下伸出起落架,缓缓向跑道逼近。

"报告机长,目前机外的气温为零下20℃,机场地面风速为大风级别,短时伴有大雨。"

"明白了。"安建军沉声道。

揭机长摸了摸下巴,心提至喉咙口。要在平时,这是需要去备降或盘旋等待的天气。

"这鬼地方。"不知谁嘀咕了一句。

"这里原本是离天堂不远的地方,地下有油,边上有海,百姓丰衣足食,夜不闭户,眼下被人从背后割了一刀又一刀,却离地狱不远了。"麦副驾又轻轻嘟囔道。

安建军驾机在机场上空盘旋一周。初来乍到,他得摸摸情况。好在国将大乱,这个国际机场上空已无航班起降,只有他一架飞机在徜徉。

"注意观察,看有无飞机起降?"安建军瞧瞧四周。

"没有。"麦副驾和曲副驾抢着说。

"风向有没有变化? 向南还是向北落地?"

有人想伸出手去试,但这不可能,飞机速度大,不可能开舱门,也试不出。"只要有跑道,即便是座废弃的机场,今天也要落下去!"安建军心里这么想,又驾机盘旋一圈。他用同样的油门,从飞机所受的阻力中感受出落地的方向。

无人指挥！机场的盲降设备也无人开启，也可能损坏了无人修理。也可能管设备的人事先逃难去了。既然国将不国，空管人员干下去也不知拿不拿得到工资，撂挑子的自然大有人在。风还撒着狂，伴着一阵一阵的结实大雨。安建军苦叹一声：这个国家大难临头，连天气都助纣为虐，风大，雨也疯。看看油量充足，他驾机又兜一圈。后舱的空乘被他兜圈子兜得心惊肉跳，这毕竟不是航班，是救援包机，不确定性太多太多。

"到了这儿，老子不可能去备降。"他自言自语地说，"沙漠国度，雨下一阵歇一阵，难道能狂下一天一晚？"

麦副驾将头转来转去，望着窗外，忽然像发现新大陆似的说："前面的云在散开，天边开始泛白。"

安建军迅速调整好飞行姿态，将机头以 5.5°的仰角，徐徐下落。妖风横流，方显出大将本色。他脚蹬舵，手握盘，以手脚的细巧联动，让机头的仰角迎向侧风吹来的那一侧，恰当角度地抵消了大风的吹击。后面的两位副驾驶滚圆了双眼不敢眨一下。如此强侧风，一般飞行员哪怕落地都不敢，他安建军硬生生地凭手上脚上的功夫，将偌大一架雄鹰下落得像公务机那样轻稳如静水。

陌生的机场，战火边的机场，飞机下降时的速度不敢太小。每当起飞落地，两句话时时回旋在他耳畔："落地时想着复飞，起飞时想着中断。"这两句用来拯救生命的诤言，成为他脑海中守望的红线。是呵，战火边缘的机场，如果跑道上有异常，凭着一定的速度，随时可以拉起复飞的。这使他想起了海军飞行员在茫茫的大海上降落狭窄航母甲板的情景。

安建军的冷汗化为热血。自距跑道头 10 海里建立起落地航线（长五边）后，尽管没有盲降无线信号的引导，尽管看不到两红两白的落地指示灯（损坏），但他心中有乾坤，脑海里自动飘出一个公式——那是飞行高度

281

和跑道的一个计算公式：距跑道头距离×3＝高度，也就是他需要掌握的下降斜率。飞高了要冲出跑道，飞低了要撞地。公式人人知道，难就难在运动中运算，边下降边估摸，不是每名飞行人员有目视降落的能力，否则也无须花大价钱搞无线盲降系统了。

按"×3"的数据，当飞机离跑道头3海里时，他将高度调为900英尺（3海里×3）(275米)；当距跑道头2海里时，降为600英尺(183米)；当距跑道头1海里时，降为300英尺(92米)；当进跑道时，基本为3米以下的高度……这是凭他的眼睛、脑子和手脚在飞机的高速运动中快速估算的结果。

然而，连安建军本人也感到奇怪，此次无指引落地似有神助。他的飞机在粗壮的雨滴中划了一条缓慢、平滑、柔和的下降弧线，飞机边下降边减速，轮子接地的刹那非常温柔，以至扰流板都没有释放出来，因为着地动作太轻，计算机系统没能即时探测到，也就没有发出释放扰流板的指令。

飞机主轮接地的时刻，机组成员荡悬的心也随之落地。到底是大金刚，没有几把刷子，如何能这般地履险如夷？

"不好，前方有个东西滚过来。"揭机长指着前方，惊呼道。

侧前方，有个物体像陀螺一般，正慢吞吞地向跑道方向滚来。

"好像是个货物箱，被强风刮过来的。"

"啊，跑道附近，怎么会有大物？"曲副驾的心又提到了喉咙眼。条例规定，供起降的跑道，上面不能有丁点的障碍物。高速滑行的重型机身重脚轻，倘若和地面物碰撞，非摔趴下不可。

安建军开始急刹车，又不是一下刹到底的那种。他采取点刹的办法，一点一刹一点一刹，将点刹的频度提得极高，既要快速将车刹下，又不至于引起刹车片发热发烫。在他魔术师般的点急刹下，飞机速度骤减，但也不能立即停止，至少还得再往前惯滑数百米。

疾风中,货物箱还在翻着滚过来,滚着滚着,巧碰巧地窜上了跑道,几乎是顶头袭来。揭机长和俩副驾凝神屏息,目不转睛地盯着前方,内心都在暗暗祷告。安建军调匀呼吸,丝毫不敢托大,在急剧点刹十几下后,双脚重刹,将飞机稳稳停住。那个货箱翻滚着,在距离机头25米时如撞见了魔鬼,吓得一个小转弯,从机头的右前方下了跑道,滚进旁边的衰草地,向右方偏去。

见障碍物失去了障碍性,安建军驾机重新滑行,脱离跑道,上了滑行道,慢慢向候机楼方向转进。

无引导车辆,也不见地服人员过来,更不清楚该不该靠桥,靠哪个廊桥,一切都无人问津,一切都是未知数。他不敢造次,将飞机停在离廊桥不远的一个空旷处。

还是没有人上来对接,想象中的客梯车更是不见影子。没有客梯,怎么上下人员?后舱的空乘人员裹上了制服大衣,准备抵御开门后的寒风。

"是不是没收到通知?竟然没有地服人员过来招呼。"遇事老辣的麦副驾也感到奇怪。

"国家都瘫了,还指望给你正常服务?"安建军说。

"怎么是好?"揭机长也想不到,飞机落了地,竟无人理会,好像根本就没有这架机的降落。

安建军关了引擎,来到客舱。前后左右瞅了又瞅,还是看见了远处乱哄哄的一堆人在廊桥下指指点点,但就是没有人员过来接洽。

"非常时期,非常地点,非常手段。"安建军说,"主动迎战,总不能被难死囧死。"

"有啥妙招?"众人将头齐刷刷地朝向这位一机之主。

"送礼!有什么好玩意儿都搬出来。"

"送礼?送给那些地面人员?"曲副驾说。

"除此之外,大家还有更好的法子吗?"

众人相互觑了又觑,真也没啥好办法,只剩下贿赂了。

"可是,这次走得急,没想到送礼这一出,真还没带礼品之类的东西。"平乘务经理可怜兮兮地说。

"当然不能把你卖了。"安建军逗趣地说。上下口袋掏摸半天,找出几百元,无奈地说:"没带外汇,如果哪位有,是不是先贡献出来,回国后我负责偿还。"十几名机组和乘务美女们上下摸来摸去,只有麦副驾的兜里还有300美元,另一名年轻乘务员手中也摸出了50美元小票。揭机长说:"真没想到还有这一茬,看来,礼品不足。"

安建军的眼珠滴溜溜一转,说:"受难之地,食品、饮料皆为礼。留下回程的食品,拿出多余部分送给机场的地服和机务人员。"

平经理领着乘务员们在前后厨房间翻箱倒柜,上上下下找了个遍,收集起六七箱饮料和食品,外加十几瓶红酒,统统充作礼品。她肉痛地说:"都是从回程的供给中抠出来的,也就这么点家当了。"

"礼不在多,在于诚。"安建军说。

麦副驾将他和小乘务员的共350美元集中递给安建军,说:"也拿着,兴许起点小作用。"

安建军对平乘务经理说:"开舱门。"

"可是,没有客梯车。"曲副驾说。

"放滑梯,我们先下去,将他们连人带车的哄过来。人在屋檐下,只能赔软脸了。"

"雨歇了,要下去的话,现在正是时候。"麦副驾说。

安建军朝后望望,有机组成员,有空乘人员,也有随机来的其他技术人员。他向后摆摆手:"现在作下分工,男的下机,女的留守。"

乘务员中有几个年轻女孩跃跃欲试,也想跟着下。安建军说:"你们别下去，回程的乘务工作够你们呛的，他们可是难民，饥寒交困，根本不像平常的旅客，到时候压得你们不折腰也脱层皮。再说，这兵荒马乱的非常之地，美女们还是待在机上太平些。"

揭机长说："就按安机长的要求办，女人看家，男人上前线。"

一干乘务员吐了吐舌头，让在一边。安建军头一个从手扶梯上跳下飞机，后面跟着几个男士。人下了飞机，再将一箱一箱的饮料和食品往下传。安建军忖了忖，回头对揭机长说："也不需要人人都去，你和曲副驾、平经理留下，我和麦副驾，外加几名地服工作人员，共六人，已经足够。"

揭机长不无担忧地说："还是一块去吧，好歹有个照应。"

"又不是打架，去那么多人干嘛？再说，万一苗头不对，你们在机上，上下成犄角，才是接应。"

"安机长千万小心，有什么情况，先返回来，再作计较。"一名地服哭丧着脸说。

安建军双手捧着一箱可口可乐，走在前头，其他人提的提、扛的扛，踏着积水向人多的地方走去。

当地民航工作人员被遍地的难民搅得七零八落，心里头想着国破山河碎的种种可能，哪有心相好好干活？许多人的内心已在盘算着离开好、还是先在这儿混着好，但即使干下去，这天下大乱，能不能拿到薪酬只有鬼晓得。忽见几个中国人捧着成箱的东西过来，一路"Hello, Hi"的喊着，尤其是看到他们每人手上都是礼品，没一人空着手，渐渐眉开眼笑。

为头一名男子深目高鼻黑褐发黑褐眼，典型的地中海型人。安建军飞世界各地，也算见多识广，晓得利国尽管处在北非，但不是非洲土著，更不是黑人，而是白种人的分支，跟西班牙、意大利、法国南部的人种类似，据说和拿破仑是一个种族。眼下一言不合，同种之间照样肆意杀戮。

为头的男子眼睛闪着绿光，用英语说："你们来接人的？"

285

"是,来接本国公民回家。"安建军回答,也不去询问他为什么飞机落地无人理会之类。

安建军从上衣的口袋里摸出350美元,递给对方,说:"身上没多带现钞,这个,小意思,请帮忙的弟兄们喝杯啤酒。"麦副驾听安建军的日常英文一般,怕当地人听不明白,上前重复了一遍。

为头男子笑哈哈地从安建军手上接过钞票,咧了咧嘴,嗖地揣进兜里。指着放在地上的一堆饮料和食品说:"这个?"

"送给弟兄们解解渴。"麦副驾回答道。

"噢,谢谢中国朋友,这个。"他回头挥了挥右手。当即有多人围上来,对着地上的饮料食品指指点点,嘻嘻哈哈。

麦副驾说:"包括可口可乐这些饮料,都是中国产的,质量比欧洲的上品,请各位尝尝。"

这群高鼻梁黑褐发黑褐眼的地中海人,分别在饮料、食品上摸来摸去,十分开心的样子。那个为头的男子又挥了挥手:"兄弟们,干活了,帮中国飞机干活了。"

安建军心想,本来就应该是你们的活,现在变成帮咱们干活,显得他们在学雷锋做好事。

其中五六个人在为头男子的指挥下,搬走了饮料食品,嘴里嚷嚷着:"干活,干活了。"

马上有车子开过来,人员跟过来,为中国客机加油,按上轮挡,插上起落架的销子。客梯车也徐徐地开至飞机旁,架起了人员上下的桥梁。

5

难民中有人看到飞机上五星红旗的标志,如见到了太空中飘来的诺亚方舟,潮水一般涌过来。几千人黑压压的涌动着,到了客梯前,有些人争先恐后地就要往上登。随机而来的两名地服人员拼命阻拦,却难以奏效。

安建军觉得不对。当地机场已经无序,根本无力维持秩序,如果任凭几千难民随意往上挤,不是踩踏也会发生其他事。他霍地离开驾驶舱,对几名机组成员说:"各位,咱们还得干地勤的活,跟我走!"

乘务平经理带着一干空乘立在舱门口,正发愁怎么对付快速奔涌上来的灾民,见安建军几个急匆匆地走来,闪在一旁,让他们通过。安建军不忘说一句:"还是那样,男人上前,女人押后。"

"场面火爆。"平经理说,"想不到乱成这样。"

安建军鼻子一哼:"本来就是难民,你还指望他们像正常旅客那样有礼守序?"

揭机长说:"你们待着,我们来处理。"几名地服人员看到他们出现,松了一大口气。

安建军站在客梯的高处,举起双手,运足真气,对着下面的人群放声吆喝:"大家不要挤,不要乱,我们都能够把你们从难民营里接回家!"

"可是,飞机少,人多,怎么办?只要放我们上机,没座位,铺张纸,在地上挤一挤,也没关系。"有人担心地说。

安建军气得想笑。以为是火车、轮船,没座位可以站着,用报纸一摊,坐地上?这是喷气机,要上万米高空,要上升下降,要空中颠簸,哪能随便挤一挤?

他舞动双手,大声说:"这是华东来的第一架飞机,后面还有第二架、第三架,都已经在天上,很快就会降落。同时,国内几大航的飞机从不同的地方起航,有从北京出发,也有从广州出发,飞来地中海不同的机场,接我们在这里的灾民和侨胞,请相信我们,只是时间有先有后,你们统统可

287

以回国避难的。"

"可是,我们等不及了,再等下去,熬下去,想下去,快得精神病了。"人群中有人说。

"对,你说得很对,有人得病了,而且还是重病人,其中还有老人、孩子和妇女。"安建军指着下面几千人头,"你们说,都是自家同胞,是不是发扬下风格,优先让病人、老人、儿童和妇女先登机?"

还是有人不听劝告地往上挤。

"不行,必须让病人、妇女、儿童先上!揭机长、麦副驾,你们几个和地服把住上口,乘务组守住舱门,逐一检查,通过后放行!"安建军双手一按,威厉地说。安建军口令一出,机上男女各就各位,把住各自关口。

机下人声鼎沸,说什么的都有。大部分人觉得他言之有理,应该这么办,但也有人支支吾吾。在此地,谁不想早点离开?万一战端大开,几发炮弹落下来,可不管你是儿童妇女,还是身强力壮的小伙子,照样咣当一下炸开,弹片和冲击波照样送你见阎王。

安建军自己也没觉着,一不小心成了一个鼓动者。他运了运气,亮声说:"我好像已经听见飞机发动机的轰鸣声了,当然你们听不见,因为你们不是飞行员。第二架飞机是'高原雄鹰'段早段机长驾驶的,他是有名的飞腿,估计两个来小时就到了,大伙也不在乎这一时半会了对不对?现在就按我说的做:身强力壮的、年轻的靠后,老弱病残孕幼靠前排队,迅速登机,运走了第一波,才有第二波、第三波,如果这样僵在一起,不分先后,谁都走不成,白白耽误时间!放心,撤侨工作已全面展开,我们必定会将所有的侨民全部撤出!"

麦副驾忍不住地挤上前,宏声说:"大家知道吗?刚才说话的安中队长,安机长,是有名的五虎将、大金刚,为了帮你们撤退,已经四十小时没睡觉了。"

"啊,那多不容易呀。"底下有人在网络上了解安建军的飞行事迹,说,"原来他就是安大金刚。"

揭机长趁机上前,说:"现在,就按安机长说的,请病人、老人妇女、儿童登机——"

人群中多无怨言,几个不愿落后的难民也不好意思穷嚷嚷,退在旁边,空出通道,让妇女儿童病号先上飞机。

老弱病残孕婴上完,还有上百个空位,安建军他们才按先后顺序让常人上机。一会,所有空位填满。安建军打开航线图,说:"还是无人指挥。好在除了咱们,没有其他航班了,立即关舱门、开滑、上跑道,一路飞向国内。"机组成员各自准备。

蓦地,安建军一拍脑门:"不行,我还得下去一趟。"

"干嘛?"揭机长狐疑地问。

"我可能得了强迫症。"安建军解开保险带,从座位上立起,朝后转身,"当地的机务已经不可信了,你们想想,国家碎裂,行业存不存在都成问题,这些人哪有心思好好干活?我还是下去一趟,再瞅一眼比较安心。"

揭机长了解他的忧虑,也站起来:"老大,您坐镇,还是我去吧,我比您小十岁。"

"嫌我老了?"

"不是找个下去的理由么?"揭机长赶紧把话圆回来,"您才五十,小呢。"

麦副驾补充道:"帮您掐指算了算,您已有四十多小时没平躺着睡眠了,人疲了需要休息,毕竟不是机器。"

"有时人比机器能扛。"安建军侧头对揭机长说,"也好,让小麦跟我下去趟,不复查,心里不踏实,免得滑出了后悔。"

当地机务例行完公事早溜了,地上满是雨后留下的积水。安建军和麦副驾下得飞机,脚上的皮鞋差点被水浸漫。他们绕机一周,看看有没有遭冰雹、鸟击的痕迹,前后轮胎气压是否达标,起落架的固定插销是否拔出归位。

"啊,果然连插销都没拔,人就跑了,比难民还难民!"安建军气愤地说。

麦副驾上前一瞅,停场用的插销还原封不动地插着,如果飞机开滑才发现,还不出事?"真不冤走这一遭。"麦副驾说。

安建军扯大嗓门喊了几声,当地人早跑远了,自是无人应答。"这帮混账小子!"他无奈地说,"只有自己动手了。"麦副驾说:"跟着安帅跑码头,那叫一个长见识,连机务的活都学上了。""你嘲我?""才不是,安帅的水平可不是蒙的,真正硬。干技术活,谁不想多学几手?多几把刷存着,到哪都不愁。"安建军忽然想起什么说:"你是咱公司量身培养的飞行骨干,本事再大,也不能跳来跳去。""不跳不跳,咱不会跳槽,一颗赤子之心飞到底。"

"我不排斥民营,他们是经济的另一条腿,也不反对正常人员流动,我是反对不讲原则、不讲良心地跳动。反过来,有朝一日,国有公司到民营公司挖人,不择手段地挖,人家怎么看?人家要骂你国逼民毁了。"

说话间,二人已将起落架的插销拔下,拍了拍粗壮的飞机大腿说:"伙计,走了。"

<h1 style="text-align:center">6</h1>

还没开滑,安建军隐隐瞅见长五边上空有亮点闪烁。他擦了擦眼皮再瞧,发现那个亮点在放大。同时,揭机长他们也瞧见了那架渐渐逼近的飞机。

难道真是他？高原雄鹰这么快就赶到了？适才安建军对灾民许诺，再有两个多小时第二架救援机就会到，那是有安抚的成分在，明显带有望梅止渴的心理暗示。不料段早真的如天神般地降临了，快到安建军都开始怀疑自己的眼睛。他段早不是开飞机，开火箭哪！

段早在天上也远远看见滑行道上这架飞机了。虽无人指挥也心里豁亮。当起落架离地两米时，他将飞机前后拉成水平，然后飞行表演似的将机尾轻轻一沉，一个潇洒的昂首就落了下来。见安建军向他挥手，他将飞机滑至和安建军的飞机平行处，停住，打开侧窗玻璃，探出半个头。

"段师兄，咋这么快就赶来啦？我掰着手指头数，也得两小时后才到呀。"安建军吼着嗓门说。

是非之地见到本国本公司的飞机，段早那张刻板的脸上露出难得的笑容："谁叫咱的名字里有个'早'字呢，那是必须早到，不得迟到。"

"这可是协和式的速度哪。"

段早哼哈一笑："抄近道，晓得吗，抄近路。"他得意地说，"这条线我飞过几次，情况熟。这不救苦救难吗？凡有近路，一律申请借道直插，紧赶慢赶总算赶回来两个钟头，哈哈。"

"呵，雷霆时速！段师兄的水平让人不佩服都没理由。"

说着，安建军将机场地面情况、当地工作人员情况、难民情况向段早作了通报。段早听过，领首道："记下了。我立马去接第二波灾民，你们先飞，我这儿装填满了，尽快赶上来。"

安建军和他道过再见，驾机开拔。

此前，安建军被急召到飞行部时，段早刚落地南昌，听见消息，当即打电话给许总，要求飞回基地后第一班去北非。

许总撂下电话，说："都是B公司的好苗，不，大树，参天大树。"

安建军想起飞北极那次，段早争着去，最后上面派的是自己。便说：

"要不让老段飞第一架?"

许总摆手道:"不,还是你第一架,他在南昌,过来还得一会。"

"他喜欢当一,我可以等一会,让他第一架,我飞第二架。"

许总扭头望他,狡黠笑笑:"要么你俩共机,比翼双飞一把?"

"我无所谓,就怕他不愿意。"

"上了同架机,又要为第一机长、第二机长整个脸红脖子粗。我考虑过了,都是名将,各挡一面,就这样定了,你先到先飞,开走。"

段早这些年飞青藏,飞得有滋有味,为许多飞行人员摸路,等路摸清楚了,他回归到正常飞行,飞国际,飞国内。

他飞过中东撤侨,从炮火连天的战场撤回大量侨民。他飞过非洲,送医疗队往返令人生畏的埃博拉疫区,扶危渡厄。那一次,他开着医疗包机,送新一批医疗队员过去,将前批人员接回。他和医疗队员一样,穿着武装到脚的白色防护服,踏在非洲的土地上。回到国内,从不发烧的他和两名医护人员发起高烧。上下如临大敌,疑是他们受了感染,关进医院隔离观察。几天后,高烧退去,他被诊断为劳累过分引发的感冒类发烧,危情解除。

段早住院期间,安建军去探望,两人叙些闲话。段早说,穿上了密闭的防护服,外面冰冷,里面汗水湿透,衬着尿湿纸,如荒漠中一根孤独的芨芨草,感觉人在炼狱,和死神贴得近了……哎,那种地方去过,许多事情都能想开。安建军说,人一般都这样,去殡仪馆参加一回告别仪式,想开一阵子,过一段时间却又想不开了。段早说,想想的确如此。安建军暗思,段早和他都喜欢历险,都喜欢争先,都喜欢闯,这一点上,颇有些一致。

记忆起2003年"非典"(SARS)疫情,全国一级响应,大部分航班取消,大型机场机满为患,一些飞机找不到机位,只能停在滑行道上。安建军却没闲着,一会送医务人员和医疗物质,一会飞合并后的班机。面对疫情,他以惯有的专业语言告慰乘客:机舱空气每隔3分钟置换一次,而且是自上而下垂直置换,超过医疗手术室12分钟一次的置换率。公共交通以飞机最为环保和安全。

7

上了巡航高度,揭机长摁了摁太阳穴,说:"安帅可以啊,您在桥上说,我们在旁边听,怎么觉得您不但飞机开得赞,还有当众演讲的才能呢。"

"半点也没。我讲专业可以,演讲不行。"安建军轻轻活动下脖颈,"声由心生,我不过针对现场讲了几句实话。"

麦副驾说:"实话才让人叹服。现在上面的文件那么多,讲话那么频,从国务院、国资委、民航局、公司,到大队中队,有些是实话、真话,也有相当一部分空大假,字面上瞧着高大上,可说的不像人话,像鬼话,看着费劲,听着吃力,为什么不讲得朴实一点呢。"

揭机长笑道:"这话,你跟头儿和机关写文稿的人说去。"

麦副驾说:"这次来地中海抢运侨民,跟着二位机长学到太多,有的是终身受益的。"

"这话不包括我,应该说向安帅学到了许多。我也是给安大帅当下手的。"揭机长说。

"郑重敬告:安帅之类的戏称到此为止。到了国内再乱开这样的玩笑,真以为我当了机大王,看上面怎么把我五马分尸!"安建军沉声道,"不少事情只有自己心里清楚,其实,我有很多弱项,人格人品上也有诸多缺陷。"

揭机长、麦副驾、曲副驾三个相觑一眼,说:"安队对自己要求太严。"

"不,不,你们不晓得。"安建军干咳两声,便转开了话题,"人这一辈

293

子,说短不短,说长不长,真正能为国家派上用场的,一共也没几次,其他的都是常规飞行。"

"即便是一两次,我也万分珍惜。"麦副驾说。

安建军摸了摸自己胡子拉碴的下巴,说:"你们年轻人,来日方长,机会必然不少,但到了我这种知天命的年龄,机会真的越来越少,有一次,飞希腊,中间有几天休息,我去参观德尔菲神庙,上刻一句话很通俗:认识你自己。相同的意思,中国古代的老子也说过:知人者智,自知者明。我算工科出身,学飞机比较精,读人文书不多,这几句话是记下了。一个人的本领有限,生命有限,机会也有限,如果遇上,还是要紧紧抓牢,哪怕微如尘埃,也得留下点痕迹。"

揭机长像不认识他似的,端详了他一眼,不明所以地点了点头。"安队忽然又变成了一个哲人。"须臾,对他说,"这段我来飞,您去后面歇会。"

"好,我去后面打个盹,是有些累。到巴基斯坦,过帕米尔之前,记得喊我。"

"放心,一定叫您。"麦副驾保证道。离开时,安建军连连摇头,说:"唉,好端端一个国家,曾经是嘴里衔着金汤勺的,没几天就披头散发了。"

安建军跨进家门,飞行箱往地上一扔,和衣倒在沙发上,人像虚空一样,但又睡不着,呈混沌状态。约莫过了两个钟头,叶夜拖着拉杆箱开锁进门。他从沙发上挺起。她说:"台北暴雨,在机坪上等了四小时,这一折腾,累得头重脚轻,眩晕。"

"你先歇会,我帮你弄点吃的。"他说。"别,别,你先躺着,我一会去弄,我累也比不上你撤侨伤筋动骨。"她凑上前去,"胡子这么长?"

"没时间,忙忘了刮。"

她细瞧一眼:"有几根白胡子了。"

"白胡子老叔。"他讪笑笑,"北非打卡留下的记痕。"

"帮你拍一张？留作以后当个念想，八十岁时写回忆录用得着。"

"在当地机场，麦副驾、曲副驾、乘务长已经拍过了。不过，咱不可能写回忆录，老了无事可做时翻开瞧瞧，也算上班时做过点事。"

她也叹了声："同龄相怜，我也不少白发了，藏在里面。"

"总归你精致，看上去比我年轻些。"

"我早没信心了。跟年轻空乘站一排，一比较，距离立显。自然规律，没办法的。"

叶夜走进里屋，抱了一大捧虫草、燕窝、人参等保健品出来，说："要不泡点人参补补？上了年纪，还是要加点料。这么多东西，有出去买的，也有朋友送的，不吃，怕要过保质期了。"

"你自个儿补点吧，我不用的。常言说，吃人参不如睡五更，我晚上猛睡一觉，明天差不多能恢复。"她又抱着一堆东西进去放好，回出来说："晓得你是特殊材料做的！嘿，这下该歇几天吧？"

"两天。也说不清，不知有没有横出来的会。"

"你们当点头的，会真多，哪有那么多会？"她抱怨道，"后天我飞日线，明天在家陪你。"

"哦，哦，明天。"他从沙发上蹦起，翻了翻手机，忆起什么似的，"明天正好有事，约了朋友出去。"

"这么冷，刚飘过雪，还出去？"她皱了皱眉，"啥朋友？"

"嗯，当然是一起飞过的。"他不以为然地说，"提前几天就约了，就在附近转转。"

"坐车出去踩雪？江浙许多地方还有雪，倒蛮有童趣的。"

他忽然想起，那个气象姑娘李小研说过：天也有呼吸，有脉搏，云也有脾气，发起火来下大雨，生气时落下雪，这些也是需要的……

他"嗯"了两声，不再言语。她活动下腰部，进厨房去准备晚饭。

安建军不敢坦言是去应简艾的约,但和叶夜猜的一样,去周边踩雪。

8

十天前,看到最近有下雪预报,简艾勾动起童年时光在长风公园滚雪球、堆雪人、打雪仗的旧事,非要拽他去踏雪。小时候的时光过得缓慢。

一周前,不断有预报,合肥下雪,南京下雪,杭州宁波也有雪飘。她反复留意着,终于等到他地中海回程,约了明天去。唉,雪天和情人绝配。

雪虽然寒冷,也只有冬天才下,皑皑的雪片缓缓落下,给人的感觉却是温暖的,温和的。梅花喜雪,人也爱雪,尤其是南方人更爱雪。

昨天,上海也飘落了雪花,雪片飞舞的画面实在太美妙了。但魔都的飘雪时间短,雪片落在地上、草上,积了些起来,第二天却全化了,空狂喜一场。原以为次日起床外面白茫茫一片,像威海、烟台一般,却是黑夜做梦。

然而,南京大雪,杭州也中雪,只不过比上海内陆几百公里,不远的两座城,都是古都,却年年有雪、年年积雪。西湖断桥的雪一寸厚,踩上去的人差点压断桥。

紫金山的雪足有尺把厚。简艾说:"去南京吧。""我觉得杭州更有诗意。"他说。"少诗情画意点行不行?钟山的雪厚重。"她一撒娇,他举起白旗,年轻优势,身体优势。软软的话,软软的身体,都是资本,都是诱惑。"也就当天来回,不就去踩回雪么?上次陪你去建德跳过伞,这次陪我踩下雪么。"他想不出理由否决。

坐上高铁,贴地飞行,哐当哐当出魔市往西。过了昆山,地上渐白,越向西,越白,过了常州,地上凹处已积雪半尺。车程一个来小时,从南京玄武湖站出,白光炫目,几株巨大的雪松身上堆雪如山,不堪重负,碗口大的枝杈折断了好几根。马路上铲雪车、扫雪车轮番上阵,车行如蜗牛,一派北国风光。

"哈哈,我们到了哈尔滨——"她在路边大喊,引得路人纷纷回头。

"去哪?"她问。"去钟山。""怎么去?打不到的的。""坐公交。"

有公交车进站,他带头跳了上去,她紧紧跟上。开了多站,见到城墙,她猛地拽住他下车。他怪道:"不去山里了?""哈哈,去哪儿不重要,关键是雪。"

城墙内外,地上、草上、树上铺满了雪,厚可盈尺。世界表面的丑陋和污秽被白雪覆盖得严严实实。"哇——"她又八卦地尖叫一声。他差点捂起耳朵。

她穿着靴子,围着红丝巾,有点像江姐,双脚踩在雪上咔嚓咔嚓。她脸上红扑扑,嘴里吐着热气。"哇——"又叫一声。他一惊:"别叫了,人家以为你有病。""哈,我是有病,雪烧病,简称雪烧。"

他也开心起来,皮鞋踩在雪地上,一踩一个脚印,踏雪有痕,一路踩到明故宫。他感叹一声,毕竟年龄有异,相差二十岁,呵,可是二十年的岁月。望着她在雪中拗造型,回归少女般的神态,一种凄婉的表情浮上他的脸颊。时光无情流逝的凄哀如同夜晚的天,黯淡下来不可阻挡。

雪地的气温冰冷,风呼呼地刮。"不打算回去啦?说好当天回的。"他说。"哈,我们就在明故宫住一晚吧?"她被白雪映得笑逐颜开。"不,明天有会,必须走。"他开始往回走。"哎,好,回,回吧。"在后面深一脚浅一脚地跟着。

"哇,等等。"她又尖叫。"干嘛?"他回转身问。"再照张相。"他只得停住:"我帮你。已经照得够多了。""不,两人一块。"她紧挽着他的手臂。"我不喜欢照相,你晓得的,再说,也没旁人。""等着,我找人。"

她美眸四顾,的确无人在雪地挨冻。等了近十分钟,有另一对痴男女过来。"Hi!"她一叫,他们一吓。她上去凑近男士跟前:"先生,麻烦帮我们照张相?""当然。"男士将她的傻瓜小相机接了过去,立马在不远处选好了角度。

安建军摇头:"我不喜欢合影,还是你单照吧。"

"怕留下话把子? 放心,不外传。再说,我跟其他男人也合过影,这能说明什么?"

"我不是这意思。"

"啥意思?"

见端相机的男士已经不耐烦,他只得说:"好,照,照。"

男士帮他们连按几张。照最后一张时,她想做个更亲热的动作,猛往他身上倾,不料下盘失去重心,一脚滑了出去,摔了个大仰跤。

她的脚踝疼死。"折了,不能走了。"

看她的样子不像装,他无奈地抱着她走向公交站点。"要不要去医院查一查?"

她活动下脚关节,说:"还好,不像骨折,估计是软组织受点伤,去火车站,先回上海。"

沪宁线上多的是列车,拣一班有位的一等座上了去。他"嗨"了声说:"啥时能省省?"她也"嗨"了一声,"所以,还是有老公、有男人在身边好。"

他瞪她一眼,眼光却是温柔:"又想出啥幺蛾子?"

"没有没有。"她停顿片刻,忽然说,"我不想做了。"

"不想做什么?"

"不想做空乘了,又苦又累,收入又不很高,不如在家看看书,看看电视,炒炒股票,学学烘焙……"

他发觉她渐渐偏离了他原先设计的轨道,看来要改造一个人难上加难。他早就在思虑这个问题,今天既然她主动提出——相信她也是经过深思熟虑的,也好,养在家里也好,否则,同一个公司,再回避,有时难免会碰头。叶夜也是空乘,是乘务长、客舱经理,说不定某一天就穿了帮,三人全被动。

"也好,你待在家里,看看书、玩玩股票、学学烘焙,我每月贴你一万元家用。"

"你同意啦?"她想起身吻他一嘴,发觉脚疼,就在位上说:"放心,我一定乖乖的。"

"还是劝你,有合适的,早定方向。把你嫁出去了,我也安心。"

"是省心吧。"她娇嗔地说,"搞得我是你女儿似的,哇哈,也好,干爸,安爸。"

简艾的想辞职闪人,还有另一个不便跟他人多说的原因,就是她常遭周边人的"骚扰",尤其那个寻化。

寻化是个不屈不挠的小伙子,经常发短信、打电话、送花,三番五次来班后接她。她对他没丁点感觉。在她眼里,寻化长得粗头粗脑,没安建军十分之一帅,甚至有那么一点猥琐男的味道。如果被他听见,怕要吐血。

"找我干嘛?我又不是狐狸精。"她曾半开玩笑地跟他说。

"你当然不是狐狸精,谁会找狐狸精做朋友?"他会错了意。

一次,寻化又在航后等她。她觉得有必要坐下谈谈,故意说:"干嘛,请我喝咖啡?"

他受宠若惊地说:"好,对,附近有家新开的COSTA。"

"嗯,请了多次,也不能太不给面子。"她嘴上这么说着,心里想的却是找他谈一次,谈透谈谈死,让他彻底湮熄了这念头。当两人坐下,各自啜了几口咖啡时,简艾已将意思表达了个透。寻化脸上红一阵青一阵,说:"让我别再找你了,是嫌我不帅还是钱不够多?"

简艾说:"空乘队里美女成灾,别的不说,光我读的学校,龙华民航职院毕业的,脸和条比我强的不止多少,随你挑。"

299

"那些个人跟我无缘。"

"哈,跟我就有缘?"

"有,第一次见面就有。"

"又瞎说了。"她晃了晃杯中的咖啡,"千万别相信,也别说出一见钟情之类的土老冒话,我会作呕。"

"即使嘴上不说,实际上,这种事也会发生。"

"今天既然来了,和你坐下来喝咖啡,我就是要当面把话说穿。"她放下杯子,凛然道,"如果我以前对你的话多是推辞、托辞,这回我跟你亮底牌:这不是你的问题,是我的问题,因为我心里已经有人了,再无法容别人。"

"有人?"他滚圆了眼珠,以为听见了天大的笑话,"打听过了,你没人,亲密的男朋友,没有。"

"这是个人隐私,难道会昭告天下?"

"那你说,只要说出来,你那朋友的名字,我立马调头,从此不来缠扰你。"

她咬了咬嘴唇,不语。寻化哈哈笑道:"说不出了吧?既然没有,我就有权利追击,同不同意在你,追不追在我。"

"他,在国外,在澳洲。"她眉毛一扬,突然说,"你不认识。"

"国外?谁?说出来,我放弃。"

"凭什么告诉你,走开!"她起身,差点将杯中的咖啡朝他泼过去。

寻化怔住。还是没有开窍。难道她中学或小学有个同学在外面,两人隔洋拖拍?她一直戆等?

十三、中外合璧

1

叶夜登机时,已经有早到的三个小空乘候在舱口。其中一个丝巾的蝴蝶结挂在脖子右侧的小姑娘鞠躬道:"您好,我是藤本明日香,请多关照。"

"明日香?名字里弥散着香气,好名。"叶夜瞧了瞧她的胸牌,"你是日籍乘?"

"是的,经理。"

叶夜是这个航班的客舱经理,今天飞名古屋,上有日本籍空乘和中国空乘携手提供客舱服务。日本和韩国是公司最早招聘外籍乘的国家。近些年,公司机队骤增,航线花开五大洲,自上次客舱部由副总带她们考察达美航、阿联酋航回来后,开始在日、韩、泰以及欧洲六国加量选聘外籍乘。外籍乘和国内空乘混搭组合,共同优化客舱服务。这次飞名古屋,客舱部从电脑排班系统中抽取了日籍乘藤本明日香,加入乘务组。

离旅客登机尚有余暇,叶夜有闲多瞧了对方几眼。这个叫藤本的小姑娘不高不矮,不胖不瘦,五官本份,在美女成灾的客舱部顶多算中上,比国内几个大牌级的形象代言人尚有一段距离,但也蛮有个性:只要别人的眼光飘到她脸上,就会条件反射似的微笑,整张脸用一个字概括,便是

"甜"。平常,空乘穿同样的制服,配同样的丝巾,同样的不留刘海,似乎看不出是中国人日本人,但细细一瞧,还是能分出彼此。藤本尽管不留前刘海,但她的头发贴着前额向左右两边分开,而中籍乘务员多数是向后梳的大光明,不用评哪家好坏,习惯使然。她脸上的皮肤满是胶原蛋白,那叫一个滑和嫩,这和她1991年出生的年龄相符。

叶夜又瞟她一眼,她便感应似的笑,整齐地露出上下两排共八颗牙,微微的笑,笑容透着甜,看上去软软的。

"来公司几年了?"叶夜问。

"刚好两年。"她双手交叠在腹前,听见问话,又鞠一躬。

"中文不错,东京还是大阪人?"

"家在长崎,但在东京航空站做过地勤。"

"忽然就上了天?"

"一心想做空乘。两年前公司在东京有一次选乘的经历,有幸通过。"

"那个情况我知道,竞争异常激烈。"

"也是运气好,那次招聘二十人,应聘来了三百人。"

"还是靠实力。嗯,好好做,客人快登机了。"叶夜点点头走开,忙航前的准备。

飞日本,国际航线,也就两个来小时,不足乌鲁木齐的一半路。航班升空后,送报、送饮、送餐的工作紧锣密鼓,却又非常散文化。

藤本明日香握着厚厚一沓《环球时报》《参考消息》《证券报》开始分发。她不像中籍乘务员那样,将报纸叠在一起,而是将每份相同的报纸压一起,叠整齐,又将三份报纸的报头细心捻开,让每位客人一目了然地看见报名和报头,以便自由选项。

一位金卡旅客说:"第一次见这么发报纸的,请稍等一下,让我拍张照。"她头往回缩,脸上眯眯笑:"不用的。"

还没拍完,乘务员小钟喊她:"日籍,过来下。"

她放下这头,去小钟那边帮忙。

不一会儿,另一乘务员小姚尖着嗓子喊:"日籍,过来一下。"

叶夜经过,生气地对小姚说:"叫名字,不能叫日籍、韩籍的,她们有名字。"

小姚噘了噘嘴:"她们名字长、怪,记不住。"

"记不住就叫姓,前面两字,如藤本、西村、犬养……"

小姚喊她,是因为有个小孩子弄丢了东西,呜呜地哭,小姚哄了两次没哄住,请她去应付,她性子耐,善于对付这些疑难杂题。藤本听喊,碎步轻手轻脚奔过去。发现一名六岁小男孩不慎将一只小玩具丢在了候机楼里,飞机起飞才想起,心痛得哇哇大哭。

藤本上前,变魔术似的东掏西摸,从口袋里掏出一只自带的小白兔,在小朋友面前晃了晃,递给了他。小孩接过后,她又奔回厨房间,用橙汁和西红柿汁调成一杯红黄相间的特制饮料,然后变戏法似的从她的小兜里掏出几张从东京带来的儿童贴纸,粘在了杯子外面。这杯独一无二的饮品端到小朋友面前时,小男孩完全被迷住了,眼泪回收,重新启开了天真的笑脸。

孩子的妈妈瞧瞧她的胸牌,才晓得她是日本人:"这些小东西原先就有的,还是?"

藤本甜甜一笑:"贴纸和一些小玩具分量轻,占不了多少地方,回日本时,顺手带点备在身边,小孩子万一有事,可以用来转移情绪。"

"想不到你是个有心人。"孩子母亲说。

藤本笑了笑,扭头往后,那儿有位老先生生日,她得送张卡片去。当班的旅客信息显示,今天有两位客人生日。客机上,客舱部预先备了一张张小卡片,送给正好乘机赶上生日的旅客。但藤本觉得还不够诚意,她事先将这些素色的卡片带些回宿舍,花时间涂上不同的颜色,防的是在航班上没时间涂和写,预先准备好的作品就比较生动,给特别的旅客一个特别的祝贺。

一般的卡片上只有"生日快乐"四字,藤本觉得四个字太格式化,不足以表达乘务员的贴心,除了涂色彩,另添一行中文:欢迎您乘坐中国B航空公司航班,希望今年是美妙的一年,祝您生日快乐,旅途愉快,下次旅行再会!下面是机长、客舱经理签名。签名由不同的机长和客舱经理当场签署。毕竟在机上撞见生日的旅客不至于太多。

当藤本将卡片送至叶夜处请签字时,叶夜瞧了瞧卡面上写得歪歪扭扭的中文字,问:"你写的?"她点点头。"刚才写的?""不是的,先在宿舍写好,机上只请乘务经理和机长签名。"叶夜又瞧了瞧卡片上涂的红红黄黄的色彩,颇吸眼球,不禁赞道:"真的用了点心。"匆匆签下姓名。藤本明日香接了卡片,兴冲冲地奔向逢生日的那位旅客。谁都看得出,藤本对这份工作很心仪很用心。

过了海峡,很快就进入下降程序。两国一衣带水,飞机闪闪翅膀就抵达了。下降过程,叶夜坐在乘务席上,还在思虑藤本和外籍乘的一摊小事。中日、中韩、中欧、中国至东南亚线她常跑,近期中日线跑得勤,发现日籍乘在细节上把握精到,似乎不用人教,骨子里就有些天然因子。她们在送毛毯递枕头时总会先看一下,将印有航徽的正面递给顾客,不会像一般人那样随便一递了事;在送餐前,快速整理餐盒,将刀叉纸巾等放在上面,方便旅客一打开就能顺手使用;分发报纸前,必将不同的报纸捻开,使旅客一眼能看见报头……还有今天看到的生日卡片,也是业余花了心思的。她体认到,引进外籍乘,不单单是语言因素——用日籍乘或欧籍乘帮助解答她们本国旅客的语言难题,绝不是这么简单,公司引进外籍乘,同样可以在服务方面形成许多补益。

她掏出随身的小小本,刷刷地写上几笔,准备积累充分了汇汇总,形成一篇书面文字,递交给客舱部及公司层面。上面的干部层级有些高,高处显寒冷,冷得体悟不到底层火热的温度,必要时得上一书,将下情上达。

她将小本本翻到前面,那里记录着飞东南亚时泰籍乘及马来西亚籍空乘的工作情态,她们也有可圈可点处。合上本本想想,已经好几个月飞亚洲线了,带了一批新乘放单。按工作节律,该轮到她飞几趟长线了,基本是欧线,也不能老叫别人倒时差,自己不倒。

2

安建军驾着宽体重型机昂头直上,穿向西边的天空。

今天和他同机的有一位意大利籍的机长迈克尔。迈克尔对自己能来中国开飞机开心得要死,据他自己说收入比在欧洲工作溢出许多,天天乐得像过年。

"你几天回趟家?"他问迈克尔。

安建军航空专业用语没问题,生活对话一般,后面一位年轻副驾帮着忙,关键时候补译一句两句,而迈克尔基本不会中文,借用第三国英语交谈。有通英文的副驾驶在侧,双方的意思表达清爽多了。

"回家?"迈克尔摇头晃脑地说,"我有一半时间在罗马,一半时间在工作,包括在中国的时间。"

"啊?有这么好的事?"

"公司刚定的新规。"迈克尔满面春风,"我再重说一遍,罗马,作为我飞行的出发地,罗马以外的时间都算工作,包括在飞机上,在中国地面的时间,都是执勤时间。这样统计下来,差不多有十四天待在罗马,在家里,这不是一半对一半吗?"

305

"听起来怎么觉得公司对你们太偏心,我们倒成了后爹养的。"

"不会不会,我们是老外,是客人,所以公司对我们很客气。"

"我怎么觉得你们的获得感超强,咱们倒成了坐冷板凳的了。"

"你们不是优待'俘虏'吗?咱们像'俘虏'一样被优待了。"

"你们如果是俘虏,会自投罗网吗?啊,'俘虏'生活真享乐,比咱们的还幸福呢。"

"安机长说笑话了。"迈克尔瞧着远方,"快到郑州了,估计又得堵路。"

"你有一星期多没来了吧?"安建军问。

"十几天没来了。调休在家。"

"十几天的变化是很大的。"安建军挺了挺后背说,"前面是我惊叹,这回你跟不上趟了。知道吗,东西大通道昨天正式启用,也就是说,华东至西北,去程和回程采取大循环的方式,尽管算不上双向航路,但相当于开通了单行道,类似马路上的单行道,来和去分开走。单循环后,天路畅多了。"

这天还真是,到了郑州这个著名的"堵点",也没收到调减速度或"空中等待"的指令,一路踩着油门通过,又自然地右转进入蒙古,从内蒙而外蒙,拐入俄罗斯继续往西。

迈克尔精力充沛地说:"安机长,你去后面休息吧,我先开着,有事会请示的。"安建军笑道:"我不累,先在这儿待一会。"

迈克尔眨眨眼睛,眉宇间露出狡黠神态:"后舱,这次的客舱经理是您太太,一位能干的叶经理。"

安建军睨了他一眼:"可以呀迈克尔,到了中国学油腔,开始打听我的家事了。"

"不,不,那是因为您五虎大将的名头太响,是公司唯一在役的大将,也是七大金刚之首,十二星宿的教头。我们来Ｂ公司工作,哪能不了解这些？"

"看来我是臭名远播,连你们外籍机长都知晓了。"

"是美名远扬。外航许多飞行员都听说过您的大名,网上也能查到您的资料。"

"被人盯上有可能是坏事。"安建军哀怨地说,"所以也知道叶夜是我太太,在同一架飞机上。告诉你,这是电脑排班排的,至少有八九年了,两人没在机上遇见,想不到这次电脑随机一抽,把她抽到这个航班上了。"

"那不是很浪漫吗?安机长可以出去看看她,聊聊。"

"嘿,在家没叨够,还到飞机上唠?"安建军横了他一眼,笑笑。

这次飞意大利,真还挨上夫妻档了。他为责任机长,叶夜为客舱经理,机组和乘务组都是他们家的。万次难逢的机会,电脑排班,十年都挨不到一起,这回竟中奖似的中上了,也不知道底下人怎么想。他俩特不希望一家人在一架飞机上当班,能回避则回避,有时抽到,叶夜也会找个理由和其他人换班错开。但这回叶夜没有,也可能觉得近十年不共班,既然抽到了,共机同飞一回未尝不可。也是,两人结婚二十来年,孩子都大姑娘了,在一个飞机上共事不会超过十次,他心里有记录,这算第十一次吧。

在安建军心里,对她既被动又愧疚,总觉得亏欠她,毕竟中间横了一个简艾。从叶夜日常形态看,似乎没有洞悉这个秘密,也有一种可能,她已经洞察,但隐而不发。如果那样的话,她真是太大家闺秀了,连这种事都能忍。但越是这样,他越发不安,多少次了,想斩断和简艾的不清不爽关系,但简艾不干,现在的年轻人真是不认识了,非要粘住他这半老头。另一方面,他承认自己有私利,做不到干净利索,如果辣手辣脚要断,没有斩不断的情和欲。兜底说实话,在简艾面前,他显得软溃无力,多有不舍,不舍得离开小女人的缠绵,不舍得离开她温香软玉般的年轻女人的怀抱,不带真情,那是假。为了缓解纠缠于两个女人间的矛盾,他将大量精力扑

307

在工作上,飞行一丝不苟,中队、大队的事务都拣重担子挑,挑到现在,博了许多美名,上面要推他当全国劳模,"七一"要评他做优秀党员,他坚辞不受,拼死将机会让给别人,说自己身上毛病多多,能做好本职,不给公司"添乱"就不错了。

公司觉得他这五虎上将也好,七大金刚也好,硕士研究生也好,非浪有虚名,技术是超一流的好,现在,人又这么谦虚,光干活不沾荣誉,更多了一道人品的高尚,应了从前说的一句老话:吃苦在前,享誉在后。上下好评如潮。但他心里有数,对自己却是差评孬评,打分低于五十,主要的还是背后和人吊着膀子,有愧于叶夜。这次两人共机,叶夜没要求调开,他也不提换班,两人双双从家里出发,去机场,开航前准备会,而后直上云霄,一路腾云驾雾往欧洲而去。

在一架机上,工作场所,机长和客舱经理的职责是完全不同的,桥归桥路归路,泾渭不相交。但既然在一个不大的空间里工作,免不了碰头、照面,作为机长,他对她和对其他乘务员一样点点头、微笑笑,她对他如对其他机组成员一样客客气气,微带笑容。一家人在机上工作,既亲切又带有些许别扭。亲切的意思是同机飞行,共壕干活;别扭的意思主要在心理上,怕别的人在背后戳戳点点,评头论足。所以安建军选择更多的时间待在驾驶舱内,他早说过了,坐飞机,他情愿开飞机,在驾舱,在平飞的巡航阶段,他可以轻松地和迈克尔聊聊意大利的旧房子,侃侃欧洲人的八卦。这些年,国内航空业踏浪乘风,逐波走高,国外的机长、乘务员通过海外招聘,跑步入职中国各航空企业。安建军所在的公司,专门成立了外籍部,管理从全球不同国家引进的飞行员、乘务员。像他这样有技术、不缺资历的机长,在需要双机长的长航线上,理所当然地和老外搭配一块,共频同振,手牵手飞行。

迈克尔的心情好得跟俄罗斯上空的天气一样,晴到少云。他拥有半数的时间在罗马的家中度过,既能顾家,获得人性化的休息,收入又高,超过在意本土工作的同行。进入袋袋里的钞票一厚实,迈克尔的心情就出奇地好,话匣子也就漫出,从多瑙河谈到莱茵河,从斗兽场侃到庞贝古城。在巡航飞行时刻,自动驾驶模式,飞机呜呜地飞,迈克尔不绝地唠。

门笃笃地响了几下。副驾将门打开。探进来叶夜的头,但她只探了个头,身子和双脚并无跨入的意思,带进一句话:"让露琪亚送杯咖啡或茶水进来。"说着,指指身后的姑娘说:"她,意大利小姐,入职两年,常飞这条线。"说完,朝安建军和迈克尔笑笑。

露琪亚,名字怪怪的,露肚脐的意思?转眼间,名叫露琪亚的意籍空乘端着托盘,风情款款地挤进驾驶舱。无论是个头、身材、五官,这都是一位拿得出去的姑娘,尤其是那双碧波荡漾的眼睛,发着蓝莹莹的光泽,颇为诱人。安建军说:"搁这儿吧。"

"ciao(敲,意大利语,你好的意思)。"迈克尔两眼放光,激灵地说,"你给我们喝什么咖啡?"

露琪亚妩媚地说:"三种不同口味的咖啡。"

按饮食规定,两位(或三位)驾驶人员,不能饮用同一种食品,防的是重样的食物有问题,两人(或几人)同时倒下。

她放下托盘中的饮料,深情地说:"几位机长还需要点什么,可以吩咐我的。"

安建军怔了怔问:"你出生、成长在意大利?"

"是的,有什么不对吗?"她拢了拢黄灿灿的头发,笑得更艳了。

"你的中文,我是说,你的中文很棒。"

"谢谢,我在罗马读完大学后,又到北京外国语大学读了研,学的中文,和中国学生学习、生活了三年,中文也有点功底了。"

"嘿,有功底了,说话很靠调。"安建军饶有兴趣地问,"听说你当过意大利小姐？"

"是的,上届世界旅游大使比赛,我有幸过关,成为意大利赛区冠军。"

"荣幸,意大利小姐亲自为我们服务。"安建军好奇起来,"怎么又进入本公司做了空乘？"

"命中注定,"露琪亚以调侃的口吻道,"我信命了,感觉许多事情命运安排好了。三年前,我代表意大利赴南京出席世界旅游大使总决赛,被中国奇迹般的新建筑和悠久璀璨的文化深深吸引,暗想定要多来中国。去年,得知B公司正在招选意籍空乘,果断报名,也可能是意大利小姐的头衔起了点作用,我在众多的竞聘者中胜出,成为一名头等舱乘务员。"

"哦,你蛮有故事的。"安建军说,"几年后,故事一定会有续集。"

露琪亚走出驾驶舱,安建军突兀地问:"她是意大利旅游大使冠军,在全意都有名,为什么来这儿做空乘？看来她是真喜欢站在云端上班。"

迈克尔垂了垂下巴说:"这是一个因素。另外,她这样的年轻人很多,国内工作难找,太一般的活又看不上,所以就出来了。"

"迈克尔很坦率。"

"太具体的我也不是太清楚。"迈克尔受宠若惊地说,"在大神面前,不敢有假。"

"不许拍马屁！什么大神小神的,我是人,普通人。"安建军哼了一鼻子。

"不是拍马屁,真的。"迈克尔胀红了脸说,"中国太国际化了,想不承认都不行,乘务员、机长都有老外,在这儿上班,跟在家里一样自由,想到这,死在中国也值了。"

"别胡说。"安建军站起身来,"你俩先驾着,我按迈克尔的意思,去外面歇一会。"

出了驾驶舱,他来到叶夜处。饭点了,她们正在准备餐食,叶夜说:

"机组的餐食分别准备好了,你是要先用还是稍后?"

"常规吧。我不饿,稍等会。"

看他出驾舱,露琪亚热情地迎上来:"安机长,餐食准备好了,您是去前面用还是在这儿用?"

他哈哈轻笑,答非所问地问:"你的中文真可以,连你和您都能区分开。"

"是吗?您夸我,我有信心了。"

叶夜上来说:"去做你的吧,马上给头等舱旅客开餐。"

"是,叶经理。"

露琪亚离开,他说:"如今咱公司家大业大,人丁兴旺,飞行员几千,光外籍机长就有一百七十名。"

"单单总部,乘务员超万,外籍乘近千(含港台)。"叶夜对他说,"商务舱后排还有空位,你去那儿歇会,我让人送餐过来,吃完再进去换迈克尔他们吧。"

"也好。"说着,他朝商务舱的空座走去。一会,叶夜让她心爱的小徒齐儿姑娘送来餐食,先有前菜,后有牛排、煎鱼等主菜,主食有米饭、面点,饭后有水果、咖啡及红茶。他抓紧用完餐,将温和的咖啡一饮而尽,撂下餐巾,回到驾驶舱。

下降还有一个来小时。叶夜瞧着来来往往、穿梭不停的一干乘务员,尤其瞄见那个意大利小姐露琪亚,背影挺精致,尽管她的头发是黄的,但颇像二十几年前的自己,不禁暗叹几口气。见露琪亚又笑眯眯地过来,吩咐道:"你再进去送趟饮料。"

"我吗?驾舱?"露琪亚惊喜地指了指自己的尖下巴。

"你是小名人,又快到你的家乡了,你去最合适不过了。"

露琪亚欣喜地说:"是。"捋了捋本身就盘好的头发,补了点口红,端着

311

托盘二次进驾舱。

迈克尔几个都在。还有个把小时就下降了,他们都挤在驾驶舱,提前做些准备工作。迈克尔洋溢地说:"刚才安在谈到你,问你怎么来到中国?"

"当然是中国看得起我。"露琪亚淡定地说,"还不是国内就业困难?还有,因为中国的古老和现代。"

安建军没反应过来,忖了忖,才明白她说的意思。古老,指历史的悠久;现代,一定指新,从城市到乡村,从南到北,一个字,新,也就是她说的现代。他想到一个问题,还没开嗓,却被迈克尔抢了先。迈克尔也想多了解些这位同胞姐妹,他问:"你来中国比我还早?"

"多年了。"她款款地说,"我的经历比较复杂。"

"开始就干航空?"

"不是的,开始干外交,在意大利驻中南领事馆做事,主要做些文秘及辅助工作,后来,后来就有故事了。"

安建军抬抬眼皮,瞅了她一眼:"露琪亚开始卖关子了。"

"卖关子?不会。"她捂一捂嘴,轻笑道,"下面的事可跟叶经理有关。"

"你是说叶夜?"安建军向后扭了扭头。

"就是她,叶夜客舱经理。"她回忆道,"那次,在回国的飞机上,碰见叶经理,我们聊了几句。我说贵公司的制服漂亮,又说空乘工作很开眼,每天在云上过,登云观月,天天接触不同的客人,很有挑战味。

"当时,觉得合缘,两人就聊了起来。叶经理说:咱公司正在欧洲招乘,包括罗马,如果有意,凭你的中文水平,一定可以加分的。我当时就说:是吗?可以试试。想想我在领事馆是个无足轻重的小小人物,说不定明年就不要我了。就勇气地说:叶经理,我回去就报考。叶经理想了想,说:如果真想来,根据你的综合条件,我可以额外做一推荐。我回到罗马,打听到招聘点,参加面试,真如叶经理说的那样,一路过关斩将——这句话是从叶经理处学的,以总分第一的成绩,成为罗马地区五名入围者之一,又经过体检等程序,去年正式入职。"

迈克尔说:"这么说来,叶夜经理是你的指引人。"

"是的,她是我的引路人。"

"看来你跟飞机有缘。"安建军问,"你打算在公司干多久?"

"这个不太好说。公司跟我们外籍乘务员的劳资合同一年一签,可以每年续签,也可以中断,所以这个事情说不清,也可能明年闪人,也可能干到老。"

安建军笑得差点喷出一口茶:"可以呀露琪亚,'闪人',这么时髦的词都学会了。"

安建军又说:"露琪亚,还有迈克尔,你们两个有特长,对中国感兴趣,有成为中国通的潜质。"

露琪亚笑得开怀:"安机长这么说,我太开心了。"迈克尔也骨头轻了几两,两人相互说了些勉励和期许的肉麻话。

忽然,迈克尔对着气象雷达图悲哀地说:"安机长,不好,前面有大片云区。"安建军说:"我看到了。"扭头对她说:"你快回去吧。"露琪亚闪身出了局促的驾驶舱。

按时间推断,现在应进入下降进近程序了,但眼前的天气明显不利于按预定航线下降。果然,罗马管制区管制员的指令通过电波传了过来。管制员说的国际民航通用英语,但这种英语既不像英国音,也不是美音,怪怪的发音,怪怪的语调,在安建军的耳朵里,像洋泾浜的上海话。迈克尔听了却十分受用,改用意大利语对问了几句。

管制员告诉他们,前方有大片云雨区,云中有雷电,一时半会难以消失,不能硬穿,可以选择去备降,前面已有飞机去备降。

"能不能绕飞?"安建军不愿意去备降。备降得去备降机场,问题是备降场不是终点站,辛辛苦苦飞过去,还得辛辛苦苦飞回来,耗时、耗油不说,人的心理感受特不爽。

管制员说了,也不是不能绕,从雷达监控区域看,绕飞的路程过于远僻,倒不如就近备降来得方便。

安建军已没有心思去埋怨这糟天气,他要立即做出去备降还是大尺度绕飞的决定。正在两难时,旁边的迈克尔石破天惊地说:"我知道一条近路,而且从气象图上分析,这条路可以走得通。"

"难道你比管制员聪明?"安建军不信地说。

"这是一条没有雷达监控的小路,管制员不敢对外国航班说。"

"凭你的感觉飞行?"安建军说。程序飞行也不是没有过,雷达管制以前就是程序飞行。

"条条道路飞罗马。安机长,我在这一带飞过十年,认识许多雷达监控、地面导航点指引以外的路,目前这条路可以飞,我相信,前面一定有意大利的飞行员不愿绕飞,也在走这条小路。"

安建军不怀疑,这种情况是存在的。前不久,他的田徒弟跟一名台湾机长飞台北,由于天气原因不能走正常航路,那名台湾机长撇开大道,依照脑子里的"程序",左一拐右一转,就看见了"101"大厦,又轻易找见松山机场的狭长跑道,轻轻落了下去。

见安建军还在疑虑,迈克尔说:"如果走这条道,至少比大绕飞近了一百海里,又不需要去备降。路就在我脑袋里,罗马,在哪下降,在哪拐弯,拐几个弯,清清楚楚,决不会迷路,罗马机场闭着眼都能摸到。就看安机长放不放心,肯不肯放我手?"

"你我同是机长,你也有权决定的。"安建军大气地说。

"这个,最后的决定还得听安机长的,您是大金刚,主心骨嘛。"

安建军清楚,双方同为机长,级别相同,但因为在中国公司,外籍机长会认为他们是第二机长,为航线机长,重大的最后的决定,还得听中方责任机长的。

安建军思绪电转,下决心地说:"我没意见。但你这样做,必须征得地面管制员的许可。"

"OK,谢谢安机长信任。"

迈克尔立即叫通了罗马管制中心,用英语说出了心中的打算。他用的英语,不用意语,为的是让安建军当面听见。

迈克尔说完,罗马指挥中心的管制员惊奇地问:"你是本地飞行员?"

迈克尔说:"曾经是,在这头飞了十来年,说不定有管制员认识呢,以前常在波道里打交道的。"

管制员说:"难怪,不是本地人,根本不知道这条路,也只有本地飞行员才敢这么飞的。同意了,低高度飞过去。"

安建军再无疑意:"交给你了,安全第一。"

"得令。"迈克尔得到授权,像小伙子一样灿然,接过操纵盘,左翅倾斜,向他心中的小路飞去。

3

有了迈克尔本地人的熟门熟路,他们的航班没去备降,也不需要大范围绕飞,安全降落罗马机场。这些,坐在客舱里的旅客们不知晓,连叶夜她们做乘务工作的也不甚清楚。这些事,机组不可能也没必要告诉旅客,旅客们要做的,就是飞机到站后,携带行李鱼贯下机。

在罗马,机组和乘务组休整两天,安建军和叶夜有机会在罗马街头手牵手地徜徉了半天。好久没有这种经历了,同机共飞,又在某座古城漫步街头的场景已十分遥远,似乎是年轻时的记忆,那时的岁月缓慢又浪漫,不过,今天又回来了。年过五十,两人像当年那样坐在街面,还点了杯意式咖啡,有点像罗马假日的味儿,想想都温馨。

当晚,两人同住一室。打开房门,安建军忙着烧水,又要整理房间。叶夜嗔笑道:"这是宾馆,不需要打理的。"他方才空下,斜靠在床上。要是在家里,安建军一进屋,就去擦地,地板即使干净,他也要拖一遍。还会主动地帮着择菜、煮饭。自从和简艾有染后,内心亏欠,回家比叶夜还主动,打扫卫生,整理这整理那,以此来作些弥补和对冲。但现在是在外面,住的宾馆,不用忙,叶夜说的。

住宾馆当然轻松,啥都不用做,反有人服务,就像他们为旅客服务一样。真的好久没双飞双宿了,两人洗了澡,往床上一躺,气血上冲,身体便有了反应,驾轻就熟,一番云雨。安建军明显感觉到,在床上,男女还是有区别,同样的年龄,他主动,比她有激情,她平淡,倒像是在应付,在例行差事。无意中又想到简艾,相差二十岁,简艾的身体又光又滑,虽然也不是小姑娘了,但仍朝气满身,温软湿润,没办法,年轻这件事,一去决不回头了。

两人办完事,叶夜披衣下床,说你先睡吧,我记起件事,一下睡不着,写点东西。写东西?对,写东西,写写对外籍乘务员的一些体认。体认?体会与认识?造词时尚。你歇吧,今天正好想到,趁着思路花开,写点。

叶夜抬起笔,不知从何写起,好久没正儿八经写东西了,提了锈笔吃不准该从哪入手,想表达的意思丰富,但文思模糊。想了又想,暂不理会别的,主要把想说的话写下来,让别人能读懂。对,就按这个办法写,也不管逻辑不逻辑、分几段几个部分了,先将意思写清楚,字能达意。

顺着脑子里的思路往下写,先写日韩泰等亚籍空乘,再写欧洲籍的,也算东西方有别。亚洲籍外来乘务员,她印象最深的还是日籍,最早的日籍乘九十年代来华,近些年数量庞大,总结出来,三个字:轻、细、软,轻轻地走路,软软地说话,做事精巧又不失凝重。轻手轻脚,微笑时露出上四颗下四颗共八颗牙,笑容张度恰到好处;活做得细,与旅客说话,保持一小臂的距离,不给客人由于离太近而增加压力感;笑容都是软的,有弹性的。

写完了日籍写韩籍,写泰籍乘务员的特征。写过亚洲写欧洲。共有德、法、意、西、荷五国的空乘在公司工作,她们的特点是开朗大方,体力强,精力旺盛,不停地在客舱奔来走去,不停地和客人说话,回答各样问题,不停地找活干……写着写着,写了将近四千字。而且读着流畅,文字也还不赖。她写完读了两遍,觉得又不满,仿佛缺了一块——没有将自己的主观态度投射进去,又在后面补充了几点建议,比如,对外籍乘务员,应该尊称姓名,确实觉得名字长或难念的,称呼姓,不能说"日籍,法籍,过来一下。"那样对人家不尊重也不礼貌。

做了几十年乘务长、客舱经理,一直做、说,不懂得归纳提炼,没有从一线经历上升到理论高度。今天终于写成了一篇文章,也不知算不算理论文章,管他呢,文无定法,将意思表达贴切就达到目的了。她准备将文稿转化成电脑文字,打印出来上送客舱部领导阅,如果上面不反对,去《中国空姐》杂志发一发,也可以作为 HR 方面的论文,也吃不准这算不算论文。干了这么多年,离退下来的终点站已经不远,终于写了一篇反映自己观察、思想与思考的文章,为此,她感到一种从未有过的快慰。瞧瞧腕表,当地时间十二点了,新的一天马上到来,却睡意全无,激情涌动。写文章和实际干活一样,做好了心情愉悦,有成就感,比得了几千上万元奖金,比买了什么名包,比中了大奖还开心十倍。她喝了口面前的红茶,又将稿子顺一遍,文字水平不咋的,但有内容,保证有些东西是全公司都没人体悟到的,却由自己写出来了。兴奋得睡不着,身上每一个毛孔都透着激动,想给他读一读,告诉他一声,文章已经写成,看有没有补充的?一扭头,发现他双目紧闭,鼾声如小雷,怕早已到了苏州,说不定正梦游拙政园呢。不由得眼角抹过一丝失落,一阵黯淡。她轻轻摇了摇头,再回到文章中,从头至尾读一遍,将个别文字改削改削,方准备就寝。

为了不吵他,她关灭台灯后,轻轻地爬上床沿,轻得像只小猫一样,钻进了被子一角,和他背对背而眠。

翌日早上,他拿过稿子边踱步边读,只读到一半,已停下步子,脸渐渐严肃:"有价值,有价值。这样,我和许多国家的外籍机长同飞,也形成了许多类似的想法,回去后,也写篇上点档次的文章,报给上面,也给广大飞行员借鉴。"

她昨晚上只睡了两个来小时,早上反倒有了困意,一双眼皮沉重得乱打架,迷迷糊糊地说:"这么说,我的文章,还是有点用的?"

他实话实说:"不是打击你积极性,文章结构不怎么样,有的甚至颠来倒去,比不上你人的精致,但内容是实打实的有料。"

时间还早,叶夜浅寐,他坐着联想。由叶夜想到了女儿安叶,女儿已长大,在外上学。又由女儿联想到了老家那些亲戚,思绪飞转。

4

早在女儿蓓蓓上大学前,安建军三口之家曾回了趟老家谒祖、省亲。

父母年事已高,五个姐姐各自成家,子孙开枝散叶,大多在外读书和做事。安建军离开溪口时镇上人口两千,现在估计不足一千,年轻人留在本乡本土务农的极少。回来探亲,无非是各家轮流坐庄,吃菜喝酒侃大山。叶夜对乡村间大碗吃喝的习俗心有厌烦,但始终微笑着脸保持。倒是女儿蓓蓓,虽高中毕业,但稚气未尽,蹦蹦跳跳像个孩子,看见路上跳来跳去的鸡,跟在脚后跟走的狗,蛮是新鲜有趣,甚至用手去摸摸邻居家一条大狗的鼻子。叶夜在旁直摇头。

走完了父母这边,他们去深沃镇的外婆家。从小,安建军对去外婆家拜年充满期许和神驰,每年的农历初二,他常常披着大雪,怀揣着又等待了一年的渴望,走许多路,跨过一条宽阔的溪滩,去外公外婆家。小舅、二舅、大舅家会拿出压箱底的好菜招待他们。在外公外婆家,除了吃好菜好饭、收压岁钱,还能碰见许多同辈份的表兄弟、表姐妹,大家围着火炉,津津地听外婆讲年年翻新的陈年老事,那是他们一年中最惬意和幸福的时光。

外婆家的门口,有一口池塘,塘底连着几十里外山里的泉眼,清澈见底。冬天,冒着丝丝热气的泉水汩汩也从池底沽出,任多少人家挑水,决不枯涸。小时候,他和表兄弟经常在水塘边扔石子、转陀螺。几十年过去,外公外婆已然仙去,小镇上新屋叠片,也立起许多西式小楼,但一些民国时期的老宅还在,外婆家旁的那口池塘仍在。他离开老家久了,有时飞在万米高空,飞在太平洋上空,飞在南海的上空,会不时浮想起老家的老屋,用木柴烧的大灶,外婆家的那口池塘,以及临近年关,大雪飞舞,围着炉子和兄弟姐妹一块吃饭闲话的情景,甚至怀念那时经常停电、黑灯瞎火中,静静地听老人们讲《东郭先生》故事的光景。现在一切都漂得远了,再也不会停电,再也不用担水,再也没人讲《东郭先生》的故事,有了网,有了手机,但儿时的伙伴要约在一起吃个饭,比啥都难。

记得某一年,年初三的中午,十几个表兄弟姐妹围了一大圆桌,人坐不下,加出几条板凳,肩挨肩挤在一起,心头却格外热腾。席至半途,外面飘起鹅毛大雪,纷纷扬扬的雪花飞旋着,迅速在地上积白积厚。大家兴奋异常,丢下碗筷,奔向室外,拗出各种造型,拍了一张张雪中团圆图。殊不料那年后有人早逝,其他人也似乎更忙了,那以后尽管年年有飞雪,年年有照拍,而照片中的人却再难齐聚。

这次安建军去舅舅家,时间有限,难以去每家吃饭,只是礼节性地挨家走一圈。他和叶夜商定一个方案,由他做东,中午就在镇子的饭馆请几家人一起吃顿团拜饭。但大舅妈死活不肯,说你们多少年回一次,早准备下了,一定要请你们尝尝小时候家乡菜的地道。大舅妈如今八十多,平时这个病那个病的,烈士暮年仍壮心不已,再三说要做一回木柴烧的铁锅饭和私房菜。她叹口气说,也是烧一回少一回了,以后想烧怕也烧不动了。听到大舅妈说烧一次少一次的戳心话,安建军的心猛地往下一沉。他不再推辞,当即答应下来。大舅舅前些年因病先去,子女都在外上班,剩下她单个孤人独居,晚景寂凉。大舅妈有祖传的拿手好菜——酱鸭。这道菜不同于山东当地菜,从江浙菜系吸取了工艺,先用酱油和料酒将鸭浸泡两小时,并入五六样佐料,再用文火焖熟,暖锅端出来的鸭子又香又润,比北京烤鸭不知强几个档次。儿时每次过年,大家都涎着口水等大舅妈的这道压轴大菜。

　　正好周末,几个在城里工作的表亲专门赶回陪他们。一会,大舅妈忙乎大半天的这道王牌菜端上来了。几个表兄弟姐妹自然大声叫好。安建军拿起筷子,扯下几块鸭脯肉,匀给上海来的两个女人,又夹一块塞进自己的嘴里。还是那童年时的味儿!大舅妈将戴着老花镜的双眼不停溜向叶夜和蓓蓓。这两位从大地方来的女人挟起尝了尝,会心地点头,说真是好吃。当蓓蓓第二次主动举筷去那个硕大暖锅时,劳累了半天、尽显病态的大舅妈脸上绽出了满足的笑容。

　　和安建军一块长大的表字辈有五六人在座,但已不是昔日的模样,大多在城里成家立业,有的上了大学进单位工作,有的与人合伙创业,有的在外做工,个别仍坚守在小镇上的表弟也不干农活,干着开店、做生意的买卖。他们对安建军三口的回乡探亲,自是十二分的热情,频频举杯相敬,尤其是敬蓓蓓将进大学。尔后拉开表兄弟间的话匣子,谈得最多的却是各自的收入咋样，生意怎么做才对路数，今后又有啥新打算，相互间打听着有没有可以帮忙的。他们的话匣基本在挣钱上打转，而不是安建军期盼的儿时的爬树逮鸟、上山砍柴之类充满童趣的怀忆。经岁月洗练的表字辈眼里，那些事已非常遥远，现在早已不烧柴火、烧煤气了，还唠这些有啥意思？安建军明显觉着，和昔日的玩伴已少了谈料。

窗外的几束耀眼的阳光射在不远处民国时期的老宅上，折出五彩的霞光。安建军借口站起，踱到屋外。眼前的这幢老屋已显苍老，外表像涂了层包浆，被乡政府挂上了木牌。被挂涂上桐油木牌的屋子，意味着有文化含量，将受到保护。屋里，充满生意经的声音不时从窗口飘出来。忽然，叶夜也来到门外，望了望那口石板围栏的漂亮的水塘，欲言又止。踌躇片刻，她说，刚才单位来电话……安建军打断她，说正要跟你商量，既然大家都忙，我们比计划提前回去吧，明天在爸妈家住一天，后天走咋样？叶夜说无所谓，主要照顾你父母的感情。安建军说父母已习惯了，咱们还是早点回吧，天上地上家里事情成堆。

5

一个周末，锚定她不飞，飞行小姐妹兰丫头——和她第一次飞巴林、现人称兰老师的打电话给叶夜，说有两位男同事，都是以前经常搭班的，约了一块喝个茶；唉，周末，难得遇上个不飞航班的周末，不能老雪藏在家里，出来透透气。雪藏？哈，我这个年纪还用这词？她想想苦笑。

当时的小兰瘦得像麦草秆，和她在欧线飞过好多年。十五年前，兰妹子终于受不了时常延误、晨昏颠倒的空乘生涯，辞职下海，成为社会人，做这做那，后来醉心学习茶艺，经营茶道，成为一名出色的茶仙子。兰妹子每年两次邀集当年的小姐妹、如今的老姐妹聚茶，不做广告，不为推销，纯属回忆从前的云端生活,难忘的流金岁月。叶夜因为忙这忙那,很少参与。

眼下的茶仙子兰老师说,刚从武夷山带来的岩茶,牛栏坑的肉桂,好货,一块品品吧。

叶夜对茶道不在行,小时喝的绿茶,只晓得龙井、碧螺春是好茶,好茶还得好水,龙井茶要配虎跑泉才入味。其他茶里,好像普洱茶蛮有名。现在世道变了,茶风也变了,忽然时兴喝红茶,喝乌龙茶,喝黑茶了。变天变颜色了。那兰妹子对茶道津津乐道,说不是茶风变了,是你自己瞎,不了解!茶分六种,分别是绿茶、黄茶、白茶、乌龙茶、红茶、黑茶,你说的龙井与碧螺春,只是绿茶下面炒青里的两种;而今天要喝的武夷岩茶属于乌龙茶,乌龙茶系分别有闽北乌龙、闽南乌龙、广东乌龙、台湾乌龙等,武夷岩茶目前算有名的茶种,有"牛肉""马肉",坑口不一样,茶品也不同,著名的有牛栏坑、马栏坑……

兰老师没说完,叶夜早已晕懵了。不就喝个茶么,用得着这么穷讲究?什么牛肉、马肉、鹿肉,又不在客舱服务。她说我收拾下,争取来。兰妹子狠狠地说:叶姐,心疼点自己好不好?不能和这个世界别得太远,什么争取来,必须来!

出门前,照照镜子,发觉自己比以前老了,细细的皱褶爬上脸颊,皮肤弹性大不如前。真的快,飞着飞着,忽然就老了。开始不觉着,是渐渐变化的,有一天定睛一看,真的变老了。不能跟年轻乘务员站一溜,小姑娘的嫩不用装,时间的腐蚀力太无情。前不久,老安飞远途回来,几次重复一句话,听着伤心,却在理:一眨眼就一年,一挥手已十年,一转身便是一生。悲壮!

她撸了撸头发,多有白发不紧不慢地挂出。人生哪,好像刚刚开场,怎么就向黄昏迫近了呢?地球在转,今天的黄昏,转一圈又是明天的早晨,可是人生,昏晨能重来?

对着镜子梳妆一番,该涂的涂,该抹的抹,再照照,也还不太老,比那个李谷一、赵雅芝还年轻些,顶多是种渐熟的老成,还没有到进棺材前的龙钟。

兰妹子怕她临时打退堂鼓,第三回打电话催她。她下定了决心,调大嗓门地说:"不用催命地催,硬撑着再抵挡一阵子,该出去就出去,等再过几年,唉,过几年,老得不成样子了,就不出来吓人了。"

到了那儿,叶夜吃了一惊,一起和她首航美西的空乘小菊也在,不过昔时的小菊已变成了发福的老菊。转过头,又吃一惊,那个意大利姑娘露琪亚笑眯眯地在门口迎她,并挽住她的胳膊往里进。

"你怎么在这儿?"叶夜和老菊老兰打过招呼,问露琪娅。

"我不是响应安机长号召,争取做中国通吗?现在跟兰老师学习贵国的茶道。听说师傅您来,我刚下飞机就赶过来了。"

"别在叶经理面前喊我兰老师,叶夜才是老师,我的大姐大。"

"称兰老师有啥不对!"叶夜转而问露琪娅,"你对喝茶有兴趣?"

露琪亚手舞足蹈地说:"中国的学问太深,什么儒释道,什么中医道、书法道、拳道、茶道,几辈子也学不完。飞行中有人向我推荐了兰老师,她有茶道的学问,就跟着来了,学着喝着,发觉贵国的茶叶比咖啡更香,更有回味。"

"有回味?这不假。中国茶的名堂经太多了,今天我们喝的红茶,这个,是武夷山的岩茶。"叶夜说。

露琪亚勾了勾嘴角说:"好像不是红茶,听兰老师讲,这岩茶属乌龙茶。"

叶夜懵了,可能露琪亚是对的,自己对茶道不内行,只得说:"我是指这茶的颜色,泡出来带红的。哎,什么红茶、黄茶、黑茶,咱光管喝,哪区分那么细呢,没开喝,头皮已发麻了,哈哈。"

323

十四、擂台场上

1

安建军降落跑道,滑行至远机位,刹车、停稳。

远远望见机坪上一人,略胖,穿着荧光反射的黄马夹。眼熟,聚焦细瞅,果然是那个驱鸟大侠少空辽。他和少空辽打过交道,前些年,还在航空港社区组织的"工匠擂台"会上深度接触。那可是三年一次的盛会,空中的、地面的各路神仙纷纷上台献艺,听得到场的行业外记者佩服透顶,又有些云里雾里。十几年前,在第一届比武会上,安建军被单位举荐参与,以飞行机长的身份拔得头筹。往后,任凭上头如何动员,他死活不肯出场。但在数年前的那次比武会上,他是作为评委参与打分的,对少空辽印象至深。被称为驱鸟鬼才的少空辽,多次被众媒挖掘,也算是个名人。

意外遇见,安建军上前,使劲戳了戳对方的肩胛:"鸟侠,又见面了。"

少空辽颇有点激动:"可不是吗?至少有两年没见着了。想见飞人,真不易。哎,安大机长一直还是神采飘逸。"

"这个词担当不起。唉,时间只去不回头,老去了。"

少空辽挠挠头皮:"这个,又要比武了。您曾是冠军,再重复一把?"

"那是猴年马月了?让年轻人上,你们上。"

少空辽往上推了推眼镜架,说:"空中的绝顶高手不上台,场面可显得寂寞。"

安建军不跟他纠结登不登台的事,拐到了更关心的话题:"哎,我们天天飞上飞下,跟跑道和场道边的草地亲近,奇怪,近几年忽然不见了草坪上的假人假衣、红旗绿旗,那些赶鸟的玩意儿怎么不见了?"

"呃,鸟们学得贼了,觉得它们又不是傻瓜,何必被人蒙骗?"少空辽的两边嘴唇使劲往上翘了翘,"除了刻意装扮的假人假旗,还有赶鸟的枪和炮,现在威力也大不如前。驱鸟炮车也经常开动,见鸟群开炮,打出空爆弹,也定向发射声波,凄凄厉厉。但鸟也长脑袋,也能思考,渐渐识破了人类的鬼把戏,觉得那不过是吓唬它们的玩意儿,开始和我们斗心眼,捉迷藏,大炮一响,百鸟齐飞,只不过是从西跑道飞去了东跑道,车一撤离,又飞回来,跟咱打起了游击战。"

"那就用真枪真炮,打掉一片,看它们还敢不敢在机坪附近撒野!"

"眼下不保护动物吗?不能随意射杀。"少空辽抠了抠鼻腔,"嗯,草坪游击战的理论,它们学得精了,人进鸟退,人疲鸟扰,人退鸟进。人类时间宝贵,它们却有的是时间,怎么耗得过它们?"少空辽气呼呼地说。

"那咋办?"安建军不禁有些紧张,但立马想到鬼才们还有许多别的法子,"噢,你们还有别的不同手段。"

安建军对技术活感兴趣,对和飞行有关的技术更感兴趣,爱屋及乌,对少空辽这个人也充满兴趣。

2

别看少空辽长得黑黑粗粗,鼻梁上架副宽边眼镜,却是个地道的读书人。本科生物专业,系统学习了动物、植物、解剖学,研究生考的是生物系的动物学,主攻飞禽,硕士论文就是鸟类生物,似乎天生和鸟有关。毕业后,进入机场飞行区管理部下属的鸟情管理科,可算是专业对口,从此一门心思和鸟攀上关系。鸟情管理科,说白了,就是赶鸟、驱鸟,防止飞机在机场附近遭鸟击。飞机的起飞和降落阶段,高度低,和鸟们发生冲突的危险性尤其大,鸟击航空器已成为全球性难题。2009年,美国一架客机从纽约机场起飞后不久,遭受鸟群撞击,两台引擎同时熄火,侥幸迫降于哈德逊河上。

少空辽的驱鸟生涯正式开始了。驱鸟赶鸟,首先得研究鸟,鸟从哪里来?为什么喜欢在机场区活动?有哪些常驻鸟?哪些过路鸟?还有哪些是定期迁徙来小住一段时间的候鸟?一堆问题在他脑子里打成了结。他和驱鸟队那些抢枪开炮的队员不同,他是专业人士,就要干点专业的活。

研究中发现,最多的鸟数麻雀,贴地飞行,钻来钻去,数量虽多,却是小鸟,即使个别吸进发动机,毛呀肉呀的被绞烂,这头进那头出,难酿重祸。危险性巨的是那些大鸟。他在比照中发现,对起降航空器危害最凶的大型鸟,常驻场区附近的有野鸡、红隼和鹭鸟。比如红隼,觅食时悬停空中,可不理会有飞机起飞和降落,它们的眼光只瞄着其他小鸟,随时准备扑过去吞进肚子。隼鸟我行我素,经常在300米高度晃来晃去,从高处捕食小鸟,它们还喜欢横穿跑道。

最令少空辽烧脑的当数鹭鸟,气得他几次喷血。2011年刚进单位时,他和驱鸟队员开着车去巡检,看见鹭鸟大摇大摆地走上滑行道,并排站着,亭亭玉立,似乎在观风景。塔台管制员瞅见跑道上出现大型鸟类,是不敢放飞机通行的。当时,少空辽恨不得几枪将他们灭掉。

他来之前,原驱鸟队员以为这些是白鹭,"两个黄鹂鸣翠柳,一行白鹭上青天。"杜甫的诗句,使白鹭更显诗意。但他分析认为,这是鹭,但绝不是白鹭,从专业上定义,应该叫牛背鹭。上面有人犯疑,叫牛背鹭?以前的台账记录上都这么写的：白鹭。多少年了，难道现在改过来，叫牛背鹭？一个又土又戆的名字。他憨笑笑，说事实上，本该如此。

那一年，牛背鹭像跟人公开示威，三天两头在跑道上方悬停，穿来穿去，极端的情况，一天发生两起事故征候。鸟情科迫于方方面面的压力，决定听从少空辽的建议，治鸟就从牛背鹭开刀，从这里打开突破口，以点破面。

驱鸟队员们打下几只鹭鸟。他拿了其中的一只去大学的实验室解剖。教授们证实，这就是典型的牛背鹭，支持了他的判定。这还不是重点，重点是解剖使他搞清了鹭鸟食物链的结构。鸟不长牙齿，直接吞进食物，靠胃的蠕动来消化。这使得解剖效果良好，他们从牛背鹭的胃里发现了保留完整的食物类型。

安建军问："鸟大侠，这次上台准备讲点什么？"

安建军的话使他从过往的记忆中回过神来。少空辽说："和上次差不多，都是鸟的事。"

"废话，当然是鸟事，但你那几板斧抡下来，定有新东西。"

"几年过去了，多少有那么一点点。"

说着，少空辽眯起双眼，又进入回忆模式。

2012那一年，牛背鹭成了灾，跑道周边全是。既然假旗假人起不了用场，只有出动真人真枪去赶，但这是个玩心眼的活。人去赶一趟，鹭鸟齐飞，可绕一圈又回来，照样落下来吃食。最忙时一天跑十几趟，发声波，打炮弹。听见炮声，它们也怕，飞在空中兜圈子，但它们飞在空中比待在地面还危险，塔台瞧见不敢指挥，飞行员不敢飞，心急火燎地通知驱鸟队上阵。他们饭顾不上吃，又开车去。边驱赶边和塔台联系："赶了它们就飞起来，在空中更加地惊心动魄。"塔台说："先赶一边去。"但这些动物哪听人指挥，驱离开去，不到半小时又回来了，再去赶，再回来，累得他们腰

327

板都直了。

自打开了鹭鸟的胃,就摸清了它们的食物习性。白鹭夜鹭吃水里的食物,鱼、虾、蛙,白鹭白天觅食,夜鹭晚间亮着眼珠子,半夜也捕食。牛背鹭尽管长相和白鹭夜鹭区别不大,吃的食物却大不一样,它们吃草地里大型的虫类,尤其是蝗虫,也吃蛙类。一只牛背鹭有斤把重,吃的虫子可不少。

要将牛背鹭清理出场区,硬办法试过了,行不通,只有从它们的胃部入手,釜底抽薪,斩断它们的食物链。它们为蝗虫而来,就将蝗虫歼灭,没有了食源,机场内的草地自然也失去了诱惑。这就是少空辽提出的"生态驱鸟"理论。

机场跑道两侧存在大量草地,草地生虫子。虫子也分季节,三四月份露头,五至九月份繁殖高峰期。蝗虫的种类繁多,长相也不同,大的叫中华剑角蝗,中等的为短额蝗,个子小的为菱蝗。侦测工作完成后,开始按计划喷洒农药,将草上的蝗虫就地杀灭。蝗历来为害,古代为保护作物灭蝗,今日为驱逐鹭鸟除蝗。蝗虫死光了的草地,牛背鹭果然不来了,移去没有喷农药的草地。那些天,驱鸟队改成了灭虫队,背着农药箱东草坪西草地灭虫。但场区草地太大,他们几个人只能一小块一小块喷洒,一长条一长条地灭。

农药的作用也有时效,几天一过,药性过去,尤其是几场新雨飘来,幼虫小虫又如雨后春笋般地冒了出来,鹭鸟们便如大烟鬼的鼻子嗅到了鸦片的飘香,扑闪着翅膀涌向场区。驱鸟队刚想歇口气的念头很快熄灭,又上去喷洒除虫剂。整个春夏秋天,几乎天天需要喷药灭虫。但少空辽认为,他们这种法子比直接开枪射鸟更为人道。

他们进一步往前推理:草地为什么长虫?如果长不成虫,鸟自然也不会光顾。"鸟为食亡",早有古训。有草才长虫,草开花结籽,虫以草籽为食,倘若没有了草,光秃秃的硬地,虫和鸟自然止步。可是,跑道两侧的大块坦地,留草是必须的,草能防尘、防水土流失。草地还有一个专业用途:一旦飞机迫降,草坪有良好的缓冲作用,比其他材料都理想。

草需要留,但可以做工作。为了驱虫驱鸟,开始定期刈草,将草的高度限制在 20 公分以下,尤其不让草开花结籽。草除了藏虫生虫,也引鸟,许多草籽是鸟类的美食,野鸡吃草籽,尤其是生长普遍的狗尾巴草籽,野鸡爱吃,云雀也吃得欢天喜地。

刈草要出动机械,白天不准,晚间也受限,只能选择在凌晨两点至五点间作业,有航班起落时,塔台和现场指挥不允许割草机开动。喷药、割草的活,需要在夜深人静时做,人手不够,只得从外面招聘经得起政审、能干通宵的务工人员进入机坪区,这需要公安部门颁发通行证,需要安检。

刈草、治虫双管齐下,当少空辽的皮肤糙得跟农民工差不多时,牛背鹭少了许多。牛背鹭也长脑子,谁愿意到没有食物的地方来浪费时间?少空辽团队的研究步步深入。除常驻鸟外,也有野鸭群从西伯利亚、黑龙江等地一站一站迁徙过来,这些大鸟在空中看见机场区水草茂盛,扇扇翅膀扑腾下来觅食,它们喜欢吃水里的草。每到夏天,水草催又生,他们就在水里投放草鱼,让草鱼吃水草。硕大的草鱼很快将水草咀嚼一空,有的河道好几年不长了水草。水草少了,但这几年水里生出许多小鱼,有的鹭鸟虽然吃不了草鱼这样的大鱼,但吃小鱼。他们又在河道里投放黑鱼,黑鱼专门捕食小鱼。一环套一环,环环相接,从生态链端堵鸟儿们的口。

少空辽他们的生态治鸟法,符合人与自然和谐相处的法则,事迹几番见诸报端,他也在前几年的"空港工匠"报告团上几番亮相,博得阵阵掌声。

3

安建军回到家,和叶夜闲聊起碰见少空辽的事。

"架着副近视眼镜,像知识分子,瞧手上又黑又糙,像个民工,也算是个模子。"他说。

叶夜否定道:"什么叫模子,人家可是先进人物,据说凭耳朵能听辨出一百多种鸟的声音。"她停下手工的活,"前几天还在网上看见一篇写他的文章,说他找到了对付机场区鸟类的新法子,变驱鸟为引鸟——将鸟引往别的地方去。"

沉默片刻,安建军说:"这次空港'工匠评比'赛,我推荐田徒上去比试。""早该让别人去了,你照照镜子看,几岁啦?还以为今年五十,明年三十?"

"嗯,基本定了。派一个新人,我的田徒副驾去,代表飞行员方面的匠人。""也可以让段早的门徒去,这些年,段氏门下可是出了不少人才的。""这次上面没安排他们,直接定的田徒。"

"从常规讲,空中的可比地面的吸眼球,咱乘务部也选了口齿伶俐的齐儿丫头上台。""噢,齐儿是你的爱徒!上次在飞罗马班机上见过。你们那是美人计,惯用伎俩。""瞎说八道。咱们干的可是技术活,说出的事迹呱呱叫,根本不靠脸和条。不过,话说回来,咱乘务部,多得是美颜靓女,谁能比试?这也是优长。"

"不过,强将出高足。"安建军说,"那齐儿也是个奇人,刚在第44届'世界技能奥林匹克大赛'的餐厅服务项目中获奖,她在咖啡制作、酒吧服务、宴会服务、零点餐厅等环节表现优异。"

过了一周,他去单位。飞行部新上任的文副总为难地咂着嘴,避开了正眼不敢瞧他，好像犯了错的徒儿不好意思面对师傅。安建军纳闷地问："咋啦文总？丧着脸。"

"不好意思开口，怕你骂人。"文副总目光闪烁。

"有话就说，有屁就拉。"他大大咧咧地摆着手，"又去救苦救难？非洲，还是加勒比海？哪儿又犯瘟疫？大不了跑几趟长途不补休。嘿嘿，随便弄几块飞行津贴，支援贫困地区。"

"这么说你不反对？"对方一改苦逼脸，兴奋地攥住他的手说，"不是远航，是比武的事。"

"比武？不是让田徒去了吗？放心，不会有问题的。"

"不巧就在这儿。小田昨晚突发阑尾炎，住进医院，准备手术了。"

"他咋没跟我说？"安建军一愣，"没关系，换其他人去。田徒出了情况，我这边就不安排了，那个，段氏门下桃李芬芳，找个替补很便当。"

"开始就没安排人家去，临场前找人家怕不太方便。"

说到人才，飞行部领导心知肚明：五虎将只剩下安建军在役，七大金刚座下各有后起之秀，但要数安氏、段氏门下人才最盛。

"这种情况去找老段，可能就被他骂回来。"对方补充道。

"江湖瞎传的七大金刚，那个老七养机长最年轻，和我飞过极地的，口才也好，不行派他去。"

"也不巧，他在国外参加一个改装培训。"

安建军横他一眼："哼，不会是让咱去临时顶缸吧？"

"对极了。"文副总几乎哀求地说，"临时换将措手不及，事关单位荣誉，由您大金刚出手，上面才踏实。"

安建军一噘嘴巴："开玩笑，让俺老邦瓜去？"

"哪老啦？看上去不过四十，成熟中年男，卖相无敌。"文副总软语道，"对不起啊，安大侠，这也是飞行部许总的意思，已经报给举办方了。"

"为什么不事先征求我意见?"

"不是才定吗?刚想打电话,晓得您要来,就当面说了。"对方万分歉意地说,"您是老党员,不是常说,救苦救难从不皱眉?何况这点小小事。"

"放屁!"话说出口,才发觉对方也是位副总,赶紧将后面的话收住。在安建军面前,对方似乎从领导变成了属下,任凭安建军糙话相向,仍赔着笑脸,一口一个"您"。安建军骂也好,打也好,只要答应上场,他舍得当"下属"。见对方这副死皮赖脸的熊态,安建军气归气,替补的事还得去,数千人的飞行部,不能无人参加这次全空港社区的擂台赛。

4

挨着一群80后、90后同席而坐,安建军觉得忸怩。大叔辈的飞行人员和这些小字辈在一起比试,心里翻腾着丝丝别扭,毕竟不是一个年龄级的。他的脖子不停地前后扭动,直到瞧见两位来自商飞的匠人,心下稍安。

来自C919制造第一线的商飞人吴师傅,比他还年长,临近退休,为有名的高级技师。别看大飞机科技含量高,工艺先进,某些工作还是需要手工完成,空客、波音也是如此。吴老师手上的活可是上过央视"大国工匠"纪录片的。他顶着央视嘉宾的光环,当然有实力和资格来现场作示范演讲。不过,吴老师等二人不参加比试评分,只是为活跃氛围安排的串场演讲。

安建军的旁边挨个坐着驱鸟侠少空辽,消防达人郝一宝,空乘名花齐儿丫头,还有机场安检部的名角季忆深,都是年轻人,各层面响当当的人尖。同排的季忆深,是位三十岁的女子,她以出色技艺,开辟了"忆深"示范通道,据说她那双眼睛差不多有成精的趋势,能从X光机传送的图片中迅速捕捉出一根火柴的图像,从而决定开仓查检还是直接放过。

往远一点的地方瞅,参加这次擂台赛的还有好几张熟面孔:管制方面派出的是那三只的徒弟肖杉儿,航空气象出场的是他多年前和查同学去机场观测台照相时遇见的李小研姑娘。

安建军的眼光往那头一瞟,李小研感应似的侧转脸,朝他微笑笑。岁月悠悠,当年的小研姑娘已茁壮成一名气象预报高手。还是缘于查同学,为了预测彩霞,他多次请教李小研。她还真当回事了,花了巨量业余时间,和他师傅陈高工(云雾顶级专家)等人结合我国民间谚语,研发出了一套预测彩霞的独特办法,其效果在全国乃至国际气象界成为奇葩。作为行家,她知道,目前用的预报体系,完全照搬西方的数值预报,结果是靠计算机按方程式运算出来的,有其合理性,也有线性思维的机械性,对预测彩霞等无丁点办法,而我国传统的观云识天、气温气压、动物反应等手段,如中医的切脉瞧舌,却能解决混沌世界的许多疑难杂题。李小研预测绚丽彩霞成功后,为枯燥的气象预报夹带上了诗意,像查同学那样的摄影师抢着跟她交朋友。安建军还说动李记者为她写了篇响当当的报道《彩云女郎》。

比试大会开始了。按套路,先是领导致辞,后是宣布比赛规则,接下去才是选手登台。说的打擂,实际是演讲比赛,看谁的话有料、精彩,最后按得分高低排位。每位参赛者演讲十分钟,超时扣分。十几个人上场,差不多两小时,算算前序后缀、人员上下、打分时间,整整一个下午。

领导的讲话稍有点冗长。下面几个匠人为缓解压力,已在交头接耳开小会。季忆深做个深呼吸,说:"第二次参讲了,哎,'学而时习之,不亦乐乎'。"

郝一宝接过话头说:"是啊,学了多加复习,才能烂熟;少了复习,上场晕脑。"

少空辽很快抓住了抬杠的靶子："'学而时习之'的'习'，可不是复习的意思，应该是做、动手、行动的意思。学习过了，要多上手，多做，多完成，这样才有效果。学以致用了，心里才高兴呢。"

郝一宝头颈一斜，不服气地说："谁说的？语文老师从小就那样教，学习了要多复习，复习是学习之母。我们从小就这么学的。"

少空辽说："那是教错了。"

季忆深疑虑地瞧瞧双方，翕动下红唇，刚想插话，郝一宝抢着说："咱们老师可是中文系毕业的高才生，怎么会错，你又不是孔子，怎么肯定你说的是对的？你又不和孔夫子同一时代。"

少空辽说："我也是从一本纠错书上读来的。"

郝一宝说："千人千面，一百个读者，一百种理解。"

安建军听他们的声音有些大，后面已有人关注到他们了，赶紧说："停嘴，领导讲话已到第三点，快结束了。准备上场。"他转向郝一宝，"一宝，你定定呼吸，头一炮可是你。"

上场先后抽签决定，个人早已知道先后顺序。消防副队长郝一宝立马从"学而时习之"的思路中转过弯来，整了整衣服的领子。

5

郝一宝被消防系统的同行称为"活地图"，场区内所有的道路，所有的建筑，所有重点部位，所有的消火栓、水源、消防通道全在脑子里。"过脑比翻图快。"这是他的行话。

郝一宝脑袋里的地图，是靠双腿跑出来的，多跑、多看、多说、多画，所有需要跑的地方统统去跑，反复跑，重复跑，巩固跑，就印在脑子里了。这回，郝一宝的演讲，没有讲"活地图"这回事，也没有谈救火，先从"送钥匙、捅马蜂窝、捉小猫"讲起。他的几件和消防浑身不搭界的事却吊起了听众的胃口,连本来打瞌睡的几个人都被唤醒了。

郝一宝说,"119"号码容易记牢,演变成了一部分人的救生稻草。曾经遇到一件事,有人忘了带钥匙,进不了家门,打电话进来。值班员听着带哭腔的声音,以为他家着火了,问了三遍才晓得是钥匙忘在家里,门锁上进不去,找"119"求援。值班员说,这应该叫开锁公司呀,他们的路道粗,拨拉几下就打了开门。报警者说,你们不是有全心全意为人民服务的宗旨吗?就当为群众排忧解难吧。值班员哭笑不得,说给郝一宝。郝一宝想想对方说得没错,赶紧四处打电话,帮他找了个匠人,解决了进不了门的窘难。

遇到一次好玩的,有个妇女打电话,哭诉他们家的男人给蜜蜂蜇着,而且蜇在头部,半个脑袋发麻,晚上低烧,已经去医院打吊针了,现在躺在床上。郝一宝接到电话,表示慰问,说这事只能找医生,消防队帮不上手。中年妇女说,咱家不是靠机场近吗?又是农村人,村旁边有树林,环境倒也不错,能经常听见飞机声。郝一宝说,那不挺好吗?妇女说,好什么好!那个马蜂窝还在树上,蜜蜂呜呜地飞,说不定又给蜇了。郝一宝脱口道,该不是让我们帮你捅马蜂窝吧?妇女厚颜地说,就是,你们不是有防火装备吗?穿上全身防护装,连头也裹起来,云梯爬上去,还怕几只鸟蜜蜂?郝一宝终于跌入对方挖的坑。那天午休,他恰巧有空,真迈过去将那马蜂窝捅了。

还有稀奇的,有人打消防救助电话,说人在外面很远的地方,家里煤气可能忘了关了,眼皮穷跳,能不能麻烦赶过去一趟?消防队员差点醉倒,下次哪家厕所渗水是不是也找来?但那人说得上纲上线,说这事跟消防绝对有关,可不是谎报军情,你们想想,如果煤气溢出,万一发生爆炸,就会引发大火,不但他家遭殃,周边也跟着完蛋。消防队员一听,真是这

335

么回事,只好去他家摸情况,以防不测。

更有滑稽的,一小姑娘打"119",说她家的小猫爬上门口的大树不肯下来,能不能请叔叔们赶过去想想办法？郝一宝接到电话,安慰她说,叔叔们这会很忙,不能马上过去捉你家的小猫,不如放一块鱼在地上,猫咪闻着腥味也许自己就下来了,要是下班时猫还在树上,叔叔可以考虑过来一下想想办法。

郝一宝一分钟一个小故事,倒也概括得有声有色,不费口舌。他的故事线切换极快,又说到他两星期前的一次亲历：那天中午,他接到一个附近中学的求救电话,一名女生受刺激坐在顶楼的阳台上,要往下跳。他已顾不得这是归"110"管还是"119"管,赶紧带了人冲过去,死命奔上楼顶,看见老师在旁疏导,那名学生垂着头,似在思考太阳系最重大的问题。他让队员在他腰间绑根绳子,拽着的人躲在后面保持一定距离,他屏住呼吸和心跳,从女学生侧后迂过去,一个闪扑,将她兜回安全区。

听完虽觉新鲜,但也有人轻轻议论："消防队变成管闲事的了。"

郝一宝似有神耳,能听见下面议论,话锋立马翻转,讲到了"3.29"那场大火。

那一年,T2航站楼地下二层,施工区有人操作不当,产生电火花,引起爆炸。火大烟大,人员生死不明。接到报警,紧急出动四辆消防车。郝一宝乘坐第一辆车,第一个跳下车,第一个冲进现场。

郝一宝发现两人重伤。一人浑身墨黑,躺在地上喘气,出的气多,进的气少。另一人神志不清,口水、泪水混合流出。他清楚,都是有毒气体害。他和队员迅速将人移出危险区,交给急救中心的医护人员。

"不对,逃出来的有,一定还有来不及逃出的。"郝一宝凭着多年经验,大声对同伴说,"下面必定还有人！"

说时迟,那时快,他边命队员释放水袋,自己第一个冲进地下室。果然,里面还有轻轻呼喊救命的,还有休克着、生死不明的。他们又从地下层里抬出三个不能动荡的壮年人。一人四肢僵硬,手指全屈;两人身体稍软,但没了呼吸,亏得救援及时,总算保住了性命。

那次经历后,郝一宝中队有队员产生了心理障碍,天天做噩梦,梦见这个梦见那个。许久之后,那名队员还说:"宝哥,那天火场上,有没有看见一个人,在墙角边吊着眼珠子瞧我?"他说:"没有的事,那是你的梦魇。"那名队员还是噩梦,梦见有人卡他脖子,悚得哇哇嗷叫。

"3.29"救援当天,郝一宝回到家中,老婆问他:"你头一个下去,心里不害怕?有没有想过别的?""火场如战场,来不及想怕还是不怕。""如果,我是说如果,现场再爆一次呢?"郝一宝摇了摇头:"当时情况紧急,心里头只想着扑火救人,其他的真没去多想。"

郝一宝说的是实话,当时的现状,他满眼看到的只是烟和火,在地上的和烟雾中的伤员,其他的统统丢在眼后脑后。郝太太愣了半晌,终于说:"以后火场小心点。"

几年以后,郝一宝看了部电影《烈火英雄》,他当场泪目不止,许多场景是他亲历过的,拍的好像他。

郝一宝绕回主题,说他是活地图,有些夸大,即使自己脑子里真有那么一张活的地图,那也是跑出来的,千次万次跑,再画成图,——前后画了数不清的图,才将场区的路、建筑结构、地下室拐角、易燃易爆点记在脑子里,只有预先心中有数,才能遇事不慌,才能第一时间赶到现场,不走弯路。

郝一宝讲完,眼角带有泪痕。安建军聚焦瞧去,台上郝一宝的表情不是演的,那些泪花不似伪装。安建军没注意台下掌声的热烈程度,但觉得郝一宝的讲稿的布局似乎有文科匠人指导过。

337

6

另一个和图像有关的人物登上讲台——机场安检部的季忆深。单看名字,以为是男的,其实是位挺标致的女孩,父母是知青,尽管生下她时已回城,却对那段知青岁月记忆深刻,充满怀恋,将她起名"忆深"。

季忆深刚三十出头,却有十多年的工龄了,在行李检测方面练就了一双火眼金睛,她那双单眼皮下的眼睛能迅捷地从X光显示的影像中筛选出违禁品,为大伙垒起一道预防城墙。乘机的旅客,大小行李都送经X光机鉴别,如果每件行李开箱查验,不但安检人员得增加数倍,更会耽搁行李、人员通行时间。安检人员就是要从仪器影像中快速甄别出行李中有无危险物。

季忆深的演讲和郝一宝不同,没有那么多弯弯绕,单刀直入,从图像开讲。她就是名副其实的影像专家。

行李箱中的各种物件在X光的扫描下会形成各自的图像。季忆深对此做过统计,十多年前,图像库只有一千多种影像,刀呀、叉呀、打火机、香烟、衣服、电脑、剃须刀,每件物品形成自己的图像形态,总共也就一千多样。后来,影像分辨越来越细,影像库不断扩容,现已发展到上万幅图片,这些形形色色的图片经过机器时,安检员们必须尽快判别出有没有违禁品,如有疑处,打开箱子人工查验。这么多图像,看着眼花缭乱,怎么记得住?季忆深便开始画图,边画图边记忆。

"为什么一定要画图?"

季忆深似能洞察到听众目光中的询问,她主动抛出问题,又自我作答。

旅客行李箱中的物品繁复,即便是一只小小打火机,也是内部结构不同,分为弹簧压片的和塑料的,衍生出的图像各不相同。打火机的种类多达十几种,有滑轮式、脉冲式、火石式……通过X光的影像千差万别,死记硬背无法记住,只有通过画图,依影像画图,一张一张画,画出其特征,刺激大脑皮层强化记忆,印在脑子里,形成条件反射,方能在行李经过机器时,一眼就能"认"出来。

刀具,属于重点监控的物品,有切菜刀、水果刀、折叠刀、美工刀、美术刀、铅笔刀、铲刀、剪刀、杀猪刀等等,所有刀具的X光图像她都一一画过、记过。传送带将行李箱送进机器时,她第一反应就晓得里面有没有管制刀具。

工作之余,她多了项爱好,就是画图,各类违禁品的图案,一张一张画,一幅一幅比对,反复画,重复画,画了几万幅,成了画痴。但她画的不是国画,不是水彩画,也不是油画,而是高仿X光影像的仿真画。有同事说,凭她的用功度,真正学个水墨山水,也许早成了什么家。

"颜色很重要。"

她又自我作答。图,除了形状,还有色彩,色彩也是辨别违禁品的重要元素。易爆易燃物品,都有颜色提示,首先排除。类似于天气预报的黄色、橙色、红色预警,层层设警。TNT炸药为黄色,雷管淡黄色,火柴淡黄色……一个个等级下来。有了形状和颜色的组合,一只打火机,即使拆开了装在不同的部位,一根火柴,即使用纸包住,层层伪装,在她们的火眼下,照样能揪出来,无法遁形。她承认,自己已经染上了画图的癖好,不画就难受。

安建军静静地聆听着,突兀地忆起,曾有一篇写季忆深的报道,说她每天审图一万幅,能在三秒钟内甄别出数十种火柴的图像特征。有几回,有人将一根火柴用布包起,藏在行李箱的暗角里,让她捉小偷似的揪了出来。安建军原来怀疑,是不是哪位记者故弄玄虚,将她的形象神化了?今天听来,确是不假的了。

339

那位记者丢给她个"火柴公主"的称号。

季忆深谈到,她的判图准确率约在 99.99%,也不是百分之百命中,难免弹有虚发。有些生活用品和违禁物品的 X 影像相似,比如录音笔和电子点烟器相像,有些吃不准,只好将行李打开,手工安检,消除疑点再放行。每天都会遇到情况,有些火种,像打火机,有人成心作弄,拆开,壳归壳,芯归芯,是不是在测试安检人员的技能不得而知。开包查实,属于藏匿,严重的通知公安介入。

谈到"高级别"的毒品,偶然也有携带者。同是粉状的东西,表面和面粉差不多,小包藏在行李中,但在安检员眼里,图像形状和颜色还是有微妙的差异,开包检查,用毒品检测纸测试,证实后,不客气了,人和物一并移交执法机关。

季忆深已参加过系统内几届大比武,通过图片识别,以第一名的速度发现违禁品,获两连冠,连她带出的徒弟们也已得了几个奖项。

"发现哪种违禁品最难?"

她又扔出一个问题,也许是底下有人想问的。

"都很难。这是技术活。"她轻松地自我解答,"将危险杜绝在地面,是咱们地勤人的职责。不带照顾,不带人情。"

往往有人抱有侥幸心理,甚至想故意测试一下安检员的水平,但她的眼光可谓炉火纯青,一抓一个准。除了图像,她对人的观察也极其"毒辣"——360度无死角,她曾在乘客故意卷起的袖管中发现两根火柴,查获旅客在其低腰牛仔裤的肚脐眼下暗藏的微型打火机。

也有人骂她们没人性,说纪念品都不让带。她吞一把委屈泪,说不巧,您这纪念品恰巧在违带范畴,这是原则,不行就是不行了,没有照顾余地。

带新员工也难,带出一个成熟的影像鉴别工,需要好多年。在岗位上满三年才能考中级工,至少干满五年才能考高级工,高级工干满几年,才能考技师,而每个等级并非满了工作年限就能考上,一般要认真熬炼十年后才能评上X光影像技师,往上还有高级技师。初级工只能上基础岗,做些前端的工作:大厅的第一道安检,或者维持秩序,或者大堂指引。看机器识图像,具有开箱资格的,基本为高级工。

安建军听到这儿,差不多已晕头转向。嘿,连安检都有这么多花样经,似乎也不比天上开飞机便当。念头还没转过,季忆深已轻松拐过话端,谈到了服务。

虽然做的是铁面人,但也讲服务。安检人员对自己的要求已经很细了,怎么排队、怎样站姿、手势、语言、置物框放什么位置,都有规矩,比如旅客过来,安检人员会右手前伸,做个"请"的动作,请客人抬手时,自己做个"L"形的抬举手示范,说"您好。"

"安检是机场的窗口,机场是都市的名片,安全第一位,服务不能丢。"季忆深说,"坚决杜绝'冷暴力',提供专业化的服务,是我们的向往。""旅客问话时,不能不理不睬,不能随手一指:'那边!'对一面之见的过往旅客,不能漠视,要有温度。"

季忆深在谈到自己图像识别本领时,也坦陈有人的服务在她之上,像"黎娜"通道。黎娜等人安检手势标准柔和,说话声音甜美,特质服务深受旅客认可,这是她要补课强化的。

7

不知啥时,少空辽已登上讲坛。

今天,他谈的话题有所区别,从单纯的赶鸟、驱鸟、避鸟拼命往"人和鸟类的和谐"命题上靠。用的词汇也换成了挪巢引鸟、绿色驱鸟,将原有的一些常驻鸟渐渐请出机场,移往属于它们的另一个伊甸园。为此,机场方面投入资金,在离场区不远的水面上建立起人工"小渚"两座,广植灌木、草皮,建起鸟类感兴趣的生态圈,将鸟愉快地吸去那边觅食、栖息。

在远一点的场所,建立第二岛链。利用长江口几座荒芜无人的小沙屿,栽植大面积的芦苇,加上周边固有的水源,将野鸡野鸭、牛背鹭、红隼等大鸟挪移过去,将每年迁徙经过此区域的候鸟也吸引往那个域位,大大削减了机坪区常留鸟的数量。

少空辽算是个和鸟有关的名人,见诸报端的东西也比郝一宝和季忆深丰厚。大家对这个驱鸟大侠的故事听得多了,有些事连他自己都懒得重复,今天的话题也换了角度,听起来颇有新意。有人估摸着他的言词也是秀才们把过关的。

忽然,少空辽咳嗽了几声,发言停顿下来。他必是想到了什么,一时周身气流翻滚,血管堵塞,说不下话去。他从野鸭、鹭鸟、红隼、麻雀联想到了喜鹊,顿觉气血上涌,心口说不出的难受,仿佛五脏六腑都要挪位。

那是喜鹊给闹的。最近,喜鹊大闹机场,他们却对此有些力不从心。少空辽刚踏进工作岗位那年,危害性最甚的是牛背鹭、野鸭、红隼,好不容易才看见两三只喜鹊。几年过去,少空辽团队想尽办法,总算将牛背鹭等一帮大家伙赶跑了,殊不料鹭鸟前脚走,喜鹊后脚进,目前在场区至少有数十只喜鹊在活动。

与乌鸦相比,喜鹊是让人喜欢与颂扬的,自古有"喜鹊临门、好事就到"之说。但活跃在场道区的喜鹊却一点也不招人待见,二三十只喜鹊合成一个集群,停在跑道间的草坪上、土堆上。

前些年,喜鹊大部分在崇明岛活动,农民在地里播下种子,它们在后面用爪子刨出来吃,喜鹊泛而成灾。农民恨死了,专门有人打电话给有关部门,说鹊鸟数量太多,专刨种子,不行就开火打了。说归说,真还没开枪。不料几年时间,喜鹊腻厌了原来的地方,渐渐向市区转移,一部分就来到了机坪区。

通过食物链分析,喜鹊属杂食性质,种子、虫子、蜗牛、蚯蚓、果实、生活垃圾全吃,更为麻烦的是它们似乎喜欢上了灯火通明的场区,有些喜鹊干脆将巢穴筑扎在负责场区照明的高杆灯上,悠闲地繁殖后代。

喜鹊仿佛比其他鸟类更聪明,善于利用人类弱点,与人周旋。见人驱赶,往外飞,也往筑巢地飞,一部分往停机坪上的高杆灯下飞,好像被人追打,往家里跑。待人和车辆撤离,又潇洒地回来。高达几十米的高杆灯,非要专用设备才能上去,驱鸟队也没本事随便动它们的老巢。

喜鹊属于中型鸟,可怕的是集体活动,虽没在本场出现鹊鸟空袭飞机的重大事故,但在其他机场已发生几起,通报上白纸黑字写着。少空辽已在心里发出警告,鹊鸟的数量再不能上升了。但到底怎么办,他尚在思索,只有初步的想法,还没有彻底解决的良策,但留给他的时间不多了,一时如鲠在喉,难受至极,左手掐住下巴,竟说不出话来。

他目光涣散,僵在台上,下面开始嘈杂,有人唏嘘道:"哎,少空辽咋啦?瞧那痛苦的样子,是不是犯了心脏病?"

"别瞎说!瞧他黑黑粗粗的模样,咋会得心脏病?"

少空辽在台上嘿嘿笑笑,喃喃自语地说:"办法总会有的,总会有的。"

说完,走下讲坛。台下许多听众丈二和尚摸不着头脑。安建军却心知肚明,鸟侠少空辽遇上了难题,还没有成熟的解决方案,故而连演讲都没了心思,仓皇刹车,来了个没有结尾的收场。

8

少空辽发散性的演讲后,还有管制、机务、气象、签派、情报等许多高人登台,讲的多是鲜为人知的"地勤"故事,这些地勤人员的事一点也不比空勤人员简单,如果空勤人员不上台,光听他们的"一面"之词,反显得飞行员、乘务员的活比较单纯、便当。

安建军参加过多次行业间的交流,也参加过几回比武性质的擂台赛,对这些门道基本了然,但也有许多空勤人员是不了解的,倘若没有地勤人员的呵护,没有这么多人在地面跑着龙套,哪有他们在空中的洒脱?

不过,天上的活可一点也不潇洒,下面该轮到空勤人员上台了,换他安建军亮相了。今天,本该田徒上台,临时犯病手术,他是被硬拽着来顶替的,但顶替也是代表公司、代表单位,也得顶出水平。况且,他是飞行界的闻人,台上台下许多人都知道他安大金刚的名号,他在以前的比试中还拿过头牌。

他润了润嗓子,站起来。忽然觉得肚子异常,腹部似有阵阵痉挛。工作人员上前询问道:"安队长,该您发言了。"

他一手捂住腹部,蹙紧着双眉:"突然肚子疼,不舒服……"

有关领导认得他,上前来,关切地问:"这个,咋啦?"

"临时出了状况,肚子疼……关键时刻掉链,哇……要拉稀……"他双手捧住肚子,现出痛不欲生的样子。

"那,发言?要么请空乘代表齐儿姑娘先上,你垫后?"

"让、让空乘齐儿先上。"他痛苦无比地说,"不,我不发了……弃权。"

"那,岂不可惜?只要你上去亮亮嗓,凭你这名声……"那位领导为他打气道,"说什么不重要,你只要人一站,奖项就……"

安建军摆手连连:"没有地面,哪有空中?我……觉得,刚才地面几个代表的发言都特好,叫那个……高楼群起,奖牌该归他们……呃,肚子痛……对不起啊,退了,退出,我去上厕……"

回到家,叶夜听完叙述,喝声道:"装的吧?什么闹肚子,还上医院呢。

挺像,竟然瞒过了领导,瞒过了整个会场。"

"呃,还是没瞒过你。"他戆笑着。

陡然间一阵痉挛,这回是真的胃痉挛。简艾的事骗了她这么多年,难道真被骗过了,还是?

叶夜给他端过一杯白开水,说"压压惊。"

"不用,还是普洱,带颜色的。看你,真把我当肚子疼养了。"他故作镇静地说。

"也是,明知你作假,何必关心呢?"

"我退出,可以给地勤人员多一个奖励名额。"他还在回味发言的场景,"真是精彩,就说姓季的那个安检女,叫季忆深,专门有个'忆深'安检通道。这么多东西的图形,一万多张X光机的影像,一张一张画过,记熟,深深印在脑子里,当传送带将行李从面前传过时,二、三秒内判别出有无违禁品,哪怕半根火柴,都逃不过那双单眼皮。"

"观察细,连人家双眼皮单眼皮都晓得。"叶夜啐了一口,"所以叫记忆深么。'忆深通道'我晓得的。"

他想起女儿蓓蓓临满月时,叶夜上机被歹徒用弹簧刀劫持的事,便说:"如果当时有这一群高手在,加上现代化的仪器,你上次的事就难以发生。"

她也忆起老早以前的那次噩梦般的境遇,被人从背后卡住脖子,亮晃晃的刀尖在脸上比来比去……这时想起,仍觉得脖根生疼,脸颊隐隐怪痒,不禁抬手揉了几揉。

十五、孤岛之中

1

这天,安建军飞一个航程回基地,一落地,就被原十四航校的几个校友拉上车开了走,说你成都蔡同学几位临时来,正好借机聚一聚。到了餐厅,自然是大口喝酒,大筷吃菜。他刚飞回来,本不想喝酒,但拗不过同学、校友的软磨硬缠,不得不开杯,真正体会到,一旦上桌,身不由己了。

晚九点,叶夜发个信息给他,问他啥时到家?知道他被朋友掳走,怕他喝过,总会及时提个醒。编好的短信还没按下发送键,他的电话抢先进了来。他借着酒气说,今天人多,好几个都是西南来的,这回正被他们欺侮,水深火热中,回家没点,不过现在有个紧急事请你帮忙。她问什么急事?老酒少喝点!他说上次一块去西藏的老吕需要一份资料,找了一晚上找不出,急得跳脚,问我还有没有?我说电脑里应该有。都是十四航校的赤膊兄弟,有忙只得帮,所以麻烦老婆大人找一下,通过邮件发过去。她说你的电脑从不动,怎么找?还是等你回来。他说老吕等不了,求他马上给,下次见面宁可跪着谢。她说别费舌头了,我找就是。他说老婆同意找,同学有福分。他当即重复了他电脑的密码。

这是他的个人电脑,也和自己的电脑一样,有点私下的东西。虽然是夫妻,但有种无言的默契,不征得同意,谁也不翻对方的电脑,如同谁也不查看对方的手机一样。这是一种相互信任的心理契约。今晚,在他的要求下,输入密码,开启了他的电脑。里面的文件不多,按他的事先提示,很快从文件夹里找到了那篇老吕急要的资料,顺手发送了出去。

刚要关机,无意瞥见另有一个文件夹,命名为相册。老安不是不爱照相么,也没有长枪短炮似的相机扛进带出,家用的也是两千多元钱的小傻瓜照相机。但不能错怪他,许多照片可能是别人替他拍后发给他的,他就存下当了资料。眼下航空圈喜欢照相的可不是一个两个,少说也成千上万。猎奇性驱使她鼠标轻轻一按,点开了相夹。里面都是他飞掠各地的照片,有首航美西的,巴林的,北极的,也有飞各地时在当地名胜留下的,有的还是记者拍了转给他的。相片很多,足有几百上千张,大部分是现代数码相机拍的,也有少数以前胶片机照、经过扫描上传的。有的她见过,但大部分没见过。有风景照,更多的是人物照,有他安某人在各地的随性形象。

他的人物照有个人照,也有和同学、同事、朋友的合影。其中有两张,他和一个姑娘的合影令她神经一跳。航空业,开放度极高的行业,男女合影——机长和女副驾、机长和空乘,一点也不稀奇,她叶夜年轻时,许多男人都抢着要和她这个精女人合照,集体照、双人照都有,即使现在,仍经常被邀和大男士们合影,男女搭配,阴阳平衡,内容鲜活。但潜意识告诉她,这两幅照片不同,有情况。一幅的背景是加拿大的安大略湖,一幅是雪中合影,看后面的城墙像是南京。照片上,那姑娘挽着他的手臂,头朝他微微一倾,重点是她眼中满是艳情的笑,从她的笑意中,叶夜读出他俩的关系不寻常,即便从照片上她也能看透,那女孩眼中释放出来的光已然超越了男女同事和朋友,那是一种充满缠绵绻意的光芒。再看那女孩,好像在哪见过,又好像陌生。她点开放大,又仔细瞧了几眼,已完全读懂了图中的意思,呵,已不需要证实,也不需要他承认什么。

她心如刀绞,一阵痛似一阵,坐在电脑旁发了十分钟的呆。哎,世风日下,礼崩乐坏,连他这样的叔辈都耐不住寂寞,在外玩花头经,真是人心不古。她重重做了几次深呼吸,才使情绪渐渐恢复。

两个半小时后,他踏进家门,瞧见她迷茫晦暗的眼神,问:"怎么啦?不舒服?"她眼光望着别处:"累了,歇吧。"

她对照片的事只字不提,第二天也没提,仍像往常一样,日复一日地过。

时间一长,叶夜口风再严,安建军还是从她日常的眼波中发现了异样。一次,他实在按捺不住地问,是不是心里有啥事?她说没事,我能有啥事?可能更年期到了,容易多愁善感,容易睹物思忆。他笑笑,说这话蛮有诗意,没事就好,没事就好。她眨巴眨巴显疲态的双眸,说从星星到斜阳,年龄上去了,都好自为之吧。

日子越久,他越发猜到,恐怕她的第六感觉已窥破了他的秘密,只是隐忍不发。但人的眼光是骗不了人的,她的眼睛已告诉了他一切。他太了解自己的太太了,遇事决不会大吵大闹,决不会像泼妇那样,这就是大家闺秀的性格,是上辈子就生就的,要改也难。为爱护他五虎将、七大金刚的名誉,为爱护B航空公司的名誉,她选择了委屈自己。但她越是如此,他越觉对不住她。

去简艾处少了,明显少了,原本每周去一次,现在两周难得去一次,有时去了,也是小蜻蜓点水,晚八点多就离开。简艾逼他,怎么了,遇上鬼了?他说叶夜好像嗅到咱们的事了,苗头不对。怎么会?我这么乖,从不显山露水,按你的要求窝在家里,现在不飞了,整天躲在室里,生活规矩得像修女,都快憋出病了,怎么会出岔?不晓得,可能是她感应到了,唉,这段时间我少过去了,她不舒服。简艾噘了噘小嘴,说感应到了?她又不是神仙。

348

近一个月不露面,简艾受不了。她现在不工作,闲养在宅,长久无人说话陪伴,弄不好要发疯。她发起娇来,两眼如水。他只有过去,床上沙发,天雷地火,时间飞快,九点不到就往家赶。这么急?她愁云惨雾地问。我必须在九点左右到家。简艾呛一句,怕她?不是怕谁,是怕自己。他虎着脸。简艾妥协,说我理解,尊重你。

他九点多踏进家门。叶夜皮笑肉不笑地对他说,晚上这么早就回家?他说没事。以前你外头有事一般在十点钟回,现在提前到九点左右了,似乎不会超过九点半。她说。不想在外面多待,还是家里温暖。他笑道。你是大名人,不应酬多吗?没事,我不介意的。这个,他失语。她说不用多解释,彻底理解。她用手挡住他说下去,说我先休息了,明天飞,你看会书吧。

在书房里,他看了会书,又丢下,又看,又丢下。愤愤地对自己说,我算什么?在养鸟吗,金丝鸟?显然又不是,两人是有情的。

2

叶夜变得阴郁,即使金波暖阳,眸中也常有湿漉漉的成分,有时会莫名地发起小火。安建军晓得她心底潮湿,力争不硬怼,善意相让,原本也让她的多。

和她的结合,心理深处含有丝丝的自卑,类似于灰姑娘嫁入豪门,这种阴影一旦成形,一辈子都难以抹去。平常对她顺从的多,听话的多,这与他在公司七大金刚之首的身份迥然不同。尤其是和简艾有染后,他更是迁就,回到家,抢着整理房间,抢着烧水端茶,抢着擦地板,对她依顺有加。他越是这样,她越觉生分,夫妻之间过于相敬如宾,就不像夫妻了,认定他这一切是在弥补他在外沾花的过错。

349

女儿安叶早长大成人，住校读书，在外面的时间比在家里的多。叶夜常常埋汰计划生育政策，一家一个孩子，个个都像公主、王子，从小没有兄弟姐妹打架，没人抢食，大人都围着他们转，性格显得孤傲而自我。她听乡下来的同事说，以前在农村，养猪都养两头，有伴，争食，对成长有益。女儿在外，受同学的撺掇，准备出国去读研，是不是当下年轻人的变态心理不得而知。眼下不是二十年前的国内了，吃的住的都比外面好，但女儿说只是去读书，读几年可能就回来了。见安建军皱着眉头，女儿安叶咬了咬牙说，肯定回来！出去主要是见识、尝试下留学的经历，真要留在那些又旧又浑的国家，那是打死都不愿的。这是女儿的原话。

　　家里只有两个人，两口子，本来是清静的二人世界，无拘无束，中年人的第二春，但人的心里藏着阴霾，日子过得疙疙瘩瘩，飞行、下班、吃饭、睡觉，按部就班地向前滑动。

　　她对他越来越无语。在公司，在巴林，在复兴邨，都是她主动。看着这个乡下来的憨厚年轻人，飞行名将，她一半爱慕，一半怜悯，最终毫不犹豫地走到了一起。婚后的生活虽然平凡、平淡而又平庸，但也过成了别人家羡慕的模式。后来，随着他俩不停地起飞、降落，双脚踩踏在云和雾之间，女儿在不知不觉中成长，真的，不知不觉中、无意识中，女儿就如一株春笋，在某声惊雷中，在某场夜雨中，刷地一下长成了大人。现在回想起来都后悔，当时年轻张狂，主要精力对付在工作上，没能和孩子好好玩、好好处，没能和孩子过多地互动，更没有充分欣赏孩子生长的可爱过程，留下的只有零零碎碎的记忆。有时真想时光倒走，补那么几课过过瘾，但这不可能。然后，这个自己眼中敦厚的男人就有了小女人，在外头。尽管他没有交代，她也没有戳破，但以自己是女人的直觉，这件事必然存在。她想等对方先开口，主动讲出并打算宽宥他，甚至原谅他。哎，一直讲男女平等，实际上从来不平等，还是男人的世界，也许永远也平等不了。前面有障眼的风景,以为有多么的逆天,多么的仙境,谁都想去看一下,等走过看过才晓得也不过如此。男人在外面找小就是这种心态,去看过回来就好。但他就是不张口,不坦白,看样子也不愿回头。她真想点穿,又缺乏死硬的证据,而要她这个闺秀出身的人天天像特务一样盯梢拿证据,显然又做不出。两口子就在这种纠结和矛盾中打发日子,日复一日,年复一年。生活得像冷和。

他在外面怎么就有了异况?难道是自己不堪?问题到底出在哪?她着实琢磨不透。苦恼时,她就约飞行老姐妹老兰老菊的喝茶,渐渐也懂点茶道。

他也是自责,责备自己的心魔,实在对不住她。从乡下来到大城市,攀上高枝,住进"上质角"的高尚地段,竟然失足,被一个小二十来岁的小女子"俘获",几次想冲破藩篱,割裂关系,总是断藕断不了丝。他确实也深恋,人家一个姑娘家,不计名分,不图啥,只要和你在一起,又有什么错?他有时想想真福份,天下的傻女人都投进了他的怀抱。简艾年纪轻轻不知搭错了哪根筋,心甘情愿地跟着他,应该对她好点。可回头瞧瞧家里的那位,又不忍,这个问题上叶夜毫无错处,他对简艾也只能做到不离不弃,当面热,背后冷。当面热,热在她的年龄、体温、情意,他也是肉身凡胎,没能抵住年轻女人的诱惑;背后冷,冷在愧对自己的妻子和女儿。他走在这尴尬的钢丝绳上,左摇右晃。近期,他和叶夜演变成了家庭中的冷和,但冷和也是和。

双双在家的时间并不充裕。又要双飞了。两人在门前挥一下手,一个飞东南亚,一个飞日本。

上了飞机,一个泰国籍空乘笑靥如花地说着中文:"安机长好。"

"你好。"他扭头瞥了眼年轻的泰国妹,"新来的?"

"来了有两年了,已经第二次跟着安机长飞了。"

351

他"哦"了声。新来的外籍乘这么多呀,数都数不过来。

上完客,关上舱门,他驾机迅速滑出。没有限制时抓紧走,到时空中和地面一起堵,流量控制,朝天叫爷也走不了。最近常延误。

快到跑道头,突然收到公司运控中心签派发来的指令:目的地机场遇突发情况,可能关停,目前不再接收航班落地,升了空也要返航,赶紧调头!

他又骇又幸。如若签派迟两分钟发令,飞机上了天再折返,起码得先放油,将满油箱里的油在东海上空的放油区抛洒,待符合降落重量了才能落地,少说几十万的银子变成了东海里的浪花,哗啦啦飘走了。待他在跑道端调头,通过滑行道滑回桥位,不明所以的旅客嗷嗷大叫,纷纷责问空乘咋回事。空乘们没得到详细的情况通报,也不敢信口雌黄,紧闭了嘴巴装深沉。一会,塔台管制员又来指令:那边的机场遇到严重情况,正式关闭,开放时间不详。紧接着是运控中心的令人悲哀的通知:本次航班取消。

机舱内乱作一团。吵声、骂声此起彼伏,几个糙人下机前骂出了下三路的土话脏话。乘务员们脸上青一阵紫一阵。再骂也没用,嗓门再响也解决不了问题,现在就一件事:下客。

简艾竟然在出口处等着他。她已不是空乘,怎么在候机楼?是不是临时有事来此,碰巧撞见了他?她又不晓得他的航班会取消,会掉头而回。但这不重要,重要的是她当作联系工作似的贴了上来。他使个眼色,让别的成员先走,和她来到一个稍微隐秘的拐角处。

"吃了狮子胆,怎么来这儿见面?"

"送一同学出去,老远瞅见你。"她灿烂笑笑,"我不是空乘了,不在公司工作,有啥不能见的。"

"你没有同事吗?原先的同事都认得你。"

"我光明磊落,怕个啥?"

他嘘声道:"别忘了,咱是地下工作者,晓得吗?"

"放心,暴露不了。"她娇嗔道,"这么多天不见,连电话也不通,闷憋死我了。"

"好好的,瞎打什么电话?"

"我可能是个晚熟女,常常显得孤冷,也需要阳光雨露么。"

一个熟悉而别扭的声音破空而来:"到了眼门前才发现,不是故意碰到的。呃,如果选择避开,我会这么做。"段早不知怎么来到跟前,见他们两个贴近说话,阴阳怪气地说。

安建军一惊,但马上故作镇静地说:"师兄也刚下飞机?"

"不敢当,还是叫我老段,或者就叫段老二吧。"段早不咸不淡地说,"人家喊你大金刚,叫我二金刚,咱年纪比你大,入党同一年,级别却比你低,不是老二是什么?"

"那是闲人的打趣,又不是业界评的职称,管甚用。"安建军欠身说,"咱都是十四航校高教官的学生,你是我的师兄,这一点却是确定的。"

段早的目光盯住简艾:"你也是空乘?我们好像见过。"

简艾躲闪着对方直逼的眼光,说:"是,段机长,我们曾见过。"

段早又将目光转向安建军:"你们很熟?"

"都是飞的,搭过机,当然是……熟的。"

段早用手指指他们两个:"你们,有事?"

安建军抢着说:"没事,偶遇,随便聊几句。这个,她,已经不做空乘了。"

"哦,经常有人辞出辞进,不怪。"

段早说着,迈步离开。忽又踅了回来,瞄了他俩几眼,又奇怪地在简艾脸上扫来扫去。她赶忙避开他的目光。

353

安建军讪笑笑,说:"师兄还有啥吩咐?"

"没事,没事,你们聊。"说着,噔噔噔地走了。

段早离去,她吐了吐舌头,细声说:"这个老段,吓死我了。"想依上来,他忙缩回,说:"你也经历了,是不方便吧。"

想疏远她,但一见上了面,马上被她的眼波吸引,被她女人软软的气质吸引,又离不开了。一前一后跟她去了住所,少不得乾坤颠倒,星辰昏暗。

3

"今年过年,陪陪我?"简艾哀求地说,眼眶内潮润润的。

"你知道的,这不可能。"安建军披挂外套,就要离去。

"又是这句话,不可能。啥时能少说一个'不'字?我好像前三辈子欠你的,这辈子只能做你身边的隐身人。"

他穿好外套,硬下心肠说:"早就拉过钩的,咱们曾经沧海难为水的表现形态,就是习惯做地下工作者。这个,谁也不能违背。"

在牌桌上博弈的简艾,每回是失败者,但一直坐着,明晓得不可能取胜,仍坚持坐着,不愿退席。永远都是他去找她,不准她去找他。想当初,简艾还上着班,在同一家公司,机长、乘务员接触很正常。双方都是飞人,分别飞在各自的航线,在机上"碰撞"的几率极低,即使偶尔"中签"同机,他也会设法调开班头。现在,她离职做起休息人士,两人暧昧在一起,如果被同事撞见,流言蜚语就会像风一样飘起三丈高。加上叶夜也是公司内人,两人的地下工作尤其秘密,他连发个信息都考虑再三,唯恐留下什么把柄。

简艾闲着发闷,不禁又想起在职时的过年过节。遇见节日,她已视作恐惧,宁愿去加班,没命地飞,借以消除寂寞,还博个好名声。每逢"十一"、春节等长假,他就像人间蒸发了,即使不在天上,人也像失踪,发信息不回,电话永远打不通,即便偶尔接通,马上就传出语音"您拨打的电话正在通话中"或者"无法接通"。要么关机,要么就是这种状态。过节那几天,不是他的班,也音讯全无,好像根本就不存在这个人。她晓得,他有妻子、女儿,他要维护那个家,那才是正式的。她简艾算什么呢?相好?情人?备胎?倘若真是情人、备胎啥的,这么多年,过年过节怎么也向家里撒个谎,出去跨个年,出去浪上几天。小三小鸟?那是包养,需要花费大把的钞票。但她一开始就不是捞女,从不过分伸手要钱,都是他主动掏的份子钱。房租由他支付,日常生活品他开销,也买点衣服、首饰,不是她开口要的。现在的机长,尤其是他这样技术超一流的教员机长、局方代表,薪资收入令人羡慕,已升至一百几十万,他拨拉点零头,已够她一般的生活。而她也有收入。

那些年,一到春节,他就玩失踪。大年三十,多么想有个热线,有声问候,就是联系不上。几年下来,不联系了,晓得他是那种货色、那块料。她就死命要求加班,去飞航班,人家大年三十、年初一的班,她都代。如此扑在工作上,客舱部好评如潮,夸简艾好样的,烈火识真金,平时请个小假生个小病,但过年过节等关键时刻挺身而出,牺牲小家为大家,已连续好多年不着家,全身心扑在岗位上,坚持飞在祖国的上空,飞在各大洋的上空,将万千旅客送回家团圆,自己却在天上望明月、晒星星。但同事们哪晓得她内心的孤独和凄苦。

既然安建军的手摸不着,她也不愿回父母家。老姑娘了,一回家父母就唠唠叨叨,说她的婚事,说她长得要模样有模样,要身材有身材,又是令人艳羡的空中小姐,接触的人千千万万,怎么还单着呢?年复一年地唠,唠得她不敢回家。随着年龄的增长,她推说春运加班,有好几年不回家

355

了,飞在天上,忘记地上的事,忙在空中,丢弃人间的烦恼。鉴于她如此"忘我"地工作,客舱部几次想提携她做乘务长,但她不愿,说管自己挺好,不愿管别人,不需要啥头衔,但可以当教员,待遇按乘务长算。她这样的亮节,自然有好评,年终被推了好几次先进。再说现在大城市大龄青年多,婚恋问题又是个人隐私,同事间也不会当面谈她的私事。况且,飞行忙,忙得昏头昏脑,忙得鼻青眼肿,相互间除了工作,许多同事见面不愿多说闲话。飞到后来,终于累得折了腰,她开始请假,除了节假日,平时请假多了起来,有时甚至请了假单独去旅游,就像少女时单独去西藏。再后来,人到青中年,几根白发悄悄混入她满头的青丝时,旁边盯她的男士还是没有减少,个别的如寻化之流,仍"不离不弃",一副跟到底的赖皮作风,她疲于应付,决定不再飞行。不再飞行,做起专职闲人,一旦做起了闲人,过年过节没法加班,她还是不愿和父母一块过年,提前一月就编好谎言,说和朋友出去旅游跨年。渐渐地,父母被她年年的谎言蒙习惯了,对她过年团聚已不抱奢望。

但和他还是要谈的。这种日子玩得久了,总有谈起的时候。

"我们到底怎么办?难道这样躲一生?"她问。

"你想怎么办?散,还是续?"他惭愧地说。

"怎么又是这句话?我都往四奔了,再找个老头不现实。"

"你看上去不过三十岁,完全可以自由选项,而且,你周围不乏追求不息男。"他惨淡地说,"反而是我,蚕老一时。按咱老家的话说,男的过了五十五,就是老头了。"

"你这个老头不同,是我看着老的。"

"你是我看着大的。"

她忽然就说了句老话:"我恨君生早,君恨我生迟……'"

他打断她说:"你我之间好像大海上的两块浮木,偶然漂到了一起,是不是不合逻辑?"

"逻辑是什么?什么都不是,这种事情根本不需要逻辑。老安,我和其他年轻女孩不同,已是个佛系女子,随遇而安,我习惯了。"

"嘿,还挺时髦。"他重叹一口气,"我是不是很烂糊?也很自私?"

"我早就说过,不用你背包袱。咱们是义爱,不是利爱,也不是一般意义的情爱,咱们是有义有情。"

他头一次听到"义爱"二字。这小女人真有点江湖豪情,将歪理也整得跟正理似的。他怔了下说:"我仍然不能承诺你什么。我说过的,叶夜身上长东西,不能受刺激。"

"谁晓得她是不是真长东西。"她悲戚地说,"不过,这也正是你重义重情的地方。"

"信不信由你。"他黯淡地说,"也快了,等她不飞了再说。"

"说了好多次了,听得我双耳都起老茧了。总说叶夜身体不好,不能受刺激,听你说她是感觉到咱们的事了。你说的她不能受刺激,我就能受刺激?言下之意,咱们的关系只能如此了?"

"时间是暴君,也是朋友,她比你大二十岁,怎么熬得过你?"

"但我这样,算什么?"

"的确,不算什么,但是你说过,愿意这样的。"

"我是草包,十三点!"她哽咽着说

4

熬着熬着,终于把优秀客舱经理叶夜熬成了退休。

如安建军所言,叶夜的身体的确有了毛病,人累、心累、头痛,不明原因的头疼,五十五岁一到,她立马退休,一分钟也不再多留。已经献出太

357

多,整个花季,大半个美好人生都献给了航班,献给了天空,冉冉秋光留不住,她要彻底休息了。按常规,优秀的乘务经理大多会返聘,现在公司需要人手,尤其是像她这样有经验的老乘务人员。但叶夜走得彻底,走得干净,从此退出蓝天,相忘于云海。

简艾咬住他两年前说过的话,不忘敲打他:"咋样,她退了,我们该结个正果了?"

"啊,从没说过要跟她离呀,不能啊,她头痛,脑子里会不会长东西?不能刺激,等等吧,不急,已经到了这个年纪,坚持到底,胜利就在望了。"他摸了摸自己毛渣渣的下巴说,"二十年前你就不计较,现在还计较什么?"

她又瘪了下去:"为什么退却的总是我?"

"我一向尊重你,丝毫没轻贱过你。"

"哎,又是我等,我等。"她咬了咬牙床说。

安建军的年龄越过五十五岁以后,性格悄然发生变化,莫名其妙地容易发火,有时自己也不知为什么就发起火来,甚至是不受控制地变得暴躁,甚至暴戾。有时明知自己不对,也无法控制,和叶夜也这样,原来的忍让变成了吵吵闹闹。

一次回家,在这个本身冷和的家庭,为晚上吃面还是煮饭炒菜,他光起无名火,连叶夜也觉得害怕,脾气怎么变得如此古怪,似乎成了另一个安建军。叶夜忍不下去,愤愤地说:"有本事你就别回家,永远别回家,跟你没法过,你去找地方,寻乐子,晓得你有去处!"

"我有啥去处?要去早去了,还等到今天?"

"自己做的事自己清楚。"

"我不清楚,把话说明白!"

说着,他就手摔了一只茶杯。见他动手摔东西,她哇一声哭开了:"竟然摔东西,日子没法过了,你走,走!"

"走就走!"

他摔门走出家,她又后悔。晓得他接近更年期,性情有变,有人变好,他变坏。怎会变成那样?一时悔恨,但也没办法。他在外面遛了一圈,开始懊悔。其实她没错,都是自己的问题,在外面瞎晃了两个小时,又灰溜溜地回到家里,准备次日的飞行事宜。

叶夜退休在家,空闲许多。从天天打仗似的飞上飞下,终于安全降落,从此喝茶听曲,浑身长了几斤肉。晓得他五十六岁生日,虽然心中多是不爽,但她天上地上半辈子,早已参透人间冷暖,还是从凯司令定了只奶油蛋糕,准备等他回来共享。

他进门看见生日蛋糕,又发起火来:"谁叫你买这个?我说过了,从此不过生日,上了五十知天命之年,将生日忘记,过生日会减寿,晓不晓得?"

"又不是大办酒席,吃个蛋糕又咋啦?"

"买了我也不吃,要吃你自个儿吃。"

"不识好人心,神经病!"她心头滴血。

"说过不吃就不吃。"

他虎着脸,离家而出,气得她身上阵阵发抖。

出了门,这回,他往简艾处去。叶夜不是说他有地方吗?他还真有地方。到了半路,又悔,叶夜是好心,没错,完全是自己的问题,自己这是作,是病——中老年情绪综合征,实际是恐惧时光,恐怖老去,是对岁月逝去的无奈与抵抗。他又下决心,错在自己,以后遇事不再硬戳对方,最多闭嘴闷声,免得陡生龃龉,甚至大吵。

他开始怀旧,经常忆起过往。约已退休的鱼旺师傅、王机长他们坐坐,谈那些成年旧事,风云岁月。他的徒弟们,和他飞极地的养机长,北非救援的揭机长、麦机长(当时为副驾)他们,也不定期约他在半岛酒店聚个

359

下午茶,这些原先他不愿参加,现在变得主动起来。他们的茶聚,通常从怀忆往昔演变成了大口喝酒。

5

又到冬天,简艾小区的两株不大不小的枫树熬不过时光的流逝,熬不过一波又一波寒浪的侵入,从顽强的绿渐渐蔫去,黄去。她每次站在阳台上,就能看见它们,年年如此。现在,天冷了,叶黄了。枫叶的变黄、变金黄,是一个渐渐的过程,却势不可挡。金黄的叶,风一吹掉一些,一夜雨,掉一茬,但仍顽强,叶也只能一张一张地落,一片一片地脱离枝干,慢慢飘落。有的还拼命坚持,坚持一天是一天,少落一片是一片。她每天早上起来,都看见那两棵树上的黄叶在减少,尽管苦撑了两三个星期,终于越来越少,从黄叶满树至半树黄叶,从半树到稀稀落落,从稀稀落落到"一小撮",从"一小撮"成为零零星星的几片。

那天起床,还早,窗开一条缝,冷风嗖嗖地窜入,忙关上。朝远处一瞧,两株枫树上最后几片金黄色的叶子也随风而去,只剩光秃秃的杆。地面满是黄叶,有的全面枯去,被风一吹,轻得满地打滚。有的还含有母体带来的气血,掉在地上,不肯马上死去,仍是金黄,带着生命残存的体征,向这个世界展示它们最后的存在。树叶落尽之后,还保留了好几天地面上的凄美,让路人赏,让摄影师摄。气温持续下降,最后,这些脱离母体滋养的黄叶终于枯去,没有丁点生命迹象了,清洁工人才扫除干净。

这天早晨,她从窗台看见所有的枯叶已被扫除,突然就泪水奔涌。她曾听安建军说过差不多的情况,他家的阳台往下有成片的银杏,那年,安建军就仔细观察了银杏叶子由绿转黄、由黄变橙、由橙变红的全过程,也曾黯然神伤。两人神感应。

她下决心走,离开这冷寒的冬天,去南方,到温暖的南方去。她几年前就在打算,现在已不上班,趁这冬日,决定付诸于实。

临行前,安建军来到她的住处。温存之后,谈个彻底,谈到底朝天。

"一定要去那个岛上吗?"他指她想去的澳大利亚。

"离开这里更好些,老赖在这里没结果的。"

"让你等等。她真有病,头痛,不能再受刺激。"

"我一贯能受刺激,对不?"

他刚想光火,想想自己脾气变坏——可不是小吵怡情,应该忍,又想到她马上要离开,不跟她置气。听她又说:"我决定了,换个环境,换种活法。"

"到了岛上,没有收入,怎么办?"他考虑得比较实际。

"可能会去打份工。"

"等于从零开始。还有房呢?"他有些后悔,已经将她惯成了娇娇女。事到如今,只能继续硬撑下去。

"那边便宜,可以租。"

他来回踱着步,思谋良久,说:"我剩下些积蓄,都拿去,在那边够买间小房的。外边不比国内,租房也温馨,老外狗眼看人低,全个自家的窝比啥都强。"

她一下扑到他背上,呜呜哭了起来。他也心酸。他们在那次师大的航空科普讲堂上相识,一路走过二十多年,牵牵绊绊,暖阳冷雪,眼看着她一根筋地从少女到中青年,从花蕾花开到花渐残,心中的酸涩一阵强似一阵,不禁真情涌动,也忍不住地沁出丝丝泪花。

简艾没有犹豫,说动就动。去了澳洲,在悉尼近郊买了间公寓,搭了个小窝。几个月后,开始找工作。但她在国内休息了几年,原先干的又是航空业,合适的工作真不好找。去华人小店干端菜刷碗的活打死也不

361

肯,去商务区做白领又进不去,也是一个字"僵"。最后仍是在家闲养。

6

安建军申请飞澳洲的班次多了起来。许多同事,包括他的徒子徒孙们不理解,说飞欧洲美洲好好的,飞啥子澳洲?鬼影子没几个,憋得半死。季节还是反着的,这头冬天,那头夏天,一会热,一会冷,不当心就弄成感冒。但他不为所动,干脆将大部分欧美的班次换成了澳洲的。尽管有个统一排班系统,但他是七大金刚之首,飞行手艺在塔尖,论资历更是在大队长、甚至飞行部有关领导之上,他有挑挑拣拣的资格,他想重点飞哪个方向,飞行部也不好放啥屁。况且,他是挑较次的澳洲,并不是最抢手的欧美长航,以及新加坡和韩国的"金觉""银觉"航班。公司内有行话,飞新加坡的班次真是爽,飞到那儿太阳刚落山,也是国际航班,照样拿美元补贴,但没时差,住进酒店美美地睡个金觉,第二天中午笃悠悠地飞回程。飞韩国釜山,也是类似的美差。飞这种航班的人那是命好。安建军不这样认为,他说了,欧洲是洲,美洲是洲,大洋洲也是洲,飞哪不是跨洲呢。

他是为了简艾。简艾和叶夜根本是两种人。叶夜生活考究,家中一切收拾得井井有条,连洗漱用品都摆放得一条直线。衣服在柜里挂整齐,上衣是上衣,裤子归裤子,袜子有袜子的地方。喝茶用茶杯,喝咖啡用咖啡杯,红茶、绿茶的杯子也分个类。端上桌来的砂锅,两边的两只"耳朵"不能正对人。一年四季的餐具都不同,根据季节变换着。房间是一尘不染,即使地上有根头发丝,她也要捡起来丢进垃圾桶。和她生活在一起,习惯上有差异,难免在琐碎上磕磕碰碰。他有时累,飞行累、开会累,回到家,衣服随身一扔,就想在沙发上横一会。她就开始小声嘀咕,尽管他会

362

谦让,不至于酿成大斗嘴,但心有顾虑,有疙瘩。和她生活在一起,心理有压力,不太放得开,连说话都不能粗声大气,需要将自己许多豪爽的北方人的习性敛起来,反而显得拘谨,觉得心累。

到了澳洲,和简艾在一起,就像一个大男孩和一个小女孩在一起,不必那么多规矩,随心所欲,衣服随身一丢,鞋子往后一蹬,身子往沙发或床上一躺,便是生活。简艾出身于一般家庭,从小到大没那么多穷讲究。吃饭也一样,高兴做就自己做点,不想做就叫外卖,或者下馆子。在天高皇帝远的岛上,没啥旧同事和熟人,如果愿意,他们可以成双入对,出入想去的场所。到了澳洲,他无拘无束,心胸敞开,浑身自由。

原先他用种种借口疏远简艾,尤其是过年过节,那是人不见影、鬼不见音,将他们之间严格限制在"地下工作"范畴,怕的是她将事情败露,压力在这上面。现在她远遁大岛,反过来愿意多去找她,不远重洋飞去找她,她那儿有自在,有灵和肉。

他不忍心抛开叶夜,又舍不得放弃简艾,两只脚迈得很开很远,踩在两大洲之间,日常开销自然大增。叶夜不过问,对他的经济,她只要求支付女儿的生活费及家用一部分,其他的任他支持老家。现在山东老家今非昔比,条件大好,也不需要太多支持,他将收入的一大把扔在两大洲之间,扔在简艾那头。

有安建军的输血,简艾在岛上,乐得不用上班,喝喝咖啡,晒晒太阳,优哉游哉。但安建军毕竟不在澳洲上班,尽管常飞悉尼,也不可能每天都去,连一周一次都做不到,顶多一月去几次,他还有其他地方的班次,还有许多行政工作在肩上。时间一长,她觉得无聊,孤冷得像嫦娥,没劲,开始撒腿往国内跑,悄悄飞到魔都,也不回父母家,找家中等的宾馆住下,打给他,他如果不飞,立马赶过去,两人幽个会,相互闻一闻、摸一摸、碰一碰。他对她来本市和他的幽会持谨慎心态,唯恐被人追踪。给她订了票,打发

363

她早早回去。过一阵子,她难耐孤寂,又飞过来,在这头龟缩几天再飞回去。人家双城记,在两个城市间生活,来回跑,他们玩的双洲记,在两大洲之间飞着调情。

7

C919首秀在即。几年前,他的一个祁徒弟离开公司,去了商飞做试飞机长。又是徒弟,五虎将、七大金刚座下,桃李满天。祁徒弟去美国试飞学校学习半年,那儿学最基础理论,真正上阵不一定管用,真才实学还得靠他安建军的经历和经验,以及他几十年堆砌起来的深藏肚子里的墨水。试飞的前前后后,师徒间的热线从不间断。

安建军多么想去试飞,但他离不开公司,作为试飞员,年龄有点大,徒弟去也代表他去,如果徒弟成功,他去估计越加没问题。

在试飞这件事上,安建军坦言,段早比自己更有发言权。段早许多首飞,尤其在青藏高原、在高高原机场的无数次起落,实际都带有试飞性质,他的那些独创性飞行,为飞界累积了许多原始资料,他的徒弟,也有去商飞公司做试飞员的。

安建军和祁徒前前后后谈了系列问题,从技术谈到应急处理,最后是安全。试飞试飞,安全仍是第一条。在他眼里,安全包含人身安全与飞机安全,两者相较,人身安全第一位,只要有了人,什么样的机都能试出来。

经过了地面滑行,低速滑、中速滑、高速滑,经过了抬机头测试,马上要上天了。安建军最关心的还是安全。

"尽管各方面都有信心,但还是要完善逃生通道,还是要备机组人员降落伞。"

"师傅,我们想不用这些。人在,机在,机不在,人——"

"人也在。"安建军迅速截断对方说,"准备了,反而用不上;但不准备,说不过去。"

他感叹无限。这件事,咱们已经落伍了。运-10不明智的下马,白白丢了三十年,现在拾将起来,只是追赶,不可能立马超车。国际市场大,国内市场增长更快,有了市场,不能没有本国造的飞机。试飞,就是试出安全边际,试出性能,争取有若干项指标凭着后发优势,超越B-737或A-320。

那天,应该是5月5日,他驾机等在滑行道上,被航空管制。旅客们在后面发着牢骚,尽找乘务员的碴。他是清楚的,那是在为C919处女秀腾地方、腾时间。等了半个来小时,C919上了天,地面就放行了。那三只这帮管制员可以呀,这么快就放开空域了。要是国外试飞,周围全是禁飞区。

同一年,海峡航路复线开通。

安建军生活上在两个女人之间徘徊,工作上仍响当当,在单位还是一个大金刚,而且是首席,王牌飞行员,横刀立马,威风凛凛。当年,北南向航路开通,就是他打的头阵,现在南北向要开通,飞行部想到的仍是他。那年开通位于海峡中线以西的民用航线,马政府心下不服气,表面还算配合,睁一眼闭一眼。现在政府换了,估计会出幺蛾子,但想想航线在己方一侧,跟人家八竿子打不着,应该没啥麻烦。他就不想去。

飞行部许总经理已是名副其实的一方大员,下辖A-320、A-330、B-737、B-777等五个大队,管着几千飞行员,亲自来做工作,显得对他很看重:"关键时还得老将出马。"

"出了这么多年轻、优秀飞行员,就别点我将了啊,是不是给年轻人多点历练?"

"那不一样,大梁啥时候都是大梁,不是椽子。"许总说。

"我推荐我徒弟去,他们飞得比我好了。"安建军掰着手指头说,"或者让段早门下人去。"

"美济岛首航,就是段氏的弟子去的。老段和弟子们着实风光了一把,成了光鲜人物。"

"这个大家都在谈,夸老段在首航和探险方面无限激情。"

"所以这次的海峡线还是你去,上次是北南,这回是南北,还是你来开锣,飞个圆通。"

"如果非要我去,我愿做第二机长,第一机长让年轻人上。"

许总踌躇了下,点点头:"同意。有你在旁掠阵,大伙放心。"

回想起来,他跟海峡算有缘分。飞过直航包机,直航班机,海峡航线……一条一条飞过,一步一步跨越,一晃这么多年过去了,这么多条线飞熟。原来的临时航线变成了固定航线,由香港中转航变成了直航,一点点在变化。他可是最佳见证人。

正式开飞那天,他坐副驾驶席,他一个南徒弟,一位年轻机长坐正席。他在右座,显得比左席轻松,飞着飞着,忽然发现航线附近出现两架F-16,慢悠悠地晃着。

"这是民航飞行,来军机干嘛?来监视,怕咱越线?"他愤愤地说。

话音未落,自己这一侧,忽闪出两架锃亮的雄鹰,也是战机,看形状,像歼-11,更像歼-16。四架飞机隔着中线对峙着。突然,己侧的歼-16一个侧翻滚,朝F16贴上去。F16见状,远远地飘了开去。只一合,胜负已分。眼见F-16遁走,歼-16也退了回来。犯贱!咱在自己一侧飞,战机来瞎凑啥热闹?还是老毛子说得对,有理无处讲时,还得看谁的拳头硬。

他笑着对南徒弟:"咱们飞咱们的。这一较量,哈哈,没有下回分解了,走。"

8

安建军下飞机,那三只等在外面,说心血来潮,临时请他喝个茶。和那三只一起的,还有搞通信的苗主任,多年前他们曾一块儿去意大利接设备,也是老朋友了。那三只当场为二人作了介绍。

安建军穿着白色的飞行服,说既然不喝酒喝茶,那我不回家,直接过去了。那三只说,我认识个茶老板,好茶已备,赶紧上车走。一行三人坐上苗主任的车来到那家茶室。茶老板是位四十左右的女士,笑呵呵地迎上来,亲自为他们洗茶、泡茶。和女老板初次照面,安建军吃了一大惊,她的相貌竟和叶夜年轻时有几分相像。见他发着愣,那三只说,看到漂亮女士发什么傻?她这儿可是正宗的云南普洱,茶品一流。女老板微微含笑,将一杯杯乌亮的普洱送到每人的眼前。

那三只已是管制中心的副主任,兼塔台主任,和苗主任同一级别,看样子来过这家茶室多次了。开始少不了谈些茶经。那三只说,喝茶止于普洱。苗主任端起小杯,咪了一小口,似在无穷回味。安建军说,我对茶是外行,但看见许多人都在喝武夷山岩茶,这个牛栏坑那个猪栏坑的,据说一泡要五六百,甚至上千元的,一斤要好几万,烧钱得很。苗主任不屑地说,岩茶好是好,也不算个啥,那是灌木茶,又矮又小,哪比得上普洱?那是乔木上摘的叶,云南的茶树有上千年的古树,几十米高,树大根深,能吃到地下数十米深的营养,能吸收地底几十种矿物质的元素,那样的茶才是真正的上等茶。安建军说也不能听你们的,谁都说自家的茶好,绿茶、岩茶、红茶也能说出自己的几十条好处。那三只说,跟你不懂茶的人说是对牛弹琴!只告诉你一句,普洱茶既有营养价值,也有药用价值,"喝茶止于普洱"不会错的。

367

安建军正要辩解,女老板眯眯一笑,从自己背后深处的茶罐中勾出一撮带点黄色的茶叶,装进身旁另一把紫砂壶,冲进刚烧开的泉水,说各位,这是1979年的普洱生茶,请诸位尝尝。那三只蹦起一尺高,说不懂茶的人来反而开好茶?我们都生炉火了。女老板不语,笑盈盈地只顾泡茶。生普洱泡出的茶,也是带澄黑的样色,和熟普洱差不多,但端起喝来,生涩清香,自有一股和熟茶不同的异味。三人都说好茶。那三只说,四十年的生普洱,这一泡,怕要一千元吧。女老板嘿嘿笑道,偶尔招待老朋友,不谈钱的问题。说完,款款起身,说句你们聊,离座,飘然而去。

苗主任戴副黑框近视眼镜,标准理工男的形象,却十分健谈,三人的谈话自然回到了和业务相关的话题。安建军问,这几年怎么不听三只你出国接设备了?那三只叹口气道,还能接哪家的设备?苗主任给每人续上一杯生普洱,说,别说三只,就是我们也少出去了,除了导航设备,其他设备都在逐步国产,谁让咱是制造业的头牌呢。那三只说,航管设备大多由了老外发明,但经过中国科技人的兼收并蓄,尤其是创造突破,国产的恩瑞特雷达真不赖,作用距离达到400公里,在多目标的处理上适合国情,目标融合的算法上比欧洲的航管雷达还先进那么一点。最主要,售后服务便当,在国内。

苗主任略一沉吟,说主要是市场,如果国内单位买得多,用得多,厂家改进也快,新旧换代更频繁。只要有需求,没有搞不出来的产品。那你们出国的机会不就少了?安建军说。都出去过了,不像八九十年代,听到出国,眼镜发绿。苗主任说。那三只冷不丁地问苗主任,听说你们正式升级自动化系统了?

自动化系统,说到底就是集成,将各种雷达信号收集起来,通过电脑运算,挑选出最优的信号给你们管制员用。苗主任怕在座的管制员和飞行员不明白,先作了一个解释。接着,他叹道,新的问题又出现了,这次是国内几家公司竞标,以低价者得标,结果中标者不一定是最理想的;我对低价中标一直持异议,但上面定的游戏规则如此,没办法。

血拼价格,国内同行也这样？安建军问。内部相煎何残忍？抢生意么,杀得山月昏蒙,血流成河,结果中标的单位比另外的单位低了差不多一千万。苗主任说。东西怎么样？各有千秋,不过还符合要求,半年前开的标,现在已经安装调试了。这么快？进度上比外商快多了,毕竟是勤劳的中国人么。

说到这儿,苗主任勾起回忆,说国产化的方向对头,民航设备和军用设备关联度高,原来美国、加拿大还卖我们雷达,现在雷神、洛克希德.马丁公司的电子设备,早已向我们封闭,我们能买的也是欧洲国家的二流货。安建军说,关键的东西还得靠自己,万一有一天,连欧洲人都不卖了,卡你脖子,难道我们的机场停摆？那三只说,还有一种可能,或许再过几年,人家也没什么可卖咱们的了。

苗主任说起乙方的安装调试人员,脸上表情肃穆。说开始觉得便宜没好货,人总盯着贵的东西,保险系数高,便宜的店家成本低,估计在服务上也逊色。咱们以进口设备一半的价钱买了国产的,已经便宜了许多,预算都花不完,没有一点担忧是不现实的。直到看见安装小组的工作人员跟想象中的不同,我们的想法才有了改变。乙方派出的应工程师带着一组年轻人来安装调试,给我们狠狠上了一课。

苗主任喝着四十年的普洱,嘴上江河滚滚。

我们设备部门的人朝八晚五,上班下班,但安装的应工和其他几个工作人员,早早就来到现场,每天七点钟到,晚十一点多离开。我们中有人说,这些个安装人员能吃苦。也有人说,挣奖金么,他们可能多劳多得。应组长回答,也没承包,都是工作一天算一天,跟收入无关,想早点结束、早点回去倒是真,家里头,单位里头事情太多。

软件组有个小姑娘,最年轻的工程师小胡,和男同胞一样,早起晚睡。

干到一个多月,咱技保中心的工作人员相信他们不是突击,搞项目大概都是如此,常态化,问题是收入也不比咱们高。

第二个月,我有所感动。他们一天三顿吃食堂,晚上十一点回住处吃熟泡面,想请他们吃顿饭,打打牙祭。我叫了几个室主任和工作人员作陪,大家摸份子钱,酒是从家里带的存货,红酒、白酒两种。共一桌,对方五人,己方六、七人。

周五晚上,应工等五人十分激动,六点准时应邀。没开动,应工就说:"我们是乙方,应该我们请的,现在怎么甲方请我们?"我说:"地主之谊。你们在这儿近两个月了,天天起得比鸟早,睡得比蛙晚,我们受感动。都是自己人,周末坐一坐,你们也歇个脚。"三十多岁的应工红了脸,不好意思的样子,说:"等项目结束了,兰所长来,我们请你们。""还不一样。"一室科长说,"被你们的拼劲打动,早该请了。"

看出来应工不会喝酒,为了表示诚意,他擎起白酒杯,满杯敬了我一杯。灌下去后,就咳红了脖子,眼中闪了闪泪光,转过头去擦掉。"好爽!"我方另一名科长说。接着,小胡姑娘端起杯说:"我们这几个人巧在一起,都不会喝,但今天情况不一样,不能喝也要喝。我就不信了,即便醉了难道比攻课题还难?领导,我表个态:一定保质保量完成工程!"我也不擅酒场,忙说:"我信,别喝了。"说时迟那时快,小胡一仰脖子,已满杯下肚。喝下后脸上绯红。我看了目瞪口呆,双手按住,说"请坐,各位都坐。这次咱不是搞项目投标评标,随意坐一坐,不用拼酒,请坐请坐。"接下来,对方个个如此,把我方惊住了。问他们为啥这样,应工诚意无限地说:"国品推动不易,多喝杯酒有啥?"

三个月后,进行软件调试,比前面更苦,常常干到半夜两三点。技保中心值夜班的陪同人员都吃不消。小胡姑娘瘦得衣服晃荡晃荡,差不多成了排骨,比吃啥样的减肥药都管用,就是太瘦了,瘦得弱不禁风,像随时会被风刮跑,但脸上仍是笑意绵绵。

安装调试工作终于结束,兰副所长来了,要请我们使用方吃饭。我说:"你们这拨人忒优秀,饭还是我请,在旁边的农家乐,便宜,酒也自己带,交个朋友。"听到交朋友,兰所长特高兴,说:"好好,您请,我埋单。""哎,先不说这事,先吃饭"我想起上次应工他们喝酒的拼劲,不忍地说:"我也不大喝酒,就点菜喝茶"兰所长矫情地说:"我想喝几口,表示心意。其他人不能喝,可以茶代。"我对上次喝酒时应、胡等人的表现印象深刻,不想为难年轻人了,说:"喝不喝酒随意,我改喝茶。"

一上阵,还是认真无比。兰所长、应工、小胡等人异口同声地谢甲方。我说:"把我们当外人了是不是?"见兰所长、应工、小胡他们个个不倒茶,壮怀激烈地注满白酒,我只得换下杯子陪酒。席间,兰所长、应工、小胡等人不管能不能喝,会不会喝,一律挨个敬我们。

快结束了,我俯耳过去,几乎抵着兰所长的耳朵说:"设备扩容,我这儿缺人手,把他们几个留下给我咋样?"兰所长闻言,脸色铁青,重重摇头,说:"呵,开玩笑?""不开玩笑,真的。一方面他们熟悉设备,业务精;另一方面,也给咱们的人看看,他们比我们能吃苦。""想撬墙脚?那可不行。小应是咱所里的技术骨干。小胡么,有了对象,马上要结婚,都在一个城市,你想让他们牛郎织女?"说着,兰所长自顾自喝下一杯白酒,"不满您苗主任,咱们出来的人和在家的人,干活都拼,都这样。嘿嘿,乙方么,都这样。"

苗主任收起回忆模式,感慨地说:"目前,自动化系统主要是处理雷达群取回的信号,但形势正在起变化,太空中的卫星正成为未来航行新技术的脊梁。装有广播式自动相关监视系统(ADS-B)的飞机,可以每时每刻发送通过卫星定位自己在空中的位置,包括客机、货机和通用航空的各类固定翼小飞机和直升机。一旦 ADS-B 得到普及运用,将和地面雷达相辅相成。"

那三只眨了眨他的一双眼睛,陪着哼哈了一声:"嘿,未来的事情,可以预知,也是未知的。"

苗主任说:"有些还是可预知的。"

9

飞行部又在对名单,对着名册,将安建军的名字排在前头。那是又要去接新机,接了空客 A-380,接下来接 A-350、B-787,都是银河系最新款。最新款的机,必须要大咖去接,必须要主要领导去领。

上回接 A-380,他去了,鲜花、掌声、美眉、红地毯、宴会。登上两层客舱,好似两个阶层,一楼普通舱,乘普通工农。二楼头等舱、商务舱,坐着富人和高管。现在又要去迎接 A-350、B-787。这几年,俄罗斯因克里米亚受西方制裁,全球油价高台穷跳水,航空公司赚得盆满钵满,引入飞机的豪华程度超过生产国自己。顶级的头等、商务舱配置,先进的客服系统,空中美食,开启飞行新时代。飞机不再只是交通工具,已上升为一种生活方式,旅行中的生活方式,带来视觉、听觉、嗅觉、味觉、触觉的全新人生体验。

"我不再去接新机了,只管飞,做好手上的活,为公司多带几个弟子。"

"但是,许多顶尖的活,离不开你。"上级反过来做他的工作。

"年轻的飞行员成长很快,多给他们些平台。"

"难道你老了?哈哈。"

"真的老了,飞着飞着,一夜之间突然就老了。过几年,退休了。"

"即使到了法定退休年龄,凭你身上的技术,可以继续聘,卸下行政职务,专心从事飞行,飞它个天翻地覆、乾坤颠倒。"

"谢谢,已经天翻地覆了。"

女儿安叶要出国,下定了决心出去。安叶读书一般,没能遗传父亲学习方面的基因,在安建军的严令下,必须经过高考的洗礼。第一年没考上继续复习,第二年勉强考了个外地二本,专业也不尴不尬。大学毕业了,考虑来考虑去,还是出去读几年所谓的研究生。国外的学校,除了少数高精尖的,大部分有钱就能入门,混个几年准保出来。女儿坚持要出去,父母没法硬拧,不管怎样,要读书总归是好事,得支持。安叶已隐约悟到父母的关系,说出国读研后可能在那边工作几年,也可能毕业后回来,要看当时情况。叶夜伤心得直哭,哭得悲天恸地,好像女儿永远不回来似的。

一般,女儿出国父亲哭,母亲无所谓,但叶夜不同,像巢中的老燕,眼巴巴瞧着小燕翅膀长硬了飞走。由女儿联想到年迈的父母。前不久,叶夜蛮健朗的双亲忽然写下了遗书,主要意思有两条:一是复兴邨的老宅,他弟弟占三分之二,她占三分之一;二是一旦生命大限将期,不做切割器官之类的灾难性抢救,自愿安乐死,与儿女的孝悌无关……不禁悲从中来,再也忍不住,哭得泪人一般。飞机起飞久了,她还在那不停地抹眼泪。安建军好不容易才把她哄劝回车上,开回家。

安叶不出去不清楚,出了国才了解,国外的学校良莠不齐,有的好,但多数烂,国内的学生好骗。在外的大批所谓的"留学生"中,有读研的,也有许多惧怕高考、出去读本科的,出去了才晓得,国外的教育真是个赚钱的机器,招生宣传说得花好稻好,到了那边,才清楚人家不过为了搜刮你口袋里的银子。国内的父母省吃俭用,平时叫辆出租都不舍,但愿意大把砸钱给一些野鸡学校,丝毫不觉心疼。外面的世界好混、自由,读书以后

373

随便找个事,也算有了海外工作经历,笑话一茬接一茬。安叶所在学校,前几届有个毕业生谎称在外找了工作,上着班,骗家里、骗父母、骗朋友,其实人两年前已逃到了广州,在某家公司打工,后不巧被人认出,才揭破谎言。

安叶到了外头,学校着实一般,明知情况不对,也难以回头,硬着头皮苦撑,要是半路杀回,周围唾沫星子都把你淹死。反正旁边这么多人在混,好歹混个文凭回去再说。

有些情况安建军反而知晓,他长期飞国际,周围朋友、同事一大圈,对国外鱼目混珠、见钱眼开的办学特征哪有不知?但安叶已听了他参加国内高考,并且考上了大学,虽然不太好,但总归有了高考及国内上大学的经历,这才同意放她出去蹭蹭热度。先放出去,哪怕吃点亏,走点弯路,几年后再作打算。

10

评选十名超级五星机长的消息传遍了Ｂ公司的角角落落。前些年,公司已经遴选出五星级机长两百名,都是飞行时间超过13000小时、技术精湛的教员级以上机长。安建军、段早,以及和安建军同机试飞极地、救援北非的养机长、揭机长自然在列。许多资深机长为获取五星机长,犹如当年评将军、元帅那样,争得吹胡子瞪眼睛,上了五星机长,名声、待遇自然不同。眼下,在全国筛选超五星级机长,自是飞行塔尖的殊荣。但对大部分飞行员来说,这个题目过大,显然只有五星级机长里的少数分子才有机会参与。

超五星机长名额稀少,条件苛刻,设置了飞行时间、处置特情能力、带教小飞成绩、完成急难险重任务次数、立功受奖情况等二十项硬杠杠。许多机长望条件兴叹,知道那是只供欣赏的风景。

在安建军眼里,这超五星机长的身份,精神层面大于实际意义,不过是个浮名,拥不拥有都无所谓,自开始就抱着懒洋洋的心态。但他手下田徒、南徒、尤徒等一群弟子不干,将师傅的荣誉看得比自己的还重,尤其看到段早的弟子们四处摇旗,其他金刚也在积极活动,主动帮他填表整材料,上报公司。

揭机长曾跟着安建军走北非,在飞行部也算有点名气。这天,他怀着捡漏的心情,趑进人力资源部。见有二十来人递材料,啥也不说,别转屁股就走。

出门碰见养机长。揭机长说,养机长来交申报材料?不,路过,你呢?养机长说。哦,也是路过,路过,回见。再见。

七大金刚排名老七的养芯鑫机长名声比揭机长响,人力部那位曾经的导弹兵认得他,问他是不是来交材料?养机长的怀里的确揣了份材料,不过他做得缜密,将那几张纸折了又折,叠成64K塞在西装的内口袋,手上又没带包,一副空手的样子。养机长毕竟趟过极地,大风大浪见多了,心思被对方点破,也不紧张,像极随意地问,有哪些人报名?前导弹兵说出了一串人的名字。养机长听了,低头嘘叹一声,归自离开。

江湖盛传的七大金刚有五人上报了材料,另有多名各方面有特长的顶尖机长也递交了申请。面对上来的二十多名申报者,机关职能部门联合办公,将指标再细化,对飞过几次首航、飞过几次专包机、立过几次三等功几次二等功——比对,最后实在砍不下去了,留下十个名字上报公司。公司领导班子先后开了两次小会,认为全国大小航司数十家,像B公司这样的超大型公司也不止一家,上报名额不能太多,但也不能太讲风格,当场卡掉一半,选了优中优的五名机长上报。这五名上报者里,竟有四名属七大金刚之列。群众的眼睛还是蛮亮的。

消息很快反馈回来：B公司自不量力，全国十名，你一家公司再厉害，也不能弄五名，你以为你是谁？退回去，最多三名。公司领导把机关同志训一顿：怎么把的关，瞎报八报，材料重新整！机关部门负责同志心里嘀咕：你们说往宽里掌握的。但在做法上老实了，紧抠严抠，将人员锁定在三人之内。领导层瞧着三名候选人知名度挺高，在全国乃至全球都有点影响力，大笔一挥，传阅通过。

过了几天，上面再次反馈：超五星机长，更多的是象征意义，从严掌握，一定要挑选政治坚定、飞行技术真正过硬、在业内有重要影响的样板机长。最后给B公司的名额为两名，绝无讨价还价的余地。

原先上报的三个人，已经是万里挑一的飞行员了。安建军去人力部核材料时，负责人坦言，砍到只剩下三人时，他们的手都软了。那负责人说，你安老师是早期的研究生学历开飞机的，教授级的飞行大师。安建军忙挡手道，别，别抬我，我走了。

那天，他亲眼看到了另两名机长的资料。一位是前几年从空军退役的特级战机飞行员，刘机长曾是东部战区空军主力部队的战斗英雄，王牌飞行员，中组部表彰的优秀党员，多次驾机在东海上空与外国战机翻筋斗、兜圈子、捉迷藏，为护卫国家领空立过两次二等功，由于年龄原因退役至民航开客机。刘机长来公司后，虚心好学，工作忘我，成为飞行界的一杆旗子。另一名就是他的学长段早。

段早是另一个中队的中队长，也是前几年上级硬按上去的。当了个小官，他的臭脾气改了不少，变得谦和一些了。他虽然长得小眼睛、大个子，文凭没安建军高，但外粗内慧，爱学习，乐于提炼总结，渐渐演变成了一名学者型飞行员。他对高原机场、高高原机场的探究独树一帜，除却境内的青藏，他还自费去过尼泊尔、秘鲁、玻利维亚、厄瓜多尔等国，实地考察各地高高原机场的气候、地形特征，分析出了高高原机场的普遍规律和个体化差异,形成了洋洋十余万字的文献资料。他将研究资料无偿提供给母校教学用。飞行学院的老师们收到这份礼物,激动得双手发抖,亲切地将它冠名"高原宝典"。

三人各有千秋,优势互长,但上面给定的名额只有两个,三选一,公司难,他们本人也难。这已不是一般的筛选,而是名份的较量。自古有"穷人为生存而急,富人为名誉而战"之说,到了这一步,他们即便自己想退,但他们所在的部门、他们的拥趸也不答应,底下人纷纷站队,各自拿出拼刺刀的劲头,为自己心中的那杆旗帜助阵。经过分析,普遍认为,刘机长尽管不是公司的元老,因为有军方战斗英雄的背景,从政治角度出发,被刷下的可能性极小,那唯一的取舍将在两大金刚之间,也就是在安和段之中去掉一个。竞争到白热化阶段。各种小道消息满街传,安建军的那名消息灵通的田徒半夜打电话给他,说打听实了,明天开会最后敲定,一把手的意见比较明确,倾向于他安大金刚。安建军反而睡不着了,翻来覆去睡不着,迷迷糊糊好不容易熬到天明。

他赶在集团公司一把手进办公室前堵住了对方。严肃地说:申请退出,请公司将刘机长和段机长上报。

"为什么?"一把手疑惑地说,"老段虽然有料,毕竟今年就退休了,还是你老安比较合适。"

"超五星机长主要是象征性的,给广大飞行员一种心理支持,无所谓退休不退休,再说,我也离退不远了。唉,正因为他即将退休,才要给他,否则以后怕没机会了。"

"人家打破头在争,你反而想退出?"对方不信地打量他几眼,说,"你这个理由不充分。"

"呃,这个,我跟您说实话,领导,我有人格缺陷。"

"啥,你有人格缺陷?哈哈,我们怎么不晓得?"

377

安建军瞧了瞧四周,细声说:"这是秘密,我的个人隐私。"

"呃,你啥意思,到底演的哪一出?"一把手皱眉道。

"关于家事方面的,但我不能说,以后有机会单独汇报。"他捂起一只手成喇叭状,"这是真的,如果您不信,我可以挨个跟领导说,但我想还是不用那么麻烦了。这样高规格的荣誉,倘若有啥瑕疵,我倒无所谓,主要怕影响集团形象,公司被动、被动。"

集团公司领导班子不敢弄险,既然安建军自己提出有不便说的"坏料",说不定真有瑕疵,还是稳妥些的好,免得别人举报。将名额给了段早。

段早拿到了超五星机长的头衔,心底并不高兴,感觉像是安建军故意让的。他找到公司领导,说安建军不要,他也不想要,有冕的不如无冕的。领导说放屁,上面已批复,这么重要的荣誉,哪能随意推来推去?!

十六、岸 在 此 处

1

简艾如太平洋上的热带气旋,哗地刮回了国内。和他联系了,后天,他不飞,约他在六和塔聚茶。

他答应下来。不就六和塔,杭州吗?也就个把小时的火车,去就去。如此严肃,如此凝重,看来这次她要改变游戏规则,找他彻谈。他内心做足了准备,等她怎么开口。

"君生我未生,我生君已老……"

"停,停,停。"他连连截断,"破词,别往下续了,念了伤感。写的就是我,说我老了。"他望着面前钱塘江奔涌不息的东流水,"你要我怎么样?"

"不想你怎么样。我有言在先,二十多年前就有言,不需要你担当,也不需要你承诺什么,我可以等到地老天荒。"

"我知道,在这件事上,我很荒诞。"

"人这一生,相当于一次长途旅行,无所谓荒诞与平淡。"

他扼腕叹息道:"你知道的,她身体有病,不能太那个。"

"对,她头疼,不能受刺激……这个话,我听了N年。"

谈到后来,他上了火气,发火,她就哭,呜呜地哭。女人一哭,男人就软。话题无法深入。他们坐火车回到本市,他替她找了宾馆,安顿好,回到自己家,晚十一点了。一夜无话。

次日,他不飞,去公司开了个会后回家。待他在客厅坐定,叶夜瞟了他几眼,发出一声寡淡的叹息,说:"她回来啦?"

"谁?"他惊疑万状,手中的报纸差点落地上。

"还需要我点名字吗?这么多年了,我一直忌讳说出她的名字。"她尽量保持着平静,但还是有些激动,"我开始时猜,后来托同事及徒弟们暗中打听,有个原先的空乘——照片我见过……弟子们说,这点小事,还不分分秒秒的事?要人肉都没问题。但我不同意人肉啥的。昨天,有人帮我截屏她的微信,证明她回到了本市,自拍的图片对着外白渡桥微笑。她是在挑战什么。"

他踌躇半响。说:"知道多久了。"

"真以为我戆大?毕竟我也是公司的老人。我是给你最充分的空间和自由,绝不等于不掌握实情。女儿出国前,出于种种顾虑,我一直隐忍和回避,等你自悟,另一方面,也是成全你五虎将和七大金刚的虚名。但是,你整出这些个出圈子的烂事,瞎到了不能再瞎的地步……"

"……虚名害人。"他浑身像被抽干了一般,瘫在沙发上,有气无力地说。

不是虚伪,他是真的佩服她大家闺秀的度量和涵养,肚子里藏这么久。桌子终于翻了,他预演了无数次的剧情还是发生了,该来的自会来,避不开,逃不走。他对此已做足了准备,准备了二十年,一旦爆发,还是突然。令他想不到的是,她没有大吵大闹,没有哭着喊着,没有甩散了头发寻死寻活,倒像在和他谈一件平淡得不能再平淡的平常事。这就是叶夜。

"跟你那么多年,难道你不给她一个像样的交代,情何以堪?"

叶夜的内心山呼海啸,却说出了无比寻常的一句。她还在帮别人说话,也没有骂出狐狸精之类的糙话。

"想不到这句由你说出。"他佩服得要哭,世上竟有这样的女人,"我情愿你大骂大闹,甚至撕碎我脸,可是。"他还是由衷地说,"这话你不想听,但我还是要说,你实在太名媛了,我恨不得——"

"这话的确逆耳,我不需要这种帽子,不需要贞节牌坊。"她缓了口气,"其实,我们几个都是上辈子就对错了榫。我早想好了,作为一个女人,替自己鸣不平,也为她不平。"

"……"他如百爪挠心。

"作为一个女人,我不愿两人分摊一个男人,你不要脸,我还怕败门风呢。所以,咱俩的事到此做一拗断。"

他望着窗外渐渐西斜的太阳,耷拉下脑袋,万分遗憾地说:"难道,咱们的关系就同落山的夕阳一样,无可挽回了吗?"

"你想挽回什么?真无耻!难道你真想过一妻一妾的生活?你是中队长,如果单位晓得,能饶你!嘿,我已熬得厌倦,心力交瘁,终于熬到了女儿出国,我们可以正式拗断了。"她含泪道,"活到这把年纪,只想简单,不想将原本的直肠扭成麻花肠子生活。"

听到这,安建军如被流弹射中,浑身颤抖。叶夜说得不错,尽管他和简艾你情我愿,但说到底是违反党员干部生活纪律的。天下没有不漏风的墙,叶夜那个机灵无比的弟子齐儿姑娘,早帮她比对出了照片上的人就是前空乘简艾。单位上也似乎听见了啥风声,旁敲侧击地提点过他。他虽有五虎将的护身符,但正如叶夜说的,他是漏网之虾,组织上说处理就能处理的。他和简艾再狡狯、再小心,又能藏到哪一天?安建军愁肠百结。他俩的结合,本就是叶夜降尊纡贵;他与简艾的苟合,错的也在他,几乎跟叶夜无关。这时,他不知该说什么,也不知怎么说好,只觉眼中的泪像泉水一样涌了出来,怎么擦也擦不干。

既然镜子已裂到难圆的程度,接下来谈实质性问题。

"财产方面我不会独吞,独吞有什么用?有你一半。"

"本身全是我的责,要分,当然是我割地赔款,净身出,怎么还好意思和你分家产?"他满脸哭腔。

"你失信我却不能失义,你再十恶不赦,是流氓是土匪是强盗,总归夫妻一场,我念旧,分一半你。值钱的就房子,两套,一套单位分的,出租着,一套就是现在住的,女儿要回来,这套就不给你了,单位那套你拿去。我自己有退休金,还有复兴邨的老屋,生活足够,多了也无益。"

"不,不用。这套归你,单位分的过在女儿名下,她还要读书,开销少不了。"他恨地无缝。

"如果你真净身,往哪里去?租房?考虑清楚,到时别后悔。"

他思虑片刻,说:"我走。既然到了这一步,我七大金刚、五虎将的,也没有脸留在这儿,留在单位,要走就彻底走,远走。"

"去哪?"

"她在那边有间小房,我也遁去孤岛。"

"真要告别伴随了几十年的云海、蓝天?"

"飞了四十多年,也快六十了,有点累,想彻底歇息了。"

他没有要那一半财产,任凭叶夜说得多么真心诚意,他说过不要就不要,带走的只是他的衣服和书籍。专门选了个她不在家,叫了部小货车和一个工人,上下几趟,将自己的家底搬上小卡,悄然离去。他不再告别,不喜欢告别,怕告别。他无限留恋地瞥了几眼他生活了多年的巢穴,轻轻地将房门的钥匙藏在门口的脚垫下,离开。

人家鸡飞狗跳离婚,找律师等判决,他们和平地分手。缘份尽了,自然散伙。人这一辈子,认识的每一个人都是缘份,这些人不会无缘无故地出现,也不会无缘无故地消失,每一个人只能陪你走那么一段人生路,不可能从出生到死亡,一路陪伴到底,包括妻子、儿女。从此,他告别家庭,告别驾杆,告别机舱,告别周围的副驾、机长、空乘、领导,告别赋予他人生的飞行世界。

　　天上飞着时不觉得,一朝辞别,感觉驾杆、脚舵、满舱的仪器也有知觉,默默地望着他,虽不说话,却似在诉说着千言万语。那么熟悉的驾驶舱、挡风玻璃、仪表盘,从此再也见不着了,再见也只能在梦里,在影视里、照片里。一旦告别,这辈子不会再回来,下辈子也说不准,谁知道有没有下辈子?这一间间并不宽敞的驾驶室,不同的驾驶室,曾伴随他四十多年,在这里,能看见最蓝的天、最白的云、最明的月、最亮的星、最艳的阳光、最纯洁的雪。在这里,他看惯了窗外的日出日落,见多了天上的云卷云舒。可是要告别了——总要告别的,四十多年啊,怎么一闪眼就溜过了?从此,地上天上,只有印记与怀念,不会再同处一室,不会再一起越过万水千山。

　　他飞回最后一程,望望不能再熟悉的机长座椅时,他的关门徒弟,也是最后一次伴飞的尤副驾憋不住哽咽了一下,且由哽咽到啜泣到号啕。他轻轻摸摸弟子的头发,嘴里说着:"男儿有泪不轻弹"之类的话,眼中的泪也像决堤的水,溢成了灾,怎么也止不住。他不相信,自己这个年龄还会泪如泉涌。

　　他消失在飞行圈,消失在嘈杂拥挤的大都市,消失在媒体不时采访的版面上,离开了。同事们谈论他、念叨他,渐渐地,被新的热点覆盖、淹埋。曾经的五虎、七金刚之一的飞行儒将安建军先生,像风一样消失了,淡出在人们的视野中、耳膜中。

　　他暗下决心,退之后,就是隐。居庙堂为道,隐山林也为道。冬夏读书,春秋莳花,不再交际应酬,绝断宾客往来,夜灯纸书花草,直至生命尽头。

2

安建军登上去澳洲的班机,和简艾相会。

他离开了行业,没有了机长工作证,自然也失去了走内部通道的资格,只能和普通旅客一起排队过安检。远远瞅见那个图像专家季忆深在岗,目光精炼地审视着过往的件件行李。趁她没发现,他一个侧转身,溜去最边远一个通道。他的心脏怦怦地跳个不停,想不到此时会如此地惧怕熟人。

他没有选乘原公司的航班,也没选国内几大航的飞机,坐了澳航的。他忌惮国内航的班机上有熟人熟脸,即使不是他曾经工作了几十年的公司,其他国内航,也有他的校友、同学、徒子徒孙,碰上就得打招呼,对不同的人编不同的词,尴尬,麻烦,倒不如坐趟外航的,戴上墨镜,坐着打瞌睡,晃着摇着就抵达了。

他多次来澳洲,近几年更是反复来,那是他的工作,开着飞机来,有时过一晚,有时待几天,机场、城市、花草都谙熟。他对澳洲的这块土地,历来有偏见,那是英国人流放囚犯的地方,至今都残留着愚昧、罪恶与荒凉,像凝固的冷雪一样没有完全开化。但简艾这条美人鱼在这儿,他不得不横跨波涛,踏浪前来相会。

这次来,与前面不同,他是坐着飞机来,与驾驶舱无关,卸下了工作,前来居家,过"家庭生活"。一路上,他甩下了工作的重压,不用飞得天旋地转,不用担心整架飞机和一机旅客的安危。不开飞机,不用握杆蹬舵,脑袋闲着,却是浮思联翩。

他如此义无反顾地奔赴海外,到底为了哪桩?为图清静?想告老当寓公?澳洲并非他的心仪之地,如果真去海外颐养天年,他既不会选择没有根的美、加，更不是孤岛中的澳洲，而是文化厚重的欧洲。若为爱情故？他对叶夜也有爱情，没有爱不会结婚。对简艾也有情，无情不会走到今天。而鱼和熊掌不可兼得。他的这次出走，是偶然，也是必然，他的毅然远去，是对人生的无限感叹。他少小离家，一生劳碌，一辈子的时间和精力都挂在工作上，几十年弹指一挥间，蓦然回首，已暮色苍茫，该白的头发已白，想象中该有的经历却没有经历——几乎从未悠闲地生活过，内心想补这一课。简艾比他小二十来岁，在她身上能补回许多，和她在一起，就是对青春逝去的无奈回望，对光阴流失的辛酸追忆。为此，他撇下原有家庭，撇下握了一辈子的驾杆，依然跑到这海岛，希望能捉住最后一段人生的美妙。

他的这次前来，是对她二十多年苦等干等给出的交代，为他俩正式的"夫妻生活"正名。以前虽然也浪漫地共剪西窗烛，但那是偷偷摸摸地陈仓暗度，是上不了桌面的婚外情、婚外姻，每回见面都像做贼，避开熟人，人多的公众场合那是万万不敢去，一切都在暗处，在地下，怕见光。这次不同，和叶夜解除了婚约，真正的自由身，光明正大地来，自由自在地走在街上，不背包袱，轻装上阵，两人可手挽手地看海、逛公园，买东西时即便撞见熟人，顶多笑一笑，眨眨眼。但他更多的时间还是宅在家里读书枯坐。

简艾和他不同，不愿深锁闺阁，绝宾客之往来，倒希望撞见国内偶尔来的朋友、熟人，当着人面秀秀她藏了不知多少年的恩爱。显然这是奢望。在这鸟不生蛋的岛国，一共才三千万人，相当于魔都一个城市，要偶遇朋友，好比中了六合大彩。从国内过去的少数朋友，跟团的跟团，自由行的自由行，日程排得贼满，根本无暇拜访他们。周围的邻居各扫门前雪，才不来关心你有没有男人，男人是家是野，是婚姻还是同居，跟他们无关。安建军进了门，简艾趾高气扬，不时想显摆下，说："去不去公司在这儿的办事处瞧瞧？能遇见个把熟人。"

"不去不去。"他一句否定,"你能去,我却不能。"

"为什么？"

"不工作了,就不见面。我目前的情况,见了面,能说啥？"他沉下脸说,"我可是有言在先的,来此是隐而居,退避一切人际关系,观潮汐晒月亮,否则也不会躲到这偏远旮旯儿的地方来了。"

两人闹个不开心。她妥协,不再提找朋友、同事的事。她想公开他们,却没人作证。终于想到个辙,不是有网,有微信吗？背着他,将他们的生活照、居家休闲照晒几张在手机上。他晓得后大发雷霆,逼她立下军令状：下不为例！如若违反,他立即拎包回国。她脸色煞白,不得不做出保证。凭良心,她是个听话的乖乖女。乖女总想开导他,开导他别将自己封存、关闭在狭窄的天地里,开导他要勇敢地迎接人生的第二春。

一次,她和他在屋外不远的树林中散步。不知不觉中,太阳挂在一株枝叶葳蕤的树梢,快落山了,她又借机引出"切不可悲观,积极开启第二人生"的话题。她手托腮帮子,幽幽地说："夕阳晼晚西沉,近黄昏了。"

见她双眸死盯着西边,似有深意。他说："有什么特别吗？东方升起,西方落下,很正常呵。"

"忽然想起飞航班时,机舱里的液晶屏上,不时显现飞机移动的轨迹,镜头拉远时,显示出整个地球,这个椭圆形的球体上,永远是一半黑夜,一半光明。亮与暗的中间,有一条模糊的分界线,线东为白昼,线西为黑夜。"

"那叫晨昏线。"

"不错,是早晨和黄昏的分界线。"她正起小腰板,斜睨着落日方向,"我这些天一直在考虑这个问题,昏晨一线之差,晨昏一念之间,关键是怎么看,从哪边看。"

"很简单,线东的人看,是那条太阳落山的线,西边的人看,是条太阳升起的线,所以叫晨昏线,其实,也可以叫昏晨线。"

"妙就妙在这儿,一条线有两种说法,两个含义。"说完,她双目含水,直视着他,眼波中满是内容。

他蓦然反应过来:"你是在比喻我。"

"正是。你从东面看,退隐世界,繁花落尽;但从西面向东看,阳光初升,汐落潮涨,新的人生刚刚起航。不是挺有意思吗?"

"你是专门说给我听的,后面还有潜词。"他说。

她立马接口道:"晨昏线,反着说就是昏晨线,黄昏与早晨的分界线,也就是将花开花落演说成花落花开,花凋了是为了再开,往后看是失望,往前看却是希望,是不是?"

"算你这句话上点水平。"他哼了声,"这是佛系人说的话吗?"

"你说呢?"简艾妖媚地贴上去,"唉嘿,有男人的感觉真好。"

"你也是上苍送给我的大礼,真的喜欢。实际上,第一次见你,就有好感,阿里之行,始生情,但由于家庭、公司、社会的原因,只能将你冷藏,自己拼命忍着,为的是护你,不是毁你。"

"这些话,为什么现在才说?"

"不想误你,毕竟相差二十岁,一代人。"

简艾泪眼婆娑,说:"可千万别藏着。余生有限,何不鼓足神气,再朝日升起一回?"

他何尝不明白。以他的阅历,自然知晓晨曦胜于夕阳。晨曦之光,又鲜嫩又温柔,恰似呱呱坠地的婴儿,给人无限的想象。而夕阳虽然壮美,却如一位耄耋老人,摇摇晃晃地往山下走去,只能是一种凄婉之美。但晨光太早,早得许多人尚在睡梦之中,已喷薄而出,其作用不过是温和的唤醒,使人无缘赏析。即便有人起在朝日之先,为的是赶火车乘飞机,亦不及往窗外张望几眼,便忙于洗漱、更衣、早餐,一门心思全在当日的日程上,根本无暇欣赏正朝天地微笑的那轮红日。万一真有那么一天,既不睡懒觉,又不用摸早去上班或赶考,也绝不会珍惜眼前的美艳,自以为年轻,来日漫长,有的是机会,留待以后吧,明日复明日,明年复来年,待真正想欣赏时,蓦然发觉年事已高。倒是夕阳,虽已西沉,离那线黛山不远,却因工作之余,一天繁忙之后,人变得轻松而释怀,才有心情去细赏,从从容容去品味那轮不断溅落的残阳的诗意,才有人道出夕阳无限的种种缅怀,将无数溢美之词奉献。说到底,那实在是无奈之举。倘若能气定神闲地观朝日晨光,何苦去看衰哀的残照呢。既然趁不了早看日出,只有退而求其次观西去的落日,日出是日,日落也是日,哪个不是日?只是角度不同。按简艾的说法,东看是日落,西看便是日出了。

3

安建军到了澳洲,轻松,悠闲得无事可做。

他们的住所附近,有一片桉树和其他杂树混成的林子,每天上午有一群一群的鸟来觅食。他观察了几天,发现来鸟有规律,九点多飞来一批,先在树梢上停一停,叫一叫,随后扑到草地上,左啄啄右叼叼,找点小虫小果啥的,一会飞走了。十点多,又来一批,也在树上歇一歇,然后闪闪翅膀跳到草地上,东叼叼西啄啄,过一二十分钟又飞走了。

他对鸟有特别的情感。他是飞者,飞机之所以会飞,就是有翅膀,汽车、轮船也有动力,但飞不起来,就是少了翅膀。人类发明飞机,主要是从飞鸟获取灵感,通过观察鸟的翅膀,设计出机翼,最终捣鼓出了飞机。他忽发奇想:既然闲得发闷,不如花点时间在鸟儿身上。

早听人说,澳大利亚的鸟爱吃面包。他就跑去周边的超市,专找那些马上要过保质期、临近扔垃圾箱的面包。到了保质期,人不让吃,不等于鸟不能吃。到了保质期的面包,卖不出去的,店家准备扔垃圾桶的,见有买家,巴不得地打大折售出,基本是买一送十,即便全送,有时也能谈下来,——店家还省得化力气化时间去处理。他将买来的一大堆面包分类,软的归软的,硬的归硬的。储备了充足的食物,等候飞鸟的光临。

上午九点半左右,一群黑乎乎的小鸟飞临小树林的上空,盘旋一圈,停在树枝,叽叽喳喳一番商量,飞到草地上。忽然,天外飞来条状的面包,撒出来一片,又撒出来一片。小鸟们愣了愣,其中一只领头鸟扑过来,啄着面包条,开心地吞进肚里。其他的鸟见状,慢慢围上来,如法炮制。这里的鸟不惧人,见人喂食,开始有点犹豫,瞧着他面善的模样,又不停地扔面包过来,才相信天上确实会掉馅饼,却不是天,是他安建军这个人,掉的也不是馅饼,是面包。小鸟吃饱了,将尖嘴巴在草地上来回磨了磨,欢天喜地飞走了。

十点半,飞来一群大鸟,长着白羽毛,长嘴巴,几乎比九点半来的黑鸟大一倍。白鸟们在空中盘旋两圈,像直升机一样降落下来。他不认识这些鸟类,也不想知道它们的名字,管它白鸟黑鸟,记那些稀奇古怪的名字没必要,也没意义。

安建军使劲甩出面包条,朝白鸟身旁扔过去。这次他选的是硬面包,也被他切成了一条一条。白鸟们不似黑鸟那么狐疑,相信这是安全食品,上来直接撕扯,囫囵吞进肚子。白鸟个头大,饭量也大,他喂出两大袋面包条,才将那群白鸟摆平。

黑鸟白鸟依次来过,上午的喂鸟工作宣告收官。尤其是那群白鸟,享用完他喂的硬面包,起飞后有意在他面前缓缓盘了一圈,喳喳喳地叫个不停,似在说着感激的话。可惜他听不懂鸟语,估计它们说的是那个意思。他对着远去的鸟群,说了声"再见",轻掸裤脚,正想拔腿回家,背后有娇笑

389

声传来。

他侧目。简艾用手机帮他连拍了几张,说:"抓拍,绝不是摆拍,神态超自然。主题:慈善之举,人和动物的和谐。"他慢腾腾地说:"面包几乎不花钱,花点力气。""你是在做功德。"他自嘲地说:"真悲剧,想不到有朝一日成了喂鸟公。""不许你这么说,你这是人和自然的合拍,也是新生活的开始。"

这样的行动就成了安建军的日常。每隔三五天,他会去超市,收集临近保质期的软面包、硬面包,装成两个大纸箱带回家。三回五回一去,超市卖面包的打工妹已认得他这张脸,会将到期的面包提前整理出来放一边,等他来收,只是象征性地收点费用。他付出更多的是体力。至于时间,他眼下比较富余,除了看书,上午就是两次和鸟儿打交道。九点半,等那一群小黑鸟,他将撕碎成条的软面包扔出去,鸟儿们一边啄食,一边在草地上嬉闹。十点半,对应一群大白鸟,将削好的硬面包甩出去,鸟儿们认识他了,边吃边和他呱呱地叫几声,算是联络感情。

固定在这一带活动的黑鸟、白鸟非常守时,而且像事先沟通过的,九点半黑鸟先来,吃了他的面包,半小时后自动离去,决不拖泥带水。十点半,白鸟们准时光临,开心地享用它们的工作午餐,也是追逐打闹半小时后离去。黑白鸟群从不撞车。约定成俗后鸟儿们幸福异常,安建军却从有趣变成了负担,成了类似于天天遛狗一样的必备功课。下雨天,他得举着伞扔面包条,倘若到了时间没出现,鸟儿们会不停地在草地上空盘旋,啾啾咕咕地叫个不休。偶尔遇到身体不适,本打算在床上躺着懒养,想到还有九点半、十点半的两场任务,咬咬牙挺起来,洗漱更衣,拎起面包丝来到草地上。一旦和功课绑定,想要甩手就难了,而这种难,首先在他的心理层面。

他对鸟儿,还是充满了感激之情。鸟是飞着的动物,飞机是会飞的机器,两者都长翼,都能展翅飞翔。半年多前,他还在天空翱翔,现在,他降落地面,对飞行只剩回忆和记忆了。对于站在云端一生的飞者来说,离开了驾舱,离开了天空,还有什么?

安建军离开后,段早觉得出了一口恶气。这个年级比他低、却事事站在前面的人终于走了,而且走得不光彩。

过了段时间,他专门去看了趟叶夜。都是在天上踏过浪的,叶夜泡了普洱招待他。聊了几句,谈到安建军。他说:"安建军障眼法了得,终于跟那小妞跑了。一次,我在候机楼碰见他俩,觉得不对劲,现在想想,真有事。"

叶夜端起茶杯说:"喝茶,老段,别提他的事,咱俩是旧人,聊点别的吧。"

段早只得收口,将话题转到飞行。

安建军一隐,段早浑身轻松,但渐渐又感到莫名的孤寂。老安在时,两人磕磕绊绊、针尖对麦芒,也是一种生活、一种状态,现在盖过他风头的人走了,少了人争锋,反显得落寞。好在段早已退休,飞行部返聘他,也飞,带带小飞,但主要是课堂教学,给新飞行员传授点飞行体会。不过,他的"体会"超教科书级别,很值钱的。

4

安建军渐渐觉得无聊,觉得过的不是日子,像在等死。在这个孤岛上,不用工作,不见朋友,没有同事,"两口子"尽管从地下走到地上,但眼下的生活,基本是大眼对小眼,乌龟瞪王八,白天我看你,晚上看星星,一天三顿饭,活动空间在方圆几里内。这里用的是殖民地英语,广播、电视里发出的也是这种语调,他听着别扭,又不能百分之百听懂。在这个孤单的城市,也住着许多中国人,打工的、移居的、读书的,但都忙于生计,基本是四分五裂,相互间少有往来,即便在公众场合碰见,明知对方是大陆来的,也不愿打招呼,擦肩而过,形同陌路。安建军更不愿与之交往,他情愿和白鸟黑鸟交流,也不愿和移居在这儿的侨民来往。简艾说他怪,他说怪就怪。

他发现自己说话的用词越来越单调,越来越贫乏,慢慢地向草原牧民靠拢了,无非是"起床、吃饭、睡觉、散步、喂鸟"之类。以前听说苏格兰的农民一生只需 800 个词汇,生活上一点也没有不方便。他以此来自慰。好在他心里的词汇非常富有,特别是书面语言。他带了许多中文书籍在此,在阅读中和丰富多样的词汇库汇合,也能从微信微博上接触到国内大量的文字。但平时,他只和简艾说话,内容大多是家庭琐碎。心想,这么蜗居下去,恐怕离脑残越来越近,离白痴也不远了。

她出去买东西,拽他一块,他不肯,情愿窝在家里翻一本书,卢梭的《忏悔录》。读不到三页,"叮呤呤——",门铃响起。他慵懒地合上书本,打开门。是送货的上门。

来人长着亚洲人的面孔,看上去已有五十出头,说着不英不美的澳式英文,听上去来这儿有年头了。见安建军是纯中国人,也改说中文。送货男说这是简艾小姐订的东西,约好今天送上门的,问他怎么称呼,是简艾小姐的什么人?什么人?哈哈,跟你有关系吗?她不在。听对方一口中文带广东腔,安建军认定送货男也是中国人,不是韩国人、日本人或东南亚什么人。看安建军深皱着眉,送货男忙说,请核对一下地址、货品,代收也可以,请签上简艾小姐的名字。他接过送货男递上的水笔,刷刷刷地写下了简艾的中文小名。送货男帮她订的五六件东西搬进室内,揩了把额头沁出的细汗。

猜想安建军年龄和他不相上下,送货男有种冲动。搬进东西的同时,不断地找话,想方设法和他多扯几句,仿佛流离在外的游子,找见了同伴,"嘤其鸣矣,求其友声"。而安建军显然对这位在外打工的同胞缺乏必要的热情,始终灰着脸,付出的言语,只是最简单的"Yes",或"No"。送货男颇为失望,悻悻而去。

送货男离开后,他将地上的货品一件一件瞧去,都是乱七八糟的东西,有吃的,有用的。这里的网购比不上国内,但也有买了送货的。

跟简艾在一起生活,和跟叶夜的生活,完全不是一个世界,一个在月球,一个在地球。叶夜是精致、严谨的居家,做饭、就餐、洗衣、睡觉,条理清爽。简艾不是,天马行空般的生活,基本不开伙仓,叫的外卖,或者出去吃。她不爱做饭,虽在他的严词教诲下学会了做,但做不好,尤其是烧菜的水平永远在 60 分以下,原因还是不喜欢。如果买了菜,回家做,要汰,要炒,要煎,要炖,没有点火自己已经上火。简艾推崇购买服务,连有些稍高级点的衣服,也懒得开洗衣机,直接扔给洗衣店。以前在国内,她猛烈地扑在网购里,每天有外递员"叮叮——"揿门铃,整个单元里她不是网购冠军,也是亚军,很难落到第三名去。他一去她的出租屋,地上桌上满是塑料袋、纸箱子,不禁感慨地说:"中国的消费市场就靠你们 80 后、90 后、00 后了,国家 GDP 的一个点,或许就是你们拉上去的,换句话说,你们是国内日常消费的主力军,对消费经济贡献卓越。"她得意洋洋地说:"不光我,大家都这样。"他笑道:"我说的,就是你们,不止你。"简艾说:"公正说一句,你们才是最苦扒勤劳的一辈,改开几十年,中国的沧海桑田,主要靠你们的耕耘。""这话说得有良心。""哈,真以为咱 80 后、90 后说话不经脑?"

眼下到了澳洲,简艾仍发扬优良传统,大把购物,本性不移。况且,这里本身就是个懒惰的国家,养懒人的地方。

这还不是主要,主要是她来澳大利亚不工作,——说是要工作,至今还赖在家里,所带积蓄消耗殆尽。日子久了,安建军的口袋也慢慢干瘪,为每月的账单发愁。在职时,安建军是高技术高资历的教员机长,每年一百几十万,随便一个零头,就是五位数六位数,叶夜从不翻他的账户犹如从不翻他的手机,他除了支付女儿、老家及必要的家庭开支,很大一部分贴在她这儿,两人的地下生活自然有滋有味,用不着担心财务会出状况。如今时过境迁,他提前办了退休,不飞了,收入从七位数降到了零头还不足,靠他那点可怜的退休金支付物业税金、水电、吃用开销,立显捉襟见肘,越来越觉吃力,越来越力不从心,更知稼穑之艰。忽然想起一百多年前一位英国文豪奥斯卡·王尔德说过:我年轻时,曾以为金钱是世界上最重要的东西,现在老了,才知道的确如此。

事关生计,她回来后,他指着地上的那一摊子说:"这样下去,坐吃山空,得想法子。"

她收拾起她的购物,娇滴滴地说:"老婆是要男人养的。嘻嘻,这在中国是有传统的。""可我们已到了国外。"他说。她糯糯地说:"国内的光荣传统还是不能丢呀。"

他差点晕倒。这是哪门子的歪理?被她软软地刺了这一句,好像居家的拮据全是男人的过错。

他蹙起剑眉,正要发作,她像一条水蛇一样缠了上来,软软地说:"日子,就是这么过的。"

他哭笑不得。他不习惯,越来越不习惯,和80后的女人在一起,竟然是这样。随着日子的推进,更为不习惯的,是他羞涩的囊中不足以支撑两人如此的生活。

他们开始争吵,各为自己的生活方式站队,为扛住自己心目中的大旗疾呼。从小吵升级为中吵,又从中吵发展为大吵。在他眼里,简艾的生活观太无章法,不做饭、不洗衣、疲沓、懒散,甚至邋遢,不挣钱却大把用钱,一切是那么的随心所欲。二十几年前,他们好上后,他努力想在她这张白纸上描上几笔,画出自己的一幅画,当时有些进展,她言听计从,往他指引的方向靠,但现在看来,那是表象,时间久了,鲜艳的美色褪去,本色显形,纸还是那张纸,画却不是他想的那幅画,仍是按她自己的性子走,才知本性难移。她因长期不上班,已渐渐蜕变成了一个娇娇女。

从前,他俩是露水鸳鸯,枕着她光滑的身体,他睡一觉就回家,没有长年累月在一起。如今,两人天天窝在自己的小房子里,朝夕相对,生活上的反差立竿见影,原先她身上的许多优点也转换成了缺点。他反倒觉得叶夜身上充满了亮点,原先的穷讲究也是居家的优长。有时,两人绻在床上,离得近了,一切瞧得真切,她看他到了这儿缺少锻炼的皮肤渐渐失去弹性,一下苍老了几岁;他见她的身体开始发福,肚子上慢慢长起赘肉,细细的皱纹爬上了前额,一头乌发里偶尔冒出几根白发。点点滴滴在提示,经过岁月的浸泡,两人已不再年轻,爱呀情呀的词汇已演变成了面包和稀饭,已没有时间冲动和任性,有事还是好好商量。

他反对她这么下去,要她改。她说改,怎么改?谈到后来,她又上火气:"这么多年了,为什么现在才说这些芝麻小的东西都要改?你对我又不是不了解。"

"当时没生活在一起,真是了解不多。"

"二十多年还不了解?"

"了解不够全面。"

她学会了发火:"别管我,凭什么管我?我的人生一半是你设计的,我将整个青春都给了你,现在遇到点生活困难,还对我东要求西要求,你自己没点担当,算什么男人!"

她一咆哮,他的音量减下来:"我退休了,从飞行机长到退休工人,收入不足原先的零头,你又不工作,怎么负担得起?"

"要我怎么样?"她气不打一处来,从吼叫变成了哭腔,"难道要我出去做事,来养你这个大男人?"

他失语,终于鼓足中气说:"我不用你养。我是说,靠我这份退休金,要供养咱们两个这样的生活,怕是困难重重。"

他虽和叶夜解除了婚姻,但和她简艾,并无法律上的婚约,仍是同居关系,要结婚,得回国内登记。他退下来到澳洲后,曾请她回去办手续,但她不想回国。办证需要户口簿什么的。到了这一步,她基本无颜回国见父老亲朋,想赖在这儿混个绿卡。他对移民啥的深恶痛绝,要是真办过来成了这儿的岛民,忧郁症立马如影随形。

日子在吵吵闹闹中继续,在无端怄气中打发。两人的心底无形中砌起了一道墙,似乎连晚上的交媾都不如以前甜蜜了。

5

一天,安建军在她的强烈要求下,一块去悉尼老城区兜了大半天,回到家已晚灯初上。

他们家的门虚掩着。简艾吃了一大惊,难道出去忘了锁门?似乎不可能。不祥的预感涌上了他的脑海,他"砰"地推门进去,果然,室内一片狼藉。不是门没锁,他们出去的"档期",已遭盗贼光顾,门被撬开,盗贼有足够的时间在屋里挑选需要的东西。

简艾在家里不会留什么现金,但自国内分几次带来的精美紫砂壶、茶具,以及她陆续添置的手提包、服装等被掠去了大部分。安建军的衣服、皮鞋也丢了许多。他的中文书籍没人要,却被翻着扔了满地。她留存的几件翡翠首饰由于藏得巧妙,有幸没被发掘。纵然如此,损失也在几万元以上。震惊之余,安建军调出摄像带。为防万一,他对这个不放心的居家按了个隐秘的小摄像头。从摄下的影像中,他很快发现入室的是两位黑人,甚至都没有蒙面,他们撬开室门,大摇大摆地翻箱倒柜,将看上的东西装进两个随带的大塑料袋,还笃悠悠地坐在沙发上喝了一杯净水,咬了几口他们存在冰箱里的冷面包,然后不慌不忙地离去。

揣着一手原始的影像资料,两人没打电话,直接去附近的警署报案,并双手递交了影像光盘。简艾的日常口语比安建军溜,气急败坏地将事情原委详细地说了给警察们听。当班的警察人高马大,也分不出是哪国的后裔,估计是欧洲人之间的混血。听完简艾的叙述,笑了笑说:"知道了。""知道了?你们还笑得出来?"简艾急得跺脚,"请问什么时候去破案?"警察双手一摊,若无其事地笑着,"先去等着,我们会有人去现场查的。""那现在就可以去,我们带你们去。"警察奇怪地问:"现在?为什么要现在?现在人手不够,你们先回去,可能明天上班后会有人过去。"简艾怒气冲冲地说:"为什么要明天,这种事怎能拖到明天?""为什么不能等到明天?急什么。"大个警察接了一个电话,叽里咕噜一通后,对她说:"我也没办法,要不你们坐在这儿等到明天?"简艾刚要怒吼,安建军按上她的手,用中文说:"咱们走,这里就这么个熊样,按部就班。有道是'不与傻瓜论短长',就是和他们理论到天亮,今晚也不会去现场。"简艾的脚往外走,愤然道:"我们的屋子就这么保持着?""当然。"大个子说。

第二天下午,总算来了两名戴帽子的警察,为头的一位矮胖子,是黑人和其他人种的杂交,皮肤的黑度和奥巴马类似。矮胖子游手好闲地前后瞅了瞅,反过来查看他们的身份证件。二人递上护照,矮胖子翻了翻,丢还给他们,说:"你们是从上海来的中国人,上海离北京近吗?"简艾差点喷血。安建军接口道:"不远,也不近。请问我们的案子啥时候能破?证据资料齐全,希望快速破案,追回我们失去的财产。"瘦一点的那名警察头望着天花板,不阴不阳地说:"不要急,不用催,又不是只有你们一件案,会按规定办理的。"简艾说:"现场保留到现在,你们也不拍照?"矮胖子双手环抱胸前:"摄像带上有,不用照了。"安建军说:"希望尽快破案,将盗贼缉拿归案,追回我们的被盗物品。"矮胖子的眼珠子转一圈,看了女主人五秒钟,嬉皮笑脸地说:"我们走了,再见。"

送走两位警察,他们开始整理房间里被兜底翻过的物品。简艾不解地问:"他们就这样走了?""你还指望他们来个紧急出动,挨家挨户去搜人?""那怎么办?""只有打电话去催。""也只有这样了。"

时间过去了一周,简艾家的入室偷盗案没有丝毫进展。他俩天天打电话去催问,有时男的打,有时女的打。每次打过去电话,首先得自报家门,将发生的事重新叙述一遍,警署那头的值班警哼哼哈哈地问几句,在本子上记几笔。每天去问,都是这个路子,对方只是听和记,不跟你多解释一个字,接完电话,又等一天。十天过去了,有头案子仍然杳无音讯,好像从未发生过这件事一样。安建军上了火,恨警察超过了恨入窃的黑人,真想冲进警署揎几个臭警察几拳。简艾反过来劝他,还是等等吧。咱们天天打电话去,他们总会当件事来处理,反复上门去,你真的一来火,和他们打起来,窃贼没逮住,你倒被逮进去了。他只得再忍。

又过去七八天,算算离案发过去了二十来天,这件证据链齐全的铁案还是石沉大海,无声无息。他们最后一次去警署询问案情,同样得到值班警的敷衍。走在回来的路上,遇到同样遭遇、报警回家的一名华侨。那人一边摇头一边说,死马当活马医,报警只想试试运气,从来也没指望他们真能讨回点什么。简艾追上去问为什么?那人说华人在此——哎,也不光在澳,包括在美、加等,被人盗抢奸淫多如牛毛,入室的盗贼有黑人,有白人,也有阿拉伯人,甚至有华人,80%以上的案子不了了之。也许他们根本就没有去追。除非是死了人,人死了,还是管的,至少要重视一下,立个案,派人手去查,要应对舆论压力。简艾着急地说,这里不人人平等吗?

那华侨说,平等个毯!被偷点东西那样的案子,在他们眼里跟屋子里进来一只老鼠那么平常,只是应付咱们,根本就不会花精力去办!外来人么,又不是他们请来的,你们自己想来;既然想来,就按自然法则,自生自灭吧。那人说完,频频摆手,不辞而去。

类似的事安建军也听说过,他们是飞人,飞在全球各地,哪儿的信息捕捉不到?但真正自己遇上,感同身受,还是屈辱不堪。那次有影像资料的室盗案,至今也石沉大海,毫无结果。

在南半球生活,像银幕背面看电影,许多是反向的。大陆夏天,这里冬天。房间是朝北的好,向阳,朝南的阴冷。

安建军莫名其妙地开始失寝,无端地不爽,无边地虚空。不飞了,空暇了,反而虚空、失眠,晚上睡不安稳,常常做梦,一茬连着一茬。一次,梦见自己在沙漠中行走,远处漂移过来一只动物,缓缓地移过来,全身上下通黑,只有两只眼睛闪着光亮。离得近了,飘到了跟前,动物忽然变成了女儿,蓓蓓闪着像她妈妈那样的眼睛,满脸憋屈,还没说话,一眶泪水先哗哗地洒落了下来,啜泣声粘稠带涩。蓓蓓还是小时候的装扮,小时候的模样,颤巍巍地说了声:"爸,我要回家……"

他愕然惊醒,一个大喘气从床上坐起。瞧瞧四周,黑洞洞的啥也没有,简艾细而匀的呼噜声若有若无。估摸着,这会应该是半夜两点左右。

6

"简,我想回去了。"他说。

"回哪?"简艾说。

"当然是回大陆,国内。"

"实际上,哎,你这句话已憋了好久,今天终于说了。"她抖了抖眼睑毛,"一年前,你曾经说过,从此退出江湖,躲进树林,断绝宾客。"

"我也不想变口,但没办法,人世间最大的变局,就是'变'字本身。对不起,这岛上,我确实没法待下去了。"

"是不是受了盗窃案的刺激,感觉被歧视了?"

"有多方面的原因,无法用言语确切表达。"他目光虚空。

"那是腻了,厌倦我,不想过了?"她洇湿上了眼角,"人就是这样,贱虫!一旦得到,意味着离放弃不远了。"

"明明不是这样。"他踌躇了半晌,说,"你清楚的,按我目前这点收入,供两人在这生活,难以为继。"

"我看你是不想跟我继续。诚心过,总有办法,以后我可以申请吃救济,我申请了,一般的日子还是能过得去。"

"你还是不懂我,说到底,我对这种地方,对这种生活,没兴趣。"

"你本来没这么说。"

"来过了,现在这么说。"

沉默了片刻,她说:"回去了,是不是不再回来?"

"看情况,也可能是这样。所以,我希望你跟我一块回。"

"这就是二十多年来,你要给我的交代?"

"我要交代的地方太多。"他缓了口气,"你回不回国?如果回去,我们可以重新开始。"

她眼泪汹涌,凄切地说:"谢谢了。我这样子,还回得去吗?和许多出国仔、出国妞一样,明知不适应,没有前景,也只能死熬下去;如果回去,更怕遭白眼、遭冷嘲热讽。我想好了,一条黑道走到底,老也老死在这儿了。"

他心里比谁都清楚,这次离开她,也可能永久离开,再无缘相聚。他如锥在心,痛彻身心。不远重洋前来相会,为给她个永久的交代,但经过一年多的同居,二十岁不算大的差距,其实差了不少,尤其他不适合待在这儿,而她宁可玉碎,也不准备回头了。此后,他们又长谈了几次,安建军可算掏心掏肺,她也无所保留,但结果都差不多。他们本身还没有婚纸,也不用办什么手续,只是分手、分开。这样一来,他觉得再无亏欠,她也彻底丢弃了幻想。

走出门的那一刻,背后是热泪奔涌的简艾。他狠戾地对自己说:"狠下心不回头,不回头,她也不希望我回头,一直走,走到她看不见。"他想给她一个家,为此不惜和发妻分道扬镳,但真正走到一起,发现还是无缘,真给不了她一个家。他和她缠缠绵绵二十余年,终于曲终人散,远隔重洋。

7

安建军在外漂泊一年多,回到了魂牵梦萦的魔都。

飞机轮子一接地,他又回归滚滚红尘中。脑袋里浮现出的是必须面对的生计问题——住和吃。常言道:一日三餐,夜度一宿。吃的问题简单一些,外面小吃店、面摊林立,随便能对付,关键是住。原来的家已不家,他净身出的户,所有房产归到了叶夜和女儿名下,自然难回去,即使有回头草,也无脸消受。唯一办法只有租房,这是他在飞机上就构思好的。

也不知怎的,他下得飞机就上了地铁,乘10号线直往市里赶,也不知赶往哪。很快前头报站:水城路到了。忽然想起附近有家房产中介,几年前认识的一名业务员,不知还在不在。出了地铁,拖着行李箱找到了那家店,还在。只是原先认识的那个女孩跳槽飞了。另外一个年龄相仿的小姑娘接待他,问他有什么需要帮忙的?他说当然是租房,越快越好,一室一厅,月租金三千。小姑娘瞅了瞅他的大件行李,睨了他一眼,说:"先生不是从木星来的吧?一室一厅,三千,做梦吧。"

401

受了她的呛,他也不生气:"那要多少?"

"这一带,至少三千五至四千,还不一定租得到。"

"啊,这么贵?"他满头雾水。哎嘿,孤岛一年,世上千年。

小姑娘翻了翻白眼:"有必要谎你吗?如果你手上有,委托我们,当天给你出手。"

听了中介公司一席话,他差点晕倒。当下之计,先找家普通的宾馆住下,明天再寻出租屋。这一片宾馆扎堆,每晚的房费不在一千,也在八百,哪里吃得消?垂头丧气地再次登上地铁,往反方向——外环线方向而去,终于在黄昏时分,在城乡接合部找到一家类似于招待所的旅店。不太像样的房间,每晚三百元。精疲力竭的他决定不再奔波,预付了三晚的房费。累得他饭也不准备吃,随口咬了几片随带的面包,和衣倒了下去。

横在被褥带点霉味的床上,屈指算算,还是惊心动魄。每天三百元,一月九千,还要吃,买碗面也要十几元,一日几餐,总不能天天面条。哎,堂堂五虎将、七大金刚,优厚的薪酬,啥时为生计愁过?不料折腰的时候不知不觉来到了,一时云罩雾绕,愁眉百结。不行,当务之急,找房第一,其他都是第二。

附近就有几家中介。次日,他早早起床,在周边遛达,选了家外表看上去舒适的门店候等,店门打开,一侧身闪了进去。小伙子打着哈欠,正在打领带,听他这么着急,用怀疑的眼光瞧了瞧他,说:"能看下你的证件吗?"他真想爆声粗口,又不是签合同,看证件干嘛?你又不是警察,查户口吗?转而一想,这是求人家找房源,得咽下这口气,就不情愿地掏出身份证,递了过去。对方接过,睃了眼证件,轻哼一声:"本地人,也租房,难怪房源这么紧。"话出口,觉得不适,立马关了嘴。人家送生意上门,有什么不好?小伙子挠挠头皮,请他坐下,兀自翻本子、开电脑、打电话,直忙了一个多小时,说找到两套老公房,价格和他的要求相符,约好下午看房。

要等到下午？现在才中午。他不想回旅店，走过去走回来得好一阵，却又不能一直赖在中介店，借口先出去一趟，在附近遛个弯，找了家沙县小吃，点了份馄饨面条，慢吞吞地吃，又装着查手机思考问题的模样，喝一杯免费的白水，才慢慢踱回中介店。

来得还是早，离约定时间还有一个来钟头，他只得干坐着。看着店员们个个打电话约客户，忙得像运转的机器，他又站起，到店门口闲遛一圈。好不容易熬到两点多，跟着小伙子看房，来回走了有三四公里路，看了两处房，都是九十年代初建的老公房，一间在五楼一间在一楼，无电梯，价格在三千二左右。问题是交通极不便，公交车少，地铁在两公里外。他半蹲下身，揉了揉发麻发酸的小腿肚，无奈地摇摇头。放弃了。

第三天，他换了家中介店试运气，每家店的房源有区别。这天，他跟着一小姑娘跑了老半天，迈上迈下无数台阶，却一无所获。第四天，重新折回原来那家门店，那小伙子认识他了，对着电脑精选了半径五公里范围内的几处房源，说这些房他也没去看过，是和别的中介联手做的，去看了再说。从这天开始，安建军在鼻梁上架副深色墨镜，以免碰巧被熟人认出。他跟在小伙子后面，马不停蹄地上楼下楼，找来找去，总不满意，不是价格高，就是不合适。想不到租房比开飞机还难。第五天，中介门店一开门，他的头就冒了进来。业务员被他锲而不舍的精神感动，加倍努力地寻房源，电话打得震天响，领他去更远的小区看房，还是败兴而归。眼见又到太阳西沉的黄昏，想想又得支付明天三百元的旅店费，心中黯淡。当他和中介人员一筹莫展时，原来不大吭声的店长忽然亮起嗓门说："要么将目光放远，南汇、松江、嘉定这些地方，可能有房，反正你退休了，又不上班，远点怕啥？"他蔫头耷脑地说："这些地方有点偏远，还是离市区近些好。"

店长思考半天，手指在城市交通图上划来划去，从南滑到北，忽然往宝山那儿重重一点,说:"我们在那儿有连锁门店,听同事说刚有几套廉价房源出来,我打电话问问,你不妨明天过去瞧一瞧,闲着也是闲着。"

宝山?以前是大郊外,扬子江边那是办钢铁厂的地方,现如今高架伸过去,地铁连过去,地理位置上来了,但总归是远,地铁离人民广场二十站。既然店长说了,看看就看看。第六天,他赶个早到了宝山,找到了那家中介连锁店。真有两套老公房的房源,一室一厅,一套六楼,一套五楼,月租金三千元。他当即跟中介上门看房,先看六楼,再看五楼。因没电梯,上下全走楼梯,走得腿酸,看过那套五楼的房子,他们人还没出来,另有其他中介带着客户进去。

陪他的中介姑娘说:"叔,不是摆噱头,也不是诳你。如果觉得差不多,就下个定金。你出的这个价,要百分之百满意,就一个字,难。看房人这么旺,我判断,这间房留不过明天。"

安建军人已累得半瘫,听完心中一震:这种事情,中介公司不至于找托吧。现场更是感受到了紧俏。他摸了摸酸胀不已的腰胯,心一横:"远就远点,先解决个窝的问题。听你的,就这间了。"

九十年代公房,公共过道里旧脚踏车、纸箱子、垃圾摊得到处都是,两人交汇都需侧身。室内的装潢更是陈旧不堪,墙纸泛黄,有的开始剥落,马桶间喷出臭味,厨房间尽是油腻,瞧着真想呕。出租屋的穷逼。但没办法,爱租不租,你不租,自有人租。他蹙着眉头安顿下来,一颗心也暂时安定下来。

吃的问题,老下馆子吃不消,喊外卖也不是长久之计,居家还得做饭。这时,才忆起叶夜的好处,买、汰、烧一条龙,生活安排得井井有条。现在他变回了单身狗,但此单身狗不同于几十年前的单身狗。当时年轻的单身,单位有宿舍,三餐有食堂。现在没有,一切靠自己。早上出去买菜,回来拣、洗、烧,等将饭菜弄上桌,已没胃口。但饭总要吃,菜总要做。想想以前当机长的流金生活,吃香喝辣,吃饭有笑声,周边有美女,何等惬意!如今孤家寡人一枚,恍如隔了一个世纪。人家是往上走,老来享福,他是往下坠,老来遭罪。思前想后,怪不得别人,都是自己"作"出来的。

8

不愿意让人知道的事往往就漏气透风。这个名称面前冠个大字的城市,像摊大饼一样越摊越大,从上大海演变成巨上海,连边边角角都是房子,更多的还是高楼。

安建军藏匿在郊区,盘踞在窘促的出租屋,当然想避开所有的同事、朋友。但这个愈渐膨胀的城市,偶见熟人的概率由于轨道交通的便利反而大增了起来。他飞行圈里的某人,清早在顾村公园一株硕大的樱花树下意外窥见了他。那天,太阳刚露出晨曦,园内的早樱才开了一二株,安建军以为人少,像地下工作者一样安全,偏偏有一位同事就发现了他。那不是失联了两年的安大金刚么?怎么躲到了顾村附近?原同事也不当场戳破,暗暗地在安建军四周观察一圈,验明正身后,在远处偷拍了几张照,悄悄地离开了。这位熟人告诉了单位的同事,同事告诉其他人,一传十,十传百,安建军在顾村公园晒晨光的消息在内部迅速扩散。

安建军一个心爱的关门徒弟,尤副驾已转为机长,心情超好。听见消息,又在手机上比对照片,确是失联许久的师傅时,利用业余时间追踪半个多月,终于在师傅变了手机号码的情况下,侦察到了他租住的那幢六层公房五楼的据点。尤徒儿不敢直接蹿上去相认,学着电影里常见的情节,在一次他出门时,于路边偶遇。尤机长夸张地瞪圆了眼合不拢,激动地说:"师傅,您怎么在这儿?"

安建军上下打量他一番,冷笑一声,说:"上楼吧。""嗯。"尤徒受宠若惊似的。

尤徒儿跟着他蹬蹬蹬爬上五楼,进入出租屋。安建军斜睨了他一眼:"怎么找见的?功夫见长啊。"

"师傅,天下啥人不识君?"尤徒儿笑道。

"别贫,坐。"在徒儿面前,他又活回了大金刚。

尤徒儿在狭窄旧陋的厅里坐下,扫了眼逼仄的空间,笑容变成了愁容,鼻子酸溜溜。安建军给他倒杯水,发觉水瓶里是空的,进厨房间烧水,尤徒跟着进去,细声说:"不用,真不渴。师傅,外面春光融融,栀子花又开了,想请您出去坐会,喝一杯?"

"不,有屁就在这儿放,我一会要去走路锻炼,前段时间少运动,身体状况有些下滑。"

"师傅——"

"小尤,我住这儿渐渐习惯。如果要说什么友情赞助啥的,免开尊口,我的徒弟不光你一个,我不需要。我自己走的路,无怨无悔。"

两人开始沉默。他不愿说,徒弟不好多问。一个不说,一个不问,似乎不说比说好,不问比问好。

尤徒儿七搭八搭了几句后离开。临走时,安建军说:"师傅拜托你件事。""……""我在这儿的事,别告诉别人了。"他叮嘱道,"尤其是叶夜。"

"嗯,晓得了。"

过了两个礼拜,徒儿再次来探望师傅。这次,他的后头跟着一个女人,这个女人就是叶夜。

安建军真想将一个茶缸扔到尤徒的脑门上,千叮万嘱让他别告诉她的,他当时说过晓得了。尤徒儿贴上来一脸笑容,说:"晓得了,并没有说答应呀。"现在人说话科学,咬文嚼字。

安建军垂下眼皮,无意为自己的作死洗白。良久,他对她说:"是我对不起你。但我见不得别人怜悯我。"

"你是唐僧肉,稀罕,自有女妖贴上来。"经现实生活的修理馈赠,叶夜已百忍成钢。见他住在这个巴掌大的旧屋里,她眼角发酸:"侬晓得的,我是旧人,不是为看侬笑话来的。"

他们两个对话开始,尤徒儿像躲鬼神一样躲了出去,啥时离开室内,他俩谁也没留意。

面对叶夜,他百感交集,种种往事勾上心头:首航洛杉矶,复兴邨老宅喝啤酒,太平洋上同机剧跌,巴林之夜,马德里吃剩土豆,飞经红其拉甫观雪峰篝火……丝丝缕缕在眼前。他请她坐下。他坐床沿,她坐椅子,两人交流许久,心绪渐渐平复。在澳洲孤岛一年半,她说他的脾气又变好了。

叶夜瞥了几眼泛黄的墙纸和天花板,右手伸进口袋,慢悠悠地摸出一把钥匙,在手心摩挲几下,说:"这是你当时留在脚垫下的钥匙,没舍得扔。家里的锁没换,这把你用过多年的钥匙,还是完璧归赵。"

他没有勇气伸手接那把再熟悉不过的钥匙,嗫嚅着说:"别,别,我不用。即使能回去……也难面对你们。"

"别勇夫妇来过几回,你鱼旺师傅、王机长、养机长、揭机长来过电话,管制主任那三只,你的那些田徒、南徒、祁徒、尤徒们来打听过好多次了,连曾经和你同台打过擂的一帮小朋友郝一宝、少空辽、季忆深以及李小研都通过熟人来问,说有人发现你的踪影了,怎么联系不上呢。"半晌,她霍地从椅上立起,啪啪啪敲了敲桌子,厉声说,"你是什么黄花大闺女,难道还要我和安叶雇八抬大轿来抬你进门!"

叶夜家庭出身的缘故,平时性格温和,有涵养,轻易不太动怒,这次忽然柳眉倒竖,露出一副悍妇凶相,又拍桌子,又瞪眼,着实把他惊了一阵。他反而笑了,说:"还是糟糠妻子有情有义。"

她又拍下台子:"我是糟妻吗?我不过是太坚壁清野了!好好叫比你

407

上档次,你才是烂糟糠！还读书人,书都读到屁眼里去了！烂糊三鲜汤！败家风的货,你个老凤凰男！"

他瞠目结舌。不知咋的,被她一骂,心里反而畅快多了。他游子归巢,眼眶中已蓄满泪水。赶忙背过身去,偷着用袖子擦一把眼角。

女儿安叶如台风一般旋回国内。带回的还有安家的女婿。

安叶在外头听说老爸洗心回头,重新进了家门,也从打工状态毅然归国,住进父母当年从单位分配的那套107平方米的公寓里。

安叶的内心喜欢出生的复兴邨,她老公也十分喜爱地板发着幽光的有年头老公寓,但考虑到和舅舅一家住一起总归不便当,就搬进了那套独立的两室两厅。当听说这套房子已涨到了七百多万时,从西方世界归来的两口子骇得合不拢嘴。

安叶再三说她老大不小了,实际已婚,不需要举办婚礼,父母给套房已是天大的支持。叶夜不肯,说冷清好多年了,难得有机会闹一闹,即使不办婚礼也要吃顿饭。女儿女婿只得服从。

安建军请了鱼旺师傅、管制主任那三只、王机长、养机长、揭机长以及田徒、祁徒、南徒、尤徒等。叶夜请了首航美西的小菊(老菊),同陷巴林的小兰(老兰,茶老板),以及她的几个徒弟齐儿姑娘等,加上父母、弟弟叶晴他们以及女婿方亲戚,已有六张桌子。她问安建军还需不需要请些小朋友,比如同台打过擂的那些。他坚持不要,说那样的话,还有许多飞行界的"狐朋狗友",都是风里往、雪里来的老伙计,哪喊得过来？叶夜想想也对。总算老中青几代,喧闹了一番。

9

报社的李记者,建国七十周年前后,做了个专栏《我的芳华》,说要采访他。李记者早在十七年前就写过他,和五虎将、大金刚的他算是老交情。他也并不避讳媒体,有成沓的荣誉证书和不胜枚举的奖状打底,经常和几大报的记者打交道。这次,李记者主导的《我的芳华》,写的是各行各业一线尖子的青春记忆。作为飞行高手,自然在她的视野中。

经过几个转弯,李记者终于找到他的新手机号,联系上本人,约实时间,很快见到他。他虽然退休,晚年跌宕,但面容清癯,双目炯炯,眉宇间英气毕现,竟有出尘脱世之感。她不由自主地小脸一红。这个男人,到了这个年龄,还是气场强大,有种吸引异性的气度。她以前在写他文章时,惯用"儒雅"二字描述他的特质。人说记者喜八卦,她也听说了他和简艾的逸闻,在当今开放的世界,她只一笑了之。这次两人重逢,她从他的外表,觉得那个简艾跟他粘糊二十多年,除了膜拜他的飞行才学,说不定被他儒雅的外貌俘获。

男女相见欢。说是采访,像两个朋友谈心似的,热络无比。他说请她笔尖转向,写其他飞行员、乘务员去,相比较,甜美的空乘更撩人眼珠子。她说你这硬核跑不掉的,上面有要求,写一些资深经历的一线知名人物,比如你安大虎将,什么时候出现都是爆款文章。他说现在更爆红了,糗事爆红,俺是个失败者,还是饶了我吧。她说那不行,即使虎落平阳,也是只虎,不是猫;你是飞行界的奇葩,即便成了妖,也是妖宝,是正面人物;你是公司的大金刚,在全国,也在十大剑客之列。他连连摆手,快别说了,越说越辛酸、越疼,遇到这么多糗事,坏了口碑,别让人将俺当反面笑料。她咻咻笑道,自古"英雄"伤痕累累,你是战场获胜,情场失蹄。他突然也扑哧笑了,失蹄?她跟着也笑,对,失蹄,这个词恰当,不能说失败,是失足,失蹄,马蹄踏空了地方,摔了一大跤。

李记者的题为《云端春秋》的文章见诸报端后,他又成了高光人物,名声大噪,卷土重来似的。飞行部的许总惜才,几次亲自登门相邀,一次,约定了来访,他临时躲开,许总只能留下和叶夜谝了阵子。都是公司的闻人,谝着也挺有话题。第二次来,见着了。但他口气生硬,说退就是退了,不能来回反复,再出山人家笑话。许总第三次登门,说他是代表组织来的,返聘他回去当教员,可以飞得少一些,多给新飞行员讲讲实际案例,并说你这个身体完全可以干到六十七。他说为啥不是七十七、八十七?许总说国外都到六十七,按惯例。

许总见时机已到,一个激灵:"最近公司进了一大批新机,超级酷炫,A-350、B-787,你可以挑一挑飞。许多老飞小飞都争抢着过把瘾呢。"

安建军淡淡地说:"又不是咱国内造的,有啥稀罕。"

"科学不分国籍,只是侧重不同,分工不同。你看高铁、轮船,我国出口,横扫四方。飞机进口,也正常。"许总不以为然地说。停顿片刻,又说,"我去过商飞多次,国产大飞机、重型机走的是贸、工、技的路子,先引进吸收,那样的速度快一些,但给贸易战一逼,人家早晚要卡脖子,以后可能会像华为一样,走技、工、贸的路子,自我突破。"

安建军思忖了下,说:"B公司太大,熟人太多,我脸薄,已无颜见父老同事。再说,我的家事不光彩,实际上已违反了生活纪律,纪不可逭,受处分是少不了的,是组织上网开一面,宽恕了我。现既已办了退休,千万别给领导添堵了。"

"可我们永远记得你五虎将的威名,你在飞行方面的经历和成绩单将永远留在大家心中。人说,打牌需要王牌,演戏需要名角,你就是公司的王牌,台柱子名角,你是公司的一张金名片。"

"公司的名片很多,不光我一张,段早的名片就比我光亮,超五星级机长。哎,往事不提,我只有感谢公司,太谢谢公司的栽培,给我这么多次执行险难任务的机会。哎,不知咋的,最近入梦老梦见当年爬上大场机场围墙,观看运-10试飞的情景,梦感清晰如真,当时还摔折了一条腿,哎,老去了,忆旧。"安建军顿了顿,说出实际打算,"给许总交个底,大公交车开腻了,想去开几年小轿车。"

"小轿车?"

"我说的小轿车,是指国产的 ARJ21 客机。"

"呃,那是支线飞机,又矮又小,多没劲!"

"总归是本国产的。本想上 C919、C929,但如许总所说,还在试飞,还在突破,等不及。开了一辈子进口机,好想开阵国产机过过手瘾。"

许总两颗眼珠滴溜溜一转,说:"可是,ARJ21 这类支线机,本公司没有,只有 S 公司等几家中小公司在飞。"

"我知道。他们已来电、来函相邀,工作性质和许总说的差不多。我考虑了,准备答应他们的邀约,他们要求签五年,我只签三年。飞一些时间,更多的是教学,帮他们带教出几批小飞行员。三年后,彻底退隐林泉。"

许总思虑良久,感叹一声,站起身来,握住他的双手,重重摇了几摇:"'名利'二字对你太小,说不动你。既然你决心已定,也好,总归回到了岗位。现在的天空很热闹,国内每天有三万架次飞机在天上。无论是 B 公司,还是 S 公司,你到哪都是大金刚,飞行骁将,都是为国效力,我挺你。"

安建军咧嘴笑,笑得旷达。他和叶夜一起送许总到楼下,目送他上车,发动,离去。

许总前脚走,那个跳槽的别勇拎着大包小包来访。他差点不让进门,叶夜眨了眨眼请进了别勇。既然进了家门,别勇似乎又回到了当年小老弟的角色,马屁拍足,好言好语说尽,后来舌尖转弯,又回到了老本行。别勇说自己来这儿公司不晓得,假如,他连说了三个"假如",假如大哥想去他们公司的话,那待遇没得说,再他奶奶的天南海北狂飞他十年。

安建军哈哈大笑,说你小子来晚啦,这话说晚啦。咋晚啦?别勇挠了

411

挠后脑勺,一头雾水。叶夜朝他挤挤眼,说请喝茶、喝茶。

翌日下午,段早来访。一落座,就咧开了嘴说:"读书人,咱俩以前的牵牵绊绊不提了。既回来,不如和我一块去培训中心,课堂上给那帮小子叨叨,否则一肚皮经验和经历白白发酵、作废了,也是损失。"

"段师兄,恕难从命。昨日许总来,说了同样的话,我婉拒了。在公司这么多年,认识这么多同事,也留下那么多糗事、烂事,既然出来了,就不再回去,省得老兄你恨我,看咱笑话。"

"冤枉。"岁月的淘洗,段早的犟脾气消隐了许多,他无比诚恳地说,"我现在退了,人之退休,其言也善。你一直以来都是正面形象,啥时回去都是一个'正'字向你。本公司的英雄只有一位,那就是你安建军——当然,刘大机长也是英雄,但他主要是在部队上立的军功。这回李记者在媒体上一宣,你又是一代巨匠的新形象,不如趁势回归,和我一起讲讲课、喝喝茶。"

"前面三字可删,后面三字可取,'喝喝茶'。叶夜懂茶了,跟兰妹子学的,常说'喝茶止于普洱',也不知对不对。今天你别急着走,咱好好整几杯。"安建军说,"唉,英雄势去丧家犬,哪有常人多自在?段师兄超五星级机长,才是大伙的标杆呢。"

"快别提这茬,那是你安老弟让俺的。"段早以手捂脸。

"那是外面讹传。"安建军正色道,"段大机长的威名,那是实打实拼出来的,没有谁不服。"

"我就不服。"段早说。

三人大笑。

说话间,叶夜将紫砂壶又洗一遍,浸入新一泡老树普洱,洗茶、泡茶、敬茶一条龙,颇有几分茶艺范。三人端起杯,碰一碰,不约而同地说:"以茶代酒,请。"

看见老段,安建军暗下决心,改了想法:去Ｓ公司,只干课堂教学,决不再飞。自古后浪冲前浪,流金岁月回不去,一代人既已谢幕,就不再重出江湖,眼下国内航司人才辈出,上天的机会就留给年轻的一辈又一辈了。

这一开喝,喝了两个多小时。安建军和叶夜留晚饭,段早坚辞,说不客气,晚上真有约。二人送至楼下。

远方的天边,一抹夕阳斜去,折射出血色的金波。

后　　记

我喜爱冬天和夏天,更甚于秋天和春天。并非温度,也是温度。

春和秋,于人的诱惑太多,去踏青登山,去骑行戏水,去约会聚茶,好时光好心情。冬季风冷,夏天溽热,不宜户外活动,日煎夜熬,盼着快些开春,好去赏花,盼着快点立秋,好去远游。不过,寒与热两个季节,却另有益处,强制自己封闭了许多出门的绮想,一门心思关在屋中读书写字。

江南的春秋短暂,夏冬漫长。在这不宜出门的大半年里,细细算来,一周有两个整日,每月共八九天,加上元旦春节,两个冬春下来,差不多能攒起一百多天的宝贵时光,按每日"闭门造车"两千字的节律,一部二十几万字的初稿似能成形。还有晚上,每天晚间七点至十点,满满三小时,用来改文削稿。从这点上说,兼职写作有更大的乐趣在。

有了时间,内容是不愁的。

《晨昏线》的取材当然是天上人间这些人和事,叙述的是一个机长四十多年的经历和命运。安建军是一名飞行员,是个小人物,无意创造奇迹,但他翅膀扇过的痕迹,本身的传奇,恰巧就构划出了大半部航空史。他的经历与性格复杂多元:十五岁进航校,是个飞行天才,飞得安全、稳如泰山,当特情险情不可避免来临时,于旅客不知不觉中凭手上和心理上的功夫履险如夷;他经历奇特,首开太平洋航线,西经红其拉甫、巴林入欧洲,海峡直航,极地探险,北非救难,腾云驾雾于天地上下,游走于东西方之间;他是个读书人,以飞行员的身份先后完成航校专科、交大本科及研究生学历,平时手不释卷,自学的书籍堆得比山高;本质上是强汉子,开过苏式机、美式机、欧式机,曾六次遭遇引擎熄火,在任何情况下都要将人和机带回来;为人不骄,不与人抢誉争荣,在与另一个硬汉段早的难分轩轾的"竞争"中甘居下风;又是感情上的软蛋,他的原配是位精致的上海小娘,中年时遇见一个比自己小二十岁的少女,不自觉地卷入三角情感中,却缺了空中处置特情时的果敢,左右摇摆,深陷矛盾难以取舍……

我偏爱写实,是率真的写实主义者,但写实又是沉重的背负。周围的许多聪明人会尽量地选择避开,即使写实,也是拉开距离或躲在远处。我还是固执地这么做了。然而,正如大多数作品一样,现实的生活经过文学加工,经过嫁接和变异,许多东西已不再真实,却深深根植于真实。

长篇小说,承载了人们对深情世界的倾诉与表白,充满了对人间美好的敏感与向往。长篇的东西亦如一棵参天的树,枝叶葳蕤,还会有那么几根枝杈无意间伸展出去,和主干飘开一段距离,也是一种风景,也为美,何求一统?

长篇的东西,既是脑力活,更是体力活,写的人苦,读的人也艰辛。我不敢白白浪费读者的时光,空忙乎一场,在《晨昏线》的人物和故事里,反复潜沉绵密而有趣的航空知识,避免像某些遭人怨的作品那样,一部书读完,如散去的烟,啥都留不住。《晨昏线》,愿对所读之人印象深刻。

今年是极不寻常的一年,人类突遇新冠病毒的威胁,全球奋起"抗疫"。又逢老娘年迈住院,一些文字在陪院期间改就。《晨昏线》成书前后,得到作协、航空界许多高人的匡助和指点。上海文艺出版社为本书的出版倾注了大量心血,一并致谢。

詹东新
2020 年夏

图书在版编目（CIP）数据

晨昏线/詹东新著.-上海：上海文艺出版社.2020.9
ISBN 978-7-5321-7666-3
Ⅰ.①晨… Ⅱ.①詹… Ⅲ.①长篇小说－中国－当代
Ⅳ.①I247.5
中国版本图书馆CIP数据核字(2020)第142081号

发 行 人：毕　胜
责任编辑：乔　亮
封面设计：丁旭东

书　　名：晨昏线
作　　者：詹东新
出　　版：上海世纪出版集团　上海文艺出版社
地　　址：上海绍兴路7号　200020
发　　行：上海文艺出版社发行中心发行
　　　　　上海市绍兴路50号　200020　www.ewen.co
印　　刷：上海中华印刷有限公司
开　　本：890×1240　1/32
印　　张：13.125
插　　页：2
字　　数：326,000
印　　次：2020年9月第1版　2020年9月第1次印刷
I S B N：978-7-5321-7666-3/I · 6099
定　　价：59.00元
告 读 者：如发现本书有质量问题请与印刷厂质量科联系　T:021-69213456